Un secret dans la maison

Au piège du silence

CARLA CASSIDY

Un secret dans la maison

Traduction française de
DOMINIQUE TRUFFANDIER

BLACK ROSE

HARLEQUIN

Collection : BLACK ROSE

Titre original : DESPERATE INTENTIONS

HARPERCOLLINS FRANCE
83-85, boulevard Vincent-Auriol, 75646 PARIS CEDEX 13
Service Lectrices — Tél. : 01 45 82 47 47

www.harlequin.fr

ISBN 978-2-2804-1535-4 — ISSN 1950-2753

Prologue

Il creusait sans relâche la terre dure comme de la pierre. Il fallait que la tombe soit assez profonde, pour que personne ne puisse jamais la découvrir. La lune étincelait au-dessus de sa tête, mais il ne s'inquiétait pas trop : à 1 heure du matin, il y avait peu de risques pour qu'on voie ce qu'il était en train de faire.

Troy Anderson cessa de creuser, s'appuya sur le manche de sa pelle et épongea la transpiration qui perlait à son front et menaçait de lui couler dans les yeux. Même en pleine nuit, il faisait une chaleur accablante. À Kansas City, le mois d'août était toujours ainsi : des températures élevées, accompagnées d'une moiteur étouffante.

Il contempla longuement le trou qu'il avait creusé, mais il ne ressentait rien. Ses émotions étaient comme engourdies. Maintenant que l'homme était mort, la suite du complot pouvait se dérouler jusqu'à l'assassinat d'un autre homme… Un homme dont Troy souhaitait la mort depuis maintenant un millier de nuits.

Oui, cela faisait trois longues années qu'il voulait que cet homme meure. Alors, pourquoi n'était-il pas empli d'une joie délirante ? Pourquoi une impatience sauvage ne résonnait-elle pas en lui ? Les jours de celui qui avait détruit sa vie et volé son bonheur étaient maintenant comptés, et pourtant il ne ressentait rien. Son cœur et son âme étaient comme anesthésiés.

Il s'épongea de nouveau le front avant de se remettre à l'ouvrage. Son T-shirt lui collait au torse et ses mains étaient moites sous ses gants en latex. Il avait hâte de les ôter.

Quand il eut creusé un trou assez profond à son goût, il se retourna et prit le sac en plastique blanc posé par terre, à côté de lui. Il en sortit le revolver qu'il contenait et le tint dans sa main pendant de longues minutes.

C'était l'arme qu'il aurait dû utiliser cette nuit même pour tuer un homme nommé Steven Winthrop. Troy n'avait jamais rencontré Winthrop, mais il savait que l'homme était coupable du viol et du meurtre d'une femme qui travaillait pour une agence immobilière. Winthrop l'avait agressée alors qu'elle lui faisait visiter une maison, dont il s'était présenté comme un acheteur potentiel. Il y avait eu un procès, mais Winthrop avait bénéficié d'une défaillance du système juridique et obtenu l'acquittement, bien que sa culpabilité ne fasse aucun doute.

Troy s'était tourné et retourné dans son lit la nuit précédente, taraudé par la pensée qu'il s'apprêtait à ôter la vie d'un homme en commettant un meurtre de sang-froid. Mais c'était le seul moyen d'obtenir la justice dont il avait besoin… Qu'il désirait si ardemment.

Quand il s'était réveillé, ce matin-là, il ne pensait qu'à ce meurtre à venir. Mais en ouvrant le journal il avait appris que Steven Winthrop avait été assassiné la nuit précédente. D'après l'article, on l'avait retrouvé dans sa chambre, la gorge tranchée.

Troy n'aurait donc pas à commettre un meurtre pour

que le plan continue à se dérouler comme prévu. Il n'aurait pas à se servir du revolver qu'il avait trouvé dans sa boîte aux lettres, accompagné d'instructions lui indiquant le jour et l'heure où il devrait tuer Winthrop. Il ne savait pas à qui avait appartenu cette arme, qui la lui avait remise, ni combien d'autres meurtres elle avait servi à commettre. Les numéros de série avaient été limés, mais il savait qu'il existait maintenant des technologies permettant d'identifier toute arme. Il avait compris qu'il devait s'en débarrasser, et l'enterrer lui avait paru être la seule solution.

Il laissa tomber le revolver dans le trou et entreprit de le recouvrir de terre.

Quand il eut fini, il s'appuya une fois encore sur le manche de la pelle et lutta contre un profond épuisement. Maintenant, il fallait qu'il prenne une longue douche et qu'il aille se coucher. Seule la douce inconscience du sommeil parviendrait à apaiser les démons qui tourmentaient son esprit.

Il se redressa, posa machinalement les yeux sur la grande maison à deux étages de ses voisins et se figea en voyant une silhouette se dessiner à l'une des fenêtres du premier étage. Quelqu'un le regardait… et cette personne l'avait vu enterrer le revolver.

1

— Maman, je veux mettre mes chaussures roses mais je ne les trouve pas ! cria Katie depuis sa chambre.

— Le bus de l'école passe dans cinq minutes. Je mc moque de la couleur de tes chaussures, mais je veux que tu en aies une à chaque pied.

Eliza Burke inspira profondément pour ne pas perdre patience.

Cela faisait une semaine que l'école avait repris, et chaque matin elle devait livrer une lutte farouche pour emmener ses deux enfants à temps à l'arrêt où ils prenaient deux bus différents. Sa fille, Katie, était en CE1, et son fils, Sammy, prenait le petit bus jaune de l'école pour aveugles de Kansas City.

— Katie ! appela-t-elle dans l'escalier. Nous devons partir tout de suite !

Elle se tourna vers Sammy, qui était assis à la table de la cuisine.

— Je te jure que ta sœur va me faire vieillir avant l'âge.

Sammy gloussa de rire.

— Mais nous l'aimons quand même.

— Oui, nous l'aimons quand même, convint Eliza.

— J'arrive ! cria Katie.

La fillette dévala bruyamment l'escalier et apparut dans la cuisine. Elle portait une chaussure bleue à un pied et une rose à l'autre.

— J'ai des chaussures aux deux pieds, proclama-t-elle fièrement.

Eliza soupira.

— Prenez votre déjeuner et allons-y, dit-elle. Il ne faut pas que vous ratiez votre bus.

Ils sortirent tous trois de la maison. Sammy lui prit le bras, plus par commodité que parce qu'il avait besoin qu'elle le guide. Eliza avait été époustouflée de la rapidité avec laquelle il s'était acclimaté à leur nouvelle maison et au nouveau quartier.

En sentant la chaleur de la main de son fils sur son avant-bras, elle fut traversée par une pointe de chagrin. Sammy avait de magnifiques yeux bleus frangés de cils noirs, mais il était aveugle de naissance. Il n'en était pas moins un enfant très heureux, et malin comme un singe.

Sa sœur, Katie, qui avait sept ans, était une vraie petite comédienne. Elle aimait la mode et tout ce qui était clinquant et vouait à son petit frère un amour féroce. Les deux enfants étaient d'autant plus proches que Sammy n'avait qu'un an de moins que sa sœur.

À peine avaient-ils atteint l'arrêt de bus, à un pâté de maisons de chez eux, que le bus de Katie arriva. La fillette embrassa sa mère et son frère et y monta.

Quelques minutes plus tard, quand Sammy fut parti, lui aussi, Eliza retourna vers la grande maison à deux étages où ils vivaient depuis maintenant un mois, après avoir passé des années dans une résidence miteuse.

Cette maison lui avait été léguée par le grand-père

de son ex-mari, qu'elle avait pourtant à peine connu. Mais, comme elle était intégralement payée, elle lui avait fait l'effet d'être un vrai cadeau du ciel.

Dès qu'elle fut rentrée, elle se dirigea vers la cuisine pour surveiller la mijoteuse qu'elle avait branchée une heure plus tôt. Elle sentait déjà l'odeur du poulet et des tomates qui cuisaient.

Ensuite, elle passa dans son bureau, une pièce qui dessinait un octogone irrégulier. Beaucoup des pièces de la grande maison avaient une forme inhabituelle.

Elle prit un chouchou et s'attacha rapidement les cheveux sur le sommet du crâne avant de s'asseoir devant son bureau.

Sammy avait deux ans quand son mari, Blake, l'avait quittée… Les avait tous quittés. Eliza avait dû trouver un travail qui lui permette de rester à la maison pour s'occuper de son fils aveugle. C'est à ce moment-là qu'elle avait lancé sa société de conception de sites Internet, qui, heureusement, s'était développée jusqu'à lui permettre de régler toutes ses factures et de nourrir et d'habiller ses enfants.

Maintenant qu'ils vivaient dans cette maison, sans loyer à payer ni crédit à rembourser, leur avenir lui semblait encore plus serein. Elle avait déjà commencé à mettre de l'argent de côté pour payer les études des enfants et acheter un chien-guide pour Sammy quand il aurait seize ans. Pour la première fois depuis que Blake les avait abandonnés, elle avait bon espoir de pouvoir concrétiser ses projets.

Mais, pour y parvenir, il fallait qu'elle se mette au travail. Elle s'efforça de ne plus penser à ses enfants et déverrouilla son téléphone – une tâche qu'elle redoutait depuis que Leon Whitaker était entré dans sa vie. Et en effet, ce jour-là comme les autres, elle y trouva trois mails et deux textos émanant de l'homme qui menaçait de détruire sa vie.

Elle soupira. Quand Leon se résoudrait-il enfin à passer à autre chose et à la laisser tranquille ? Elle venait tout juste d'effacer les messages quand sa sonnette retentit. Elle se leva d'un bond et courut à la porte.

Quand elle l'ouvrit, elle trouva son voisin super-sexy debout sur le porche. Même si elle ne l'avait pas encore officiellement rencontré, elle l'avait regardé tondre sa pelouse à plus d'une occasion, torse nu, son dos puissant luisant sous le soleil.

— Salut, dit-il.

Il sourit, dévoilant des dents blanches et bien alignées. Il portait un gros pot de fleurs sous le bras. Il le posa par terre et lui tendit la main.

— J'ai pensé qu'il était temps que je vienne me présenter officiellement pour vous souhaiter la bienvenue dans le quartier. Je suis Troy Anderson.

— Bonjour. Je suis Eliza… Eliza Burke.

Elle posa les yeux sur la plante.

— Elle est superbe.

De grosses fleurs d'un magnifique rose soutenu ornaient de robustes tiges vertes. Eliza dut se retenir pour ne pas porter la main à sa tête et arranger un peu ses cheveux.

— C'est une pivoine, répondit Troy. Je me suis dit qu'elle ferait joli ici, juste à côté de votre porche.

Il pointa le doigt vers une zone vide et posa sur elle un regard plein d'espoir.

— Quelle gentille attention. Euh… Est-ce que vous voulez vous asseoir et prendre une tasse de café ?

Elle tendit le bras vers la balancelle. Ce serait agréable d'apprendre à connaître son voisin. Elle aurait cependant été bien plus à l'aise s'il n'avait pas été aussi séduisant. Dès qu'il lui avait souri, une myriade de papillons avaient pris leur envol dans son ventre.

— Volontiers, répondit-il.

Il passa à côté d'elle pour aller s'asseoir sur la balancelle, laissant dans son sillage l'odeur du soleil et les effluves alléchants d'un parfum boisé.

— Euh… Je reviens tout de suite.

Elle rentra et verrouilla la porte derrière elle. Elle n'oubliait jamais qu'elle était une femme qui vivait seule, avec ses deux petits enfants.

Même si Troy semblait être un citoyen honnête et respectueux de la loi, elle ne se sentait pas assez en confiance avec lui pour l'inviter à rentrer chez elle, du moins, pas encore. Mais cela avait été très gentil de sa part de venir se présenter et de lui offrir cette plante.

Elle inséra une capsule de café de Colombie dans la machine et attendit que la tasse se remplisse. Zut… Elle avait oublié lui demander s'il voulait du sucre ou de la crème.

Quand le café eut fini de couler, elle se hâta de le rejoindre sur la terrasse.

— Je n'ai pas pensé à vous demander comment vous preniez votre café.

— Je l'aime noir, assura-t-il en saisissant la tasse. Merci.

Elle se laissa tomber dans un fauteuil en rotin.

— Alors… commença-t-il, j'ai vu des enfants dans votre jardin… ?

— Oui, Sammy et Katie.

Elle ne put retenir un sourire en pensant à ses enfants.

— Katie a sept ans, et Sammy, six ans.

— Et M. Burke ?

Elle ne pouvait détacher son regard de ses yeux d'un bleu profond.

— Il n'y a pas de M. Burke, répondit-elle, optant pour la franchise.

Comme toujours quand elle pensait à Blake, elle fut traversée par un mélange de tristesse et de colère.

— Et vous ? Est-ce qu'il y a une Mme Anderson ?

— Non. Je suis divorcé. Pas de femme, et pas d'enfant.

Une ombre passa dans son regard, mais elle en fut vite chassée par un autre de ses sourires magnifiques.

— Alors, Mme Eliza Burke, que faites-vous, dans la vie ? Je sais, je suis un voisin bien curieux…

Il porta la tasse à ses lèvres et prit une gorgée de café.

— J'ai ma propre société de conception de sites Internet, dit-elle. Et je suppose que vous êtes le Troy Anderson de Anderson Lawn and Landscaping ? J'ai vu votre camion garé devant chez vous.

Les papillons continuaient à voleter dans son ventre. Qu'est-ce qui lui prenait ? Cela faisait des années qu'un homme n'avait pas provoqué ce genre de réaction chez elle.

— C'est bien moi, répondit-il. Nous pourrions échanger nos services : je m'occuperais de votre pelouse et vous mettriez mon site à jour.

— Je suis sûre que nous trouverons un arrangement.

Pour tout dire, elle n'avait pas encore pensé à sa pelouse, parce que l'herbe brunie par le soleil n'avait pas besoin d'entretien.

— Et je serai ravi de planter cette pivoine pour vous, ajouta-t-il.

— C'est trop gentil de votre part, protesta-t-elle.

— Pas du tout. C'est moi qui l'ai apportée, c'est à moi de la planter. Je m'en occuperai demain.

Il prit une autre gorgée de café avant de reprendre :

— Quand vous avez ouvert la porte, je n'ai pas

pu m'empêcher de remarquer qu'il y avait chez vous quelque chose qui sentait divinement bon.

— C'est un poulet chasseur qui cuit dans la mijoteuse.

— Oh ! c'est l'un de mes plats préférés.

Une fois de plus, il posa sur elle un regard où elle crut lire de l'espoir.

— Si vous voulez vous joindre à nous ce soir… Nous dînons généralement vers 18 heures.

Les mots étaient sortis de sa bouche avant qu'elle se soit rendu compte qu'elle allait les prononcer.

— C'est très gentil de votre part, répondit-il. J'adorerais me joindre à vous.

Il finit son café, se leva et s'approcha d'elle pour lui tendre sa tasse.

— Il faut que j'y aille, maintenant, mais j'ai hâte de vous revoir ce soir, Eliza. Merci beaucoup pour le café et l'invitation.

Elle se leva et le suivit des yeux jusqu'à ce qu'il soit rentré chez lui. Ce ne fut qu'alors qu'elle regagna sa maison, elle aussi. Elle retourna s'asseoir devant son bureau en fronçant les sourcils, pensive. La conversation avait été courte et assez contrainte, et elle avait la troublante impression que cet homme l'avait manipulée jusqu'à obtenir une invitation à dîner… Mais en même temps elle se sentait étrangement excitée.

Quand Troy rentra chez lui, son esprit tournait à toute vitesse pour analyser ce qu'il venait d'apprendre. Déjà, Eliza Burke était vraiment une très belle femme. Sa queue-de-cheval dégageait son visage et mettait en valeur ses beaux yeux gris et ses pommettes saillantes.

Mais il n'était pas allé chez sa nouvelle voisine pour examiner son physique. Ce qu'il voulait, c'était savoir qui l'avait vu enterrer le revolver depuis la fenêtre du premier étage. Il avait appris qu'elle n'avait pas de mari, mais peut-être qu'un autre adulte vivait avec elle et les deux enfants – un adulte qui avait vu ce qu'il avait fait.

Il avait bien manœuvré en réussissant à se faire inviter pour le dîner. Il espérait découvrir ce soir ce qui avait été vu, et par qui. Mais pour le moment d'autres préoccupations tournoyaient dans son esprit.

Steven Winthrop avait été assassiné. Autrement dit, l'un des hommes avec lesquels il avait conclu le pacte ne suivait pas les règles du jeu. Il savait que Nick avait été confronté à une situation similaire et, bien que cela aille à l'encontre de ce qu'ils avaient tous décidé, il voulait le rencontrer.

Il prit son téléphone portable et composa le numéro de Nick, qui répondit à la deuxième sonnerie.

— Nick ? C'est Troy.

Le long silence qui accueillit ces mots lui fit comprendre qu'il était sans doute la dernière personne au monde à qui Nick avait envie de parler en ce moment.

— Salut, répondit-il enfin, d'une voix tendue.

— Il faut que je te voie, dit Troy.

Il y eut un autre long silence.

— Est-ce que tu penses que c'est vraiment nécessaire ?

— Je crois que oui, répondit Troy. S'il te plaît, Nick.

Un profond soupir résonna sur la ligne.

— Quand ?

— Tout de suite, si possible.

— Je t'attendrai dans une demi-heure, à l'endroit habituel, dit Nick avant de raccrocher.

Cinq minutes plus tard, Troy était au volant du camion de son entreprise et roulait vers le vieux terrain de base-ball désaffecté où, en compagnie de cinq autres hommes, il avait mis au point une série de meurtres qui assouvirait leur besoin de vengeance et rétablirait la justice qui leur avait été refusée.

Plus il approchait de sa destination, et plus ses épaules se nouaient sous le poids de la tension. Ses doigts se crispèrent sur le volant. Il ne pouvait pas venir ici sans penser à Annie, ce qui éveillait toujours en lui un profond chagrin, une sensation de vide insondable, et une rage que le temps n'avait que légèrement atténuée.

Quand il descendit du camion, ses jambes disparurent dans l'herbe jusqu'aux genoux. Lentement mais sûrement, la nature se réappropriait la terre qui avait jadis été occupée par un terrain sur lequel évoluaient des petits joueurs de base-ball. Les gradins qui bordaient l'autre côté du terrain penchaient sur un côté. Le bois avait été tellement délavé par le soleil d'été qu'il était presque blanc. Même les tags multicolores qui couvraient la buvette étaient fanés, attestant de l'oubli dans lequel était tombé ce lieu.

Il marcha vers l'épais bosquet qui se dressait non loin de lui. C'était là, près d'un arbre abattu par le vent, que six hommes poussés par la douleur et la colère avaient élaboré un complot meurtrier.

Ils s'étaient rencontrés deux ans plus tôt, dans le cadre d'un groupe de parole destiné aux survivants. Tous les six avaient au moins deux choses en commun. Ils avaient perdu une personne qu'ils aimaient, et dont l'assassin avait été relaxé à cause d'une faille dans son dossier. Et ils étaient tous animés d'une rage meurtrière et d'un besoin irrépressible que justice soit faite.

Ils avaient donc élaboré un plan dans lequel chacun d'entre eux éliminerait le coupable d'un autre. En tuant un homme auquel rien ne les reliait, ils espéraient éviter d'être soupçonnés par les forces de l'ordre.

Troy s'enfonça dans les bois. Il faisait aussi chaud

à l'ombre des arbres qu'en plein soleil, et des insectes bourdonnaient rageusement autour de sa tête, comme pour protester contre sa présence dans leur domaine. Il n'avait aucune envie d'être ici, lui non plus. Il ne voulait pas penser au crime qui l'avait conduit en ces lieux. Mais il était inquiet de voir que l'un des six hommes semblait agir seul, contrairement à ce qu'ils avaient décidé.

Il s'assit sur le tronc couché pour attendre Nick et essaya de se vider l'esprit, en vain. Étonnamment, ce n'étaient pas des pensées de meurtre qui s'insinuaient dans son esprit mais l'image de sa voisine, Eliza Burke.

Depuis que sa femme l'avait quitté, trois ans plus tôt, il n'avait jamais eu envie d'entamer, ni d'entretenir, une quelconque relation amoureuse.

Pourtant, Eliza Burke avait ranimé en lui une sensation qu'il n'avait pas connue depuis tellement longtemps qu'il l'avait crue morte pour toujours. Mais bien sûr, et même si d'aventure elle s'intéressait à lui, cela ne les mènerait à rien. Ce n'était pas ce qu'il cherchait.

Il voulait seulement savoir lequel des habitants de sa maison avait pu surprendre ses actes de la nuit précédente. Il allait dîner avec elle et ses enfants, trouverait un moyen de le découvrir et ensuite… il en aurait terminé avec elle.

Avant qu'il ait eu le temps de réfléchir davantage, Nick apparut. Sous les cheveux bruns de l'homme, son visage semblait soucieux.

— Qu'est-ce qui se passe ?

Il s'adossa à un arbre, comme s'il ne voulait pas trop s'approcher de Troy.

— J'étais censé tuer Winthrop la nuit dernière, mais quelqu'un s'en est chargé avant moi.

Nick grimaça.

— Tout comme quelqu'un a tué ma cible.

— L'un d'entre nous joue au justicier solitaire, et ça m'inquiète.

— Écoute, protesta Nick, je n'ai plus rien à voir avec toute cette histoire. J'ai tourné la page. Je suis amoureux d'une femme merveilleuse et nous parlons de nous marier.

— Je sais que tu ne veux pas être mêlé à ça, mais tu l'es quand même, répondit Troy d'une voix égale. Cela ne t'ennuie pas de savoir que l'un d'entre nous agit seul ? Est-ce que tu as une idée de qui ce pourrait être ?

Nick fronça de nouveau les sourcils.

— Peut-être Adam. Après tout, l'idée vient de lui. Il pourrait avoir décidé de prendre les choses en main.

Adam Kincaid était celui des six hommes qui avait organisé tout le plan et s'était chargé des détails logistiques. Sa femme avait été assassinée à un distributeur de billets en drive-in, où elle venait de retirer deux cents dollars. Un drogué l'avait forcée à sortir de sa voiture et l'avait poignardée à mort pour s'emparer de l'argent. À l'issue du procès, le jury n'avait pas pu aboutir à une décision unanime et le procureur avait décidé de ne pas rejuger l'affaire.

— Si c'est le cas, dit Troy, tu sais ce que nous devenons tous pour lui. Des menaces.

Nick haussa un sourcil.

— Tu penses vraiment qu'il irait jusqu'à s'en prendre à l'un d'entre nous ?

Troy laissa échapper un profond soupir.

— Très franchement, je ne sais plus quoi penser. Je voulais juste que tu saches que l'un d'entre nous ne suit pas les règles que nous avons établies ensemble. Mais je dois bien reconnaître que j'ai été plutôt soulagé d'ouvrir le journal hier matin et d'apprendre que je n'aurais pas à tuer un homme.

— C'est ce que j'ai ressenti, moi aussi, répondit Nick. Quand je suis arrivé chez le type pour le tuer, il était déjà mort.

Nick fronça de nouveau les sourcils et ses yeux s'assombrirent.

— Je vais te dire, mon vieux, c'était moche. Celui qui a tué Brian McDowell y a pris du plaisir. Le type a été égorgé, et il faut du cran pour faire ça. On lui a aussi gravé un signe sur le front. Ça ressemblait à un V.

Une fois encore, les épaules de Troy se nouèrent sous l'effet de la tension.

— V comme vengeance ?

— C'est possible, à moins qu'il ne s'agisse que d'une coïncidence. Mais qui peut faire une telle chose ? Qui peut graver une marque sur le front d'un homme après l'avoir égorgé ?

— Du diable si je le sais. Alors, qu'est-ce qu'on va faire ?

— Rien, répondit Nick. Je vous ai dit à tous que je n'étais plus dans le coup. Maintenant que j'y repense, j'ai l'impression d'avoir conclu un pacte avec le diable le jour où je vous ai rejoints dans ce complot insensé.

Troy le dévisagea pendant un long moment avant de demander :

— Qu'est-ce que tu as ressenti ce matin, quand tu as lu dans le journal que l'homme qui avait violé et tué ta femme était mort ?

— Rien, répondit Nick. Je n'ai rien ressenti. La mort de Winthrop n'a rien changé. Ma femme n'est pas revenue pour autant. Je suis en train de reconstruire ma vie, et c'est tout ce qui importe pour moi, maintenant.

Il se redressa et conclut :

— J’espère qu’il ne se passera rien d’autre mais, s’il te plaît, Troy… quoi qu’il arrive, perds mon numéro et ne le retrouve jamais.

Sur ces mots, Nick tourna les talons et sortit de la petite clairière. Pour sa part, Troy resta assis sur le tronc pour réfléchir. Qu’avait-il espéré obtenir en rencontrant Nick ? Peut-être qu’il avait seulement eu besoin qu’une autre personne que lui soit au courant.

Quoi qu’il en soit, il ne voulait plus penser au pacte. Il savait que quelqu’un allait tuer Dwight Weatherby, cet homme dont il souhaitait sincèrement la mort, et il n’allait certainement pas lever le petit doigt pour empêcher ce meurtre.

Ce qui faisait de lui un monstre.

2

Pleine d'une énergie nerveuse, Eliza dressa la table pour le dîner, avec un couvert de plus que d'habitude. Troy allait-il vraiment se joindre à eux ? Pour le cas où il viendrait, elle avait enfilé un jean moulant noir et un chemisier lavande qui, elle le savait, faisait ressortir le gris de ses yeux. Elle avait aussi détaché ses cheveux, qui retombaient librement sur ses épaules en ondulations souples.

Ensuite, elle avait mis un peu plus de mascara et un soupçon de gloss rose en se disant qu'elle était ridicule de se donner autant de mal.

Après tout, elle ne cherchait pas l'amour. Quand Blake l'avait quittée, elle avait mis cette notion de côté pour toujours. En plus, elle ne représentait pas un parti très intéressant pour un homme, compte tenu du fait qu'elle avait deux enfants, dont l'un était aveugle.

Mais ce soir il ne s'agissait pas d'amour. Il s'agissait d'en apprendre un peu plus sur l'homme qui était son voisin. Elle ne savait pas ce qu'il en était pour lui, mais pour sa part elle avait l'intention de rester dans cette maison très longtemps. Établir de bonnes relations de voisinage ne pouvait pas faire de mal.

— Maman, viens voir ce que Sammy a trouvé ! appela Katie depuis le séjour.

Eliza sortit le pain à l'ail du four et alla rejoindre les enfants.

— Qu'est-ce que c'est, Sammy ? demanda-t-elle.

Son fils passa les doigts le long du lambris peint en blanc et un panneau s'ouvrit, dévoilant un espace assez grand pour que les deux enfants puissent s'y tenir.

— C'est une cachette secrète, dit-il.

— Voyez un peu ça ! dit Eliza, abasourdie.

Pourtant, ce n'était pas la première surprise que leur réservait cette maison. Deux semaines après leur emménagement, Sammy avait découvert un escalier dérobé qui menait de la chambre de Katie au cellier de la cuisine, au rez-de-chaussée.

— C'est une super cachette, ajouta-t-elle.

Elle y entra pour s'assurer qu'il n'y avait rien de dangereux à l'intérieur avant de reprendre :

— Ce pourrait être votre cachette secrète à tous les deux. Mais pour le moment je veux que vous alliez vous laver les mains et le visage avant de dîner. Nous allons peut-être avoir un invité.

— Un invité ? demanda Katie, les yeux étincelants. C'est qui ? Mlle Lucy ?

— Non, pas Mlle Lucy. C'est notre voisin, qui va peut-être dîner avec nous. Maintenant, allez vous débarbouiller. Nous passons à table dans trois minutes.

Tandis que les deux enfants se dirigeaient vers la salle de bains, Eliza retourna dans la cuisine.

La pendule du four indiquait 17 h 43. Il était fort possible que Troy ne vienne pas du tout, ce qui ne la contrariait nullement. Plus elle y repensait, plus la façon dont il l'avait amenée à l'inviter lui paraissait étrange.

Le repas était sur la table et les enfants venaient tout juste de s'asseoir quand la sonnette retentit.

— Attendez-moi, dit-elle. Je reviens tout de suite.

Elle essaya d'ignorer la pointe d'impatience qui s'était nichée au creux de son ventre.

Il se tenait sur le porche, avec son sourire charmeur. Ses cheveux noirs un peu ébouriffés luisaient sous le soleil. Son jean moulait ses hanches minces et sa chemise de coton bleu clair soulignait la puissance de son torse.

— J'espère que je n'arrive pas trop tard, dit-il en lui tendant une bouteille de vin rouge. J'ai été retenu par mon travail.

— Vous êtes juste à l'heure, répondit-elle. Et vous n'auriez pas dû prendre la peine d'apporter cette bouteille.

Elle la lui prit des mains, s'effaça pour le laisser entrer et le conduisit dans la cuisine.

— Sammy et Katie, voici notre voisin, M. Anderson.

— Je vous connais ! s'exclama Katie avec un grand sourire. Je vous ai vu enterrer un trésor au milieu de votre jardin, cette nuit. J'adore les trésors.

Troy eut un mouvement de recul et Eliza remarqua qu'il avait pâli. Ensuite, il éclata de rire et dit :

— Oh ! ma chérie, ce n'était pas un trésor. Malheureusement, j'ai trouvé un chat mort dans mon jardin et j'ai dû l'enterrer.

— Et que faisais-tu debout au milieu de la nuit, jeune fille ? demanda Eliza à sa fille.

— Je me suis réveillée et je suis allée dans la chambre de Sammy parce que j'ai pensé qu'il faisait peut-être un cauchemar, dit Katie en battant des paupières. Tu sais que je ne veux pas que Sammy ait peur.

Eliza se tourna vers leur invité et désigna la chaise placée en bout de table.

— Asseyez-vous, Troy, je vous prie.

Quand tout le monde fut servi, Katie demanda :

— Pourquoi est-ce que le chat est mort ?

— Je ne sais pas, répondit Troy.

Eliza se pencha vers Sammy.

— Poulet à 6 heures, pain à 3 et salade à 9, lui chuchota-t-elle.

Troy regarda le petit garçon avant de poser les yeux sur Eliza, et elle sut qu'il venait de comprendre que Sammy était aveugle. Il se racla la gorge et lui décocha un sourire qui la réchauffa de la tête aux pieds.

— Mon papa aussi est mort, dit Katie. Alors, mon papa et ce chat sont tous les deux au ciel ensemble.

— Est-ce que ton papa aimait les chats ? demanda Troy.

Katie regarda Eliza.

— Est-ce qu'il aimait les chats, maman ?

— Je suis sûre que oui, répondit-elle.

Elle voulait que ses enfants ne sachent jamais à quel point elle en était arrivée à haïr leur père avant qu'il ne les quitte pour aller s'installer en Floride – où il était mort dans un accident de moto, moins d'un an après le divorce.

— Parlez-moi un peu de votre travail de paysagiste, dit-elle à Troy dans l'espoir de changer de sujet. Comment avez-vous monté votre société ?

— J'ai toujours aimé jardiner, répondit-il. Au début, il n'y avait que moi, un camion et une tondeuse. Et maintenant j'ai dix camions et toute une équipe d'hommes et de femmes qui travaillent pour moi.

— C'est impressionnant.

— J'ai eu la chance de décrocher beaucoup de gros chantiers. Au fait, ce poulet est délicieux.

— Merci, répondit-elle.

— Maman est une super cuisinière, dit Sammy.

— Et elle est jolie, ajouta Katie avec un sourire charmeur. Vous ne trouvez pas qu'elle est très jolie, monsieur Anderson ?

— Katie ! dit Eliza.

Elle sentit ses joues s'empourprer. Troy éclata de rire.

— Oui, Katie, ta mère est très jolie.

Pendant le reste du dîner, les enfants parlèrent de leur école et des jeux auxquels ils préféraient jouer pendant la récréation. Eliza était intensément consciente de la présence de Troy, bien plus qu'elle n'aurait dû l'être. Après tout, il n'était qu'un voisin qui s'était joint à eux pour le dîner.

Mais elle était aussi particulièrement fière de ses enfants, qui se conduisirent d'une façon irréprochable tout au long du repas.

— Est-ce que votre maison est aussi bizarre que celle-là ? demanda soudain Sammy.

— Qu'est-ce que tu veux dire par bizarre ? demanda Troy.

— J'ai trouvé une cachette secrète dans le séjour, et un escalier secret dans la chambre de Katie. Il descend jusque dans le cellier de la cuisine, répondit-il.

Troy se tourna vers Eliza.

— C'est vrai, confirma-t-elle. Cette maison a l'air d'avoir beaucoup de secrets.

— Je veux trouver un trésor caché, intervint Katie. J'aime les trésors, surtout quand ils brillent.

Eliza et Troy éclatèrent de rire.

— C'est pour ça que vous avez acheté cette maison ? demanda-t-il. Pour chercher des trésors cachés ?

Elle rit de nouveau.

— Absolument pas, et nous ne l'avons pas achetée, nous en avons hérité. Elle nous a été léguée par le grand-père de mon défunt mari quand il est mort, il y a deux mois. Je dois reconnaître que je ne m'y attendais pas du tout.

— Maintenant, je comprends pourquoi il n'y a pas eu d'écriteau « à vendre » devant la maison à la mort de Frank, commenta Troy.

Quand le repas fut terminé, les enfants demandèrent la permission d'aller regarder la télévision.

— J'insiste pour vous aider à faire la vaisselle, dit Troy.

— Et moi j'insiste pour que vous n'en fassiez rien, répliqua-t-elle. Si je vous servais un café ? Vous pourriez discuter avec moi pendant que je m'occupe de tout.

— Comme vous voulez, répondit-il.

Quelques minutes plus tard, quand elle eut posé une tasse de café devant lui, Troy entreprit de lui donner quelques détails supplémentaires sur sa société. Tout avait commencé quand il avait dix ans et que son père lui avait offert sa première tondeuse en l'encourageant à devenir un véritable petit entrepreneur.

— Je n'ai jamais envisagé de faire autre chose, conclut-il. J'aime travailler en plein air et aider les gens à embellir leur cadre de vie.

— Il est toujours plus agréable de travailler quand on aime ce qu'on fait, remarqua-t-elle.

Il porta la tasse à ses lèvres et la dévisagea.

— Je suppose que vous aimez ce que vous faites, vous aussi.

— La plupart du temps, oui, sauf quand je tombe sur un fou. En ce moment, l'un de mes anciens clients m'envoie des douzaines de textos et de mails haineux.

Il ouvrit de grands yeux.

— Pourquoi ?

Elle rangea le reste de poulet dans le réfrigérateur avant de se tourner vers lui.

— J'avais accepté de lui monter un site Internet, mais j'ai vite compris qu'il s'agissait d'un site pornographique. J'ai refusé de continuer à travailler pour lui et j'ai remboursé l'argent qu'il m'avait déjà versé. Je pensais que l'affaire en resterait là, mais cela fait des semaines qu'il me harcèle.

— Avez-vous signalé l'incident à la police ? demanda Troy.

— Non, répondit-elle. Il ne fait que m'importuner, cela ne va pas plus loin.

— Je sais que vous vivez seule avec vos enfants. Si vous sentez que cet homme peut devenir dangereux, n'oubliez pas que j'habite juste à côté.

— Merci. C'est très gentil de votre part. Au fait, est-ce que vous connaîtriez quelqu'un qui pourrait nous débarrasser des souris qu'il y a dans la maison ? La nuit, les enfants et moi entendons des espèces de frottements dans les cloisons.

— Il se trouve que j'en connais un, oui : Mike l'Exterminateur de Souris.

— Il s'appelle vraiment comme ça ? demanda-t-elle en souriant.

— Oui, lança-t-il dans un éclat de rire. Nous sommes allés à l'école ensemble et nous sommes restés bons amis. Est-ce que vous voulez que je vous donne son numéro ?

— S'il vous plaît.

Elle prit son portable dans sa poche et enregistra le numéro qu'il lui donna.

— Laissez-moi vous donner aussi mon numéro, dit-il en attrapant son portable. Et j'aimerais avoir le vôtre, si cela ne vous dérange pas. Cela peut toujours servir, d'avoir le numéro de ses voisins.

Quand ils eurent échangé leurs numéros, il reprit sa tasse de café et commenta :

— Vous devriez aimer ce quartier. Il est tranquille.

— Après avoir vécu dans une résidence bruyante, nous apprécions le calme, répondit-elle.

— La plupart des habitants sont assez âgés et vivent ici depuis longtemps. Je n'ai pas rencontré beaucoup d'entre eux, mais ceux que je connais sont très gentils.

— C'est bon à savoir, déclara-t-elle. Je suppose que la maison d'en face est vide. J'y ai vu un camion de déménagement la semaine dernière.

Il acquiesça.

— C'était la maison des Foster. Un couple assez âgé, qui a décidé qu'elle était devenue trop grande pour eux.

— Ces maisons sont grandes, en effet, répondit-elle. Je ne sais pas quoi faire de la moitié des pièces.

— J'en utilise deux à l'étage uniquement comme pièces de rangement.

Il termina son café et se leva.

— Et maintenant je pense que je ferais mieux de vous laisser tranquille. J'ai passé une très bonne soirée. Merci de m'avoir invité.

— Merci d'être venu, répondit-elle. C'est toujours agréable de connaître ses voisins.

Ils marchèrent ensemble vers la porte d'entrée. Oui, la soirée avait été charmante. Cela faisait bien longtemps qu'elle n'avait pas eu l'occasion de discuter ainsi avec un adulte, et le fait que cet homme soit tellement plaisant à regarder ne gâchait rien.

Deux heures plus tard, elle s'assit sur le bord du lit de Katie pour la border.

— Et ne te glisse pas dans la chambre de ton frère

en pleine nuit, dit-elle en écartant une longue mèche brune de son visage.

— Mais si je me réveille au milieu de la nuit et que je pense qu'il fait peut-être un cauchemar ? demanda la fillette.

Ses yeux gris s'assombrirent et elle expliqua :

— Je ne veux pas que Sammy ait peur. Jamais.

— C'est très gentil de ta part de veiller sur ton frère comme tu le fais, répondit Eliza. Mais, s'il fait un cauchemar et qu'il a peur, il m'appellera. Les princesses doivent rester dans leur lit pendant toute la nuit pour se reposer.

— Et moi je suis une princesse, dit fermement Katie.

— Parfaitement, tu es ma petite princesse à moi.

Elle se pencha et embrassa sa fille sur la joue.

— Bonne nuit, ma chérie.

— Bonne nuit, maman.

Eliza se leva et éteignit le plafonnier, avant de traverser le couloir pour se rendre dans la chambre de Sammy. Son lit était contre un mur, et sa penderie, contre un autre. Le sol était nu et vide de tout objet, afin qu'il puisse se déplacer en toute sécurité dans son monde de ténèbres.

Elle lui avait proposé d'installer sa chambre au rez-de-chaussée, mais il avait insisté pour être à l'étage, près de sa sœur, et il se débrouillait à merveille. Il avait rapidement retenu le nombre exact de pas qui séparaient sa chambre de la salle de bains et de l'escalier. Décidément, son fils était un petit homme fantastique, et elle avait bien de la chance d'être sa mère.

Comme il ne se plaignait jamais de faire des cauchemars, Eliza soupçonnait Katie d'aller parfois le rejoindre en pleine nuit parce que c'était elle qui avait fait un mauvais rêve et avait besoin de réconfort.

Quand elle s'assit au bord du lit de son fils, il sourit.

— Est-ce que tu es prêt à faire de beaux rêves ? demanda-t-elle.

— Si les souris ne font pas de bruit, oui.

— Nous allons très bientôt nous occuper de ces bestioles insupportables, répondit-elle. En attendant, je veux que tu fasses de jolis rêves, et je te dis à demain. Nous serons samedi, et tu pourras faire la grasse matinée si tu veux.

— J'en aurai peut-être envie, répondit-il.

Elle l'embrassa et, après lui avoir souhaité bonne nuit, quitta sa chambre pour se rendre dans la sienne.

Elle ne se sentait pas encore vraiment chez elle dans cette grande et vieille maison, mais ce n'était qu'une question de temps. En revanche, contrairement à ce qu'elle avait redouté, Sammy y avait facilement trouvé ses marques. Tandis qu'elle enfilait sa chemise de nuit, ses pensées se tournèrent vers Troy Anderson.

Mon Dieu, mais cet homme était vraiment séduisant ! En plus, il lui semblait sincèrement gentil. Il avait paru très à l'aise avec Sammy, ne lui avait pas parlé comme à un idiot, et n'avait pas haussé la voix comme s'il était sourd en plus d'être aveugle.

Elle se mit au lit et éteignit la lumière. Elle avait vraiment apprécié de partager un repas et une conversation agréable avec un homme. Mais cela n'avait aucune importance qu'il ait fait battre son cœur plus vite. C'était arrivé également quand elle avait fait la connaissance de Blake, et l'histoire avait mal fini.

Elle laissa échapper un profond soupir et espéra que les souris se tiendraient tranquilles jusqu'au lendemain matin.

*
* *

Troy gara le camion marqué du logo de sa société dans son allée et poussa un soupir de fatigue. Il était à peine 15 heures, mais la journée avait été longue.

Ce matin-là, deux de ses hommes n'étaient pas venus travailler. Heureusement, il n'avait qu'à tondre des pelouses et tailler des haies dans des propriétés privées, de sorte qu'il s'en était chargé lui-même. Mais c'était le troisième samedi matin que ces deux-là ne se présentaient pas pour travailler, et il était temps qu'il décide s'il devait les congédier ou non.

Troy détestait toujours renvoyer quelqu'un, mais il voulait n'avoir que des employés qui soient dignes de confiance. Ces hommes étaient tous deux jeunes et célibataires. Au moins, s'il les licenciait, il n'aurait pas à redouter de les mettre dans l'incapacité de subvenir aux besoins de leur famille.

Il descendit de son camion et posa les yeux sur la maison voisine. Aussitôt, il pensa à Eliza et son sang se mit à courir un peu plus vite dans ses veines. Aucun doute : en plus d'être gentille, cette femme était très attirante. Il avait été intrigué par l'ombre qu'il avait parfois vue traverser ses beaux yeux gris, sous le coup d'émotions qu'il n'avait pu déchiffrer, mais il devinait en elle une force impressionnante. Élever seule deux jeunes enfants, dont l'un était aveugle, ne devait pas être facile.

Maintenant, comme il le lui avait promis, il allait planter la pivoine qu'il lui avait offerte. Il était vaguement surpris de constater que la perspective de la revoir l'emplissait d'une sensation très agréable. Il allait planter cette fleur tout de suite, avant de prendre une douche et de se changer – mais d'abord il voulait passer chez lui le temps de prendre un grand verre d'une boisson bien fraîche.

Il ouvrit sa porte et pénétra dans son entrée au parquet étincelant. Cela faisait maintenant un an et demi qu'il avait acheté cette grande maison à deux étages. Il avait dû travailler d'arrache-pied pour la rénover, mais il s'était attelé à la tâche avec ardeur. Il avait besoin de prendre un nouveau départ, et ce travail l'avait énormément aidé à éloigner son esprit de ses tourments passés.

Il avait donc arraché du lino et repeint des murs, remis les salles de bains et la cuisine au goût du jour et fait remplacer toutes les vitres. Le projet lui avait coûté beaucoup d'argent, de sueur et de labeur, mais il pensait avoir fait un bon investissement. Et surtout le travail l'avait empêché de devenir complètement fou.

Quand il entra dans la cuisine et se dirigea vers le réfrigérateur, il regarda machinalement par la fenêtre… et s'arrêta net.

Les deux enfants, Katie et Sammy, étaient dans son jardin, juste à l'endroit où il avait enterré le revolver. Bon sang ! Qu'est-ce qu'ils faisaient là ? Oubliant sa soif, il se rua vers la porte de derrière et l'ouvrit vivement, juste à temps pour voir Eliza courir vers eux.

— Katie ! Sammy ! lança-t-elle. Qu'est-ce que vous faites là ?

Elle lui adressa un regard d'excuse avant de reposer les yeux sur ses enfants.

— Vous connaissez pourtant les règles, tous les deux. Vous ne devez jamais sortir de la maison sans me prévenir. Et vous n'avez rien à faire ici, dans le jardin de M. Anderson. Qu'est-ce qui vous a pris ?

— On voulait juste faire une cérémonie pour le chat mort, dit Katie.

La fillette regarda sa mère, puis Troy. Sa lèvre inférieure était agitée d'un tremblement de mauvais augure.

— Pardon, maman, dit Sammy. On s'est dit que ça serait bien de faire des obsèques pour le chat.

Troy s'aperçut alors que Katie portait une robe noire qui devait appartenir à sa mère, et que les épaules de Sammy étaient drapées de ce qui semblait être un rideau, noir lui aussi. Katie tenait un petit bouquet de fleurs en plastique, et Sammy, un bout de carton sur lequel on lisait : « RIP Chat ».

Bon sang, les gamins voulaient tenir une cérémonie pour un chat imaginaire… Dans quel guêpier s'était-il fourré à cause de son mensonge ? Il fronça pensivement les sourcils. S'il les laissait faire, ils oublieraicnt peut-être que Katie l'avait vu enterrer quelque chose dans ce jardin.

— Ce n'est pas grave, dit-il à Eliza. Tout chat mort devrait avoir un enterrement digne de ce nom.

Eliza sembla adorablement troublée. Les joues écarlates, elle souffla pour écarter une mèche de cheveux de son visage et lui adressa un regard empli de gratitude, qui lui réchauffa le cœur.

— Très bien, vous pouvez organiser une cérémonie. Mais, quand nous rentrerons à la maison, vous serez punis, dit-elle à ses enfants. Et vous pouvez remercier M. Anderson de ne pas vous avoir chassés de son jardin à coups de balai.

— Merci, monsieur Anderson, dit Katie.

Le sourire plein de douceur de la fillette lui rappela aussitôt Annie, et un profond chagrin transperça son âme. Heureusement, Katie leur ordonna au même moment de fermer les yeux. Il obéit et fit de son mieux pour repousser les souvenirs qui cherchaient à l'assaillir.

Il avait passé les trois dernières années de sa vie à essayer d'oublier, parce que les souvenirs avaient le pouvoir de le terrasser, de le faire basculer dans les profondeurs de l'enfer. Il inspira longuement, à plusieurs reprises, et parvint à s'extraire du passé.

— Nous sommes tous réunis pour dire adieu à Chat, commença Katie.

— Nous avons décidé de l'appeler « Chat » parce que nous ne connaissons pas son vrai nom, ajouta Sammy. Monsieur Anderson, est-ce que Chat était un garçon ou une fille ?

— Un garçon, répondit Troy.

— Nous prions tous pour que le garçon Chat aille droit au ciel où les arbres sont en herbe à chat et où les chats sont toujours heureux, dit Katie. Maintenant, nous pouvons ouvrir les yeux.

Il obéit et vit Katie se pencher pour poser le petit bouquet de fleurs par terre.

— Tu es poussière et tu retourneras à la poussière, conclut Katie. Je ne sais pas ce que ça veut dire, mais ils disent toujours ça aux enterrements.

Elle se tourna vers son frère et lui prit la pierre tombale en carton qu'ils avaient fabriquée.

— On ne sait pas non plus pourquoi les gens écrivent « RIP » sur les tombes, mais comme on l'a vu dans des films on a écrit « RIP Chat ».

— Ça veut dire « Repose en paix », dit Troy. Vous savez, quand il pleuvra, le carton va s'abîmer et l'inscription va s'effacer. Pourquoi est-ce que je n'achèterais pas une jolie baignoire pour oiseaux pour la mettre ici ? Les chats aiment les oiseaux.

Katie se mit à sauter sur place.

— Oh ! ça serait merveilleux ! s'exclama-t-elle.

— Troy, vous n'avez pas à faire ça, protesta Eliza.

— Ce n'est pas un problème, assura-t-il. J'avais déjà l'intention de poser une baignoire pour oiseaux dans mon jardin.

Et il espérait qu'en la posant à cet endroit précis il découragerait les éventuels curieux de s'intéresser de plus près au « chat mort ».

— Voilà, la cérémonie est finie, dit Sammy.

— Et votre punition commence, répondit Eliza en tendant le doigt vers chez elle. Je veux que vous retourniez immédiatement à la maison et que vous montiez dans votre chambre. Quand je rentrerai, je distribuerai les punitions.

Quand les enfants furent hors de portée de voix, elle se tourna vers Troy.

— Je suis vraiment désolée. Je vous promets qu'ils n'ont jamais rien fait de tel auparavant.

— Ce n'est pas grave. Est-ce qu'ils ont assisté à beaucoup d'enterrements ?

— Pas un seul, ce qui m'amène à me dcmander ce qu'ils regardent à la télé quand je ne les surveille pas. Quoi qu'il en soit, je vous renouvelle mes excuses. Et je ne veux surtout pas que vous vous sentiez obligé d'aller acheter une baignoire pour oiseaux.

— Pour tout dire, l'idée me trottait vraiment dans la tête. Vos enfants viennent seulement de me convaincre qu'il était temps que je m'en occupe.

Elle était tellement jolie, avec ses mèches brunes qui reflétaient la lumière du soleil et ses yeux dont le gris lui rappelait celui de l'aile d'une tourterelle… Est-ce que son regard s'assombrissait jusqu'à devenir couleur de fumée quand elle était plongée dans les affres de la passion ?

Surpris et choqué par cette pensée parfaitement incongrue, il se morigéna mentalement avant de reprendre :

— J'avais l'intention de venir planter la pivoine

tout de suite, si cela vous convient. Il faut seulement que j'aille chercher ma pelle.

Un peu d'exercice physique l'empêcherait peut-être d'entretenir d'autres pensées lubriques au sujet de sa jolie voisine.

— Ce serait merveilleux, répondit-elle. De mon côté, je dois rentrer à la maison pour distribuer les punitions.

— Ne soyez pas trop sévère avec eux.

Elle lui décocha un sourire radieux qui le réchauffa plus que le chaud soleil d'été n'aurait pu le faire.

— Je ne le suis jamais, mais j'aime à croire que je suis juste.

— C'est toujours bien, d'être juste, répondit-il. J'arrive chez vous dans quelques minutes.

Elle se détourna et prit le chemin de sa maison. Il la suivit des yeux, et ne put s'empêcher de remarquer le léger balancement de ses hanches voluptueuses. Bon sang, mais cette femme était sacrément attirante !

Quand elle fut hors de vue, il fronça les sourcils et rentra chez lui. Après avoir bu un grand verre de limonade bien fraîche, il alla chercher une pelle dans son garage.

Les sentiments que lui inspirait Eliza le dérangeaient. Depuis que Sherry l'avait quitté, presque trois ans plus tôt, aucune femme ne l'avait attiré… jusqu'à aujourd'hui.

Alors, pourquoi était-il ainsi troublé par Eliza ? Il ne voulait pas s'engager dans une relation, surtout avec une femme qui avait des enfants. Maintenant qu'il savait lequel des habitants de sa maison l'avait vu enterrer le revolver, il devait reprendre ses distances avec elle.

Quelque chose en lui n'avait aucune envie de reprendre ses distances, mais il ne devait pas y prêter attention.

Dès qu'il aurait planté cette pivoine, il cesserait de fréquenter la charmante célibataire qu'il avait pour voisine.

Sa pelle à la main, il traversa le jardin d'Eliza. Le pot de fleurs était toujours à côté de la porte d'entrée, là où il l'avait laissé la veille.

Comme il n'était pas tombé une seule goutte de pluie depuis presque deux semaines, le sol était aussi dur que de la pierre. Il allait avoir besoin d'eau, tant pour ramollir la terre que pour arroser la pivoine une fois qu'il l'aurait plantée.

Il y avait bien un robinet contre le mur de la maison, mais pas de tuyau d'arrosage. Il frappa doucement à la porte.

— Avez-vous un tuyau d'arrosage ? demanda-t-il quand elle ouvrit.

Elle fronça légèrement les sourcils, ce qui n'ôta rien à son charme.

— Non, je n'en ai pas.

— Ce n'est pas bien grave. Je vais aller en chercher un chez moi. Je voulais seulement vous prévenir que j'allais ouvrir l'eau.

— D'accord. Si vous avez besoin de quoi que ce soit d'autre, dites-le-moi, répondit-elle.

Un baiser me conviendrait parfaitement, chuchota une petite voix dans sa tête. Bon sang, qu'est-ce qui lui prenait ? Il ne voulait pas qu'Eliza l'embrasse. Il voulait établir avec elle des relations de voisinage saines et amicales… et que ses enfants oublient le « chat mort » enterré dans son jardin.

Il lui fallut presque une demi-heure pour creuser un trou assez profond. Il y déposa la plante, combla le trou et l'arrosa généreusement afin qu'elle prenne bien.

Il avait presque fini quand la porte s'ouvrit et qu'Eliza apparut, un grand verre de thé glacé à la main.

— J'ai pensé que vous auriez peut-être envie d'une boisson fraîche, dit-elle.

— Merci.

Il prit le verre et but une longue gorgée.

— Il fait tellement chaud ! dit-elle.

Ce qui était vraiment chaud, c'était Eliza vêtue d'un short en jean et d'un chemisier rose sans manches.

— Je suis habitué à la chaleur, répondit-il.

Dans un effort pour remettre son esprit sur le droit chemin, il ajouta :

— La pivoine devrait se plaire ici.

— Tout ce que je sais, c'est qu'elle est vraiment très belle et que je vous remercie une fois de plus.

— Est-ce que vos enfants aiment la pizza ? demanda-t-il.

— Ils adorent ça.

Elle semblait légèrement interloquée.

— Je me demandais si vous accepteriez que je vous invite tous les trois à la pizzeria, vendredi soir.

Bon sang de bonsoir, quand s'était-il posé cette question ? Mais que lui arrivait-il ? C'était comme si sa bouche fonctionnait indépendamment de son cerveau.

— Oh… Ce… Ce serait agréable.

Dans ses yeux, l'étonnement céda la place au plaisir.

— Quelle heure vous conviendrait ? demanda-t-il en fermant le robinet.

— N'importe quand, à partir de 16 heures. C'est l'heure à laquelle les enfants rentrent de l'école.

— Si nous disions vers 17 heures ?

— Parfait.

Elle le gratifia de ce sourire qui lui donnait toujours l'impression qu'il venait d'avaler le soleil.

— Très bien. Je reprends ma pelle et mon tuyau et je vous laisse. Nous nous verrons vendredi soir.

Quelques minutes plus tard, après avoir remis ses outils dans le garage, il rentra chez lui et alla droit à la salle de bains. Ce ne fut qu'une fois debout sous le jet d'eau chaude qu'il comprit vraiment ce qui venait de se produire. Il venait de proposer à sa voisine de sortir avec lui.

3

Un rendez-vous… Était-ce ce dont il s'agissait ? Est-ce que Troy lui avait vraiment demandé de sortir avec lui ? Ou ne l'avait-il invitée que pour une sortie banale comme on peut en faire entre voisins ? La question, qui avait tournoyé dans l'esprit d'Eliza pendant toute la journée du dimanche, la taraudait encore le lundi, en fin d'après-midi, alors qu'elle était assise à la table de sa cuisine.

Mike l'Exterminateur de Souris était arrivé quelques minutes plus tôt et inspectait la maison. Elle entendait ses bottes résonner sur le parquet de l'étage. Elle espérait qu'il lui proposerait un moyen facile et rapide de se débarrasser des bestioles agaçantes qui faisaient tant de bruit toutes les nuits.

Elle regarda l'heure sur le micro-ondes. Il ne lui restait plus que quelques minutes avant de quitter la maison pour se rendre à l'arrêt de bus. Elle avait déjà prévenu Mike qu'elle devrait s'absenter. Parce qu'il était un ami proche de Troy, elle n'était pas trop inquiète à l'idée de le laisser seul chez elle.

D'ailleurs, elle ne serait pas partie bien longtemps : l'arrêt de bus était au bout de la rue, et les deux enfants arrivaient à quelques minutes d'intervalle. Quand elle reviendrait, elle espérait que Mike l'Exterminateur de Souris aurait trouvé un plan imparable pour débarrasser la maison de ses petits occupants indésirables.

Elle attendit jusqu'à la dernière minute pour se lever et aller en bas de l'escalier.

— Mike ? Je m'en vais ! cria-t-elle.

Il apparut sur le palier.

— Et moi je m'apprête à descendre dans votre cave.

— Je reviens tout de suite, répondit-elle en se dirigeant vers la porte.

Dehors, il faisait toujours aussi chaud. À Kansas City, le mois d'août était généralement assez désagréable. Les températures étaient caniculaires, et l'air était moite et étouffant. Eliza avait vraiment hâte que l'été se termine. L'automne était sa saison préférée, et il faisait généralement très beau.

Elle ne put s'empêcher de penser une fois de plus à Troy quand elle passa devant sa maison. Par une journée comme celle-ci, le travail en extérieur devait être particulièrement pénible. Mais il devait être habitué au climat du Midwest.

Quand elle arriva à l'arrêt de bus, son cœur se gonfla de joie à l'idée de revoir ses enfants après une journée d'école, comme toujours. Tous les après-midi, débordant d'excitation, ils lui racontaient tout ce qui leur était arrivé et tout ce qu'ils avaient appris.

Ce jour-ci ne fit pas exception. Ils bavardèrent tout le long du chemin jusqu'à la maison.

— Il y a un monsieur à la maison, dit-elle quand ils passèrent la porte. Il cherche les souris. D'ailleurs, il s'appelle Mike l'Exterminateur de Souris.

Comme Mike semblait être encore à la cave, ils se dirigèrent tous trois vers la cuisine pour leur traditionnel en-cas d'après l'école. Certains jours, il consistait en des bâtonnets de céleri et de carotte, ou des tranches de pomme et de fromage. Aujourd'hui, Eliza servit à ses enfants des cookies et un verre de lait.

Les deux enfants venaient tout juste de s'attabler devant leur goûter quand Mike apparut à la porte.

— Eh bien, qu'est-ce que nous avons là ? demanda-t-il en souriant. Ça m'a tout l'air d'être deux jolies petites souris.

— On n'est pas des souris, on est des enfants, répliqua Katie en gloussant de rire.

Avec un gentil sourire, elle demanda :

— Est-ce que vous voulez un cookie, monsieur Souris ?

— Oh ! non, merci, ma puce. J'essaie de conserver ma silhouette de rêve.

Il rit et tapota sa bedaine généreuse.

Eliza jugea préférable de mettre un terme à cet échange.

— Passons dans le salon, proposa-t-elle. Vous pourrez me dire ce que vous avez trouvé.

Elle conduisit Mike dans l'immense pièce, où son canapé et ses tables basses semblaient comme perdus. Cette pièce était faite pour accueillir d'énormes canapés, des causeuses, des fauteuils moelleux, des miroirs sculptés et des objets de décoration en tous genres…

D'ailleurs, il y avait beaucoup à faire dans cette vieille maison : revernir les planchers, repeindre les murs, rénover la cuisine et bien plus encore. Eliza avait fait repeindre les chambres des enfants juste après qu'ils avaient emménagé, mais tous les autres travaux devraient encore être effectués. Pour le moment, elle ne s'occupait que des souris.

— Alors, est-ce que c'est grave ? demanda-t-elle, inquiète.

— Pas du tout. Pour tout dire, je n'ai trouvé aucun signe indiquant la présence de souris. Pas de trace de nourriture, pas d'excréments… Rien.

Elle le regarda fixement pendant un long moment, étonnée.

— J'étais certaine que vous alliez me dire que nous étions envahis par les souris ou d'autres bestioles. Alors, quels sont tous ces bruits que nous entendons la nuit ?

— Troy m'a dit que vous ne vous étiez installés dans cette maison qu'il y a un mois. Il est possible que vous ne soyez pas encore habituée aux craquements et aux grincements que peut produire une grande vieille maison comme celle-ci.

— Peut-être, répondit-elle. Alors, combien est-ce que je vous dois ?

— Rien du tout.

— Oh ! mais je vous dois sûrement quelque chose pour le dérangement, protesta-t-elle.

Il lui sourit.

— J'avais du temps, et vous ne m'avez pas du tout dérangé. Alors, que pensez-vous de mon copain Troy ?

Oh ! mon Dieu… Elle sentit ses joues s'empourprer aussitôt.

— Il a l'air très gentil, mais je ne le connais pas très bien. Nous n'avons dîné qu'une fois ensemble.

Mike haussa vivement un sourcil broussailleux.

— Il a dîné avec vous ?

— Oui, et nous sortons manger de la pizza tous ensemble, vendredi soir.

Il la dévisagea pendant tellement longtemps qu'elle commença à se sentir légèrement mal à l'aise. Enfin, il hocha la tête, sourit et dit :

— C'est une bonne chose. Il est temps que mon copain Troy sorte de l'enfer qu'il s'impose à lui-même depuis des années. C'est un type bien, qui a traversé des moments difficiles. J'espère qu'il a enfin trouvé le moyen de se pardonner.

Il regarda sa montre et ajouta :

— Et maintenant je dois y aller. Il faut que je sois à l'autre bout de la ville dans un quart d'heure.

Avant qu'elle ait pu finir d'analyser ce qu'elle venait d'apprendre au sujet de Troy, Mike était parti.

— Est-ce que M. Souris est parti ?

Eliza fit volte-face en entendant la voix de Katie. La petite fille se tenait à la porte, la bouche ourlée de chocolat. Son frère était avec elle, avec une trace de lait qui lui dessinait une moustache sous le nez.

— On a fini de goûter, annonça Katie. Est-ce qu'on peut regarder des dessins animés ?

— Allez d'abord vous débarbouiller et vous laver les mains. Ensuite, vous pourrez regarder la télé pendant une demi-heure avant de faire vos devoirs.

Quand les enfants furent montés à l'étage, Eliza alluma la télé et mit un DVD qu'elle avait emprunté à l'école de Sammy. C'était une série de dessins animés qui amuseraient Katie, et dont Sammy pourrait profiter lui aussi grâce à l'audiodescription.

Une fois les enfants installés sur le canapé, elle retourna dans la cuisine pour laver les assiettes du goûter, l'esprit empli de questions. Qu'avait voulu dire Mike quand il avait parlé de l'enfer que s'était imposé Troy ? Quel genre d'épreuves son voisin avait-il traversées ?

Elle était surprise de constater qu'elle ressentait bien plus qu'une simple curiosité passagère au sujet d'un voisin. Il s'agissait plutôt du réel intérêt d'une femme pour un homme… Un homme qu'elle trouvait terriblement attirant. Mais ce n'était pas parce qu'elle le trouvait attirant et que les allusions de Mike l'avaient intriguée qu'elle aurait une aventure avec lui. Ce n'était vraiment pas ce qu'elle recherchait.

Le reste de la soirée se déroula tranquillement, et ce fut bientôt l'heure du coucher. Elle borda Katie avant d'aller dans la chambre de Sammy.

— Dors bien, dit-elle en embrassant son fils sur la joue.

— Maman, j'ai quelque chose à te dire. Je n'ai pas voulu parler devant Katie.

Le cœur d'Eliza s'arrêta un instant.

— Qu'est-ce qu'il y a, mon cœur ? Tu sais que tu peux tout me dire.

— Cette nuit, papa était dans ma chambre.

Eliza fixa son fils, abasourdie.

— Qu'est-ce qui te fait croire qu'il y avait quelqu'un dans ta chambre cette nuit ?

— Je me suis réveillé parce que j'ai entendu du bruit, et j'ai su grâce à mes sens de super héros que quelqu'un était là, et il avait la même odeur que papa.

— Sammy, tu sais que ce n'est pas possible. Ton père nous a quittés.

Elle écarta une mèche de cheveux blonds du front de son fils.

— C'était peut-être le fantôme de papa, répondit Sammy. Est-ce que les fantômes ont une odeur ?

Cette conversation était parfaitement surréaliste.

— C'est sans doute possible, dit-elle.

Parfois, elle avait l'impression qu'un léger parfum de lilas flottait autour d'elle, ce qui lui rappelait aussitôt sa mère. Elle avait perdu ses deux parents dans un accident de voiture quand elle avait vingt et un ans. À chaque fois que ce parfum se manifestait, elle imaginait toujours que l'esprit de sa mère était auprès d'elle et l'entourait d'amour.

— Est-ce que tu as eu peur ?

Sammy secoua la tête.

— Non, je n'ai pas eu peur. Si c'était le fantôme de papa, je me suis dit qu'il venait peut-être voir comment on allait.

— Mais tu sais que, si quelque chose te fait peur la nuit, tu peux venir me réveiller.

Il sourit.

— Ouais, maman. Je sais.

— Maintenant, assez parlé de fantômes. Il faut que tu dormes.

Elle l'embrassa une dernière fois et sortit de sa chambre.

Ce ne fut qu'une fois dans son lit, le regard rivé au plafond, qu'elle eut enfin le temps de passer en revue tous les événements de cette journée.

Donc il n'y avait pas de souris chez elle. Par contre, il y avait apparemment un fantôme qui avait la même odeur que Blake. Eliza n'était pas étonnée que Sammy se rappelle l'odeur de son père, qui s'aspergeait toujours généreusement d'un parfum aux effluves de cèdre et de patchouli.

Quel dommage que Sammy ne se rappelle que ce parfum, et pas la douce caresse de la main de son père, ou la chaleur d'un baiser paternel sur sa joue… Mais Blake avait toujours vu Sammy comme un fardeau, un enfant qui, en plus de causer des dépenses supplémentaires, avait besoin d'une attention toute particulière que son père, cet homme pétri d'égoïsme, ne voulait pas lui accorder.

Si Blake ne les avait pas quittés, cela aurait été elle qui serait partie. Elle aurait pu à la rigueur fermer les yeux sur ses infidélités, mais elle aurait été incapable de rester aux côtés d'un homme qui n'éprouvait aucun amour pour ses propres enfants.

Elle cessa bientôt de penser à Blake pour s'intéresser à Troy. Les allusions de Mike continuaient à tourbillonner dans son esprit. Que pouvait-il avoir à se pardonner ? Pourquoi s'était-il imposé de vivre un véritable enfer ? Qu'avait-il bien pu faire ?

Elle devait être très attentive aux personnes qu'elle laissait entrer dans sa vie. Il fallait qu'elle pense à ses enfants. Elle ne pouvait pas s'engager dans une relation amoureuse avec un homme susceptible de s'en aller du jour au lendemain. Elle ne voulait pas que ses enfants côtoient une personne qui puisse représenter un danger pour eux, que ce soit physiquement ou psychologiquement.

Elle se morigéna aussitôt. Elle n'avait aucune raison de croire que Troy et elle entretenaient une relation amoureuse, ou qu'ils en entretiendraient une un jour. Ils n'étaient que deux voisins qui allaient manger une pizza ensemble, et rien de plus.

Soudain, il y eut un coup sourd, suivi par une espèce de frottement. Le bruit semblait venir de derrière le mur opposé. Elle se redressa vivement, le cœur battant la chamade.

Elle alluma sa lampe de chevet et retint son souffle mais elle n'entendit rien, sinon le silence. Même si tout lui semblait normal, elle continua à tendre l'oreille en regardant tout autour d'elle pendant de longues minutes. Enfin, elle éteignit la lumière et se rallongea, mais les battements de son cœur mirent un long moment à retrouver un rythme normal.

Elle espérait que Mike avait raison, que ce n'étaient là que des bruits normaux, comme peut en produire une vieille maison. Pourtant, elle ne leur trouvait rien de normal – ces sons n'étaient ni le souffle léger de la climatisation ni le claquement caractéristique d'un conduit qui se dilate. La seule explication possible à ces bruits était qu'ils devaient être propres à cette maison. Mais il lui fallut très longtemps pour parvenir à trouver le sommeil.

Planté devant le miroir de la salle de bains, Troy regardait fixement son reflet. Dans quoi s'était-il embarqué ? Dans quinze minutes, il allait chercher Eliza et les enfants pour leur soirée pizza.

Il l'avait croisée la veille alors qu'elle revenait des courses et en avait profité pour lui demander si leur soirée tenait toujours, en espérant presque qu'elle allait annuler.

Mais elle n'en avait rien fait, bien au contraire. Une étincelle joyeuse s'était allumée dans ses beaux yeux et elle lui avait répondu que ses enfants et elle attendaient cette soirée avec impatience.

Pour son plus grand déplaisir, il partageait cette impatience. Il savait qu'il allait passer une soirée agréable, ponctuée de rires, et il n'avait pas le droit d'être heureux. Il savait aussi qu'il allait avoir envie d'Eliza, et il n'avait pas non plus le droit de désirer une femme.

Cela faisait des années qu'il ne s'était pas préparé pour un rendez-vous, et il se sentait gagné par l'excitation. Il se peigna, inspecta ses joues pour s'assurer qu'aucun poil de barbe ne lui avait échappé et se parfuma.

Enfin, il sortit de la salle de bains. *Ce n'est pas grand-chose. Il n'y en a que pour deux heures*, se dit-il. Ils allaient manger tous ensemble dans une pizzeria du quartier. Ensuite, il rentrerait chez lui et reprendrait le cours de sa vie, à bonne distance de sa voisine et de ses enfants.

Heureusement, Sammy et Katie avaient perdu tout intérêt pour le « chat mort », dont la « tombe » était maintenant ornée d'une jolie baignoire pour oiseaux en ciment. Quand le printemps arriverait, il planterait des fleurs tout autour de la baignoire et se contenterait d'espérer que personne ne viendrait jamais déterrer ce qui était enfoui dessous.

Il était exactement 17 heures quand il sonna à la porte d'Eliza. Quand elle lui ouvrit, il oublia presque de respirer.

Son jean moulait ses longues jambes et son chemisier bleu roi ajoutait une touche de couleur à ses jolis yeux, mais ce fut son sourire qui lui fit l'effet d'un coup de poing en plein ventre. Il était tellement magnifique et chaleureux qu'il ne put s'empêcher de lui sourire en retour.

— Parée pour la pizza ? demanda-t-il.

— Je suis prête, et les enfants aussi. Pour tout dire, je crois qu'ils le sont depuis hier matin, quand je leur ai annoncé que nous allions dîner avec vous, répondit-elle. Entrez. Je vais chercher mon sac dans la cuisine.

Elle revint quelques instants plus tard. Les deux enfants les rejoignirent dans l'entrée et se mirent à danser d'excitation autour d'eux.

— Quel genre de pizza est-ce que vous aimez, monsieur Anderson ? demanda Katie quand ils furent dans sa voiture.

— Ma préférée est celle au pepperoni, répondit-il. Et tu peux m'appeler Troy.

— Maman, c'est ta préférée, à toi aussi, dit Katie.

Est-ce que c'est pas chouette que vous aimiez la même pizza que maman, monsieur Troy ? Vous faites un beau couple, tous les deux.

Amusé de voir la fillette s'essayer à jouer les entremetteuses, Troy jeta un regard vers Eliza et lui sourit. Elle lui répondit par un petit sourire impuissant et légèrement embarrassé.

Mais Katie pouvait jouer les marieuses tant qu'elle le voulait, rien ne se passerait entre Eliza et lui. Cette soirée n'était qu'une sortie agréable entre voisins, et rien de plus. Même s'il trouvait Eliza intéressante, même s'il la désirait, cette soirée serait la dernière qu'ils passeraient ensemble. Ensuite, il se bornerait à la saluer d'un signe de la tête quand il la croiserait.

— Et toi, Sammy, quel genre de pizza est-ce que tu aimes ?

— Avec du fromage et rien d'autre, répondit-il.

— Moi aussi, intervint Katie. On aime tous la pizza. Parfois, maman nous en fait à la maison, mais c'est toujours amusant d'aller au restaurant.

Quelques minutes plus tard, Troy se garait dans le parking de Garozzi's Pizza, un restaurant installé dans une galerie commerçante. En plus des pizzas, Garozzi's proposait toute une sélection de plats typiquement italiens. C'était un établissement assez petit auquel les bougies posées sur les tables et le discret fond musical conféraient un caractère intime.

Ils furent bientôt installés dans un box et la serveuse, Tabitha, vint leur souhaiter la bienvenue.

— Bonsoir, Troy. Est-ce que vous êtes venu avec votre famille ?

— Non, répondit vivement Eliza. Nous sommes juste entre voisins.

— Mais ils forment un couple parfait parce qu'ils

adorent tous les deux la pizza au pepperoni, lança malicieusement Katie.

Tabitha éclata de rire.

— Et c'est le plus important dans une relation, pas vrai, mon chou ?

Elle prit leurs commandes avant de s'éloigner.

— Je vois que ce n'est pas la première fois que vous venez ici, dit Eliza quelques minutes plus tard alors qu'ils attendaient leurs pizzas.

— Pour tout dire, je viens assez souvent, répondit-il. Quand j'ai travaillé toute la journée, je préfère venir dîner ici que rentrer chez moi et faire la cuisine. Les prix sont honnêtes et on y mange très bien… Mieux que chez moi, en tout cas.

— Est-ce que je dois déduire de cette information que vous ne savez pas cuisiner ? demanda-t-elle.

Il sourit.

— Je cuisine juste assez bien pour rester en vie.

— Maman cuisine super bien, dit Sammy.

— Il m'a suffi de manger chez vous une seule fois pour m'en rendre compte, répondit Troy.

— Oh ! c'est facile de bien cuisiner quand on a une mijoteuse, protesta-t-elle. Mais je dois reconnaître que je ne me débrouille pas trop mal.

Quand les pizzas arrivèrent, Troy se surprit à regretter de ne pas dîner seul avec Eliza. La présence des deux enfants empêchait la conversation de prendre un tour aussi profond qu'il l'aurait voulu, même s'il appréciait sincèrement leur gaieté et leur exubérance.

Il apprit que Katie voulait être actrice quand elle serait grande et que ses plats préférés étaient le Mac and Cheese et la crème glacée avec des vermicelles de chocolat roses.

Sammy, pour sa part, aimait les cheeseburgers, la

pizza et les cookies au chocolat que faisait sa mère. Il ne savait pas encore ce qu'il voulait faire quand il serait grand, mais il aimait les maths et les énigmes.

Par contre, Troy n'apprit pas ce qu'il voulait vraiment savoir : les raisons qui avaient poussé Eliza et son mari à divorcer, les difficultés quotidiennes provoquées par la cécité de son fils, sa couleur préférée et ce qui la rendait heureuse, en dehors de ses enfants…

Il s'en voulut aussitôt. Il n'avait pas à se poser toutes ces questions sur sa voisine. Il devait continuer à vivre sa vie sans se soucier d'elle.

Mais il passa une soirée agréable, et regretta qu'elle se termine aussi vite. Quand ils sortirent de la pizzeria pour retourner à sa voiture, il sentit soudain une petite main se glisser dans la sienne.

Il s'arrêta net, aussitôt ramené à la dernière fois où une autre petite main avait fait le même geste… Il baissa les yeux sur la fillette qui se tenait à côté de lui et, pendant un bref instant, crut voir des boucles blondes et des yeux d'un bleu vif.

Une joie exubérante l'emplit, mais elle céda aussitôt la place à une pointe de douleur quand la vision de sa fille s'estompa.

— Merci pour la pizza, monsieur Troy, dit Katie.

Elle relâcha sa main.

— Oui, renchérit Sammy. Merci beaucoup.

Le garçon avait posé une main sur le bras de sa mère pour qu'elle le guide à travers le terrain inconnu qui le séparait de la voiture.

— Tout le plaisir est pour moi, répondit-il. Mais je suis content de voir que vous êtes tous les deux aussi bien élevés.

— Maman pense que c'est très important d'être bien élevé, dit Sammy.

— Et je suis d'accord avec elle.

Il gratifia Eliza d'un sourire. Mon Dieu, elle était tellement attirante, sans même paraître s'en rendre compte… Cette soirée passée en sa compagnie lui avait semblé si simple, si naturelle…

Quelques minutes plus tard, il se garait dans l'allée d'Eliza. Les enfants bondirent hors de la voiture et coururent jusqu'à la porte.

— Merci, Troy, dit Eliza.

Elle sortit ses clés de son sac, déverrouilla la porte et dit à ses enfants :

— Allez vous mettre en pyjama, tous les deux. Vous pouvez regarder la télé pendant une demi-heure avant d'aller au lit.

Sammy et Katie se ruèrent à l'intérieur et elle se tourna vers lui.

— J'ai passé une soirée très amusante.

— Moi aussi. Vos enfants sont formidables, et ils ont l'air très intelligents tous les deux.

Elle éclata de rire.

— Merci. Je crois qu'ils le sont, mais je ne suis pas très objective.

Quand elle souriait ou riait ainsi, il se sentait irrésistiblement attiré vers elle.

— C'est tout naturel, répondit-il.

Le soleil couchant baignait son visage d'une lumière dorée. Pouvait-il se permettre de lui voler un baiser sans lui en demander la permission ? Il avait tellement envie de l'embrasser… Sans plus y réfléchir, il se pencha en avant et posa sa bouche sur la sienne.

Quand il sentit ses lèvres, chaudes et engageantes, il eut envie de l'enlacer et de l'attirer contre lui pour approfondir le baiser. Mais il se retint et se contenta d'un baiser rapide et léger avant de se redresser.

— Merci, Eliza, dit-il. J'ai passé une très bonne soirée.

Ses joues avaient rosi. Elle semblait étonnée, mais pas le moins du monde contrariée.

— Bonne nuit, Troy.

Elle rentra et referma la porte derrière elle.

Il remonta en voiture et parcourut les quelques mètres qui le séparaient de sa propre allée, le cœur léger. Pour la première fois depuis des années, il se sentait… heureux. Il entra chez lui, alla droit dans le salon et s'assit dans son fauteuil.

Pendant un long moment, il repassa cette soirée dans son esprit et sourit en pensant aux rires qu'ils avaient partagés. Il n'avait pas menti à Eliza : ses deux enfants étaient intelligents, et dotés d'un grand sens de l'humour.

En plus d'avoir été agréable, cette soirée avait encore attisé son envie de passer plus de temps avec Eliza pour apprendre à mieux la connaître. Et il avait l'impression qu'elle en avait envie, elle aussi.

Cette femme lui donnait l'impression qu'il souffrait d'une sorte de dédoublement de la personnalité. Une partie de lui voulait continuer à chercher auprès d'elle le bien-être qu'elle lui faisait ressentir, mais l'autre partie s'y opposait.

Il repensa soudain à l'instant où Katie avait glissé sa main dans la sienne, et l'image d'une autre petite fille s'imposa à son esprit.

Annie.

Il fut aussitôt balayé par un chagrin d'un genre bien particulier. Comment osait-il se sentir heureux et chercher à l'être encore plus alors qu'il ne le méritait pas ? Il ne pouvait pas faire partie de la vie d'Eliza et de ses enfants. Ils n'avaient rien à faire avec un homme comme lui.

Il ne pouvait rien apporter de bon à personne, parce qu'il était un monstre. Il y avait des jours où il n'était même pas certain de pouvoir supporter de continuer à vivre en sa propre compagnie.

Non, il ne méritait pas d'être heureux, parce que sa fille était morte, et que c'était lui qui l'avait tuée.

4

— J'aime bien M. Troy, dit Katie quand Eliza la borda, un peu plus tard ce soir-là.

— Il a l'air très gentil, convint Eliza.

Et le baiser de cet homme très gentil l'avait tout à la fois surprise et électrisée. Elle n'avait pas encore eu le temps de comprendre vraiment ce qui s'était passé.

Elle se pencha vers sa fille et l'embrassa sur le front.

— Bonne nuit, ma chérie, dit-elle. Fais de beaux rêves.

— Bonne nuit, maman.

Comme elle avait déjà bordé Sammy, elle se rendit directement dans sa propre chambre. Ce ne fut qu'une fois couchée qu'elle s'autorisa à repenser à ce baiser délicieux… et bien trop bref.

Pourquoi l'avait-il embrassée ? Par ce baiser, leur relation avait changé. Ils étaient devenus plus que de bons voisins. Mais qu'attendait-il d'elle ? Et pourquoi était-elle tellement impatiente de le découvrir ?

Elle effleura ses lèvres du bout des doigts en se rappelant la sensation merveilleuse de la bouche de Troy sur la sienne. Derrière la douceur et la tendresse de ses lèvres, elle avait ressenti une touche d'autorité terriblement excitante. Elle se demanda ce qu'elle ressentirait si elle échangeait un baiser plus long, plus profond, avec Troy, et un frisson la parcourut.

Pourtant, il n'avait pas parlé de fixer un autre rendez-vous, ni même d'ailleurs de la revoir. Peut-être que ce baiser n'avait rien voulu dire pour lui, qu'il ne l'avait considéré que comme un petit bisou amical. Il ne fallait surtout pas qu'elle s'emballe et s'imagine qu'il y en aurait d'autres.

Mais, quand même, ce baiser lui avait rappelé qu'elle n'était pas seulement une mère, doublée d'une bonne créatrice de sites Internet. Elle était aussi une femme, seule depuis bien longtemps… Une femme que Troy avait réveillée.

Et le seul fait de se souvenir que cette femme existait était terriblement excitant, autant que le fait de se demander ce qui pouvait se passer maintenant entre Troy et elle. Mais elle était assez intelligente pour admettre qu'il ne se passerait peut-être rien du tout.

D'ailleurs, était-elle capable de faire de nouveau confiance à un homme ? Elle avait tellement souffert à cause de Blake que son instinct lui dictait de préserver son cœur.

En plus, elle n'était pas seule. Elle devait penser à ses enfants. Pour le moment, ils étaient heureux. Pouvait-elle courir le risque d'introduire dans leur vie un homme qui pouvait tout gâcher ?

Elle se tourna sur le côté et s'endormit presque aussitôt mais se réveilla bientôt en sursaut, le cœur battant avec force, tous les nerfs en alerte.

Elle s'assit dans son lit. Elle était encore un peu endormie, mais elle savait que quelque chose l'avait arrachée à ses rêves. Mais quoi ? Un craquement plus fort que les autres ? Quand ses yeux se furent habitués à l'obscurité, elle ne vit rien de bizarre dans la pièce. Elle jeta un coup d'œil à son réveil, sur sa table de nuit. Il était à peine plus de 2 heures.

Elle devait avoir fait un cauchemar. C'était la seule explication. Elle s'apprêtait à reposer la tête sur l'oreiller quand une silhouette passa dans le couloir, devant la porte de sa chambre.

Aussitôt, son estomac se noua et le goût âcre de la peur lui emplit la bouche. Il y avait quelqu'un dans la maison ! Oh, mon Dieu… Il fallait qu'elle aille chercher ses enfants !

Elle se leva, les jambes tremblantes, en réprimant le cri de terreur logé dans sa gorge. Elle ne voulait ni effrayer ses enfants ni alerter la personne qui s'était introduite chez elle en pleine nuit et se retrouver nez à nez avec elle. Il fallait qu'elle soit aussi silencieuse que possible.

D'après la taille et la corpulence de la silhouette, elle était à peu près certaine que l'intrus était un homme. Que voulait-il ? Pourquoi s'était-il introduit chez elle ?

Toutes ces interrogations furent rapidement balayées par le besoin impérieux de s'assurer que Katie et Sammy étaient sains et saufs. Elle avança jusqu'à la porte de sa chambre sur la pointe des pieds et hasarda un regard dans le couloir. Il était vide.

Où était allé l'homme ? Même s'il n'y avait personne dans le couloir, son cœur continuait à cogner contre ses côtes avec une telle violence qu'elle avait mal. Elle n'avait plus qu'une idée en tête : faire sortir ses enfants de cette maison et les mettre en lieu sûr.

Elle alla droit dans la chambre de Sammy, courut jusqu'à son lit et le secoua doucement par l'épaule.

— Sammy, mon chéri… réveille-toi et ne fais pas de bruit.

Il se redressa et demanda à voix basse :

— Est-ce que c'est déjà le matin ?

— Non. Il fait encore nuit. Mais nous devons sortir d'ici sans faire de bruit et aller chez M. Troy.

Elle ne savait pas à quel moment elle avait décidé d'aller se réfugier chez Troy, mais elle espérait qu'ils y seraient en sécurité. À moins que… Et si c'était lui qui s'était introduit chez elle ? Elle repoussa aussitôt cette idée. La silhouette qu'elle avait vue était trop grande et corpulente pour être celle de Troy. Elle n'avait rien à craindre : chez lui, ils seraient en sécurité. Mais d'abord ils devaient sortir d'ici.

Dieu merci, Sammy se leva immédiatement, sans poser de questions, et la suivit jusque dans la chambre de Katie. Eliza réveilla sa fille et ils descendirent l'escalier sur la pointe des pieds.

À chaque pas qu'elle faisait, ses jambes menaçaient de se dérober et tous ses nerfs se tendaient un peu plus. Que ferait-elle s'ils tombaient nez à nez avec l'intrus qui s'était introduit chez eux ? Elle n'avait pas d'arme, mais elle se battrait bec et ongles pour protéger ses enfants.

Ils ne croisèrent personne, heureusement. Mais le cœur d'Eliza ne se calma pas pour autant.

Elle n'avait aucune idée de l'identité de cet homme. Elle n'était même pas certaine qu'il se trouve encore dans la maison. En tout cas, elle n'allait pas tenter le diable.

Elle déverrouilla la porte aussi silencieusement que possible et sortit, en entraînant ses enfants derrière elle. La nuit était chaude, mais des frissons glacés parcouraient son dos. Après avoir jeté un dernier regard vers sa maison, elle frappa à la porte de Troy. Elle s'était tellement dépêchée d'aller chercher ses enfants qu'elle n'avait même pas pensé à prendre son téléphone portable sur sa table de chevet.

Elle dut frapper plusieurs fois avant qu'il vienne ouvrir. Quand il les vit, il écarquilla ses yeux embués par le sommeil.

— Eliza…

— Est-ce que nous pouvons entrer ?

Sous l'effet du désespoir, sa voix avait grimpé d'une octave.

Sans répondre, il ouvrit grand sa porte et s'effaça pour les laisser entrer. Dès qu'il eut refermé la porte à clé derrière eux, elle poussa un soupir de soulagement.

— Est-ce que vous pouvez appeler la police ? Il y a quelqu'un dans la maison.

Elle avait parlé à voix basse pour ne pas effrayer Katie et Sammy.

— Pas de problème, répondit-il sur le même ton.

Il regarda les enfants avant de reposer les yeux sur elle.

— Je m'en occupe. Faites comme chez vous.

Il disparut dans ce qui devait être la cuisine et elle conduisit les enfants vers l'immense canapé de cuir marron. Ils se pelotonnèrent contre les accoudoirs et se rendormirent aussitôt.

Elle était tellement soulagée qu'elle fut traversée par un violent tremblement. Ils étaient en sécurité… ce qui ouvrit la porte à d'autres réflexions. Elle aurait dû prendre le temps d'enfiler une robe de chambre par-dessus sa chemise de nuit en soie bleu nuit. Elle n'avait aucune envie de dévoiler autant de peau devant son voisin et la police. Au moins, Troy avait passé un peignoir par-dessus son pantalon de pyjama à carreaux noirs et blancs.

Mais comment pouvait-elle se préoccuper de sa tenue

et de celle de Troy alors qu'un homme s'était introduit chez elle en pleine nuit ? Qu'est-ce qui n'allait pas chez elle ? Est-ce qu'elle avait perdu l'esprit ?

Et en parlant de cet homme… Que voulait-il ? Avait-il l'intention de la cambrioler ? Ah ! il allait être bien attrapé. À part son matériel informatique, il n'y avait aucun objet de valeur dans la maison. Elle n'avait pas de bijoux, pas même son alliance, qu'elle avait vendue après son divorce.

Troy revint dans le salon et s'approcha d'elle.

— La police devrait arriver d'une minute à l'autre, dit-il doucement.

Ensuite, il ôta son peignoir et le lui tendit.

— Tenez. Mettez ceci.

— Merci, dit-elle avec gratitude.

Elle se leva et enfila rapidement le peignoir en éponge bleu marine où l'odeur de son parfum se mêlait à celui d'un adoucissant.

— Je suis désolée de vous déranger en pleine nuit, mais j'étais terrifiée et je voulais mettre mes enfants en lieu sûr.

Elle se rassit entre ses deux enfants endormis, et il s'installa dans le fauteuil, face à elle.

— Dites-moi ce qui s'est passé.

— Je dormais et quelque chose m'a réveillée. J'ai pensé qu'il y avait eu un craquement plus fort que d'habitude, mais j'ai quand même tendu l'oreille pour voir si je l'entendais de nouveau…

Sa gorge se noua et elle frissonna.

— Et là j'ai vu un homme passer dans le couloir, devant la porte de ma chambre.

Troy se pencha vers elle, les traits tendus par l'inquiétude.

— L'avez-vous reconnu ?

— Non, il faisait trop sombre. Je n'ai vu qu'une silhouette. Qui que ce soit, il était grand et un peu bedonnant. Et je m'inquiétais trop pour mes enfants pour mieux le regarder.

Avant qu'elle ait pu poursuivre, on frappa à la porte.

— C'est sans doute la police, dit Troy en se levant. Pour arriver aussi vite, je pense qu'ils étaient déjà dans le quartier.

Elle se leva d'un bond et le rejoignit dans l'entrée, où elle le trouva en compagnie de deux agents de police. Elle leur signala rapidement qu'un homme s'était introduit chez elle et ils partirent aussitôt en promettant de revenir une fois qu'ils auraient inspecté les lieux.

— En attendant, si nous installions les enfants dans l'une de mes chambres d'amis ? suggéra Troy quand ils furent partis. Vous feriez aussi bien de rester ici tous les trois jusqu'au matin.

— Je vous ai déjà assez dérangé, protesta-t-elle.

Mais la perspective de ne pas avoir à retourner chez elle en pleine nuit était très tentante.

— Ça ne me dérange pas du tout. Est-ce qu'ils peuvent dormir tous les deux dans le même lit ?

— Pour tout dire, je préférerais.

Sammy serait désorienté quand il se réveillerait dans un environnement inconnu, mais Eliza savait que sa grande sœur l'aiderait à se repérer. En d'autres circonstances, elle-même aurait dormi avec son fils afin de pouvoir le rassurer à son réveil, mais il était hors de question qu'elle aille se coucher maintenant. Pour tout dire, elle était encore tellement choquée par tout ce qui s'était passé qu'elle avait l'impression qu'elle ne pourrait plus jamais fermer l'œil jusqu'à la fin de ses jours.

Quand ils furent de retour dans le salon, elle décida d'accepter l'offre de son voisin.

— Si vous pouvez vous charger de Sammy, je vais porter Katie, dit-elle.

Il prit le garçon endormi dans ses bras pendant qu'elle se chargeait de Katie. La fillette se réveilla et demanda, d'une voix ensommeillée :

— Qu'est-ce qu'on fait, maman ?

— On passe la nuit chez M. Troy.

— C'est génial ! Est-ce que tu lui as dit qu'on l'aimait beaucoup ?

— Oui, ma chérie, répondit Eliza. Je le lui ai dit.

— C'est bien.

Katie ferma les yeux et se rendormit aussitôt.

Eliza monta l'escalier sur les pas de Troy jusqu'à une jolie chambre décorée dans des tons bleus. Sans lâcher Sammy, il parvint à ouvrir le lit et à déposer le garçon sur le drap bleu ciel. Eliza installa Katie auprès de son frère et laissa échapper un soupir de soulagement. Elle était heureuse de ne pas devoir réveiller ses enfants une fois de plus cette nuit-là.

Ils ressortirent dans le couloir et Troy alluma la lumière dans une seconde chambre, décorée dans des tons jaunes.

— Vous pouvez prendre cette chambre.

— Merci, répondit-elle. C'est vraiment très gentil de votre part.

Ce ne fut qu'en redescendant l'escalier derrière lui qu'elle se rendit vraiment compte que, depuis qu'il lui avait donné son peignoir, il était torse nu. Elle avait été tellement préoccupée qu'elle ne l'avait pas encore remarqué.

Comme si elle avait besoin de ça… Elle se retrouvait coincée en pleine nuit chez un homme à moitié nu qui lui avait volé un baiser quelques heures plus tôt, et attendait que les agents viennent lui dire s'ils avaient trouvé un intrus chez elle. La situation avait un côté surréaliste.

Il retourna dans son fauteuil tandis qu'elle s'asseyait sur le bord du canapé.

— Est-ce que je peux vous offrir à boire ? demanda-t-il. Je pense que vous auriez bien besoin de quelque chose de fort.

— Vous avez sans doute raison, mais je ne veux pas que mon haleine sente l'alcool quand les policiers reviendront.

On frappa à la porte au même moment.

— Quand on parle du loup…, dit Troy en se levant d'un bond.

Il revint dans le salon quelques secondes plus tard, accompagné des deux agents. Eliza se leva.

— Avez-vous trouvé quelqu'un ?

— Nous avons inspecté la maison de fond en comble, mais il n'y avait personne, dit l'agent dont la plaque portait le nom de Doug Wilkins.

— Maintenant, nous devons vous poser quelques questions, ajouta son collègue, qui se nommait Gary Dickenson.

D'un geste, il l'invita à s'asseoir et sortit un carnet et un stylo de sa poche.

Il lui posa quelques questions d'ordre général avant de lui demander ce qui s'était passé exactement. Elle raconta qu'un bruit l'avait réveillée et qu'elle avait vu une silhouette passer devant la porte de sa chambre.

— Quand vous avez vu cette silhouette, vous n'étiez donc pas encore très bien réveillée, dit l'agent Wilkins.

— Si, je l'étais, répliqua-t-elle.

— Mais est-ce qu'il est possible que vous ayez été

encore un peu endormie et que cette silhouette n'ait été que le prolongement d'un rêve ?

— Non, pas du tout. Quand je l'ai vue, j'étais parfaitement réveillée.

La tension commençait à lui nouer l'estomac. Les deux agents ne semblaient pas la croire.

— Vous devez nous accompagner chez vous pour nous dire si on vous a volé quelque chose, dit l'agent Dickenson.

Elle se tourna vers Troy, qui la rassura d'un sourire.

— Allez-y, lui dit-il. Je reste ici, avec les enfants.

— Avez-vous une idée de l'identité de la personne qui pourrait s'être introduite chez vous ? demanda l'agent Wilkins alors qu'ils passaient la porte d'entrée. Un ex-mari, peut-être, ou un petit ami ? Est-ce que quelqu'un possède un double de vos clés ?

— Mon ex-mari est mort, et je n'ai pas de petit ami.

Bien qu'il fasse toujours aussi chaud, elle resserra le peignoir de Troy plus étroitement autour de son corps avant de poursuivre.

— Et personne n'a la clé de la maison, à part moi.

Elle leva les yeux vers la bâtisse baignée par le clair de lune. Soudain, celle-ci lui sembla étrangère et légèrement effrayante. S'y sentirait-elle un jour de nouveau en sécurité ?

— Il y a bien quelqu'un qui m'en veut, dit-elle soudain quand ils atteignirent son porche. Il s'appelle Leon Whitaker. Depuis que j'ai refusé de lui créer un site Internet, il me harcèle par texto et par mail.

— Que voulez-vous dire par « harceler » ? demanda l'agent Wilkins.

— Il menace de faire couler ma société et de détruire ma vie… Ce genre de choses. Je pensais que ce n'était que des paroles en l'air, mais cet homme est peut-être plus dangereux que je le croyais.

— Est-ce qu'il sait où vous habitez ?

L'agent Dickenson ouvrit la porte et s'effaça pour la laisser entrer.

— Je ne pense pas. La première fois que nous nous sommes donné rendez-vous pour discuter du projet, c'était dans un salon de thé.

Un nouveau frisson fusa le long de son dos. Et s'il l'avait suivie jusque chez elle après ce rendez-vous ? S'il savait où elle habitait… et avait décidé de la terroriser en personne, au lieu de se borner à lui envoyer des textos et des mails ? Si cet homme représentait un danger ?

— Nous allons commencer par faire le tour de la maison pour que vous puissiez nous dire si on vous a pris des objets, dit l'agent Dickenson. Ensuite, nous prendrons tous les renseignements que vous pourrez nous fournir sur ce Whitaker.

Eliza n'eut besoin que de quelques minutes pour confirmer aux policiers qu'on ne lui avait rien volé. Elle leur donna ensuite les quelques renseignements qu'elle avait sur Leon – à savoir son nom et son numéro de téléphone. Elle ne connaissait pas son adresse.

Quand ils en eurent fini, elle prit son sac à main sur la table de la cuisine, referma sa porte à clé et retourna chez Troy en compagnie des deux agents.

— Êtes-vous certaine que la porte d'entrée était fermée à clé quand les enfants et vous avez quitté la maison ? demanda l'agent Wilkins.

— Sûre et certaine. Pourquoi ?

Une fois de plus, la tension lui noua le ventre.

— Parce que nous n'avons trouvé aucun indice signifiant que quelqu'un se serait introduit chez vous, répondit l'agent Dickenson. Toutes les portes et fenêtres étaient verrouillées, il n'y avait aucun signe d'effraction, et nous n'avons trouvé personne à l'intérieur. Êtes-vous également sûre et certaine que vous ne dormiez pas ?

Ils ne la croyaient pas !

— J'étais bien réveillée, répondit-elle fermement.

Elle avait réellement vu une silhouette passer dans le couloir. Elle aurait pu le jurer.

Quand ils arrivèrent devant la porte de Troy, elle se tourna vers les deux agents.

— Je suis désolée de vous avoir dérangés. Merci d'être venus aussi rapidement.

— Ne vous excusez pas, répondit l'agent Wilkins. C'est notre boulot. N'hésitez pas à nous appeler s'il se produit quoi que ce soit.

Les deux agents prirent congé et retournèrent à leur voiture. Eliza rentra et alla droit dans le salon. Troy se leva de son fauteuil en la voyant.

— Tout va bien ?

— Pas vraiment, répondit-elle en toute franchise.

Elle s'assit sur le canapé et il s'enfonça de nouveau dans son fauteuil.

— Ils n'ont trouvé aucune trace d'effraction, et rien n'a été volé.

— Dieu merci, répondit-il.

— Ils ne m'ont pas crue, Troy, reprit-elle. Pour eux, je ne suis qu'une folle qui a rêvé qu'elle avait vu quelqu'un et fait une crise d'hystérie.

Elle secoua la tête et poussa un long soupir de frustration.

— Toutes les portes et les fenêtres étaient fermées à clé. Alors, je ne sais pas… Peut-être qu'ils ont raison et que j'étais encore endormie. Peut-être que ce n'était qu'une ombre projetée par le clair de lune, ou le prolongement d'un rêve que je venais de faire... Peut-être que j'ai seulement cru voir une silhouette passer devant ma porte...

Elle était pourtant tellement sûre d'avoir vraiment vu quelqu'un ! Mais, puisque les agents n'avaient trouvé aucun point d'effraction, elle était forcée de se demander si elle avait tout imaginé. Et si ce n'était pas le cas, si un homme s'était réellement introduit chez elle en pleine nuit... par où était-il passé ?

Mais il y avait des questions encore plus importantes. Si cet homme existait vraiment, reviendrait-il ? Et que voulait-il ?

Troy ne connaissait pas très bien Eliza, mais la tension qui crispait ses traits délicats et la peur qui assombrissait encore ses yeux n'auraient pu échapper à personne, pas même à un étranger.

— Quel est votre péché mignon ? demanda-t-il. Je peux vous offrir du scotch ou du vin, rouge ou blanc.

— En temps normal, je prendrais un verre de vin blanc, mais je pense que cette nuit il me faut quelque chose d'un peu plus fort. Un scotch avec des glaçons ?

— Ah, une femme comme je les aime ! Je reviens tout de suite.

Il se leva pour aller dans la cuisine où ses bouteilles étaient rangées dans un placard, à côté de l'évier.

Deux ans et demi plus tôt, il avait traversé une période durant laquelle le scotch et lui étaient devenus des amis un peu trop intimes. Il avait essayé de noyer ses mauvais souvenirs et sa douleur dans des soirées de beuverie. Mais, quand il avait compris qu'il ne trouverait ni paix ni pardon au fond d'une bouteille, il avait rompu avec cette mauvaise habitude. Maintenant, il ne buvait plus qu'occasionnellement.

Il remplit deux verres en essayant d'ignorer le feu qui couvait au creux de son ventre, un feu allumé par le spectacle qu'offrait Eliza, avec ses cheveux magnifiques qui retombaient librement sur ses épaules. Elle était encore plus attirante enveloppée dans son peignoir qu'en nuisette. Et, pour la première fois de sa vie, il se surprit à être jaloux d'un peignoir.

Il la rejoignit dans le salon, lui tendit son verre et retourna s'asseoir dans son fauteuil.

— Je veux m'excuser une fois encore de vous avoir réveillé, dit-elle.

Elle semblait tellement sérieuse qu'elle en était adorable.

— S'il vous plaît, arrêtez de vous excuser, dit-il. Entre voisins, il faut s'entraider.

Il devait être plus de 3 heures du matin maintenant, mais elle ne semblait pas avoir plus envie de dormir que lui. Il prit une gorgée de scotch et dit :

— Parlez-moi de votre mariage… Qu'est-ce qui a mal tourné ?

Bon sang, d'où sortait cette question ? Pourquoi voulait-il tout savoir sur elle ? Pourquoi voulait-il connaître son passé, savoir ce qui la faisait rire et pleurer ? Eliza n'était pas le genre de femme avec laquelle un homme pouvait s'amuser avant de la rejeter, d'autant qu'elle était mère de deux enfants.

Ces considérations traversèrent furtivement son esprit avant qu'une petite voix plus raisonnable les fasse taire. Il lui avait posé une question, rien de plus. Il ne l'avait pas invitée à le rejoindre dans son lit.

Et d'ailleurs, en la poussant à évoquer son passé, il arriverait peut-être à lui changer les idées en l'empêchant de penser aux instants terrifiants qu'elle venait de vivre. Tout bien considéré, il lui rendait service.

Elle prit une gorgée de scotch et poussa un profond soupir avant de répondre.

— J'ai rencontré Blake à la fête d'anniversaire d'un ami. Il était amusant et très séduisant. Il m'a fait la cour pendant six semaines, et nous nous sommes mariés trois mois après notre rencontre.

Un petit pli vertical apparut entre ses sourcils bien dessinés.

— Je ne l'aurais sans doute pas épousé aussi rapidement si je n'avais pas pleuré mes parents. Ils sont morts dans un accident de voiture deux mois avant que je rencontre Blake.

Elle prit une autre gorgée de scotch avant de poursuivre.

— Quoi qu'il en soit, un an après notre mariage, Katie est arrivée. À cette époque, je reprochais seulement à Blake de ne pas être un père suffisamment attentif et présent. Il aimait toujours autant faire la fête, et je pensais qu'il était temps qu'il grandisse. Nous nous sommes beaucoup disputés à ce sujet. Quand j'ai fini par le menacer de demander le divorce, il m'a promis de faire des efforts pour s'améliorer. Je suis de nouveau tombée enceinte. Quand nous avons appris que j'attendais un garçon, Blake a semblé ravi. Malheureusement, Sammy est né aveugle. Blake a été tellement déçu qu'il a décidé de se détourner de son fils. Je pense que c'est à cette époque qu'il a commencé à me tromper… Sammy avait un peu plus de deux ans quand j'ai décidé de le quitter, mais il m'a prise de vitesse. C'est lui qui a demandé le divorce. Dès qu'il l'a obtenu, il est parti s'installer chez des amis, en Floride. Un an plus tard, j'ai appris qu'il était mort dans un accident de moto.

Elle s'arrêta net et se plaqua une main sur la bouche.

— Oh, mon Dieu… Je n'aurais pas dû vous raconter ma vie comme ça. Pardonnez-moi.

— Ne vous excusez pas, répondit Troy. Je suis vraiment désolé que votre mari soit mort.

Il se demandait si elle était consciente des expressions qui se succédaient sur son visage. Elle avait raconté toute l'histoire sur un ton neutre, mais, quand elle avait évoqué les infidélités de son mari et son manque d'amour pour ses enfants, ses traits avaient reflété son chagrin et sa colère.

— Merci, répondit-elle. Je n'ai jamais souhaité sa mort, bien sûr, mais je voulais qu'il disparaisse de ma vie, pour le bien de mes enfants. Ils auraient fini par trop souffrir de l'indifférence de leur père.

Les yeux lançant des éclairs, elle conclut :

— Je ne laisserai rien ni personne faire du mal à mes enfants.

Pendant un moment, Troy fut incapable de parler. Il pensait à sa propre fille et à la désinvolture dont il avait fait preuve avec elle. Jamais Eliza ne se serait rendue coupable d'une telle négligence.

— Même si je le regrette, je dois reconnaître que tout l'amour que j'avais pu ressentir pour Blake s'était transformé en haine au moment où nous nous sommes séparés. Mais, bien sûr, les enfants n'en sauront jamais rien.

Elle partit d'un petit rire et secoua la tête.

— Je suis désolée. Non seulement je parle à tort et à travers, mais je vous empêche d'aller dormir.

— Je n'ai toujours pas sommeil, mais, si vous souhaitez vous coucher, n'hésitez pas à monter.

— Je suis encore trop nerveuse pour m'endormir, répondit-elle. Je n'arrête pas de me demander qui est l'homme qui s'est introduit chez moi, et ce qu'il y faisait.

Il fut heureux qu'elle change de sujet. Si elle avait continué à parler de ses enfants, il se serait noyé dans les souvenirs amers de son propre passé.

— Que savez-vous du vieil homme qui habitait ici ? demanda-t-il.

— Frank ?

Elle haussa ses épaules délicates.

— Pas grand-chose. Je ne l'avais rencontré que deux ou trois fois, au tout début de mon mariage. Je sais que c'est lui qui a élevé Blake, mais ils ne semblaient pas être très proches.

— La rumeur court dans le voisinage que Frank Malone avait un passé de gangster.

— Vraiment ? demanda-t-elle en se redressant. Blake ne m'a jamais parlé de ça.

Troy haussa les épaules.

— Je ne suis même pas sûr que ce soit vrai. Ce n'est qu'une rumeur dont j'ai eu vent quand j'ai acheté la maison.

— Mais cela pourrait expliquer l'existence de l'escalier dérobé et des cachettes que les enfants ont découverts chez nous. Peut-être que je devrais faire quelques recherches sur feu Frank Malone.

— Et les parents de Blake ? demanda-t-il avec une réelle curiosité. Si Blake a été élevé par son grand-père, que sont devenus ses parents ?

— D'après Blake, son père et sa mère – qui était la fille de Frank – sont tombés dans la drogue. Ils vivaient souvent dans la rue. Quand Blake a eu cinq ans, ils ont fini par le laisser chez Frank. Blake ne les a jamais revus et n'a plus jamais entendu parler d'eux.

— C'est dur, répondit Troy. Je suppose que vous ne savez même pas s'ils sont encore en vie.

— Je n'en ai pas la moindre idée, non.

Elle fronça les sourcils.

— Peut-être que je devrais essayer de les retrouver. S'ils sont encore vivants, ils ont sans doute été furieux d'apprendre que j'avais hérité de cette maison. Mais je pense qu'ils auraient déjà contesté le testament.

Elle se renfonça sur le canapé et posa sur lui un regard curieux.

— Je vous ai tout dit sur mon mariage malheureux. À vous, maintenant. Pourquoi avez-vous divorcé ?

Il ne put que la regarder fixement tandis qu'un désespoir familier se logeait dans sa poitrine, la comprimant au point qu'il se demanda s'il allait pouvoir parler. Il déglutit avec effort et entreprit de raconter son histoire.

— Tout s'est terminé quand ma fille a été enlevée et tuée, par ma faute.

Il ne s'était pas attendu à prononcer ces mots. Ils avaient jailli hors de lui, comme sous l'effet d'une pression irrésistible. Il dévisageait toujours Eliza et se sentait à la fois consterné et étrangement soulagé. Annie avait été assassinée trois ans plus tôt, mais c'était la première fois qu'il prononçait ces mots à voix haute devant quiconque.

— Oh ! Troy, dit-elle doucement.

Il baissa les yeux vers son verre.

— C'était un samedi matin comme les autres… et, le samedi, Annie et moi avions notre petite routine. Nous allions à la salle de jeux vidéo pendant que ma femme était chez le coiffeur et la manucure.

C'était leur petit moment privilégié, entre père et fille. Ils passaient du temps seuls ensemble pendant que la mère d'Annie était occupée ailleurs.

À cette époque, Troy travaillait d'arrache-pied pour lancer sa société, mais il était toujours libre le samedi matin pour passer du temps avec sa fille, qui adorait avoir son père pour elle toute seule. Il attendait ces moments avec impatience, lui aussi. Les enfants grandissaient vite, et il voulait passer autant de temps que possible avec sa fille.

Il finit son verre d'un trait, en regrettant qu'aucune quantité d'alcool ne puisse lui permettre d'oublier pour toujours qu'il avait perdu sa douce Annie en l'espace d'un clin d'œil. Pour avoir déjà essayé, il savait que c'était impossible, que rien ne pouvait lui permettre d'échapper à cette douleur aveuglante.

Il posa son verre sur la table basse et se leva. Il se sentait tout simplement incapable de rester immobile pour lui raconter cette histoire affreuse. Quand il en aurait fini, elle poserait sans doute sur lui un regard empreint de dégoût et déciderait qu'elle ne voulait plus jamais entendre parler de lui. Ce qui serait peut-être le mieux, pour lui comme pour elle.

Comme il ne se sentait pas la force de croiser son regard, il fixa le mur, à sa gauche, avant de poursuivre.

— Nous sommes donc allés à la salle de jeux vidéo, comme tous les samedis. Annie adorait cet endroit. Nous étions là depuis peut-être une heure quand j'ai remarqué qu'ils avaient installé un nouveau flipper. D'habitude, je regardais seulement Annie jouer, sans jouer moi-même. Mais ce jour-là j'ai décidé d'essayer ce fichu flipper.

Pendant un moment, sa tête s'emplit des éclairs de lumière et des « boink » et « ping » de la machine. « Joue, papa », avait dit Annie. Et il avait joué. Il s'était laissé complètement absorber par le jeu.

Il voulut prendre une grande inspiration, mais elle

se bloqua dans sa poitrine. Il se mit alors à faire les cent pas tandis que tous les souvenirs de cette affreuse journée le transperçaient, l'un après l'autre.

Annie portait un chemisier rose et un short mauve… ses deux couleurs préférées. Ses cheveux, retenus par un ruban, se balançaient au moindre de ses mouvements. C'était une enfant si jolie, avec les cheveux blonds de sa mère et la bouche et les yeux bleu clair de Troy…

— Je ne l'ai quittée des yeux que pendant une ou deux minutes, mais cela a suffi. Quand je me suis retourné après avoir fini la partie, elle n'était plus là.

Il cessa de faire les cent pas et le vent glacial du désespoir s'engouffra en lui.

— On a retrouvé son corps le lendemain dans un conteneur à ordures, à deux rues de la salle de jeux vidéo.

Quand il s'était rendu compte qu'elle avait disparu, il avait crié son nom dans la salle de jeux, encore et encore. Mais il n'avait pas tardé à comprendre qu'elle n'était plus dans le bâtiment.

Alertée, la police était arrivée rapidement et avait demandé à voir les bandes de vidéosurveillance, mais les caméras étaient tombées en panne la semaine précédente et n'avaient pas encore été réparées.

Troy était sorti de la salle de jeux pour chercher sa petite fille, sans cesser de hurler son nom. Il avait appelé Sherry, qui s'était jointe aux recherches. Cette nuit-là avait été la plus longue, la plus horrible de toute sa vie.

Il fut contrarié de sentir que ses yeux s'emplissaient de larmes brûlantes et que sa gorge se nouait. Tous les muscles de son ventre se contractèrent et il comprit qu'il ne pourrait pas retenir plus longtemps les émotions brutes qui le déchiraient.

— Oh ! Troy…

Eliza se leva d'un bond, tendit les bras vers lui et le serra contre elle tandis que ses larmes commençaient à couler.

Il avait pourtant cru qu'il ne pourrait plus jamais pleurer, qu'il avait versé toutes les larmes de son corps quand Annie avait disparu, puis quand son petit corps avait été retrouvé dans un conteneur à ordures, et enfin quand elle avait été mise en terre. Mais les larmes qui coulaient aujourd'hui étaient différentes de celles qu'il avait versées à l'époque. Elles étaient moins déchirantes, causées par une tristesse sourde qui, il le savait, l'accompagnerait jusqu'à la fin de ses jours.

Il se ressaisit rapidement, relâcha Eliza et s'écarta vivement d'elle. Il se sentait affreusement gêné et humilié.

— Mon Dieu, je suis tellement désolé ! s'exclama-t-il. Je ne savais pas que j'allais craquer. Je… C'est la première fois que ça m'arrive.

— Ne vous excusez pas, s'il vous plaît.

Elle prit sa main et l'entraîna vers le canapé, où ils s'assirent tous deux. Il se passa une main dans les cheveux, prit une profonde inspiration et souffla lentement.

— Pour en revenir à mon histoire, ma femme a fini par ne plus supporter ma vue. Elle m'accusait d'être responsable de la mort de notre fille. Elle m'a quitté trois mois plus tard.

— Est-ce qu'ils ont fini par attraper le coupable ? demanda Eliza en se penchant vers lui.

Son parfum enchanteur emplit son esprit et, sans qu'il comprenne pourquoi, lui apporta un peu de réconfort.

— Ils l'ont retrouvé, oui. Il s'appelle Dwight Weatherby. C'est un délinquant sexuel notoire, un pédophile. Quand les policiers sont allés chez lui pour l'interroger, ils ont vu le ruban qu'Annie portait dans les cheveux sur sa table basse.

Son estomac se noua une fois de plus. Mais, cette fois, c'était sous l'effet de la rage qui avait fini par le pousser à franchir les limites de la loi.

— J'espère qu'il pourrit en prison, maintenant, lança Eliza.

— Pas du tout, répondit-il sans parvenir à masquer son amertume. Il est libre comme l'air.

Eliza eut un petit hoquet et lui prit la main.

— Comment est-ce possible ?

— L'une de ses amies a prétendu qu'elle était avec lui au moment de l'enlèvement, et que le ruban appartenait à sa propre fille, et le procureur a renoncé aux poursuites parce qu'il n'y avait pas assez de preuves contre lui. Mais je sais qu'il est coupable. J'ai vu une photo de ce ruban, rose avec un liseré mauve pâle, et je suis formel : c'était bien celui qui retenait les cheveux d'Annie le jour où je l'ai emmenée à la salle de jeux. Je l'avais attaché moi-même. Et, quand son corps a été retrouvé, le ruban avait disparu.

Eliza pressa doucement sa main. Quand il la regarda, il se rendit compte pour la première fois en trois ans qu'il avait désespérément besoin de la douceur et de la compassion qui se lisaient dans ses yeux couleur de fumée.

— Jamais je n'aurais dû jouer sur ce fichu flipper, dit-il. Jamais je n'aurais dû la quitter des yeux, même pour une seconde. Je n'ai pas fait assez attention à elle. Elle a été tuée à cause de moi.

— Troy… Vous ne pouvez pas vous reprocher ce qui est arrivé. Le seul responsable est cet homme. Vous n'avez rien fait de mal. Ce n'était pas votre faute.

Il plongea son regard dans le sien et eut l'impression

de se noyer dans les profondeurs de ses yeux. Soudain, il ne put plus penser à rien, sinon au besoin qu'il avait de l'embrasser afin d'établir avec elle une connexion qui parviendrait peut-être à dissiper sa culpabilité et adoucir son chagrin.

Comme si elle comprenait ce besoin, elle se pencha vers lui pour lui permettre de s'emparer de ses lèvres pour un baiser empreint de douceur et de tendresse. Mais ce n'était pas assez pour lui. Il effleura sa lèvre du bout de la langue, implorant sa permission.

Quand il sentit les lèvres d'Eliza s'entrouvrir et le bout de sa langue contre la sienne, son corps s'embrasa. Il se laissa aller en arrière et l'attira contre son torse, les lèvres toujours rivées aux siennes.

Comme le cœur d'Eliza tambourinait aussi violemment que le sien, il glissa les mains sous son peignoir pour caresser son dos à travers la soie fraîche de la nuisette. Toute pensée rationnelle s'enfuit de son esprit et il s'abandonna totalement à cet instant et à la femme qui lui avait accordé une forme de pardon que personne ne lui avait jamais offerte, pas même lui-même.

Le parfum d'Eliza s'emparait de ses sens, augmentant encore son désir. Il pressa une fois de plus ses lèvres sur les siennes. Jamais il n'avait éprouvé une telle attirance pour une femme.

Elle était tellement douce, tellement généreuse... Une unique pensée palpitait dans son esprit : il voulait la posséder maintenant, jusqu'à se perdre en elle.

Il rejeta la tête en arrière et dit, à voix basse :

— Eliza.

Oui, il voulait se noyer dans le désir irrésistible qu'elle lui inspirait.

— Non, Troy. Nous ne pouvons pas. Pas ici, pas maintenant.

Ses mots transpercèrent la brume de désir qui l'enveloppait et il la relâcha aussitôt. Elle se redressa et lui décocha un regard dans lequel il lut à la fois des regrets et une promesse.

— Pardonne-moi, Troy. La nuit a été mouvementée, et je ne crois pas que…

— Je comprends, coupa-t-il. Tu n'as pas à t'excuser.

Il la rassura d'un sourire. Elle avait raison : la nuit avait été mouvementée. Le jour où il lui ferait l'amour, il voulait qu'elle ait les idées parfaitement claires. Il ne voulait pas que les émotions de la nuit la poussent à coucher avec lui si elle n'en avait pas réellement envie. Il voulait qu'elle n'ait aucun regret… et qu'ils s'unissent dans un lit, et non sur le canapé comme deux adolescents travaillés par leurs hormones.

Quant à lui… N'avait-il envie d'elle que parce qu'elle était disponible ? S'il s'était agi de n'importe quelle autre femme, ressentirait-il un tel désir ? Aurait-il seulement parlé à une autre qu'elle d'Annie et de la culpabilité qui l'écrasait ? Il pensait que non. Quelque chose en elle était différent, spécial, c'était tout.

En tout cas, il avait une certitude : si quelqu'un s'était réellement introduit chez elle dans le but de lui faire du mal ou d'en faire à ses enfants, il serait là pour les protéger, quoi qu'il en coûte.

Il veillerait sur eux comme il aurait dû veiller sur sa fille et peut-être… Oui, peut-être parviendrait-il enfin à se pardonner un peu.

5

Le lendemain matin, Troy se leva très tôt pour aller acheter des beignets à la boulangerie du quartier, avant qu'Eliza et les enfants soient réveillés. Katie et Sammy furent ravis d'avoir des beignets au petit déjeuner, mais déçus de ne pas avoir profité de cette soirée pyjama improvisée chez leur voisin préféré.

Quand Troy les raccompagna chez eux, Katie dit :

— Il faut qu'on fasse une autre soirée pyjama. Mais cette fois Sammy et moi resterons réveillés. Si vous veniez passer une nuit chez nous, monsieur Troy ? On pourrait faire des jeux tous ensemble et manger du pop-corn et de la glace.

Troy jeta à Eliza un regard pétillant de malice.

— Ça serait amusant, mais c'est à votre mère de décider.

Elle savait très bien à quoi il pensait, parce qu'elle pensait à la même chose depuis l'instant où elle avait ouvert les yeux : au désir impérieux qui avait failli échapper à leur contrôle la nuit précédente.

— Alors, maman ? Quand est-ce que M. Troy pourra venir passer la nuit chez nous ? demanda Sammy.

— On verra, répondit-elle en évitant soigneusement de regarder son voisin.

Soudain, leur relation évoluait bien trop vite. D'accord, ils avaient beaucoup appris l'un sur l'autre au cours de cette nuit, mais après tout elle ne le connaissait que depuis une semaine.

Et d'ailleurs elle suspectait que ce désir explosif trouve son origine dans l'histoire déchirante qu'il lui avait racontée et la frayeur qu'elle avait ressentie. Serait-elle tombée aussi facilement dans ses bras si la peur ne l'avait pas contrainte à fuir sa propre maison ? L'aurait-elle embrassé avec la même passion s'il ne lui avait pas confié la tragédie qui l'avait frappé ? Elle n'en savait vraiment rien.

En revanche, elle savait qu'elle n'était pas encore prête à aller au lit avec un homme, que ce soit lui ou un autre. Ils étaient irrésistiblement attirés l'un vers l'autre, cela ne faisait aucun doute, mais l'idée de faire l'amour avec lui la mettait mal à l'aise. Ils ne se connaissaient pas depuis assez longtemps.

— Si tu me faisais visiter votre maison ? suggéra-t-il quand elle ouvrit la porte d'entrée.

Elle lui sourit avec gratitude. Derrière cette requête, elle devinait un désir de s'assurer qu'aucun intrus ne se trouvait chez elle.

— Je peux vous montrer ma chambre, monsieur Troy, dit Katie avec enthousiasme.

Elle le prit par la main et l'entraîna vers l'escalier.

— J'ai une chambre rose avec plein de poupées.

Il se laissa entraîner en riant, et Sammy et Eliza leur emboîtèrent le pas. Une fois dans la chambre de Katie, il s'extasia sur le dessus-de-lit à frous-frous roses et les poupées assises autour de la petite table en plastique rose et violette. Avec une patience infinie, il laissa Katie lui présenter chaque poupée, l'une après l'autre.

Quand ils entrèrent dans la chambre de Sammy, il dit :

— Quel joli bleu !

Aussitôt, il posa sur Eliza un regard consterné. Elle devina qu'il regrettait d'avoir parlé de couleur devant un petit garçon aveugle.

— Pardonne-moi, Sammy, reprit-il.

Le garçon sourit et s'assit sur le bord du lit.

— Ne vous excusez pas, monsieur Troy. Je vois les couleurs dans ma tête. Katie m'a aidé à les trouver.

— Je lui ai dit que le vert était comme le goût du céleri, expliqua Katie, et le bleu, comme celui des myrtilles.

— Et le jaune est comme le soleil quand il vous réchauffe le visage, enchaîna Sammy. Je ne sais pas si les couleurs que j'imagine sont vraies ou pas, mais Katie et maman m'aident à voir les choses différemment. Maman dit que j'ai beaucoup d'imagination.

— Je suis sûr que c'est vrai, répondit Troy.

— Viens, Sammy, lança Katie. On va jouer à la poupée dans ma chambre.

Quand les enfants eurent disparu, Troy inspecta rapidement l'armoire de Sammy, comme il l'avait fait pour celle de Katie. Après avoir refermé la porte, il se tourna vers Eliza.

— Tes enfants sont vraiment formidables.

Elle sourit.

— N'est-ce pas ?

— Et maintenant j'aimerais jeter un œil dans ta chambre.

Il la suivit et, quand ils furent dans la pièce, elle se demanda s'il allait remarquer que son lit était un simple lit à deux places et que le cache-sommier couleur pêche était effiloché par endroits.

— Ça a l'air confortable, dit-il.

Même s'il semblait avoir prononcé ces mots sans arrière-pensée, une vision classée X prit aussitôt vie dans son esprit. Elle les imagina nus tous les deux, blottis l'un contre l'autre entre les draps couleur pêche… et s'empressa de chasser l'image de son esprit.

— Est-ce que je peux inspecter ta penderie ? demanda-t-il.

— Bien sûr.

Quand il eut terminé, ils se dirigèrent vers l'escalier. Il leva les yeux vers les marches qui conduisaient au second étage et demanda :

— Qu'est-ce qu'il y a là-haut ?

— Trois grandes chambres et une salle de bains. Toutes les pièces sont vides.

— En ce cas, il ne me faudra qu'une ou deux minutes pour les inspecter.

Sans attendre sa réponse, il grimpa les marches deux à deux.

Eliza s'adossa au mur et poussa un profond soupir. Elle avait bien de la chance d'avoir un tel voisin, qui faisait des pieds et des mains pour s'assurer que ses enfants et elle n'avaient rien à craindre. Maintenant qu'il avait inspecté la maison, elle se sentait bien plus tranquille.

S'il exerçait sur elle une attraction physique qu'elle ne pouvait nier, elle appréciait aussi sa gentillesse et sa prévenance. Elle aurait aimé l'inviter à rester pour discuter encore un peu autour d'une tasse de café, mais on était samedi et il devait sans doute aller travailler. Elle l'avait déjà assez importuné ces dernières vingt-quatre heures, il fallait qu'elle le laisse tranquille, maintenant.

D'ailleurs, elle était au beau milieu d'un projet important, dont la date de remise approchait bien trop vite. Il fallait vraiment qu'elle travaille aujourd'hui, elle aussi.

Il redescendit les marches et lui adressa un sourire rassurant.

— Tout a l'air normal.

— Je te remercie d'avoir tout inspecté, répondit-elle en se dirigeant vers la porte d'entrée.

— De rien.

Quand ils furent devant la porte, il se tourna vers elle. Les yeux étincelants, il leva une main et posa un doigt sur le bout de son nez.

— Quand tu seras prête pour cette soirée pyjama, appelle-moi. Je suis toujours disponible.

Elle éclata de rire et lui décocha une petite tape sur l'épaule avant de reprendre son sérieux.

— Merci, Troy… Pour tout.

— Tu n'as pas à me remercier. Si tu décides de mener une petite enquête sur Frank Malone ou quelqu'un d'autre, préviens-moi. Je serai ravi de t'aider à faire des recherches sur Internet.

Elle fronça les sourcils.

— Nous pouvons peut-être nous en occuper demain soir ?

— Ça me va. Dis-moi seulement à quelle heure je dois venir. Je passerai chez le Chinois et j'apporterai le dîner.

— Pas question. Tu n'apporteras rien du tout, sauf toi-même. Je préparerai un poulet sauce aigre-douce et du riz sauté. Qu'en penses-tu ?

— C'est parfait.

Et, après lui avoir décoché l'un de ces sourires qui la clouaient toujours sur place, il s'en alla.

Eliza referma la porte à clé et courut jusqu'à son congélateur, dans la cuisine, pour s'assurer qu'elle avait assez de poulet pour le dîner du lendemain.

Il y avait eu un moment ce matin-là où elle avait senti que sa relation avec Troy évoluait trop vite. Mais elle ne savait toujours pas comment ralentir la cadence, et d'ailleurs elle n'était même plus sûre de vouloir le faire. Elle ne savait plus trop sur quel pied danser… Mais elle n'oubliait pas qu'elle devait être prudente, parce que ses décisions n'impactaient pas qu'elle mais aussi ses enfants.

Elle monta l'escalier et les trouva tous deux dans la chambre de Katie, assis devant la petite table en plastique, parmi les poupées de sa fille. Katie leur avait mis leurs plus beaux habits et passé des bijoux clinquants autour du cou.

— Maman ? dit la fillette en la voyant. J'allais justement descendre pour te demander si on pouvait organiser un goûter avec les poupées.

— Je pense que c'est possible. Il est encore un peu trop tôt pour manger, mais j'apporterai tout ce qu'il faudra dans une heure, répondit-elle. En attendant, je vais aller travailler dans mon bureau.

Elle fut bientôt complètement absorbée dans son projet, qui visait à créer un site Internet pour vingt médecins qui s'étaient associés en un groupement médical. Elle avait été ravie de décrocher ce contrat, et voulait fournir un travail aussi soigné que possible.

À midi, elle s'arrêta de travailler pour préparer le déjeuner. Elle fit des sandwichs à la confiture et au beurre de cacahuètes, et une salade de tomates et de concombre.

Ensuite, elle se remit au travail et ne quitta son bureau que quand ce fut l'heure de préparer le dîner.

Sammy et Katie étaient descendus et regardaient la télé dans le salon.

Elle sourit en les entendant rire depuis la cuisine. Elle espérait qu'ils resteraient toujours aussi proches qu'ils l'étaient, et pourraient toujours compter l'un sur l'autre pour recevoir l'amour et le soutien dont ils pourraient avoir besoin tout au long de leur vie. Elle était enfant unique, et avait toujours regretté de ne pas avoir de frère ou de sœur.

Tandis qu'elle préparait des hamburgers, ses pensées retournèrent à la nuit précédente et à cet instant terrifiant où elle avait cru qu'un homme s'était introduit chez elle.

La silhouette qu'elle avait cru voir n'était-elle qu'un lambeau de rêve – ou de cauchemar ? La veille, elle aurait pu jurer qu'elle était bien réelle, mais maintenant elle tendait à croire que cette ombre n'avait été que le produit de son imagination. Après tout, les verrous posés sur ses portes et ses fenêtres étaient solides ; de plus, la police n'avait trouvé aucune trace d'effraction…

Quoi qu'il en soit, ce soir, elle allait se coucher tôt. Elle n'avait dormi que deux heures la nuit précédente, et avait eu bien du mal à garder les yeux ouverts cet après-midi.

Pendant le dîner, Katie et Sammy lui racontèrent le goûter qu'ils avaient pris avec les poupées.

— Dolly Isabella a mangé trois gâteaux, annonça Katie. Et elle n'avait pas mis sa serviette.

— Elle a mangé comme un cochon et elle a été très égoïste, ajouta Sammy en gloussant de rire. Elle a bu tout le chocolat et les autres n'en ont pas eu.

Rentrant dans le jeu, Eliza suggéra :

— Peut-être que Dolly Isabella ne devrait pas être invitée au prochain goûter.

— Mais ça la rendrait vraiment triste, répondit Sammy. On ne veut pas faire ça. Peut-être qu'il faut qu'on lui apprenne les bonnes manières.

Pendant le reste du dîner, ils parlèrent de toutes les bonnes manières qu'ils devaient enseigner à Dolly Isabella.

Quand les enfants furent couchés, Eliza retourna dans son bureau pour travailler encore un peu. Comme la nuit commençait à tomber, elle baissa les stores de la fenêtre et alluma sa lampe de bureau. Pendant la journée, elle adorait regarder ce qui se passait sur le trottoir et dans la rue, mais la nuit elle baissait toujours les stores. Elle ne voulait pas que les passants puissent espionner ce qui se passait dans cette pièce – et surtout qu'ils voient son ordinateur et son matériel informatique de pointe. En ne baissant pas ses stores, elle aurait eu l'impression d'inviter un cambrioleur potentiel à venir se servir.

Avant que son esprit ait vraiment pu se concentrer sur la tâche qui l'attendait, des pensées de Troy s'y glissèrent. Elle se sentait étrangement honorée qu'il lui ait suffisamment fait confiance pour lui parler du drame qui l'avait frappé.

Elle souffrait vraiment de savoir qu'il avait vécu une telle tragédie. Elle était incapable d'imaginer que l'un de ses enfants puisse être brutalement assassiné. La mort d'un enfant était le pire cauchemar de tout parent.

Mais, ce qui lui brisait le cœur, c'était la culpabilité avec laquelle il vivait. Il se reprochait ce qui était arrivé, alors qu'il n'y était pour rien. Il arrivait à tous les parents de quitter leur enfant des yeux pendant quelques instants, que ce soit dans un supermarché ou dans un parc… N'importe où. Mais Troy avait joué de malchance. Il avait relâché sa surveillance au moment où le mal absolu rôdait autour de sa fille.

Ce qui était pire que tout, c'était de savoir que le coupable de ce meurtre abominable se promenait toujours dans les rues. Troy avait été complètement abandonné par le système judiciaire.

Elle repensa ensuite au moment où ils s'étaient retrouvés assis ensemble sur son canapé, et une onde de chaleur la traversa. Elle avait été la proie d'un désir tellement aveuglant qu'elle avait bien failli perdre l'esprit. Si elle était parvenue à rester assez rationnelle pour l'empêcher d'aller plus loin, ce n'était que grâce aux enfants : Katie aurait pu descendre l'escalier à tout instant ou Sammy aurait pu l'appeler. Mais elle aurait tellement aimé qu'il continue… Elle avait adoré se blottir dans ses bras pendant qu'il l'embrassait à lui en faire perdre la tête.

Elle fit un effort pour chasser Troy de son esprit et posa les yeux sur l'écran de son ordinateur. Il fallait vraiment qu'elle se mette au travail. Pendant l'heure et demie qui suivit, elle ne s'occupa que de continuer à construire un site Internet qui soit tout à la fois esthétique et ergonomique.

Il était un peu plus de 22 heures quand elle recula sa chaise et fit lentement tourner sa tête pour soulager la tension qui s'était logée dans ses épaules.

Après la nuit presque blanche qu'elle avait passée, elle avait vraiment envie d'aller dormir. Pourtant, elle aurait aimé travailler encore une heure ou deux. Mais, avant de s'y remettre, il fallait qu'elle fasse une pause et se dégourdisse les jambes. Elle alla dans la cuisine, où elle se fit une tasse de thé bien chaud et prit une poignée de cookies.

Elle retourna dans son bureau et posa le thé et les biscuits près de l'ordinateur, avant d'aller jusqu'à la fenêtre et de remonter un store pour contempler le ciel nocturne.

Après avoir longuement regardé la lune, qui semblait particulièrement grosse et brillante, elle baissa lentement les yeux et tous les muscles de son corps se tétanisèrent. Debout sur le trottoir, juste en face de sa maison, Leon Whitaker regardait droit vers elle.

Troy venait tout juste de se lever de son fauteuil pour éteindre la télévision quand son portable sonna. L'écran affichait le nom d'Eliza.

— Troy ?

En l'entendant chuchoter, il comprit qu'il se passait quelque chose de grave.

— Qu'est-ce qu'il y a, Eliza ?

— Il est dehors. Leon Whitaker. Il est debout devant la maison et il me regarde.

— J'arrive.

Il raccrocha, courut jusqu'à sa chambre et prit son revolver dans le tiroir de sa table de nuit. Contrairement à l'arme qu'il avait enterrée dans son jardin, celle-ci était enregistrée – et ce n'était pas la première fois qu'il la tenait en main.

Il l'avait achetée le jour où Annie était née, dans le but de protéger sa femme et sa fille. La bonne blague ! Même cette arme à feu n'avait pu protéger Annie d'une menace nommée Dwight Weatherby.

Il glissa le revolver dans la ceinture de son jean, ouvrit sa porte et sortit. Il repéra tout de suite l'homme qui se tenait sur le trottoir devant la maison d'Eliza, à proximité d'un réverbère.

— Est-ce que je peux vous aider ? demanda-t-il en s'approchant de lui.

Leon Whitaker était grand et mince. Ses sourcils étaient hérissés de piercings et sa lèvre supérieure disparaissait presque sous une moustache mal taillée.

— Non, je n'ai pas besoin d'aide, répondit-il.

— Votre présence rend la jeune femme qui vit ici très nerveuse.

Leon le gratifia d'un sourire satisfait.

— Tant mieux. Qui êtes-vous ? Son garde du corps personnel ?

Il regarda ostensiblement la crosse du revolver qui dépassait de la ceinture du jean de Troy.

— En quelque sorte, lui répondit sèchement Troy.

— J'espère seulement qu'elle est aussi nerveuse que je l'ai été cette nuit quand les flics sont venus frapper chez moi. J'étais dans mon lit avec ma femme et je dormais à poings fermés quand ils ont cogné à ma porte pour me demander si je m'étais introduit chez elle.

— Je pense que la police n'aimerait pas vous savoir ici en ce moment.

Leon partit d'un rire rauque et désagréable.

— Je ne viole aucune loi. Nous sommes dans un pays libre et je me trouve sur un espace public.

Troy se retourna en même temps que lui en entendant une porte s'ouvrir. Eliza apparut et avança vers eux. Elle marchait la tête haute, comme si elle s'apprêtait à se battre. Ses cheveux détachés volaient dans le vent qui s'était levé plus tôt dans la soirée, et elle était magnifique.

Elle s'arrêta à quelques pas d'eux et regarda Leon.

— Est-ce que vous étiez chez moi la nuit dernière ?

— Non, je n'étais pas chez vous. Et je n'ai pas

apprécié que vous m'envoyiez les flics, répondit-il en relevant le menton. Dans mon boulot, mieux vaut ne pas attirer l'attention de la police. Je n'étais pas dans votre fichue maison et vous n'aviez pas le droit de donner mon nom aux flics.

— J'en suis navrée, mais qu'est-ce que je pouvais faire d'autre ? Cela fait des jours que vous me harcelez et que vous me menacez par texto et par mail. Je ne vous dois rien, Leon. Je pensais pourtant que nous nous étions séparés en bons termes.

Malgré la tension qui l'habitait, elle était magnifique dans le clair de lune qui jouait sur ses traits délicats.

— Vous m'avez énervé, répliqua Leon. Je sais que vous faites du bon boulot, et j'aurais voulu que vous vous chargiez de mon site Internet.

— Je suis désolée de ne pas avoir pu le faire, mais je vous ai expliqué pourquoi c'était impossible. Maintenant, s'il vous plaît, arrêtez de me harceler. Je suis sûre que vous avez trouvé quelqu'un d'autre pour créer votre site.

Troy devait prendre sur lui pour ne pas bondir sur Whitaker. Comment un homme pouvait-il se conduire ainsi avec une femme ?

— Oui, j'ai trouvé quelqu'un d'autre, répondit Leon. Tout le monde n'est pas aussi coincé que vous.

— En ce cas, laissez-moi tranquille, je vous prie, dit Eliza.

Leon la fixa pendant un long moment avant de hocher lentement la tête.

— Très bien. Je ne vous enverrai plus de messages, mais vous devez me promettre de ne plus mentionner mon nom devant les flics. Je n'étais pas chez vous la nuit dernière et je n'ai aucune intention d'y aller un jour.

Il sourit avant d'ajouter :

— Et d'ailleurs ce n'était pas très amusant de vous harceler, vu que vous ne répondiez jamais

— Marché conclu, donc ? Vous arrêtez de m'embêter et je ne parle plus jamais de vous à la police ?

— Marché conclu, répondit-il.

— Merci, dit Eliza d'une voix qui trahissait son soulagement.

Leon hocha la tête une dernière fois avant de se détourner et de s'éloigner vers une voiture garée le long du trottoir. Eliza se tourna vers Troy et le regarda.

— On dirait que je dois encore te remercier, dit-elle.

— De rien, répondit-il. Est-ce que tu penses qu'il va te laisser tranquille, maintenant ?

— Mon Dieu, je l'espère ! Mais je le crois quand il dit qu'il n'était pas chez moi la nuit dernière. La personne que j'ai vue m'a semblé plus corpulente que lui.

Elle laissa échapper un profond soupir.

— Et, pour tout dire, je commence à penser qu'il n'y avait personne chez moi. Je dois avoir fait un rêve bizarre, à moins que mon imagination ne m'ait joué des tours.

— Tout ce que je sais, c'est que tu as eu raison de faire sortir les enfants de la maison et de venir chez moi, répondit-il.

— En parlant des enfants…

Elle regarda sa porte d'entrée.

— Il faut que je rentre.

— Est-ce que nous dînons toujours ensemble demain soir ?

— Tout à fait, répondit-elle. J'aimerais vraiment en savoir plus sur Frank Malone, surtout maintenant que nous avons découvert des cachettes dans la maison.

— Alors à demain, répondit-il. Vas-y. Rentre.

Il la suivit des yeux jusqu'à ce qu'elle soit à l'intérieur

avant d'inspecter la rue. La voiture de Leon avait disparu. *Quel sombre imbécile*, pensa-t-il en traversant la pelouse pour rentrer chez lui.

Il avait presque atteint sa porte quand il crut voir une silhouette passer en courant au coin de sa maison. Aussitôt, son sang se chargea d'adrénaline et son cœur se mit à cogner violemment dans sa poitrine.

Il prit son revolver, le serra fermement dans sa main et avança vers l'angle en question. Est-ce que Leon s'était garé un peu plus loin avant de revenir pour commettre de nouveaux méfaits ?

Il atteignit le bout de la bâtisse, inspira vivement et fonça. Personne.

L'air nocturne l'enveloppa, oppressant et moite. Maintenant, il n'y avait plus un souffle de vent. De la sueur commença à perler à son front.

Il longea le mur vers l'arrière de la maison, le dépassa rapidement et se retrouva dans son jardin, que le clair de lune baignait d'une lueur argentée.

Il n'y avait pas âme qui vive. Il abaissa son arme et souffla. Il aurait pourtant pu jurer qu'il avait vu une silhouette se glisser furtivement dans la pénombre.

Le fond de son jardin était bordé par un petit bois, dans lequel il arrivait que des cerfs s'aventurent. Est-ce que ces arbres dissimulaient maintenant quelque chose de plus menaçant ?

Il resta là pendant un long moment, tournant vivement la tête d'un côté, puis de l'autre. Cette silhouette n'avait-elle été que le produit de son imagination ? Il ne pouvait plus jurer de rien.

Tout en observant le bois, il se souvint de sa discussion avec Nick. Il était pratiquement certain que l'un des six hommes qui avaient conclu le pacte avait décidé de jouer les justiciers solitaires et d'abattre toutes les cibles lui-même, de la façon la plus atroce qui soit.

Autrement dit, ils étaient cinq à pouvoir l'identifier et le dénoncer. Cinq hommes qui représentaient pour lui un risque inacceptable. Malgré la chaleur étouffante de la nuit, un petit frisson fusa dans son dos.

Il avait décidé de veiller sur Eliza et les enfants, mais il fallait peut-être qu'il pense aussi à veiller sur lui-même.

6

Le lendemain matin, quand elle consulta ses mails et ses SMS, Eliza fut ravie de constater que Leon Whitaker ne lui avait envoyé aucun message haineux. Peut-être qu'il n'avait pas menti, et qu'il avait vraiment décidé d'arrêter de la harceler.

Quelques heures plus tard, son téléphone sonna. En lisant le nom qui s'affichait sur l'écran, elle se hâta de répondre.

— Bonjour, Lucy, dit-elle.

— Bonjour, Eliza. Comment ça va ?

— Bien. Et toi ?

— Pareil, mais je crois qu'il est grand temps que je t'emprunte tes enfants pour une nuit. Je suis en manque. Il me faut ma dose de Sammy et de Katie.

Eliza éclata de rire.

— Tu sais qu'ils adorent que tu me les empruntes.

— Je pensais les prendre vendredi prochain. Je les emmènerais dîner en ville et je te les ramènerais samedi matin, après le petit déjeuner. Est-ce que ça te conviendrait ?

— Ça me semble parfait, répondit Eliza.

— Super. On se voit vendredi, alors.

Eliza raccrocha et se renfonça dans son fauteuil de bureau. Les enfants allaient être ravis, et Lucy White était la seule personne sur cette terre à laquelle elle acceptait de les confier pour une nuit.

Lucy, qui avait quarante et un ans et était célibataire, travaillait comme assistante maternelle à l'école de Sammy. Son fils et elle s'étaient rapidement attachés l'un à l'autre, et Lucy était bientôt devenue une sorte de grand-mère de substitution pour les deux enfants. Ils adoraient aller dormir chez elle, et elle adorait les accueillir.

Eliza allait donc passer une nuit sans enfants. Est-ce qu'elle devait en parler à Troy ? Un petit frisson de plaisir la parcourut. Si elle lui en parlait et qu'ils passaient la soirée ensemble, elle était presque certaine qu'ils feraient l'amour.

Était-elle prête à ça ? Ses lèvres réclamaient plus de baisers, son corps se languissait de ses caresses, mais son cerveau étouffait ce désir sous un millier de questions et un soupçon de méfiance.

Troy ne lui avait pas juré un amour éternel – et d'ailleurs, s'il l'avait fait, elle ne l'aurait pas cru. Il était bien trop tôt pour penser à l'amour. Même si elle avait l'impression de le connaître depuis des mois, ils ne s'étaient rencontrés que quelques jours plus tôt.

Elle n'avait jamais été du genre à se laisser séduire facilement. Avant de rencontrer Blake, elle n'avait eu qu'un amant : son petit ami de lycée, avec lequel elle était sortie pendant quatre ans.

Si elle couchait avec Troy, elle ne devait pas s'attendre à ce qu'il lui promette de s'engager avec elle. Peut-être n'auraient-ils jamais d'autre rendez-vous romantique. Pouvait-elle s'en satisfaire ? Elle ne savait pas. En revanche, elle savait qu'il était temps qu'elle prépare le dîner.

Avant qu'elle ait pu commencer, sa sonnette retentit. Elle ouvrit la porte et vit un homme d'une cinquantaine d'années, vêtu d'un uniforme marron foncé portant le logo de la compagnie d'électricité locale. Ses biceps tendaient les manches de sa chemise et son pantalon semblait trop court de quatre ou cinq centimètres.

— Bonjour, m'dame, dit l'homme.

Il lui sourit, d'un sourire qui ne gagna pas vraiment ses yeux noirs.

— Êtes-vous Eliza Burke ?

— Oui, c'est moi. Est-ce que je peux vous aider ?

Elle était étrangement rassurée d'être séparée de lui par la porte-moustiquaire fermée à clé.

— Je suis désolé de vous déranger par ce bel après-midi, mais votre compteur électrique n'enregistre plus les données comme il le devrait. Il faut que j'entre pour vérifier les branchements.

La fourgonnette blanche garée dans son allée ne portait aucune inscription, aucun logo de société. Ce détail, conjugué à l'apparence négligée de l'homme, déclencha une sonnette d'alarme dans son esprit.

— Est-ce que je peux voir votre carte professionnelle ? demanda-t-elle.

Il sortit un portefeuille noir usé de sa poche de derrière, l'ouvrit et le tendit vers elle. Il avait effectivement une carte de la Kansas City Power and Light, avec une photo, qui semblait parfaitement authentique.

D'après la carte, l'homme s'appelait Max Sampson et travaillait pour la KCPL depuis cinq ans. Mais cela ne suffit pas à faire taire les soupçons d'Eliza. Grâce à sa connaissance d'Internet, elle savait mieux que quiconque qu'il était facile de faire fabriquer et plastifier un badge ou une carte professionnelle à l'aspect parfaitement authentique. De plus, elle n'avait jamais entendu dire que les compagnies d'électricité travaillaient le dimanche, à moins qu'il y ait une urgence… et, puisque l'électricité fonctionnait normalement chez elle, il ne s'agissait pas d'une urgence.

L'homme remit le portefeuille dans sa poche et demanda :

— Et maintenant est-ce que je peux entrer et me mettre au travail ?

— Je suis désolée, mais non. J'ai invité des amis pour le dîner et ils vont arriver d'un moment à l'autre. Est-ce que la compagnie pourrait m'appeler demain pour fixer un rendez-vous ?

Il fronça les sourcils.

— Je ne vous dérangerai pas, je vous assure. Vous pourrez préparer votre dîner pendant que je travaille.

— Et moi je préfère que vous reveniez un autre jour, répliqua-t-elle.

L'homme fronça les sourcils de plus belle.

— Vous pourriez fixer un rendez-vous tout de suite, avec moi.

— Je suis navrée, mais ce n'est vraiment pas le moment, dit-elle. Demandez à quelqu'un de m'appeler demain.

Elle referma la porte et la verrouilla, le cœur battant sur un rythme légèrement plus rapide que la normale.

Elle alla se poster devant la fenêtre et poussa un soupir de soulagement en voyant que l'homme traversait la pelouse, remontait dans sa fourgonnette et ressortait de son allée en marche arrière. Elle suivit le véhicule des yeux jusqu'à ce qu'il disparaisse à l'autre bout du pâté de maisons.

Elle ne savait pas trop pourquoi, mais son instinct

lui avait commandé de ne pas laisser cet homme entrer chez elle. Il portait l'uniforme de la compagnie, sa carte professionnelle semblait authentique, mais elle n'en démordait pas : son sixième sens lui disait qu'il y avait là quelque chose de louche, et elle suivait toujours son instinct.

Elle courut jusqu'à son bureau et chercha sur son ordinateur le site de la Kansas City Power and Light. Elle composa le numéro de téléphone fourni sur la page.

Après quatre sonneries, une femme décrocha et se présenta comme étant Jennifer Belvin. Eliza lui expliqua l'incident qui venait de se produire. Quand elle eut fini, la femme garda le silence pendant plusieurs secondes avant de demander :

— Êtes-vous certaine qu'il appartenait à la Kansas City Power and Light ?

— C'est ce qu'il a dit. Il portait un uniforme marron foncé et m'a montré une carte professionnelle marquée du logo de la KCPL.

— Avez-vous appelé pour un dépannage ?

— Non, répondit Eliza. Tout marche parfaitement bien, je n'ai aucun problème.

— S'il s'agissait effectivement d'un problème de compteur, le technicien n'aurait pas demandé à entrer chez vous, répondit Jennifer. Votre compteur se trouve à l'extérieur. Est-ce que vous pouvez m'accorder une minute ? Je voudrais faire une vérification.

— Merci.

Tout en patientant au son d'une musique qu'elle ne put identifier, Eliza sentit une peur diffuse la gagner de nouveau.

Elle s'exhorta au calme. Il pouvait s'agir d'une erreur. Ce Max Sampson s'était peut-être trompé d'adresse.

Ce genre de méprise devait bien se produire, de temps en temps.

Sauf que… Il l'avait appelée par son nom.

— Madame ?

Jennifer était revenue en ligne.

— Oui, je suis là, répondit Eliza.

— Personne ne nous a signalé de dysfonctionnement de votre compteur, et nous n'avons pas envoyé de technicien chez vous. À votre place, j'appellerais la police. De mon côté, je vais rédiger un compte rendu de l'incident.

— Merci.

Eliza raccrocha et se dirigea vers la fenêtre, la gorge nouée par la peur. La fourgonnette blanche avait disparu, mais ses inquiétudes n'étaient pas apaisées pour autant.

Elle doutait que cet homme s'appelle vraiment Max Sampson. Alors, qui était-il, et que voulait-il vraiment ? Pourquoi avait-il cherché à entrer chez elle ?

Elle n'avait aucune raison de demander à la police de venir chez elle, d'autant qu'elle ne savait pas où était allé l'homme, mais elle avait l'intention de signaler l'incident.

Ce Sampson pouvait être une espèce de prédateur, muni d'une liste de noms et d'adresses de femmes seules. Si elle l'avait laissé entrer, est-ce qu'il l'aurait cambriolée ? Ou même violée ?

Son cœur manqua s'arrêter quand elle pensa à ses enfants, qui étaient à l'étage. Que leur aurait-il fait s'il était entré ? Un frisson d'horreur parcourut son dos.

Si quelqu'un l'appelait le lendemain pour fixer un rendez-vous, ce dont elle doutait fortement, elle soupçonnerait qu'il s'agissait d'un usurpateur. Mais une chose était sûre : que ce soit le lendemain ou un autre jour, elle n'ouvrirait sa porte à aucun « technicien » de la compagnie d'électricité.

Elle chercha sur son ordinateur le numéro de téléphone du commissariat le plus proche. Comme elle ne courait aucun danger immédiat, elle ne voulait pas composer le 911 et mobiliser un opérateur d'appel d'urgence. Quand elle eut signalé l'incident qui venait de se produire, elle fut prise du besoin de voir ses enfants. Elle monta l'escalier et les trouva tous deux en train de jouer aux petites voitures dans la chambre de Sammy.

— C'est moi qui ai la voiture de police, annonça Katie en gloussant de rire. J'ai dû donner une contravention à Sammy pour excès de vitesse.

Eliza dut se raisonner pour ne pas les prendre dans ses bras et les serrer de toutes ses forces. Ils étaient en train de rire et de s'amuser, et elle ne voulait pas qu'ils ressentent la tension qui continuait à vibrer dans tout son corps.

— Tu te souviens du jour où tu as eu une contravention pour excès de vitesse, maman ? demanda Sammy.

— Tu étais furieuse, ajouta Katie.

— J'étais furieuse contre moi, précisa-t-elle, pas contre l'agent qui m'a donné la contravention. Ce n'est pas bien de rouler trop vite. Il faut toujours conduire en dessous de la limite de vitesse. Et maintenant je vais commencer à préparer le dîner.

— Et M. Troy va venir, répondit Katie.

Elle se mit à battre des mains, imitée par son frère. Les deux enfants étaient ravis de dîner une fois encore avec leur voisin préféré.

Eliza descendit l'escalier, mais n'alla pas tout de suite dans la cuisine. D'abord, elle alla se poster devant la fenêtre du salon et inspecta la rue à droite, puis à gauche. La fourgonnette blanche n'était pas là, et elle ne vit aucune raison de s'inquiéter. Mais, même quand elle eut commencé à cuisiner, elle s'interrompit de temps en temps pour aller vérifier que tout était normal. Quand elle vit une voiture de police passer devant la maison, elle fut soulagée de savoir qu'ils patrouillaient dans le quartier.

Tout en préparant le poulet sauce aigre-douce qu'elle avait promis à Troy, elle pensa à la mission qu'ils s'étaient donnée pour la soirée : en savoir plus sur Frank Malone. Elle avait presque peur de ce qu'ils allaient découvrir.

Plus elle y réfléchissait, plus elle se rendait compte que Blake ne lui avait pas dit grand-chose sur son grand-père, bien que ce soit lui qui l'ait élevé. Elle savait que Frank et sa femme avaient divorcé alors que Blake avait neuf ans, et qu'il n'avait jamais revu sa grand-mère, et c'était à peu près tout.

Eliza avait rencontré Frank deux fois, au tout début de son mariage. Il lui avait fait l'effet d'un vieil homme affable qui avait égayé le dîner en lui racontant des anecdotes sur l'enfance de son mari.

Elle ne savait pas trop ce qu'elle redoutait de découvrir. Quand elle avait appris que Frank lui avait légué la maison, elle l'avait vue comme un cadeau inestimable. Maintenant, elle espérait qu'il ne s'agissait pas en réalité d'un cadeau empoisonné.

Il était 17 heures et le dîner était prêt quand Troy arriva.

— Ça a l'air délicieux, dit-il quand elle posa son assiette devant lui.

— On préfère le poulet sauce aigre-douce de maman à celui de M. Chow, dit Katie.

M. Chow tenait un restaurant asiatique dans le quartier.

— Moi, ce que je préfère, ce sont les morceaux d'ananas, ajouta Sammy.

Troy lui sourit.

— Tu as un vrai fan-club !

Elle éclata de rire.

— Ils savent où est leur intérêt.

Comme toujours quand il était près d'elle, une nuée de papillons voletait dans son estomac. Il était tellement beau, avec sa chemise à rayures bleues et blanches qui faisait ressortir le bleu de ses yeux…

Mais ce qui l'attirait autant que son physique, c'était la facilité, le naturel avec lequel il s'intégrait parmi eux. Il lui semblait tout naturel de le voir assis à leur table et de l'écouter bavarder avec les enfants. Katie et Sammy l'adoraient, et Eliza, de son côté, aurait facilement pu s'habituer à le voir se joindre à eux tous les jours.

Non. Elle allait trop vite. Elle envisageait un avenir qui n'avait rien à voir avec la réalité. Elle ne savait même pas si Troy voulait s'engager avec elle dans une relation à long terme.

Jamais elle n'avait pensé à sortir avec un homme quand Katie et Sammy étaient encore petits, mais Troy, en entrant dans sa vie, lui avait fait prendre conscience du besoin qu'elle avait de construire une relation durable. Elle ne s'était jamais vraiment sentie aimée par Blake, et elle souhaitait ardemment la présence d'une figure paternelle dans la vie de ses enfants.

Mais il fallait qu'elle soit prudente. Elle ne voulait pas se lancer dans une histoire avec Troy avant d'être prête, et certaine qu'ils désiraient la même chose. Elle ne voulait pas non plus provoquer la fin de la précieuse relation de bon voisinage qu'elle entretenait avec lui –

ce qui pouvait se produire s'ils avaient une aventure qui finissait mal.

Pendant tout le dîner, Sammy et Katie parlèrent de ce qu'ils faisaient à l'école, de leurs amis, et des bonnes manières qu'ils enseignaient à Dolly Isabella, ce qui les fit tous rire aux éclats.

Quand ils eurent fini de manger, les enfants allèrent s'installer dans le salon pour regarder la télévision avant d'aller prendre leur bain et de se coucher, pendant que Troy aidait Eliza à débarrasser la table.

— C'était l'un des meilleurs repas que j'aie jamais mangés, dit-il.

— Merci. J'aime beaucoup cuisiner.

— Ça se voit, répondit-il.

— Un café ? demanda-t-elle.

— Je veux bien.

Elle prépara le café et vint s'asseoir à la table, face à lui.

— Nous avons vraiment beaucoup ri pendant le repas, grâce à toi.

Un grand sourire éclaira son visage.

— Je sais que j'ai un peu fait l'idiot, mais c'est toujours amusant de faire rire des enfants.

— Crois-moi, les miens aussi font très bien les idiots, plaisanta-t-elle.

Elle reprit son sérieux pour poursuivre.

— Il s'est passé quelque chose de bizarre, aujourd'hui.

— Quoi ?

L'un de ses sourcils noirs fusa vers le haut. Quand elle lui parla de l'homme qui avait frappé à sa porte et s'était présenté comme un technicien de la KCPL, ses yeux s'assombrirent.

— Heureusement que tu as écouté ton instinct et

que tu ne l'as pas laissé entrer, dit-il quand elle eut terminé. Est-ce que tu as appelé la police ?

— Oui. Ils ont pris ma déposition au téléphone et m'ont dit que cet homme pouvait avoir usurpé l'identité d'un technicien pour s'introduire chez moi et me cambrioler. L'agent auquel j'ai parlé m'a dit que les malfaiteurs étaient de plus en plus imaginatifs.

— Génial, répondit-il sèchement. Des criminels intelligents. On avait bien besoin de ça.

— J'espère que la police va garder un œil sur ce type pour qu'il ne puisse pas s'en prendre à quelqu'un d'autre, conclut-elle en réprimant un frisson.

— Je suis certain qu'ils ont envoyé une voiture patrouiller dans le quartier, répondit-il. Et maintenant est-ce que tu es prête à voir ce que nous pouvons apprendre sur l'homme qui t'a légué sa maison ?

Elle prit une gorgée de café et reposa sa tasse.

— Pour être franche, j'ai presque peur de ce que nous pourrions découvrir. Peut-être que Frank était un baron du crime, ou un tueur en série. Et si c'étaient les fantômes des gens qu'il a tués qui hantent la maison toutes les nuits ?

Troy sembla tellement abasourdi qu'elle ne put réprimer un éclat de rire.

— D'accord, tu peux me traiter de folle.

Il sourit.

— Sans aller jusque-là, je dirais que tu as une imagination débordante.

Il noua les mains autour de sa tasse de café et demanda :

— Est-ce que tu crois aux fantômes ?

Soudain pensive, elle fronça les sourcils et se renfonça dans sa chaise.

— Je ne sais pas trop si je crois aux phénomènes

paranormaux, répondit-elle enfin. Tout ce que je sais, c'est que, s'il y a des fantômes dans cette maison, ils sont sacrément bruyants.

Elle reprit sa tasse de café. Soudain, son corps vibrait sous l'effet d'une terreur inexplicable.

— Si nous allions dans mon bureau pour essayer de découvrir quels squelettes Frank cachait dans ses placards ?

Eliza s'était installée dans son fauteuil de bureau et Troy s'était assis à côté d'elle, sur une chaise qu'il avait apportée de la cuisine. Comme toujours quand elle était près de lui, il était profondément troublé par son parfum.

Ce qui l'étonnait le plus, c'était que l'attirance qu'il ressentait pour elle n'était pas uniquement sexuelle – même s'il la désirait, il ne pouvait le nier. Il aimait aussi sa nature rieuse et le son de son rire, ainsi que la discipline qu'elle s'imposait dans son travail et qui lui avait permis d'assurer l'équilibre financier de sa famille après que son mari l'eut quittée. Mais ce qu'il aimait par-dessus tout, c'était l'amour sans limites qu'elle portait à ses enfants. Il ne pouvait s'empêcher de se demander ce qu'il aurait éprouvé si on lui avait porté un amour aussi fort, aussi total.

Il avait aimé sa femme, et il était certain qu'elle l'avait aimé, elle aussi. Mais, au moment où il avait eu le plus besoin d'elle, elle lui avait tourné le dos. Le cœur de Sherry s'était comme desséché. Elle lui avait reproché d'être responsable du meurtre de leur fille, et l'amour qu'elle lui avait porté s'était mué en haine.

Sa femme avait autant souffert que lui, mais, au lieu

d'essayer de survivre à cette épreuve en la traversant à ses côtés, elle avait choisi de le blâmer et de le haïr.

Pour arracher son esprit aux souvenirs douloureux, il demanda :

— Si tu m'en disais un peu plus sur ta peur des fantômes ? Est-ce que tu as peur de traverser un cimetière à la nuit tombée ? Est-ce que tu retiens ton souffle quand tu vois passer un corbillard ?

— Voilà que tu te moques de moi, dit-elle, les yeux pétillants de malice.

— Peut-être un peu.

Il prit une gorgée de café.

— Alors dis-moi… De quoi as-tu vraiment peur, Eliza Burke ?

Elle se renfonça dans son fauteuil et le regarda pensivement.

— J'ai peur de mourir avant que mes enfants n'aient plus besoin de moi. J'ai peur d'avoir un accident et de ne plus pouvoir m'occuper d'eux. Et… j'ai une peur panique des chats.

— Des chats ? répéta-t-il, stupéfait. Tu es sérieuse ? Je croyais que toutes les femmes aimaient les chats !

— Eh bien, pas moi. J'ai été traumatisée par le chat de ma grand-mère. D'après elle, la petite Sweetkins était le plus adorable des chatons, mais elle me faisait l'effet d'être un démon surgi des entrailles de l'enfer. Quand j'allais voir ma grand-mère, elle passait son temps à se cacher et à me bondir dessus au moment où je m'y attendais le moins. Grand-mère avait beau me dire qu'elle voulait seulement jouer, Sweetkins me terrifiait.

Il éclata de rire, ravi qu'elle ait partagé cette anecdote de son enfance avec lui.

— Tu étais proche de ta grand-mère ?

— Oui. Elle et mon grand-père vivaient dans une ferme, dans l'ouest du Kansas. Tous les étés, j'allais passer quinze jours chez eux. Grand-mère m'emmenait ramasser des tomates ou des haricots verts et grand-père me laissait monter sur le tracteur avec lui. Quand j'étais chez eux, j'avais toujours l'impression de vivre une grande aventure.

— Tu as eu de la chance, répondit-il. Je n'ai pas connu mes grands-parents. Ils sont morts avant ma naissance.

— C'est triste.

— C'est la vie, répondit-il avec un petit haussement d'épaules.

— Et toi, monsieur Troy Anderson, de quoi as-tu peur ?

Elle porta sa tasse de café à ses lèvres et le dévisagea avec curiosité.

Il ne pouvait pas lui dire qu'il craignait qu'un homme aveuglé par le chagrin soit parti à la dérive et puisse maintenant souhaiter sa mort et celle de quatre autres hommes. Non, il ne pouvait rien lui confier du pacte qu'il avait conclu alors qu'il était dans les profondeurs de l'enfer.

Il ne voulait pas non plus lui dire qu'il était terrifié à l'idée d'aimer de nouveau. Il appréciait la relation qu'ils étaient en train de construire tous les deux, mais il était hors de question qu'il mette une fois de plus son cœur en danger.

— J'ai déjà vécu ma pire peur, répondit-il enfin. Alors, maintenant… Je n'ai plus peur de grand-chose.

Il se racla la gorge pour chasser l'émotion qu'il sentait monter en lui.

Eliza tendit le bras et recouvrit sa main de la sienne. Ce simple contact suffit à faire fondre la glace qui menaçait de l'étouffer. Elle avait de jolies mains, aux doigts fuselés et aux ongles vernis de rose pâle. Des mains douces et chaudes, dont le contact semblait lui apporter un peu de réconfort.

Ils gardèrent le silence pendant un long moment. Quand Troy fut de nouveau capable de parler, il demanda :

— Alors, est-ce que tu as des nouvelles de Leon, le sale type ?

— Non, heureusement, répondit-elle en ôtant sa main de la sienne.

— Je suppose qu'il a décidé de marcher droit après que la police est venue lui rendre visite.

Elle lui adressa un sourire narquois.

— Il pourrait aussi avoir changé d'avis en voyant ton revolver.

— Dieu merci, je n'ai pas eu besoin de m'en servir. Cela fait des années qu'il est rangé dans le tiroir de ma table de chevet, et il n'est même pas chargé.

Elle rit, de ce rire franc qu'il aimait tellement entendre.

— Autrement dit, tu aboies mais tu ne mords pas.

— Si ce type avait levé la main sur toi, tu m'aurais vu mordre, répondit-il.

Pendant un moment, son regard se riva à celui d'Eliza. Oh ! avec quelle facilité il se laissait engloutir par les profondeurs grises de ses yeux…

Elle s'éclaircit la gorge et se tourna vers son ordinateur.

— Allons-y.

Il se pencha en avant tandis qu'elle tapait le nom de Frank Malone dans la barre de recherche. L'écran s'emplit de résultats. Frank Malone était un avocat de Seattle, Washington, un chanteur de blues du Tennessee, le maire d'un petit village du Maine…

Elle secoua la tête.

— C'était idiot de ma part. Il faut que je limite la recherche à Kansas City.

Ses doigts fins volèrent à nouveau sur le clavier. Cette fois, il y eut moins de résultats.

— À mon avis, le Frank Malone que nous recherchons n'a pas de compte Twitter, dit-il.

Elle rit.

— C'est effectivement peu probable.

Elle fit défiler la page.

— Et je pense qu'il n'est pas non plus une danseuse exotique qui propose d'animer des soirées privées.

— Je suis surpris que nous n'ayons pas trouvé de nécrologie, remarqua-t-il.

Elle fronça les sourcils.

— Maintenant que tu en parles, je ne me souviens pas d'en avoir vu une. Je ne savais même pas qu'il était mort avant que l'avocat me contacte pour m'annoncer qu'il m'avait légué la maison.

— Est-ce que tu as déjà utilisé le site KCPersons.com ?

— Non, répondit-elle. Je n'en ai même jamais entendu parler.

Elle changea de position dans son fauteuil et, une fois encore, son parfum entêtant l'enveloppa.

— C'est un site qui rassemble des biographies et divers renseignements sur les personnalités de Kansas City, expliqua-t-il. Les habitants qui se sont rendus célèbres, que ce soit pour de bonnes ou de mauvaises raisons.

— Je doute que Frank ait été considéré comme une personnalité.

— Ça vaut peut-être le coup d'essayer, répondit-il. Même si je dois préciser que les renseignements qu'on y trouve ne sont pas tous très fiables. J'y suis décrit comme ayant cinquante-cinq ans. Ils se sont trompés de vingt ans.

Elle haussa un sourcil.

— Tu figures sur la liste des personnalités de Kansas City ?

— Oui, répondit-il en secouant la tête. Je ne sais pas exactement comment je me suis retrouvé sur ce site, mais je pense que c'est à cause d'un article paru dans le *Kansas City Star* qui mettait en valeur certains magasins et prestataires de services locaux.

— Et comment as-tu su que tu étais sur ce site ?

Il lui décocha un sourire légèrement penaud.

— Je recherche mon nom sur Google, de temps en temps. Mais essentiellement pour m'assurer qu'aucun client mécontent ne parle en mal de moi ou de ma société.

— Tu en as trouvé ?

— Trois. Depuis que je fais ce métier, seulement trois clients se sont plaints de mes services. J'ai aussitôt pris contact avec eux, et j'ai aplani le différend avec deux d'entre eux.

— Et avec le troisième ?

— La troisième, rectifia-t-il. Cette femme était une vraie casse-pieds. Pour qu'elle soit satisfaite, il aurait fallu que je lui propose mes services gratuitement pour le restant de ses jours. Et maintenant assez parlé de moi. Voyons si Frank Malone a l'honneur d'être considéré comme une personnalité de Kansas City.

Une fois encore, ses doigts pianotèrent rapidement sur les touches. Quand la page d'accueil s'ouvrit, elle s'exclama :

— Waouh ! Je n'arrive pas à croire que je ne connaissais pas ce site.

Il y avait un champ de recherche en haut à droite de la page. Elle y entra le nom de Frank Malone.

— Il est dedans, dit-elle, étonnée.

— Sa fiche a été ajoutée il y a quinze jours, commenta Troy. Après sa mort, donc.

Ils se penchèrent tous deux vers l'écran pour lire la biographie de Frank Malone. La première partie retraçait son enfance, depuis sa naissance jusqu'à ses dix-sept ans – des années qui n'avaient rien eu de remarquable. Mais, à dix-sept ans, Frank avait été arrêté pour le cambriolage d'un magasin de matériel vidéo. Il avait passé quelques mois dans une prison pour mineurs, et avait été libéré juste après son dix-huitième anniversaire. Quatre ans plus tard, il avait de nouveau été condamné pour le cambriolage d'une supérette.

Pendant qu'Eliza cliquait pour passer à la page suivante, Troy commenta :

— Malone n'était pas vraiment un enfant de chœur, dans sa jeunesse.

La nervosité d'Eliza était palpable. Il la sentait presque aussi nettement que son parfum. Et cependant il ne voyait vraiment pas ce qu'ils pouvaient découvrir au sujet de Frank Malone qui ait un quelconque rapport avec elle ou la maison que l'homme lui avait léguée.

La seconde page de la biographie était consacrée à son mariage et à la suite de ses démêlés avec la justice. Ils avaient atteint un sommet quinze ans plus tôt : Frank et trois autres hommes avaient été les principaux suspects dans ce que les journaux avaient appelé « le Grand Casse de la bijouterie Flake ». Ni Frank ni les autres hommes, dont le nom était cité, n'avaient comparu en justice, faute de preuves. La biographie se terminait par la mort de Frank.

Eliza se tourna vers lui.

— Je pense que nous devrions chercher plus d'informations sur le Grand Casse de la bijouterie Flake.

— Allons-y, dit-il.

Il était sincèrement curieux de ce qu'ils allaient découvrir.

— Je sais que la bijouterie Flake est une boutique haut de gamme de la ville, mais je ne me souviens pas qu'elle ait été cambriolée, dit-elle en tapant les mots appropriés dans le champ de recherche.

— Si tu avais lu un article sur cette histoire dans le journal il y a quinze ans, pourquoi y aurais-tu prêté une quelconque attention ?

Elle secoua la tête.

— Tu as sans doute raison.

Elle cliqua sur le premier des nombreux résultats qui s'affichèrent sur l'écran. Ensemble, ils lurent l'article consacré à l'affaire. La boutique avait été cambriolée en pleine nuit. Plusieurs bijoux avaient été volés, dont un collier prêté par une bijouterie de Paris et estimé à deux millions quatre cent mille dollars.

— La bonne nouvelle, c'est que Frank n'était apparemment pas un tueur en série, commenta-t-il. Par contre, il est fort possible qu'il ait été voleur de bijoux.

— Voyons ce que je peux trouver sur les trois autres suspects.

Elle retourna à la biographie et nota les trois noms sur un bout de papier.

— Nous allons commencer par Lester Cantano, dit-elle. Au moins, ce n'est pas un nom courant.

Une nécrologie s'afficha sur l'écran, accompagnée d'une photo de l'homme.

— Il est mort il y a cinq ans, dit Eliza.

— Et Neil Riddicio ?

Elle pianota sur le clavier.

— Regarde, il est sur les réseaux sociaux.

La photo de profil de Neil montrait un homme d'une soixantaine d'années, de stature imposante. Il se présentait comme un expert en informatique, amateur de grosses motos et de bagarres de bar.

— On ne peut pas dire que notre homme soit un pilier honorable de la société, remarqua Troy, pince-sans-rire.

— Je ne comprends toujours pas le rapport qu'il pourrait y avoir entre toute cette histoire et moi, ou la maison, répondit-elle. Voyons ce que nous pouvons trouver sur Mitchell Martinson… Oh ! très bien. Il est sur les réseaux sociaux, lui aussi.

Elle ouvrit la page et laissa échapper un petit hoquet horrifié.

— C'est Max Sampson, dit-elle d'une voix tremblante.

Son visage était d'une pâleur effrayante.

Troy regarda la photo de l'homme aux cheveux bruns mal coiffés et à la tenue débraillée et posa les yeux sur Eliza. Il ne comprenait pas.

— Qui ?

— Max Sampson… L'homme qui est venu sonner chez moi tout à l'heure en prétendant être un technicien de la compagnie d'électricité.

Mais pourquoi cet homme avait-il recouru à ce stratagème pour essayer de s'introduire chez elle ? Il fallait à tout prix qu'ils découvrent ce qui se tramait. Soudain, il ne sentit plus le parfum enchanteur d'Eliza, ni la chaleur qui émanait de son corps, si proche du sien.

Tout à coup, il ne sentit plus qu'une profonde angoisse qui s'intensifia jusqu'à lui nouer le ventre quand il comprit qu'une menace bien réelle planait sur elle et ses enfants.

7

— Maman ?

Eliza sursauta au son de la voix de Katie et se força à sourire pour que sa fille ne devine rien de sa peur.

— Oui, ma chérie ?

— Sammy s'est endormi sur le canapé, et je veux bien aller me coucher, moi aussi.

La fillette se frotta les yeux avec ses poings, comme elle le faisait toujours quand elle était épuisée.

Eliza regarda l'horloge accrochée au mur et retint un petit cri de surprise. L'heure du coucher était passée, et depuis longtemps.

— Vous ne prendrez pas de bain ce soir, dit-elle. Allez vous mettre en pyjama. Je monte vous border tout de suite.

— Je veux que ça soit M. Troy qui me borde, dit Katie.

— Je crois que je peux faire ça, répondit Troy. D'ailleurs, je vais porter Sammy dans sa chambre.

Eliza lui adressa un regard plein de gratitude et ils se levèrent tous deux.

Troy porta Sammy, qui dormait toujours, jusque dans son lit. Quant à Eliza, elle accompagna Katie pour l'aider à se préparer pour la nuit. Les renseignements que Troy et elle venaient de glaner au sujet de Frank Malone continuaient à tournoyer dans son esprit. Un voleur de bijoux ? Est-ce que c'était vraiment possible ?

Et le fait que Martinson se soit fait passer pour un technicien de la compagnie d'électricité pour essayer de pénétrer chez elle rendait toute cette histoire encore plus terrifiante.

Quand Katie fut couchée, Troy apparut à la porte de sa chambre.

— Prête à être bordée par M. Troy ? demanda-t-il.

— Oui, répondit Katie.

Troy entra dans la pièce, s'assit au bord du lit et tendit le bras pour écarter une mèche de cheveux du visage de la fillette.

— Dors bien et fais de doux rêves.

Katie sourit.

— Maman dit ça, elle aussi. Bonne nuit, monsieur Troy.

Elle s'endormit presque aussitôt en serrant son ours en peluche préféré contre sa poitrine.

Eliza passa ensuite dans la chambre de Sammy et ressentit une bouffée de gratitude pour Troy en voyant qu'il avait déchaussé le garçonnet et l'avait recouvert. Elle déplaça les chaussons de Sammy pour qu'ils soient à l'endroit exact où son fils avait l'habitude de les laisser et retourna au rez-de-chaussée avec Troy.

Elle le précéda dans le salon et s'assit sur le bord du canapé. Il s'enfonça dans les coussins, à côté d'elle.

— Ils vont dormir paisiblement, dit-elle.

— C'était ce que ma mère disait quand elle venait me border.

— Où sont tes parents ? Tu ne m'as jamais parlé d'eux.

— Ils ont divorcé quand j'avais huit ans. Mon père est mort d'une crise cardiaque, il y a six ans. Quant à ma mère… elle s'est installée en France avec son second mari quand j'avais dix-huit ans, et elle a coupé les ponts avec mon père et moi.

— C'est affreux, répondit-elle. Je suis tellement désolée.

Il n'avait même pas pu compter sur le soutien de ses parents quand sa vie tout entière avait été brisée par la tragédie.

Il haussa les épaules.

— Pour être franc, ma mère n'a jamais été une très bonne mère, même quand elle vivait avec nous. Mais assez parlé de moi… Que penses-tu de ce que nous venons d'apprendre ?

Elle laissa échapper un petit rire.

— J'ai l'impression que mon cerveau va exploser. Je pense à un million de choses à la fois.

Il lui adressa un sourire tendre qui ne fit qu'amplifier les émotions qui se pressaient en elle. Mais, au moins, ce sourire l'assurait de son soutien, et l'aidait à supporter un peu mieux ses pensées négatives.

Il se renfonça sur le canapé.

— Et tu n'étais pas du tout au courant du passé criminel du grand-père de ton mari ?

— Pas du tout, confirma-t-elle. Blake ne m'en a jamais parlé.

— C'est compréhensible. Tu m'as dit qu'ils n'étaient pas vraiment proches, tous les deux. Blake devait avoir honte que son grand-père ait fait de la prison.

— Tu as peut-être raison, répondit-elle en soupirant. Et maintenant si nous arrêtions de faire comme si de rien n'était et que nous parlions du cambriolage de cette bijouterie ?

— Dont les bijoux n'ont jamais été retrouvés, compléta Troy.

À ces mots, un frisson glacial la parcourut.

— Mais Frank a seulement été suspecté, commenta-t-elle dans un effort pour se réconforter elle-même. Il n'a jamais été formellement accusé du vol. Il était peut-être innocent.

— Et pourtant l'un des trois autres suspects est venu sonner à ta porte et a essayé de te convaincre de le laisser entrer, contra-t-il. Nous devons partir du principe qu'il est fort possible que les bijoux soient cachés dans la maison.

Elle réprima un petit cri, même si elle savait que c'était ainsi que son raisonnement allait se conclure.

— Je ne vois vraiment pas où ils pourraient être, répondit-elle. Nous avons trouvé deux cachettes, mais elles étaient vides.

— Vous n'avez peut-être pas trouvé les bonnes.

— J'ai du mal à croire que les bijoux puissent encore se trouver ici. Le cambriolage remonte à quinze ans… Les voleurs doivent avoir revendu leur butin depuis longtemps. Pourquoi voler des bijoux et les cacher dans un trou dans le mur pendant quinze ans ?

Troy fronça les sourcils.

— Je ne sais pas du tout comment procèdent les voleurs, mais voilà ce que je pense : ils ont revendu les bijoux les moins précieux juste après le cambriolage, mais ils ont préféré laisser passer un peu de temps avant de chercher un acheteur pour le collier.

— Pour le moment, je me sens complètement dépassée par la situation, avoua-t-elle.

Il prit sa main dans la sienne.

— Tu n'as pas à l'affronter seule, Eliza. Je ferai tout ce que je pourrai pour t'aider.

Elle pressa sa main.

— C'est gentil, mais je ne sais pas trop de quel genre d'aide j'ai besoin. Est-ce que je devrais appeler la police, d'après toi ?

— Si cela peut te rassurer, fais-le. Mais j'ai peur qu'ils ne puissent pas t'aider. Pour le moment, nous ne faisons qu'échafauder des hypothèses.

— Je suis certaine que Martinson voulait entrer chez moi, reprit-elle. Et, d'après ce que nous venons d'apprendre, je pense que c'est parce qu'il espérait y trouver un objet de valeur.

Sa maison, qui était l'endroit où elle aurait dû se sentir le plus en sécurité, lui faisait maintenant l'impression d'être un lieu où rôdait le danger. Elle jeta un regard impuissant à Troy.

— Qu'est-ce que je dois faire ? demanda-t-elle à voix basse.

Il passa un bras autour de ses épaules et l'attira contre lui.

— Si j'étais toi, je commencerais par faire poser une alarme. Dès demain, si possible. Si tu ne peux pas te le permettre pour des raisons financières, je t'aiderai.

— Merci, mais ce n'est pas nécessaire.

Elle ne parvenait pas à croire qu'il ait la gentillesse de lui prêter de l'argent si besoin était.

— Je m'en occuperai demain à la première heure.

Elle allait s'assurer que toutes les portes et fenêtres de la maison soient bardées d'alarmes qui l'alerteraient si quelqu'un essayait de s'introduire chez elle. Elle repensa à la silhouette qu'elle avait vue passer devant la porte de sa chambre en pleine nuit et elle sentit ses bras se couvrir de chair de poule. Oui, elle allait faire poser une alarme, et le plus tôt possible.

— Qu'est-ce que je peux faire d'autre ? demanda-t-elle.

— Je pense que nous devrions fouiller ta maison pour découvrir les secrets qu'elle pourrait encore recéler, répondit-il.

Elle se laissa aller contre lui. Elle s'était toujours considérée comme une femme courageuse, mais en ce moment elle était complètement perdue et terrifiée.

— Je ne peux pas me permettre d'arracher les parquets et de défoncer les murs alors que j'ai un enfant aveugle, commenta-t-elle. D'ailleurs, je veux que les enfants ne soient au courant de rien. Je ne veux ni bouleverser leur routine ni leur faire peur.

— Je comprends. Nous pourrions fouiller la maison et chercher d'autres cachettes pendant qu'ils sont à l'école. Après tout, ils en ont déjà trouvé deux sans démolir la maison pour autant.

— C'est une bonne idée, reconnut-elle.

Elle se redressa. Maintenant qu'ils avaient un plan, elle se sentait plus forte. Elle se leva et se dirigea vers l'endroit où Sammy avait trouvé la dernière des cachettes. Sous le regard curieux de Troy, elle passa ses doigts sur le lambris jusqu'à sentir une irrégularité, qu'elle pressa. La porte dérobée s'ouvrit aussitôt.

— Voilà la dernière que Sammy a trouvée.

Les yeux écarquillés, Troy se leva et la rejoignit.

— Voilà un endroit idéal où se réfugier en cas de descente de police, commenta-t-il.

— Et l'escalier dérobé que Sammy a découvert permet de passer de l'étage au rez-de-chaussée sans que personne ne se doute de rien, ajouta-t-elle.

Maintenant qu'elle connaissait le passé de Frank, la présence de cachettes dans la maison lui semblait plus compréhensible.

Les bijoux étaient-ils toujours dissimulés ici ? Était-ce ce que Max, alias Mitchell Martinson, était venu chercher après toutes ces années ? Et, si c'était le cas, quel genre de danger les enfants et elle couraient-ils ? Un frisson de peur la saisit.

Troy devait l'avoir vu, parce qu'il la prit aussitôt dans ses bras. Elle s'appuya contre lui, goûtant sa chaleur et le réconfort qu'il lui apportait. Une fois de plus, elle se dit qu'elle avait bien de la chance d'avoir un voisin tel que lui.

Mais qui cherchait-elle à tromper… Il devenait bien plus pour elle qu'un voisin serviable. Elle était dangereusement proche de tomber amoureuse de lui. La pensée était à la fois excitante et un peu effrayante, parce qu'elle n'avait pas la moindre idée de ce qu'il ressentait pour elle.

Et, d'ailleurs, les sentiments qu'il lui inspirait s'étaient épanouis si rapidement qu'elle n'était pas certaine qu'ils soient réels. Après tout, elle traversait une période déstabilisante, emplie de mystères… Aurait-elle été attirée par n'importe quel homme, du moment qu'il lui témoignait de l'attention et lui apportait son soutien ? Sincèrement, elle n'en savait rien.

Elle nicha son visage au creux de son cou et huma son odeur. Il resserra ses bras autour d'elle et dit :

— N'oublie pas de faire poser cette alarme demain à la première heure.

— Demain à la première heure, répéta-t-elle. C'est promis.

Elle releva la tête pour le regarder, et son cœur s'emballa.

— Mes enfants dorment chez une amie, vendredi prochain. Est-ce que tu aimerais venir dîner ?

Il lui caressait doucement le dos, de haut en bas. Des petites flammes dansaient dans ses yeux.

— Je te propose un marché encore plus intéressant.

Tu m'as déjà invité deux fois… Si tu venais chez moi vendredi prochain et que tu me laisses me charger du repas ?

— Très bien, souffla-t-elle. En ce cas, j'apporterai le dessert.

Le regard brûlant qu'il posa sur elle lui coupa à moitié le souffle.

— Tu pourrais être le dessert.

Elle laissa échapper un petit rire nerveux. Il relâcha aussitôt son étreinte et recula d'un pas.

— Il se fait tard, dit-il. Est-ce que ça va aller, cette nuit ?

— Tout ira bien, oui.

Elle était soulagée qu'il s'apprête à partir. Elle se sentait légèrement prise de vertige, et ce n'était pas uniquement à cause des renseignements qu'ils venaient de glaner sur Frank et le cambriolage de la bijouterie. Elle savait qu'en annonçant à Troy qu'elle serait seule le vendredi soir elle lui avait tout simplement promis une nuit de passion.

Parce qu'ils feraient l'amour, elle en était sûre et certaine. Vendredi, leur relation franchirait un nouveau cap.

Ils se dirigèrent ensemble vers la porte.

— Je viendrai demain après-midi pour que nous commencions à chercher d'autres cachettes, dit-il.

— J'ai l'impression d'occuper tout ton temps libre, protesta-t-elle. Et ton temps de travail aussi, d'ailleurs… Est-ce que tu ne travailles pas l'après-midi, d'habitude ?

— Si je ne pouvais pas me libérer, je ne t'offrirais pas mon aide. L'avantage d'être patron, c'est qu'on peut établir ses propres horaires.

Il lui décocha ce sourire qui faisait toujours fuser une chaleur délicieuse en elle et reprit :

— À demain après-midi, donc. À moins qu'il se passe quelque chose cette nuit. Tu sais qu'il te suffit de m'appeler pour que je vienne.

Il l'embrassa tendrement sur le front et ouvrit la porte.

— Et maintenant, Eliza, va dormir. Je sais que tu as eu une longue journée.

Soudain, elle s'aperçut qu'elle était épuisée, comme si elle n'avait pas eu une seule bonne nuit de sommeil depuis qu'elle avait emménagé dans cette maison, plus d'un mois plus tôt.

— Bonne nuit, Troy. À demain.

Quand il fut parti, elle retourna dans le salon, où elle déambula pendant un moment en regardant les murs. Son esprit fourmillait de questions. Était-il vraiment possible que des bijoux d'une valeur inestimable soient cachés dans ces murs ? Si c'était le cas, pourquoi Frank les y avait-il laissés pendant quinze ans ? Si ses trois complices et lui avaient vraiment cambriolé cette bijouterie, pourquoi n'avaient-ils pas vendu leur butin et partagé le bénéfice ?

Peut-être les hommes s'étaient-ils mis d'accord pour attendre avant de revendre le collier, qui était trop précieux, trop identifiable, pour qu'ils essaient de s'en débarrasser tout de suite. Ils pouvaient avoir convenu d'attendre plusieurs années avant de le revendre… Et la mort de Frank avait bouleversé leurs plans.

Mitchell Martinson avait prétendu vouloir entrer chez elle pour « vérifier ses branchements ». Eliza ne voyait qu'une raison à sa démarche : l'homme était convaincu de pouvoir trouver quelque chose entre ses murs… Peut-être ce fameux collier d'une valeur de plusieurs millions de dollars. Jusqu'où Martinson était-il prêt à aller pour atteindre son but ? Quand elle y pensait, elle était glacée jusqu'aux os.

Elle éteignit les lumières et jeta un rapide coup d'œil à l'extérieur. Tout lui parut normal. Cependant, elle avait hâte d'être au lendemain pour s'occuper de faire poser cette alarme. Jusque-là, elle ne se sentirait pas en sécurité chez elle.

Elle monta à l'étage et jeta un œil dans les chambres de ses deux enfants pour s'assurer qu'ils dormaient tranquillement avant de gagner sa propre chambre. Pendant qu'elle se préparait pour la nuit, ses pensées se dirigèrent vers Troy.

Qu'avait-elle fait ? En lui annonçant que ses enfants ne seraient pas à la maison le vendredi suivant, elle lui avait carrément fait comprendre qu'elle coucherait avec lui cette nuit-là.

Était-elle vraiment prête pour ça ? Et sur quoi cela déboucherait-il ? Troy et elle se dirigeraient-ils vers une relation plus profonde, plus sérieuse, ou prendrait-il ses distances après avoir obtenu ce qu'il voulait ? Parce que pour elle il n'y avait pas le moindre doute : il la désirait.

Elle voyait bien que ses yeux brillaient dès qu'ils étaient ensemble, et le désir qu'elle lui inspirait était tangible dans le moindre de leurs contacts. Mais que cherchait-il au juste ? Une vraie relation, ou une aventure sans lendemain avec une conquête facile ?

Sa vie était enveloppée de mystère, un danger potentiel planait au-dessus d'elle, mais la perspective de découvrir que Troy n'était peut-être pas l'homme merveilleux pour lequel elle le tenait était presque aussi effrayante.

Quand Troy quitta sa maison, le lendemain matin, il fut ridiculement heureux de voir une fourgonnette blanche frappée du logo d'une entreprise de sécurité garée dans l'allée d'Eliza.

Il avait entendu dire beaucoup de bien de cette entreprise, et il allait bien mieux dormir en sachant qu'Eliza et les enfants étaient protégés des intrus par un système de sécurité. Sincèrement, il n'avait pas très bien dormi la nuit précédente.

L'idée que des bijoux provenant d'un cambriolage puissent être cachés depuis quinze ans dans la maison où elle habitait semblait vraiment tirée par les cheveux. Pourtant, il ne pouvait trouver aucune autre explication aux incidents qui s'étaient produits – et surtout à l'apparition de Martinson, qui avait été soupçonné du cambriolage et avait frappé à sa porte la veille pour essayer d'entrer chez elle.

Si Frank et ces trois hommes avaient vraiment volé ces bijoux, quel genre de marché avaient-ils conclu pour se partager les bénéfices ? Les bijoux pouvaient-ils avoir toujours été cachés dans la maison ? La mort de Frank avait-elle poussé les deux survivants à bouleverser leurs plans ?

Mais ce n'était pas uniquement à cause de ces interrogations qu'il s'était tourné et retourné dans son lit pendant toute la nuit. Il avait aussi beaucoup pensé à l'alchimie physique qui existait entre Eliza et lui. Il n'en avait jamais ressenti de telle.

Quand elle lui avait dit qu'elle serait seule chez elle le vendredi soir, il avait lu dans ses yeux une promesse qui avait fait naître un désir ravageur dans son corps.

Il espérait terminer sa journée de travail vers 13 heures, ce qui leur donnerait, à Eliza et lui, deux heures pour chercher d'autres cachettes dans la maison avant que les enfants ne rentrent de l'école.

S'ils trouvaient des bijoux dans ces cachettes, ils

les remettraient à la police. La presse relaierait l'information, ce qui suffirait sans doute à faire comprendre aux malfaiteurs qui voulaient mettre la main dessus qu'il ne leur restait plus qu'à renoncer.

Il consacra la matinée à l'inspection des différents chantiers sur lesquels travaillaient ses employés. Le travail ne manquait pas à cette période de l'année, mais il en aurait tout autant à la fin de l'automne. Il remiserait ses tondeuses, sortirait ses souffleuses à neige et équiperait ses camions de lames de déneigement. Il était sous contrat avec plusieurs associations de quartier, qui faisaient appel à ses équipes pour déneiger leurs trottoirs et leurs rues.

Il passa donc la matinée à rouler d'un chantier à l'autre pour s'assurer que tout allait bien. Ses employés étaient pour la plupart des travailleurs consciencieux, qui savaient qu'il attendait d'eux un travail de qualité. Il les payait bien et se considérait comme un patron juste. Il les respectait tous, et avait l'impression qu'ils le respectaient en retour.

Il était 13 h 30 quand il sonna à la porte d'Eliza. Elle l'accueillit avec un grand sourire.

— L'entreprise de sécurité vient juste de partir, annonça-t-elle en le conduisant dans la cuisine. Ma maison est bardée d'assez de gadgets pour tenir les intrus à distance.

— Voilà qui me rassure vraiment, dit-il.

— Moi aussi. L'entreprise a posé un panneau de contrôle dans ma chambre. S'il y a une effraction quelque part dans la maison, il me montrera où elle se produit exactement.

— Ça m'a l'air parfait.

Avec son short en jean blanc, son chemisier vert menthe et ses cheveux rassemblés en queue-de-cheval,

Eliza était pimpante et adorable – et donnait l'impression qu'un poids énorme venait d'être levé de ses épaules.

— J'ai bien fait de faire poser cette alarme, dit-elle. Je me sens beaucoup moins nerveuse. Et maintenant est-ce que tu es prêt à te lancer dans notre chasse au trésor ?

— Fin prêt, répondit-il.

— J'ai pensé que nous pourrions commencer au dernier étage et descendre.

— Ça me semble logique, convint-il.

Quelques minutes plus tard, ils étaient dans l'une des vastes pièces du second étage, aux murs tapissés de papier velours vieil or.

— Je ne sais même pas ce qu'il faut que je cherche, dit-elle.

— Nous devons passer nos mains sur les murs et les boiseries pour y chercher des irrégularités.

Il se mit au travail d'un côté de la porte, et elle, de l'autre.

— Parle-moi de ton ex-femme, dit-elle soudain, le prenant au dépourvu. J'ai l'impression de t'avoir dit beaucoup de choses sur Blake, mais tu ne m'as pas vraiment parlé de la femme que tu as épousée. Où l'as-tu rencontrée ?

— À l'université, pendant ma deuxième année. Nous faisions tous deux des études de commerce. Nous sommes sortis ensemble pendant deux ans avant de nous marier, six mois après avoir obtenu notre diplôme.

Tout en parlant, il continuait à passer ses mains sur le papier peint.

— Comment était-elle ?

— C'était une blonde séduisante, intelligente et fermement décidée à avoir une vie parfaite.

Eliza laissa échapper un petit rire.

— Je ne sais même pas à quoi peut ressembler une vie parfaite !

— Sherry le savait. Elle s'était forgé sa propre image de la perfection, et elle comptait bien l'atteindre. C'est elle qui a choisi notre maison et tous nos meubles, et qui m'a dit comment elle voulait que j'agence le jardin, dans les moindres détails. C'est elle qui a décidé que nous n'aurions qu'un enfant, parce qu'elle ne voulait pas que la maternité l'empêche de poursuivre sa carrière. Maintenant que j'y repense, je me rends compte qu'elle était plutôt dominatrice… Mais à l'époque ça m'était égal. Je voulais seulement la rendre heureuse. Elle avait eu une enfance assez difficile, avec deux parents alcooliques. Je comprenais qu'elle ressente le besoin de tout contrôler.

— Est-ce que tu étais heureux ?

Il hésita pendant un long moment avant de répondre.

— Sherry et moi avions des hauts et des bas, bien sûr, mais en général je l'étais, oui. Je n'ai jamais été plus heureux que le jour de la naissance d'Annie.

Son cœur se serra au souvenir de cette journée si particulière, qui avait été la plus belle de sa vie.

— J'avais toujours voulu être père.

Eliza se tourna pour poser sur lui un regard empreint de douceur.

— Parle-moi d'Annie.

Elle s'assit par terre, en tailleur, et l'invita d'un geste à l'imiter.

— Raconte-moi toutes les choses merveilleuses qu'elle faisait.

Il s'assit face à elle, et son esprit s'emplit aussitôt d'un flot de souvenirs.

— Sherry et moi avions l'habitude de dire aux gens

qu'Annie n'avait pas appris à marcher mais à sauter et à courir. Elle était exubérante et curieuse de tout.

Eliza tendit le bras pour prendre sa main dans la sienne.

— Est-ce que c'était une princesse, ou une guerrière ?

— Une guerrière, sans le moindre doute. Sherry faisait de son mieux pour en faire une véritable petite princesse, mais il n'y avait pas une seule robe en bon état dans sa penderie. Elles étaient soit déchirées, soit couvertes de taches d'herbe. Et elle perdait toujours les rubans qui attachaient ses cheveux.

Il sourit en accueillant les souvenirs heureux qui se pressaient dans son esprit, pour la première fois depuis l'horrible journée qui avait bouleversé sa vie pour toujours.

— Dis-m'en plus, demanda Eliza.

Ce qu'il fit. Pendant une bonne demi-heure, il lui raconta toutes sortes d'anecdotes attachantes et amusantes de la vie d'Annie. Il lui parla de la grenouille qu'elle avait trouvée dans le jardin quand elle avait cinq ans et lui dit qu'elle adorait chanter les chansons qui passaient à la radio quand ils étaient en voiture tous les trois. Il lui dit aussi combien la petite fille détestait les brutes et aimait les laissés-pour-compte. Il partagea avec Eliza toutes les anecdotes qui lui venaient à l'esprit pour lui dresser un portrait aussi fidèle que possible de la fillette merveilleuse et unique qu'avait été son Annie.

Quand il eut fini, il se sentait étrangement heureux et comme libéré. Soudain, il se rendit compte que, depuis qu'Annie était morte, il avait oublié de se souvenir de ce qu'avait été sa vie.

— Merci, dit-il en pressant la main d'Eliza.

— Pourquoi ?

— Pour m'avoir aidé à me rappeler toute la joie et l'amour qu'Annie a apporté dans ma vie.

Il relâcha sa main et se leva.

— Et, maintenant, remettons-nous au travail. Nous avons un mystère à élucider.

Quand l'heure fut venue pour Eliza d'aller jusqu'à l'arrêt de bus, ils n'avaient eu le temps de fouiller que cette pièce. Ils allaient devoir interrompre leurs recherches jusqu'au lendemain, quand les enfants seraient retournés à l'école.

— Je vais t'accompagner, dit-il.

Les enfants furent ravis de voir qu'il les attendait à l'arrêt de bus avec leur mère. Après lui avoir dit bonjour, ils se mirent à parler en même temps pour lui raconter leur journée.

Le temps qu'ils soient tous de retour devant chez Eliza, Troy avait appris que Mary, une fillette un peu snob qui était dans la classe de Katie, avait vomi en plein cours et que personne n'avait eu pitié d'elle. De son côté, Sammy lui raconta qu'il apprenait le braille et que son professeur avait apporté un lapin que toute la classe avait pu caresser.

— Est-ce que vous voulez goûter avec nous ? demanda Katie quand ils atteignirent la porte. Parce que, si vous goûtez avec nous, peut-être que maman nous donnera des cookies.

Troy éclata de rire.

— Je suis désolé, ma chérie, mais je dois refuser. Il faut que je rentre chez moi. J'ai des papiers à faire.

Eliza fronça les sourcils.

— Je prends trop de ton temps.

— Arrête de dire ça. Ce n'est pas vrai. À demain après-midi.

— Est-ce que vous viendrez nous chercher à l'arrêt de bus ? demanda Katie.

— On verra, répondit-il.

Il prit congé et rentra chez lui, le cœur léger pour la première fois depuis bien longtemps. Il se prépara une tasse de café, qu'il porta jusqu'à son bureau, dans un coin du salon.

Il prit une gorgée du chaud breuvage, rejeta la tête en arrière et ferma les yeux. Il avait conscience que quelque chose d'important venait de se produire : il avait retrouvé tous ses souvenirs des moments tendres et heureux qu'il avait passés avec Annie.

Pendant bien trop longtemps, son cerveau s'était focalisé sur la douleur et la colère dont la mort de sa fille l'avait empli. Cela faisait trois ans qu'il ne s'était rappelé que sa mort, sans une pensée pour sa vie, qui, bien que trop courte, avait été merveilleuse.

Il savait pertinemment que les mauvais souvenirs finiraient par revenir à la charge, surtout le jour du troisième anniversaire de la disparition et de la mort de sa fille, dans moins de deux semaines. Mais, pour le moment, il avait enfin retrouvé les bons souvenirs qui l'aideraient à traverser cette épreuve – et c'était grâce à Eliza.

Il ouvrit les yeux et se mit au travail. Comme tous les quinze jours, il devait établir les fiches de paie de ses employés, une tâche qui lui prenait généralement plusieurs heures. Il aurait pu faire appel à un comptable, mais le fait de relever les heures de travail de chacun d'entre eux et de remplir leurs chèques lui procurait toujours une immense fierté. Il était parti de rien, et seule son ardeur au travail – à laquelle s'étaient ajoutés quelques coups de pouce du destin – lui avait permis de bâtir son petit empire.

Il fit une pause de quelques minutes, le temps de préparer et d'avaler un sandwich jambon beurre, et se remit au travail. Quand il eut enfin fini, il alluma la télévision. À 10 heures, il se leva de son fauteuil pour aller chercher son revolver dans sa table de nuit et le posa sur la table de la cuisine avec tout le matériel nécessaire pour le nettoyer et le graisser – une idée qui lui était soudain venue pendant qu'il était assis devant la télévision.

S'il y avait vraiment un collier d'une valeur de plusieurs millions de dollars caché à l'intérieur de la maison d'Eliza, le ou les malfaiteurs ne reculeraient devant rien pour s'en emparer.

Tous les muscles de son ventre se nouèrent à l'idée qu'une quelconque menace puisse planer sur Eliza et ses enfants. Il était un peu rassuré depuis qu'elle avait fait poser l'alarme, mais il ne savait pas plus qu'elle ce qui pouvait se passer maintenant.

Il n'était certain que d'une chose : il y avait quelque part un homme qui semblait prêt à tout pour s'emparer de ce collier. Pouvait-il aller jusqu'au meurtre ? Cette pensée lui glaçait le sang.

8

Quand Eliza se réveilla, elle eut l'impression que le parfum de Blake, ce parfum caractéristique qu'elle connaissait si bien, flottait dans la chambre. Elle s'assit dans le lit et écarta ses cheveux qui retombaient sur son visage, encore un peu perdue dans les dernières brumes du sommeil.

Avait-elle rêvé de Blake ? Son esprit lui avait-il joué un tour en lui faisant croire qu'elle sentait l'eau de toilette de son ex-mari ? Si le fantôme de Blake se promenait quelque part, ce n'était certainement pas ici, auprès d'elle et des enfants. Déjà qu'il n'avait pas vraiment voulu d'eux quand il était en vie…

S'il hantait un lieu, c'était sans doute une boîte de nuit à la mode ou le lit d'une autre femme. À moins qu'il ne soit allé en enfer, où on l'avait condamné à rester lié à Eliza et aux enfants pour l'éternité.

Elle faillit éclater de rire à cette pensée. Quand Troy lui avait dit qu'elle débordait d'imagination, il ne s'était pas trompé.

Dans la pièce baignée par la lueur du soleil levant, elle se laissa retomber sur son oreiller et inspira profondément. Cette maison lui faisait vraiment perdre les pédales.

Ces deux derniers jours, Troy et elle avaient fouillé toutes les pièces du second étage. Ils avaient trouvé un seul compartiment secret, près d'une bouche d'aération, qui ne contenait que de l'air à l'odeur de renfermé.

Ils avaient profité de ces deux jours pour apprendre à mieux se connaître en échangeant des souvenirs de leur enfance et en évoquant les événements qui avaient contribué à les faire passer dans l'âge adulte. Mais ils avaient aussi discuté de choses plus superficielles, dit beaucoup de bêtises, et s'étaient raconté de mauvaises blagues. Ces échanges avaient raffermi le lien qui les unissait.

Et ce soir elle allait dîner chez Troy… Son cœur marqua un petit temps d'arrêt à l'idée de ce qui risquait de se passer après le repas.

Elle avait envie de lui. Elle voulait qu'il ne soit pas uniquement un voisin serviable mais aussi un ami – et un amant. Et elle voulait que leur relation dure bien plus qu'une nuit… Peut-être même toute une vie.

C'était en le voyant interagir avec ses enfants tout au long de la semaine qu'elle s'était rendu compte qu'elle était bien près de tomber complètement amoureuse de lui. Il savait comment les faire rire, mais aussi comment les amener à ressentir de la fierté quand ils avaient terminé leurs devoirs et leurs corvées domestiques. Et, la veille, quand Katie avait fait un caprice et refusé de manger ses haricots verts, il avait fait preuve d'une patience et d'une compréhension infinies.

Elle savait que Troy, en plus d'être un merveilleux mari, serait un beau-père attentif et aimant. Exactement le genre de figure paternelle qu'elle voulait faire entrer dans la vie de ses enfants, qui n'avaient jamais vraiment reçu d'amour de la part de leur vrai père.

Pourquoi se mentait-elle ? Elle n'était pas seulement

sur le point de tomber amoureuse de Troy : elle l'était déjà. Mais elle n'avait toujours pas la moindre idée des sentiments qu'il pouvait avoir pour elle. Oh ! bien sûr, elle savait qu'il appréciait sa compagnie et qu'il ressentait une bonne dose de désir pour elle, mais quel avenir voyait-il pour eux ? Quelles étaient ses intentions ?

— Arrête, Eliza, chuchota-t-elle.

Ce n'était pas parce qu'elle savait où elle en était avec Troy qu'il avait atteint le même point avec elle. Elle était la première à reconnaître que tout était allé très vite entre eux.

Son amour pour lui avait pris vie avec une telle force, une telle rapidité, qu'elle en avait été elle-même surprise. Il allait peut-être falloir à Troy plus de temps pour éprouver les mêmes sentiments qu'elle… et elle était prête à attendre le temps qu'il faudrait, si c'était ainsi qu'ils pouvaient construire un avenir commun.

Mais… Peut-être était-ce cette maison mystérieuse et le danger qu'elle sentait planer sur elle qui la bernaient. Peut-être n'était-elle pas vraiment amoureuse de Troy, mais seulement de l'impression de sécurité qu'il lui donnait ? Non, elle ne voulait pas y croire. L'amour qu'elle lui portait semblait réel et sincère, sans aucun lien avec le mystère qui enveloppait la maison.

Elle aurait pu rester au lit toute la journée et chercher les réponses aux questions qui tourbillonnaient dans son esprit, mais il fallait qu'elle se lève, qu'elle prépare le petit déjeuner et qu'elle entame une nouvelle journée de travail.

Il ne lui fallut que quelques minutes pour s'habiller et descendre dans la cuisine, où elle se mit à préparer des pancakes. Les enfants la rejoignirent bientôt.

— Est-ce que je peux avoir de la crème fouettée sur mon pancake ? demanda Katie.

— Moi aussi, ajouta Sammy.

— Pourquoi pas de la crème fouettée et des fraises ? suggéra Eliza.

Au moins, elle n'avait pas à réfléchir à ce qu'ils allaient manger ce soir, puisqu'elle dînerait chez Troy et que les enfants seraient chez Lucy.

— J'ai hâte d'être chez Mlle Lucy pour notre soirée pyjama, dit Katie avant de s'enfourner un énorme morceau de pancake dans la bouche.

— Moi aussi, renchérit Sammy. Elle nous laisse nous coucher très tard.

— Et elle nous donne toujours quelque chose de bon à manger avant d'aller au lit, ajouta Katie.

— Vous allez beaucoup vous amuser, dit Eliza.

Au moins, ils avaient cessé de réclamer une nouvelle soirée pyjama avec M. Troy. C'était elle qui allait peut-être en passer une avec lui – une soirée pyjama pour deux.

Quand les enfants eurent fini leur petit déjeuner, elle les envoya s'habiller pour l'école. Ils avaient déjà préparé un sac contenant leur brosse à dents, des sous-vêtements propres et quelques autres affaires pour la nuit.

Elle accompagna ses enfants jusqu'à l'arrêt de bus avant de s'installer dans son bureau et de se mettre au travail. Elle en avait fini avec le site web pour le groupement de médecins et devait commencer à travailler sur celui d'un auteur de romans d'amour. Elle était impatiente de s'y mettre. L'auteur lui avait fourni assez de reproductions de couvertures de livres et d'anecdotes amusantes pour lui permettre de construire un support attractif et bien documenté, qui lui assurerait une meilleure visibilité.

À midi, elle s'étira, se leva et alla préparer une salade pour son déjeuner. Dès que son cerveau cessa d'être concentré sur le travail, elle ne pensa plus qu'à Troy et à la soirée à venir.

Ils avaient décidé qu'elle viendrait chez lui vers 18 heures, ce qui lui laisserait environ deux heures pour se préparer et faire un dessert après que les enfants seraient partis.

« Tu pourrais être le dessert. » Cette phrase passait et repassait dans son esprit, baignant son corps de chaleur. Elle se hâta de finir sa salade et se remit au travail.

Il était un peu plus de 14 heures quand on sonna à la porte. Aussitôt, tous ses nerfs se tendirent. Elle n'attendait personne. Lucy n'arriverait qu'après la sortie de l'école, et Troy n'avait pas parlé de passer dans la journée.

La dernière fois que quelqu'un avait sonné à sa porte, il s'agissait d'un homme qui s'était fait passer pour un employé de la compagnie d'électricité afin de s'introduire chez elle. Elle se leva et marcha jusqu'à la fenêtre pour regarder dehors, mais la personne qui se tenait sous son porche était trop près de la porte pour qu'elle puisse la voir.

Quand la personne commença à frapper au lieu de sonner, Eliza sortit de son bureau pour aller vers la porte, le cœur battant la chamade. Elle tendit une main tremblante vers la poignée, mais la laissa retomber aussitôt.

Elle avait trop peur pour ouvrir sa propre porte d'entrée. Comment avait-elle pu en arriver là ? Pendant de longs instants, elle resta plantée là, tremblante, respirant bruyamment.

Quand les coups cessèrent enfin, elle demeura sur place, comme paralysée, pendant un long moment. Enfin, elle coupa l'alarme et rassembla suffisamment de courage pour poser la main sur la poignée de la porte et l'ouvrir. Un prospectus accroché à la poignée extérieure annonçait l'ouverture d'un nouveau restaurant chinois dans le quartier.

Elle regarda à droite, puis à gauche. Comme elle ne voyait personne, elle prit le prospectus d'un geste vif avant de claquer la porte et de la fermer à clé, écœurée par sa propre peur.

Elle rebrancha l'alarme, alla s'effondrer sur une chaise, dans la cuisine, et attendit que sa respiration reprenne un rythme normal. Peut-être ferait-elle mieux de tout laisser tomber, après tout, de faire don de cette maison à une œuvre de charité et de retourner vivre en appartement avec les enfants.

Ils échapperaient ainsi au danger né des secrets que recélait cette maison, et elle n'aurait plus peur d'ouvrir sa porte. Bien sûr, elle avait été ravie de pouvoir s'installer dans cette maison, pour laquelle elle ne devait payer ni loyer ni crédit, ce qui lui permettait de consacrer moins de temps à son travail et plus à ses enfants. Si elle la quittait, elle retomberait dans le stress d'un quotidien où elle devrait travailler à un rythme plus soutenu et s'inquiéter pour sa situation financière.

Et bien sûr elle s'éloignerait de Troy… Mais ce qui l'attristait le plus était la perspective d'enfermer de nouveau les enfants dans un appartement.

Elle adorait voir Sammy assis à la table de pique-nique, derrière la maison, le visage tendu vers le soleil, ou jouer aux petites voitures avec sa sœur, sur des routes qu'ils avaient tracées dans la terre. Les enfants adoraient le jardin, et elle ne voulait pas les obliger à retrouver leur ancien mode de vie qui les contraignait à rester à la maison sauf quand elle pouvait les emmener jouer dans un parc du quartier.

Tout à coup, la colère la gagna. Comment pouvait-elle seulement envisager d'abandonner cette maison, qui était devenue un véritable foyer pour ses enfants et pour elle ? Bon sang ! Rien ni personne ne l'en chasserait, et surtout pas sa propre peur.

Elle allait découvrir toutes les cachettes aménagées dans cette maison et, si elle y trouvait un collier, elle le rapporterait aux autorités.

Elle refusait de se laisser chasser de chez elle, que ce soit par des fantômes ou par un voleur de bijoux en quête d'un collier – qu'un homme qui était maintenant mort et enterré avait d'ailleurs sans doute revendu des années plus tôt.

Ce fut avec cette pensée en tête qu'elle monta l'escalier d'un pas résolu pour se rendre dans la chambre de Sammy. Elle ne pouvait pas perdre son temps à attendre que Troy vienne l'aider. Il fallait qu'elle s'aide elle-même.

Quand le moment arriva d'aller chercher les enfants à l'arrêt de bus, elle avait palpé chaque centimètre carré des murs de la chambre de son fils, mais sans rien trouver.

Les enfants et elle n'étaient rentrés que depuis une quinzaine de minutes quand Lucy arriva. Petite et rondelette, elle avait un sourire qui aurait éclairé les ténèbres les plus profondes.

— Est-ce que je peux t'offrir un café avant que tu t'enfuies avec mes enfants ? demanda-t-elle en la conduisant dans la cuisine.

— Non, merci. Je préfère me réserver pour pouvoir

partager leur festin de sucreries avant de te les ramener, répondit Lucy en riant.

— Merci bien, lui dit Eliza, pince-sans-rire.

— Pour tout te dire, je pensais acheter notre dîner dans un fast-food et aller le manger dans le parc, à côté de chez moi. Katie adore grimper dans la cage à singes et Sammy aime faire de la balançoire.

— Je suis sûre qu'ils vont beaucoup s'amuser, répondit Eliza.

Tout comme elle était certaine que Lucy veillerait bien sur eux.

— Et maintenant, lança Lucy, où sont mes gamins ?

— Ils sont encore là-haut. Ils ne doivent pas t'avoir entendue arriver. Est-ce que tu es prête à les affronter ?

Comme Lucy acquiesçait, Eliza alla se planter au pied de l'escalier.

— Hé, les enfants… Mlle Lucy est arrivée !

L'annonce fut accueillie par un chœur de hurlements d'excitation. Quelques secondes plus tard, les deux enfants dévalaient l'escalier avec leurs sacs. Lucy les embrassa avant de se redresser et de leur demander :

— Est-ce que vous êtes prêts pour une nuit d'aventure, tous les deux ?

— Oui ! s'écrièrent-ils.

— Est-ce qu'on aura de la glace, ce soir ? demanda Sammy.

— Je vois d'énormes sundaes à la carte dans votre avenir proche, psalmodia Lucy.

Les enfants crièrent de plus belle.

— Avec des vermicelles de chocolat ? demanda Katie.

— Avec des vermicelles de chocolat roses, précisa Lucy.

Après de rapides embrassades, Lucy et les enfants

partirent et Eliza se retrouva seule. Aussitôt, elle ne pensa plus qu'à la soirée qu'elle allait passer avec Troy.

Elle avait deux heures pour préparer le dessert et prendre un bon bain. Dans deux petites heures, elle irait frapper à sa porte et leur soirée à deux commencerait…

Elle s'attela à la préparation d'un fraisier, l'esprit empli d'une seule question :

Allait-elle faire l'amour avec Troy ce soir ?

Il était presque 18 heures et Troy arpentait sa maison, sans savoir si c'était l'angoisse ou l'excitation qui l'empêchait de tenir en place. Comment un simple dîner avec une jolie femme pouvait-il le rendre aussi nerveux ?

La maison était propre. Il avait mis leur dîner à réchauffer dans le four. Il s'était douché et avait changé les draps de son lit… Juste au cas où. Dans son esprit, tout était clair : ce soir, il laisserait le contrôle de la situation à Eliza. Si elle ne voulait pas faire l'amour avec lui, ce n'était pas grave. Il se contenterait de partager un bon dîner avec elle et de profiter de sa compagnie.

Alors, pourquoi était-il aussi nerveux ? Au fond de son esprit, il connaissait la réponse. Dans moins d'une semaine maintenant, ce serait l'anniversaire de la mort d'Annie. Mais ce soir il ne voulait pas y penser. Ce soir, il voulait ne penser qu'à Eliza.

À 18 heures tapantes, sa sonnette retentit. Il courut jusqu'à la porte et faillit oublier de respirer en la voyant.

— Tu es splendide, dit-il en prenant le plat qu'elle avait entre les mains.

Sa robe gris tourterelle moulait chacune de ses courbes et s'accordait à merveille avec ses yeux. Le décolleté arrondi était suffisamment profond pour lui permettre un aperçu tentant du haut de ses seins ronds, et ses cheveux retombaient en vagues sombres et luisantes sur ses épaules.

— Merci, répondit-elle. Il y a quelque chose qui sent très bon chez toi.

— C'est sans doute le dîner.

Il la conduisit dans la cuisine et, d'un geste, l'invita à s'asseoir à la table, qui était déjà dressée pour deux.

— J'espère que tu as faim.

— Je meurs de faim.

— Bien. Le repas est prêt. Du vin ?

— Volontiers.

Il lui servit un verre de vin rouge et se détourna pour sortir une salade du réfrigérateur. Pendant qu'il tranchait le pain à l'ail, elle lui parla de Lucy White.

— Je suis heureuse qu'elle fasse partie de la vie des enfants, conclut-elle. Elle est comme une grand-mère indulgente pour eux.

Quand il sortit les lasagnes du four et les posa sur la table, elle lui décocha un sourire taquin.

— Tu sais, si tu veux vraiment faire croire à une femme que tu as passé la journée à cuisiner pour elle, il vaudrait mieux que tu sortes tes lasagnes du plat du traiteur avant de les faire réchauffer.

Il lui sourit en retour.

— Je suis grillé. Mais c'est moi qui ai préparé la salade.

— Elle est très jolie, répondit-elle.

— Et les lasagnes de Garozzi sont délicieuses.

Ce dîner fut l'un des plus agréables qu'il ait jamais fait. Ils parlèrent de politique et se querellèrent quand ils abordèrent le sujet de leur équipe de football préférée. Elle soutenait l'équipe locale, les Kansas City Chiefs, tandis qu'il préférait les Oakland Raiders.

Ils parlèrent ensuite des lieux où ils aimeraient partir en vacances et tombèrent d'accord pour dire que Hawaï venait en tête de leur liste. En l'absence des enfants, ils pouvaient prendre le temps d'aborder toutes sortes de sujets, un peu plus en profondeur.

Troy apprit ainsi que la couleur préférée d'Eliza était le rose pêche, et qu'elle rêvait d'offrir un chien d'aveugle à Sammy quand il aurait seize ans. Il apprit aussi qu'elle ne s'était jamais sentie vraiment aimée par son mari, ce qui lui brisa le cœur.

Quand ils eurent fini de dîner, ils allèrent s'installer sur le canapé du salon avec leur café.

— Ce dîner a été vraiment agréable, dit-elle. J'aime mes enfants, mais cela fait toujours du bien de passer un peu de temps sans eux, entre adultes.

— Merci, Lucy White.

Elle sourit.

— Oui, merci, Lucy.

— Que fais-tu d'habitude quand elle garde les enfants pour la nuit ?

— Je prends un bain. Un bain divinement long. Quand on devient maman, c'est l'une des premières choses auxquelles on doit renoncer.

Il se pencha vers elle et tendit le bras pour caresser une mèche de ses cheveux. Il avait envie de la toucher depuis l'instant où elle était entrée chez lui.

— Et je parie que tu mets du bain moussant.

— Tout à fait. J'aime qu'il y ait beaucoup, beaucoup de mousse.

Il entreprit de caresser sa joue d'un geste lent, et elle laissa échapper un petit hoquet.

— Et aussi des bougies, ajouta-t-elle.

Il l'imagina soudain dans une baignoire pleine de mousse, ses épaules nues luisant à la lueur dansante des bougies. La vision n'aurait pas pu être plus nette, sauf s'il s'était trouvé dans la baignoire avec elle.

— Est-ce que je t'ai dit combien tu es belle, ce soir ? chuchota-t-il tout près de son oreille.

— Eh bien, monsieur Anderson, est-ce que vous cherchez à me séduire ?

— Absolument, répondit-il. Comment est-ce que je m'en sors ?

— Incroyablement bien, chuchota-t-elle.

Alors, il couvrit sa bouche de la sienne. Embrasser Eliza nourrissait une partie de son âme, une partie affamée dont il n'avait pas soupçonné l'existence avant que leurs lèvres ne s'unissent.

Elle se laissa aller contre lui et entrouvrit les lèvres pour qu'il puisse approfondir le baiser. Ce qu'il fit bien volontiers. Leurs langues se mêlèrent dans une danse qui fit fuser un éclair de chaleur dans tout son corps. Il posa les mains sur sa tête pour caresser ses cheveux, aussi doux que de la soie.

Il avait l'impression de ne pas avoir seulement envie de cette femme, mais d'avoir aussi besoin d'elle. Elle lui semblait tout aussi indispensable que l'air qu'il respirait.

Il comprit rapidement qu'il n'allait pas se satisfaire d'un baiser échangé sur le canapé. Il s'écarta d'elle, plongea son regard dans le sien et fut heureux de lire un désir ardent dans ses yeux d'un gris profond.

— Eliza, tu sais que j'ai envie de toi.

— J'ai envie de toi, moi aussi, Troy.

Ses lèvres tremblaient légèrement.

Il se leva et lui tendit la main.

— Est-ce que tu veux monter avec moi ?

Devant son hésitation, il manqua perdre tout espoir. Allait-elle le repousser ? Tant pis, il s'en accommoderait. Si elle ne se sentait pas prête, il respecterait sa décision. Il savait qu'elle n'était pas de ces femmes qui se donnent à un homme à la légère. Mais, après un long silence, elle se leva et glissa sa main dans la sienne.

Sans un mot, il l'entraîna dans l'escalier et jusque dans sa chambre. Son cœur battait furieusement et l'adrénaline déferlait dans ses veines. Jamais il n'avait eu à ce point envie d'une femme.

Quand ils furent dans sa chambre, il la prit dans ses bras pour l'embrasser de nouveau. Elle moula son corps contre le sien.

Oh ! Eliza, ma douce Eliza… La pression de ses seins contre son torse, la chaleur de son corps entre ses bras transcendaient le désir qu'il ressentait pour elle, le muant en une véritable fièvre.

— Je te veux nue et dans mon lit, gronda-t-il en arrachant ses lèvres aux siennes.

— Et moi je veux être nue et dans ton lit aussi longtemps que tu y es, toi aussi, répondit-elle dans un souffle.

Il passa un bras dans son dos. La fermeture Éclair de sa robe glissa doucement. Il dégagea ses épaules du tissu, qui tomba au sol. Elle ne portait plus qu'un soutien-gorge de dentelle blanche et une fine culotte assortie.

Il ôta vivement son pantalon et sa chemise et l'entraîna sous les draps. Leurs jambes s'entremêlèrent et il prit de nouveau possession de ses lèvres.

Il ne pouvait plus attendre. Il fallait qu'il fasse disparaître les derniers obstacles qui se dressaient entre eux, à savoir leurs sous-vêtements. Il ôta rapidement le soutien-gorge et la culotte d'Eliza et se débarrassa de son boxer.

Enfin, ils furent tous les deux glorieusement nus entre

les draps blancs fraîchement lavés. Troy commença par honorer les seins d'Eliza. Il taquina de la langue ses mamelons gonflés jusqu'à lui arracher des gémissements de plaisir.

Elle enfouit les mains dans ses cheveux et les fit glisser jusque dans son dos. Il était enveloppé de son parfum, de cette odeur délicieuse qui n'appartenait qu'à elle, et chacune de ses caresses attisait les flammes qui le dévoraient.

Il fit glisser une main sur son ventre. Il voulait la toucher, la caresser, lui donner tellement de plaisir qu'elle crierait son nom en atteignant l'orgasme.

Quand ses doigts se glissèrent dans les doux replis de sa chair, elle hoqueta, frissonna et ouvrit grand les jambes pour lui permettre un accès sans entraves.

Il fit bouger ses doigts contre elle, lentement d'abord, puis de plus en plus vite quand il sentit la tension s'accumuler dans son corps. Soudain, elle s'agrippa à ses épaules et se cambra sous sa main. Elle fut traversée par un violent tremblement et gémit son nom avant de se détendre.

— Prends-moi maintenant, Troy, chuchota-t-elle.

Avant d'obéir, il se pencha pour saisir un préservatif dans le tiroir de sa table de chevet. Il le déroula rapidement sur son sexe gonflé par le désir, se positionna entre ses cuisses et se glissa en elle. Pendant un moment, il demeura immobile, les yeux clos, ne goûtant que le bonheur d'être en elle. La sensation était tellement délicieuse qu'elle lui coupa presque le souffle.

Ensuite, il ouvrit les yeux et la regarda en commençant à aller et venir en elle. Le gris de ses yeux s'était assombri jusqu'à prendre la couleur de la fumée, et ses cheveux épars sur la taie d'oreiller blanche auréolaient sa tête tel un nuage sombre.

Il lui suffit de la regarder pour que son désir redouble. Ses mouvements devinrent plus rapides, plus frénétiques. À chacun de ses coups de reins, elle crispait un peu plus les doigts sur ses épaules.

— Oh oui… Oui ! cria-t-elle.

Il savait qu'elle montait vers un second orgasme – et, quand elle l'atteignit, il l'accompagna.

Il se laissa retomber sur les coudes et attendit quelques instants que sa respiration retrouve un rythme normal. Ensuite, il lui sourit.

— C'est le meilleur dessert que j'aie jamais eu.

Elle éclata de rire.

— Ah, mais tu n'as pas encore goûté à mon fraisier.

— Je peux déjà te dire que même le plus délicieux des fraisiers ne peut pas rivaliser avec toi.

Il écarta une mèche de cheveux de son visage.

— Tu restes avec moi ? Je veux te tenir dans mes bras pendant toute la nuit.

Elle hésita un instant avant de hocher la tête.

— Ça me plairait.

— Très bien. Maintenant, ne bouge pas. Je reviens tout de suite.

Il sortit du lit et passa dans la salle de bains attenante, d'où il ressortit vêtu d'un peignoir. Il en tendit un autre à Eliza.

— Si tu mettais ça ? Allons donc goûter ce merveilleux fraisier.

— Bonne idée.

Elle s'enveloppa dans le peignoir et ils sortirent de la chambre.

— J'ai l'impression d'être une ado qui descend en cachette se servir dans le frigo, plaisanta-t-elle.

— Alors nous sommes deux, répondit-il en riant.

Elle leur servit à chacun une part de gâteau pendant qu'il préparait deux tasses de café.

Quelques minutes plus tard, Troy s'assit face à elle, prit une bouchée de gâteau et dit :

— Délicieux. Ton fraisier est le meilleur que j'aie jamais mangé.

— Merci. C'est parce que j'ai un ingrédient secret.

— Lequel ?

Ses yeux étincelèrent de malice.

— Si je te le disais, ce ne serait plus un secret.

— Quels autres secrets as-tu donc ? demanda-t-il avant de prendre une autre bouchée de gâteau.

— Aucun, répondit-elle. Mon âme est pure. Et toi ?

Aussitôt, le secret qui accablait son âme jaillit dans son esprit. La conversation qui avait commencé de façon si légère prenait un tour bien sombre…

— J'ai un secret, qui fait de moi un homme mauvais, répondit-il.

Elle posa sa fourchette et le regarda calmement, comme si elle sentait la noirceur qui venait de le gagner.

— Je ne peux pas t'imaginer en train de faire, ou de penser quelque chose qui ferait de toi un homme mauvais.

L'appétit soudain coupé, il repoussa son assiette.

— Il y a un homme auquel je voue une haine telle que je souhaite sa mort.

Elle lui sourit.

— Ce n'est pas pour autant que tu es mauvais, Troy. Tu es un être humain, c'est tout. Je comprends parfaitement que tu haïsses cet homme et que tu souhaites sa mort.

Il la regarda, étonné. Il s'était attendu à des reproches, ou tout du moins à un sermon sur la nécessité de chasser toute haine de son cœur. Mais non : elle le comprenait. Étrangement, il se sentit encore plus proche d'elle.

— Samedi prochain, ce sera le troisième anniversaire de la mort d'Annie.

Tout au long de la semaine, la date avait plané sur lui, semblable à un nuage sombre qui s'apprêtait à masquer toute la lumière du monde.

Eliza recouvrit sa main de la sienne.

— Qu'est-ce que je peux t'apporter pour t'aider à traverser ce moment ?

Il la dévisagea. Décidément, elle ne cesserait jamais de le surprendre.

— Qu'est-ce que tu veux dire ?

— Est-ce que tu voudrais aller pique-niquer avec nous, par exemple ? Est-ce que je peux organiser une sortie qui t'aiderait à passer cette journée ? Mais peut-être que tu comptes travailler. Tu pourrais venir passer la soirée chez nous pour t'occuper l'esprit.

— Il vaut mieux que je reste seul, répondit-il. Généralement, ce jour-là, je ne suis pas d'une compagnie très agréable.

— Comme tu veux. Mais si tu changes d'avis tu sais où me trouver.

Elle pressa sa main avant de la relâcher.

Ce fut à cet instant précis que Troy comprit que ce qu'il redoutait le plus était arrivé.

Il était amoureux d'elle.

9

Eliza reposait en travers du torse nu de Troy. Ils venaient de faire l'amour une seconde fois, et elle se sentait rassasiée. Troy était un merveilleux amant, passionné et exigeant, mais aussi tendre et généreux.

Tout le contraire de Blake, qui se contentait de prendre son plaisir sans penser à lui en donner. Elle avait longtemps cru que tous les hommes étaient ainsi… mais Troy était bien différent. C'était la première fois qu'elle éprouvait un plaisir aussi parfait, aussi absolu.

Maintenant, ils parlaient de choses et d'autres depuis un quart d'heure, en attendant que le sommeil les gagne.

— On a frappé à ma porte aujourd'hui, dit-elle.

Elle lui parla du prospectus qu'elle avait trouvé accroché à sa poignée.

— J'ai trouvé le même en rentrant de ma journée de travail, cet après-midi, répondit-il.

— Peut-être, mais, quand je me suis rendu compte que j'avais trop peur pour ouvrir ma porte, ça m'a mise en colère, poursuivit-elle. Personne ne devrait avoir aussi peur dans sa propre maison.

Il lui caressa doucement les cheveux.

— Je suis heureux que tu aies été prudente. Ton

alarme ne servira à rien si tu ouvres ta porte à un inconnu.

— Mais ce n'est pas juste d'avoir aussi peur dans sa propre maison ! répéta-t-elle. Pendant un moment, j'ai été tellement bouleversée que j'ai presque envisagé de la donner à une œuvre de bienfaisance et d'aller m'installer dans un appartement où il n'y aurait aucune cachette dans les murs.

— J'espère que tu n'y as pas pensé sérieusement. J'aime trop t'avoir comme voisine.

Il l'embrassa sur la tempe et ajouta :

— D'ailleurs, en cet instant, tu es ma voisine préférée.

Elle sourit.

— J'y ai pensé pendant une bonne minute avant de me mettre en colère contre moi-même et de monter dans la chambre de Sammy pour en inspecter chaque pouce.

— Et je suppose que tu n'as rien trouvé.

— Rien du tout, répondit-elle, frustrée. Mais cette histoire ne va pas me chasser de chez moi. Pour le moment, ma plus grande inquiétude est que nous fouillions toute la maison et que nous ne trouvions rien. Comment ferons-nous savoir aux malfaiteurs qu'il n'y a aucun bijou chez moi ?

Il réfléchit en silence pendant un long moment.

— Je n'en sais rien, avoua-t-il finalement. Quand nous serons certains qu'il n'y a pas de bijoux dans ta maison, nous pourrons peut-être contacter les médias et leur proposer d'écrire un article ou de tourner un sujet sur toute cette affaire.

— Mais comment être sûrs que les malfaiteurs le liront, ou le verront ?

— Quelque chose me dit que, si toute une équipe de

journalistes débarque chez toi, les malfaiteurs seront très vite au courant.

Elle fronça les sourcils.

— Nous parlons toujours de malfaiteurs, au pluriel, mais, pour autant que je sache, il n'y a que ce Martinson. Est-ce que tu penses qu'il travaille avec quelqu'un d'autre ?

L'idée que plus d'une personne pouvait vouloir entrer chez elle la fit frissonner.

Troy resserra son étreinte sur elle.

— Nous ne pouvons pas en être sûrs. Pour le moment, on dirait qu'il agit seul.

— Est-ce que tu crois qu'il surveille la maison ?

Il se pencha et lui plaqua un rapide baiser sur les lèvres.

— Ce que je crois, c'est que ce sujet est bien trop grave pour que nous en discutions juste avant de nous endormir.

— Tu as raison, convint-elle.

Elle ne voulait penser qu'à la façon magique dont leurs corps s'accordaient, à la beauté des moments de passion qu'ils venaient de vivre et à la profondeur de l'amour qu'elle ressentait pour lui.

Elle ferma les yeux tandis qu'il continuait à caresser ses cheveux lentement, sensuellement. Elle avait hâte de découvrir ce qui allait se passer ensuite entre Troy et elle. Elle était certaine qu'ils allaient vers toute une vie de bonheur ensemble. Il lui caressait toujours les cheveux quand elle bascula enfin dans le sommeil.

Autour d'elle, la maison respirait profondément et laissait échapper des gémissements sourds. À chacune de ses expirations, elle devenait de plus en plus oppressante.

Eliza était assise au milieu de son lit, un bras autour des épaules de Katie, l'autre autour de celles de Sammy. Malgré l'obscurité presque totale, elle distinguait des ombres immenses qui se déplaçaient autour d'eux.

Ils étaient pris au piège sur ce lit, empêchés d'aller se mettre en lieu sûr par les ombres qui approchaient de plus en plus tandis que la pièce continuait à rétrécir.

— Allez-vous-en ! cria-t-elle.

Son cœur battait si violemment, si rapidement, qu'elle craignait qu'il n'explose. Elle devait rester forte pour ses enfants. Elle devait les protéger du mal… et un mal absolu rôdait dans cette pièce.

— Il n'y a pas de bijoux ici. Allez-vous-en et laissez-nous tranquilles.

Mais elle avait beau hurler, les ombres continuaient à se déplacer rapidement en tous sens, et les murs de la maison, à se resserrer sur eux.

Soudain, Sammy fut arraché à son étreinte et disparut dans les ténèbres qui les cernaient. Ce fut ensuite le tour de Katie. Eliza sut aussitôt que la maison lui avait pris ses enfants et un cri déchirant s'éleva de sa gorge…

— Eliza !

Une voix masculine transperça la folie de son rêve.

— Réveille-toi, ma chérie.

Elle s'éveilla en pleurant alors que Troy la prenait dans ses bras.

— Tout va bien, chuchota-t-il d'un ton apaisant. Tout va bien. Ce n'était qu'un rêve.

Oh, non, ce n'était pas qu'un rêve. C'était un cauchemar horrible, atroce. Les visions d'Eliza lui revinrent à l'esprit, lui arrachant un frisson. Dieu merci, il n'y avait là rien de réel…

— Pardon, dit-elle en se ressaisissant. Je suis désolée de t'avoir réveillé.

— Ne sois pas désolée. Est-ce que tu veux en parler ?

Blottie dans la chaleur réconfortante des bras de Troy, elle réfléchit quelques instants. Est-ce qu'elle voulait en parler ? Non. Elle ne voulait même pas y repenser. Ce cauchemar était trop horrible.

— Non, répondit-elle enfin. Ça va, maintenant.

Elle se recoucha sur le côté, et Troy vint se plaquer contre son dos en passant un bras autour d'elle. La position était confortable, elle se sentait en sécurité, mais il lui fallut très longtemps avant de parvenir à se rendormir.

Quand elle se réveilla, le lendemain matin, les premières lueurs de l'aube filtraient sur les côtés des rideaux. Elle était seule dans le lit, mais la place de Troy lui sembla encore tiède.

Pendant un long moment, elle resta allongée et repensa à la nuit qu'ils venaient de passer ensemble. Malgré son cauchemar, les moments qu'ils avaient partagés étaient magiques. Cela faisait tellement longtemps qu'elle n'avait pas aimé ni été aimée, et que le simple fait de penser à un homme n'avait pas suscité en elle ce picotement de désir et de douce impatience…

Emplie d'une sensation délicieuse, elle roula jusqu'à l'autre bout du lit et enfouit son visage dans l'oreiller de Troy, encore imprégné de son parfum. Elle était vraiment heureuse d'avoir choisi de passer la nuit avec lui.

Qu'allait-il se passer entre eux maintenant ? Cette

nuit allait-elle marquer le début d'une relation durable, ou sa fin ? Elle devait croire que c'était un commencement, que Troy et elle avaient un avenir ensemble. Oh ! elle n'attendait pas de demande en mariage ni même de promesse d'amour éternel. Elle espérait seulement qu'ils allaient passer beaucoup d'autres jours et nuits ensemble, qui les conduiraient tout naturellement jusqu'au mariage.

Le seul point noir qui entachait son avenir était cette fichue maison et les secrets qu'elle recélait encore. Elle se rappela son cauchemar et frissonna. Elle espérait vraiment que Troy et elle auraient le temps de fouiller les autres pièces la semaine prochaine. Ensuite, ils réfléchiraient à la marche à suivre pour assurer sa sécurité et celle de ses enfants.

Soudain, elle fut impatiente de voir Troy. Elle se leva, ramassa ses vêtements sur le sol et passa dans la salle de bains attenante. Il ne lui fallut que quelques minutes pour se préparer. Ensuite, elle descendit l'escalier. Une odeur de café frais et de bacon la guida jusqu'à la cuisine où Troy s'activait, seulement vêtu de son jean.

— Bonjour, dit-elle.

Il lui sourit et lui fit signe de s'asseoir.

— Que dirais-tu d'une tranche de bacon et d'une omelette ? demanda-t-il en posant une tasse de café devant elle.

— J'adorerais ça, mais qu'est-ce que je peux faire pour t'aider ?

— Rien du tout. Je m'occupe de tout.

— Je n'ai pas l'habitude qu'on me prépare mon petit déjeuner, protesta-t-elle.

— Ça ne te fera pas de mal de rester assise et de laisser quelqu'un d'autre faire la cuisine. En plus, le petit déjeuner est le seul repas que j'arrive à préparer à peu près correctement.

Elle sirota son café en le regardant avec convoitise et poussa un petit soupir de bonheur. Rien de tel qu'une tranche de bacon et un bel homme torse nu pour bien commencer la journée.

— Je suis désolée de t'avoir réveillé cette nuit, dit-elle. Est-ce que tu as assez dormi ?

Il lui sourit.

— J'ai très bien dormi. Tu es une compagne de lit parfaite.

— Merci, monsieur. Je fais ce que je peux.

Un nouveau soupir de bonheur lui échappa. Tout en s'habillant, elle avait craint qu'ils soient gênés de se retrouver face à face. Mais, bien au contraire, la situation lui semblait merveilleusement naturelle.

Quand ils eurent fini leur petit déjeuner, il la raccompagna jusque chez elle.

— Alors, demanda-t-il quand ils furent sous son porche, qu'est-ce que tu as prévu de faire aujourd'hui ?

— Rien de précis. Je vais sans doute travailler un peu, mais je consacre toujours la plus grande partie du week-end à mes enfants.

Elle sortit ses clés de son sac.

— Et toi ?

— Je dois aller inspecter deux chantiers. À part ça, je n'ai rien de prévu.

— Est-ce que tu veux venir dîner avec nous, ce soir ?

Il hésita un moment avant de secouer la tête.

— C'est gentil, mais je dois m'occuper de certaines choses. Un autre jour, plutôt.

— Si tu changes d'avis, tu sais que nous dînons toujours vers 17 heures.

— C'est noté. À plus tard.

Il se pencha et l'embrassa longuement sur le front.

— Et maintenant rentre pour que je sache que tu es en sécurité.

Elle déverrouilla la porte, entra et alla couper l'alarme avant qu'elle se déclenche. Elle adressa un dernier signe de la main à Troy avant de rebrancher l'alarme et de refermer la porte.

Lucy ne lui ramènerait pas les enfants avant une heure ou deux. Elle décida d'en profiter pour prendre une douche et se changer.

Quand elle fut debout sous le jet d'eau chaude, ses pensées retournèrent à la nuit qu'elle venait de vivre. Avant cette nuit, elle pensait qu'elle était en train de tomber amoureuse de Troy. Maintenant, plus aucun doute ne subsistait dans son esprit : elle était totalement, irrémédiablement amoureuse de lui.

Quand elle fut sortie de la douche, elle fit un peu de ménage, changea les draps des enfants, démarra une machine et passa le balai dans le séjour – sans cesser de fredonner.

Il était à peine 10 heures quand Lucy et les enfants revinrent à la maison.

— On a un nouveau film à regarder, annonça Katie.

— C'est Mlle Lucy qui nous l'a acheté, compléta Sammy. C'est l'histoire d'un chien et d'un chat qui sont les meilleurs amis du monde. Et c'est un film pour les aveugles. On peut le regarder maintenant ?

— Commençons par le commencement, répondit-elle. Qu'est-ce que vous dites à Mlle Lucy, tous les deux ?

Katie et Sammy embrassèrent Lucy en la remerciant. Ensuite, Eliza lui demanda si elle avait le temps de rester prendre un café.

— Avec plaisir, répondit-elle.

— J'installe les enfants dans le salon et je reviens, dit Eliza.

Quelques minutes plus tard, les deux femmes étaient assises face à face à la table de la cuisine.

— J'espère qu'ils ont été sages, dit Eliza.

Lucy sourit.

— Avec moi, ils le sont toujours. Tu as des enfants formidables, Eliza. Tu devrais te donner une médaille pour te récompenser d'être une mère aussi fantastique.

— Merci, répondit Eliza. J'avoue que je suis fière d'eux.

Lucy la dévisagea pendant quelques instants. Ses yeux marron étincelaient d'intelligence.

— Quelque chose a changé chez toi, dit-elle enfin. Jamais je n'avais vu tes yeux briller autant.

Eliza se plaqua les deux mains sur les joues et éclata de rire.

— Mon Dieu… Est-ce que ça se voit tant que ça ?

— C'est un homme, n'est-ce pas ? demanda Lucy en partant d'un rire sonore. Ma petite, je veux tout savoir.

— C'est mon voisin, répondit Eliza. Il s'appelle Troy Anderson et je suis à peu près certaine d'être amoureuse de lui.

C'était la première fois qu'elle prononçait ces mots à voix haute, et ils l'emplirent d'une sensation de bonheur irrésistible.

Lucy fronça les sourcils.

— Et ce Troy Anderson ? Que ressent-il pour toi ?

Eliza repensa à chacune des minutes qu'elle avait passées avec lui.

— Je crois qu'il est en train de tomber amoureux de moi, lui aussi, répondit-elle enfin. En tout cas, nous avons passé beaucoup de temps ensemble ces derniers jours et je sais qu'il tient vraiment à moi.

— Toute cette histoire a été plutôt rapide, non ? demanda Lucy en la scrutant. Cela fait à peine un mois que vous êtes arrivés ici.

— Tu as raison, ça a été rapide, reconnut Eliza. Mais ces deux dernières semaines nous avons partagé plus de temps que la plupart des gens qui sortent ensemble depuis des mois.

— Et que pensent Katie et Sammy de ce nouvel homme dans ta vie ?

— Ils l'adorent. Troy est vraiment gentil avec eux. D'ailleurs, s'il ne l'était pas, nous ne serions pas en train de parler de lui.

Elle regarda Lucy et fronça les sourcils.

— Pourquoi est-ce que tu n'as pas l'air heureuse pour moi ?

Lucy lui prit la main.

— Oh ! ma chérie, tu sais bien que je le suis. Seulement, je ne veux pas te voir souffrir.

— J'espère bien que je ne souffrirai pas. Troy est comme un rêve devenu réalité. Nous nous entendons à merveille, et je compte bien vivre un bonheur parfait avec lui.

— Et je ne connais personne qui le mérite plus que toi, répliqua Lucy.

Elle pressa sa main avant de la relâcher.

— Et toi ? demanda Eliza. Pourquoi es-tu seule ?

— J'ai rencontré l'amour de ma vie il y a des années. Nous avions une relation magique…

Ses lèvres esquissèrent un sourire qui s'effaça aussitôt.

— Charlie et moi avons passé dix années merveilleuses ensemble. Ensuite, il est mort d'un cancer. Je n'ai pas voulu rencontrer d'autre homme

— Oh ! Lucy… Je suis tellement désolée.

— Ne le sois pas. J'ai donné et reçu tant d'amour

pendant les dix années que j'ai passées avec lui que j'ai assez de souvenirs pour me tenir chaud pendant les longues nuits d'hiver. Je n'ai jamais voulu d'un autre homme. Mes souvenirs suffisent à me rendre heureuse.

— Et vous n'avez jamais voulu d'enfants ? demanda Eliza.

— Si, nous en voulions. Nous avons essayé d'en avoir, mais le destin en avait décidé autrement. C'est l'une des raisons pour lesquelles j'aime autant Sammy et Katie.

Elles discutèrent ensuite de ce qui se passait à l'école de Sammy et des températures qui battaient tous les records, et tombèrent d'accord pour dire qu'elles avaient hâte d'être en automne.

Ensuite, Lucy termina son café d'un trait et dit :

— Je ferais mieux de partir. Je dois faire quelques courses et laver du linge.

Elle se leva. Eliza l'imita et l'accompagna jusqu'à la porte.

— Merci pour cette nuit, dit-elle.

— Ne me remercie pas. Tu sais que j'adore garder tes enfants. Je t'appelle bientôt. D'ici là, Eliza, prends ton temps. Ne va pas trop vite.

Quand Lucy fut partie, Eliza retourna s'asseoir à la table de la cuisine. Lucy avait raison : tout était allé très vite entre Troy et elle. Il aurait sans doute été plus sage qu'ils prennent leur temps, mais il était trop tard, maintenant. Elle était tombée amoureuse de Troy.

Il lui manquait déjà. Elle se demanda combien de temps elle allait devoir attendre pour être de nouveau dans ses bras… Refaire l'amour avec lui.

Elle avait l'impression d'avoir passé sa vie à attendre de rencontrer un homme comme lui. Blake avait été un véritable cauchemar, mais elle ne regrettait pas de l'avoir épousé : il lui avait donné deux beaux enfants qu'elle aimait à en perdre la raison.

Troy, à l'inverse, était un rêve devenu réalité. Cette nuit, elle ne lui avait pas seulement abandonné son corps, mais aussi son cœur et son âme. Le destin ne pouvait pas être assez cruel pour avoir mis cet homme sur sa route et lui interdire de l'aimer en retour.

Assis au volant de son camion, sur l'un de ses chantiers, Troy pensait à Eliza. On était lundi, l'après-midi venait à peine de commencer, et aucun travail urgent ne l'attendait. Il aurait pu aller frapper à sa porte et l'aider à fouiller une pièce ou deux pendant que les enfants étaient à l'école, et pourtant il hésitait.

Vendredi, il avait commis une erreur monumentale. Jamais il n'aurait dû la prendre dans ses bras, lui faire l'amour et passer toute la nuit avec elle.

Parce qu'il avait aimé ça. Parce qu'il l'aimait, elle, et qu'il ne voulait aimer personne. Non, il ne voulait pas aimer Eliza et s'attacher à ses enfants. Il ne fallait pas que cela arrive.

Ce qui était encore pire, c'était qu'Eliza était en train de tomber amoureuse de lui. Il avait goûté son amour sur ses lèvres, l'avait senti dans chacune de ses caresses, l'avait vu dans ses beaux yeux qui brillaient d'un éclat particulier à chaque fois qu'ils étaient ensemble.

Pourtant, il n'avait rien fait pour que cela arrive. Mais elle avait apporté une telle chaleur dans sa vie… Elle l'avait aidé à retrouver la faculté de rire et lui avait apporté un réconfort précieux, qui l'aidait à supporter le souvenir de la perte qui l'avait frappé.

Tout s'était passé bien trop vite. Eliza était parvenue à abattre toutes les défenses qu'il avait érigées autour de lui ces trois dernières années pour atteindre son cœur, si rapidement qu'il ne s'en rendait compte que maintenant.

Il ne lui restait plus qu'une chose à faire : s'assurer qu'elle était consciente qu'ils n'avaient aucun avenir en tant que couple. Il ne voulait pas tout recommencer. Il ne méritait pas de retrouver tout ce qu'il avait perdu.

Mais il ne voulait pas non plus la quitter avant que le mystère des bijoux ait été résolu. Il poussa un profond soupir, démarra son camion et se dirigea vers chez lui. Il allait prendre une douche avant d'aller frapper à la porte d'Eliza pour continuer à fouiller la maison.

Il allait devoir trouver un juste milieu, rester serviable tout en commençant à prendre lentement ses distances avec elle et ses enfants. Mais quand elle lui ouvrit sa porte, une heure plus tard, il eut bien du mal à se rappeler ce qu'il avait décidé en voyant son sourire radieux.

— Je commençais à me demander si j'allais te voir aujourd'hui, dit-elle en s'effaçant pour le laisser entrer.

— J'ai été retenu sur un chantier.

Elle fronça les sourcils.

— Tu sais que je ne veux pas t'empêcher de faire ton travail.

— Je sais, oui, mais je sais aussi que nous devons finir d'inspecter cette maison aussi vite que possible afin que les enfants et toi soyez vraiment en sécurité.

Elle prit sa main et la serra fermement.

— Et je ne pourrai jamais te remercier assez pour toute l'aide et le soutien que tu m'apportes.

Elle relâcha sa main et reprit :

— Je pensais que nous pourrions peut-être fouiller la chambre de Katie, aujourd'hui.

— Bonne idée.

Ils montèrent ensemble dans la chambre de la fillette, qui était plus encombrée que celle de son frère.

— C'est dans cette pièce que Sammy a découvert l'escalier dérobé qui débouche dans le cellier, dit-elle.

Elle posa ses doigts sur la cloison, et il écarquilla les yeux en voyant un pan de mur basculer et dévoiler un passage étroit.

— Intéressant, dit-il.

Qui avait utilisé cet escalier ? Et pourquoi avait-il été aménagé ? Frank était-il passé par là pour échapper à la police quand il était gangster ?

— Nous pourrions commencer par déplacer le lit pour regarder derrière, suggéra-t-il.

Ils passèrent l'heure qui suivit à inspecter tous les murs de la chambre de Katie, en parlant de choses et d'autres. Heureusement, Eliza ne fit aucune allusion à la nuit qu'ils avaient passée ensemble. Il ne voulait pas en parler. Il ne voulait même pas y penser – et il ne voulait pas non plus se rappeler que, tôt ou tard, il lui briserait le cœur.

Ils trouvèrent deux cachettes dans les murs, vides toutes les deux. Ensuite, le moment vint pour Eliza d'aller chercher ses enfants. Ils quittèrent la maison ensemble et se dirigèrent vers l'arrêt de bus, mais il s'arrêta devant chez lui.

— J'essaierai de venir demain, mais je ne peux rien te promettre. J'ai plusieurs gros chantiers en cours.

— Tu sais ce que j'ai dit au sujet de ton travail.

Leurs regards s'unirent pendant un long moment.

— Je sais aussi combien cette semaine est difficile pour toi, reprit-elle. Je prendrai les moments que tu voudras bien m'accorder, mais je comprendrai aussi que tu veuilles rester seul.

Mon Dieu… Pourquoi fallait-il qu'elle soit aussi

belle sous le soleil de l'après-midi qui faisait étinceler ses cheveux ? Et comment pouvait-elle être aussi compréhensive ?

— En ce cas, à bientôt, dit-il.

Il s'abstint délibérément de l'accompagner jusqu'à l'arrêt de bus. Il fallait qu'il prenne ses distances non seulement avec Eliza, mais aussi avec ses enfants. Une pensée qui lui brisait le cœur.

Jamais il n'aurait dû devenir aussi proche de Katie et de Sammy alors qu'il savait qu'il n'était que de passage dans leur vie. Il savait que les enfants l'adoraient, mais ils méritaient bien mieux que lui.

Quelques minutes plus tard, assis dans son fauteuil, il regardait sans le voir l'écran de la télévision. Il faisait de son mieux pour ne pas penser à l'anniversaire du samedi suivant, mais le temps passé dans la chambre dc Katic avait fait resurgir des souvenirs d'Annie.

Tout comme Katie, Annie adorait le rose. Sa chambre était pleine de frous-frous et de dentelles. Elle aimait grimper aux arbres et jouer à la bagarre, mais elle aimait aussi organiser une petite dînette, de temps en temps. Comme Katie, elle adorait ses poupées – surtout celle qu'il lui avait offerte pour ses trois ans, et qui avait été enterrée avec elle.

Il fit de son mieux pour chasser ces souvenirs, mais il savait qu'ils reviendraient le tourmenter quand le samedi arriverait. Il s'y noierait tout au long de la journée avant de les chasser de nouveau, en sachant très bien qu'ils reviendraient le hanter tôt ou tard.

Ce soir-là, il alla se coucher de bonne heure et essaya de se vider l'esprit. Il ne voulait pas penser à sa fille, et il ne voulait pas non plus penser à Eliza et à ses enfants, beaux et affectueux.

Heureusement qu'il avait décroché un gros chantier,

qui allait sans doute l'occuper à plein temps pendant les deux semaines à venir. Il fallait apporter de la terre tout autour d'un immeuble de bureaux qui venait tout juste d'être construit, et y planter plusieurs arbres d'ornement et des centaines de rosiers et d'autres fleurs. Il devait retrouver l'une de ses équipes sur le site le lendemain matin pour commencer à faire entrer et égaliser la terre.

Le mardi et le mercredi, il travailla donc d'arrache-pied jusqu'à la fin de l'après-midi et alla dîner chez Garozzi. Mais il se surprit souvent à penser à Eliza.

Elle lui manquait, c'était indéniable. Il aurait aimé savoir comment se déroulaient ses journées, si elle avait fait d'autres cauchemars… Et les enfants, comment allaient-ils ? Est-ce que Katie avait toujours le béguin pour le petit James, qui était dans la même classe qu'elle, ou avait-elle déjà un nouvel amoureux ?

Oui, ils lui manquaient tous les trois, et il n'aimait pas ça. Ils lui avaient vraiment fait perdre tout contrôle sur ses émotions.

Ce qu'il éprouvait maintenant lui rappelait le souhait qu'il nourrissait depuis toujours, et qui était d'avoir une famille. Après avoir vu ses parents divorcer alors qu'il n'avait que huit ans, il s'était juré que, quand il se marierait, ce serait pour toujours. Il aurait une femme qui vieillirait à ses côtés et des enfants qu'il aimerait et guiderait jusque dans l'âge adulte. Eliza et ses enfants avaient ravivé ce désir, mais il refusait de le satisfaire.

Il avait déjà eu une famille, mais le destin avait décidé de la lui enlever. Il lui avait suffi de détourner les yeux pendant une seconde pour que tout lui soit arraché.

Le jeudi soir, il venait à peine de descendre de son camion quand la porte de la maison d'Eliza s'ouvrit et qu'elle apparut, une assiette à la main. Quand elle courut vers lui, il sentit son cœur se gonfler bien malgré lui devant son joli sourire.

— Qu'est-ce que tu m'apportes ?

— Un homme qui travaille dur mérite des cupcakes, répondit-elle.

Il y en avait six sur l'assiette.

— J'espère que tu aimes les cupcakes aux pépites de chocolat avec un glaçage au chocolat.

— Merci, dit-il en prenant l'assiette. Ils ont l'air délicieux. Quoi de neuf, chez toi ?

— Rien de particulier. J'ai fouillé la chambre d'amis et la salle de bains, mais je n'y ai rien trouvé. Ni cachettes ni pierres précieuses.

— Je suis désolé de ne pas avoir pu t'aider, mais ce nouveau chantier m'occupe de l'aube au crépuscule, dit-il.

Elle lui sourit.

— Ne t'excuse pas. Tu m'avais prévenu que tu aurais beaucoup de travail. Comment est-ce que ça se passe ?

— Ça avance, mais il y a encore beaucoup à faire et il ne nous reste plus beaucoup de temps. Dis-moi, est-ce que Katie est toujours amoureuse de James ?

Eliza éclata de rire – un son qui enveloppa son cœur tel un ruban empli de chaleur.

— Non. D'après ce que j'ai compris, elle l'a surpris les doigts dans le nez. Elle a été tellement dégoûtée qu'elle a décidé qu'elle détestait tous les hommes, sauf son frère et toi.

— Je suis honoré d'être en aussi bonne compagnie.

Il parlait d'un ton léger, mais son cœur se serrait. Que pouvait-il faire pour que ces deux enfants cessent de l'aimer ?

Le regard d'Eliza se fit plus tendre.

— Tu m'as manqué. Comment vas-tu ?

— Je vais bien. J'ai été très occupé, c'est tout. Je devrais pouvoir me libérer demain pendant quelques heures. Il ne nous reste plus qu'à fouiller ta chambre pour en avoir terminé avec le premier étage.

— Si tu ne peux pas te libérer, ce n'est pas grave, répondit-elle. Je peux le faire seule. Mais j'aimerais vraiment que tu viennes dîner avec nous. Tu manques aux enfants, et tu me manques.

— Je verrai ce que je peux faire, répondit-il évasivement.

Elle jeta un regard vers sa maison et dit :

— Il faut que je rentre. J'espère que tu aimeras mes cupcakes.

Elle lui décocha un autre sourire radieux.

— Et j'espère que nous te verrons demain.

Quand elle s'éloigna pour retourner chez elle, il la suivit des yeux en se maudissant de ne pas avoir profité de l'occasion pour mettre un terme à leur relation. Il aurait dû lui dire qu'il ne serait jamais plus pour elle qu'un ami et un bon voisin, et qu'il n'avait aucune intention de faire partie de sa vie amoureuse d'une façon permanente.

Il aurait aussi dû lui dire de ne plus jamais s'attendre à ce qu'il vienne dîner chez elle, mais il s'était tu. Bon sang, si seulement il avait pu lui interdire de lui sourire comme s'il lui avait décroché la lune ! Il rentra chez lui et posa les cupcakes sur le comptoir de sa cuisine.

Il ressortit aussitôt pour aller chercher son courrier et le journal du matin. Il se fit une tasse de café et s'assit à la table de la cuisine.

Comment rompre avec une femme sans lui briser

le cœur ? Pouvait-il trouver la réponse sur Internet ? À moins que Mike puisse le conseiller…

Non, c'était impossible. Il n'y avait aucun moyen de rompre avec elle sans la faire souffrir. Peut-être que la meilleure marche à suivre était de se comporter avec elle comme le dernier des salauds. S'il la décevait assez, ce serait peut-être elle qui finirait par rompre avec lui.

Il soupira et prit une bouchée du cupcake, qui était aussi délicieux qu'il s'y était attendu. Décidément, tout était délicieux chez Eliza Burke.

Quand il eut fini le cupcake, il s'attaqua à son courrier. Une facture d'électricité, une autre de gaz, trois prospectus bons à mettre à la poubelle et une enveloppe blanche portant son nom, en majuscules, mais sans timbre ni adresse d'expéditeur.

Il fixa longuement l'enveloppe en se demandant qui avait bien pu venir la déposer personnellement dans sa boîte aux lettres.

Il essaya de faire taire le mauvais pressentiment qui l'avait gagné. Il s'agissait peut-être d'une invitation à une fête organisée par l'un de ses voisins, mais c'était peu probable. À part Eliza, il ne connaissait pas assez bien ses voisins pour que l'un d'entre eux pense à l'inviter.

Une publicité qui avait été déposée chez lui, un peu comme le prospectus qu'il avait trouvé sur sa porte l'autre jour ? Impossible.

Il ne saurait ce que contenait l'enveloppe que quand il l'aurait décachetée. Quand il l'eut ouverte, il eut la surprise d'y trouver une feuille de papier pliée en deux, dans laquelle avait été glissée une photo. Il commença par lire ce qui était écrit sur le papier.

Joyeux anniversaire. J'ai voulu vous offrir un beau cadeau.

Les sourcils froncés, il examina longuement le message écrit en majuscules avant de regarder la photo. Mais à peine eut-il posé les yeux dessus qu'il eut un hoquet de surprise et la jeta sur la table.

Il ferma les yeux et prit plusieurs grandes inspirations pour se remettre du choc terrible qu'il venait de subir. Ensuite, il ouvrit les yeux, fit appel à tout son courage et reprit le cliché.

C'était une photo de Dwight Weatherby, allongé dans un lit. Sa gorge avait été tranchée, et un V avait été gravé sur son front. Le sang qui s'était échappé de sa blessure formait une tache écarlate sur les draps.

Weatherby était mort. L'homme qui avait tué sa fille avait été assassiné par l'un des hommes avec lesquels il avait conclu le pacte.

Mais lequel ? Qui dans leur groupe avait pris cette photo avant de la glisser dans sa boîte aux lettres ? De l'ensemble qu'elle formait avec le message émanait une sorte de joie malsaine. Comme si le meurtrier jubilait, ce qui mettait Troy mal à l'aise.

Quand ils avaient conclu leur pacte, ils n'avaient jamais parlé de torturer les hommes dont ils voulaient la mort. Ils ne voulaient que rendre la justice. Mais ce meurtre n'avait rien d'un acte de justice. On aurait dit que celui qui l'avait perpétré y avait pris du plaisir.

Troy avait haï Dwight Weatherby plus que toute autre personne sur cette terre, au point de souhaiter sa mort, mais il avait toujours pensé que cet homme mourrait d'un seul coup de feu, à la tête ou en plein cœur. Les meurtres qu'ils devaient commettre étaient censés être propres, mais il n'y avait rien de propre dans la mort de Weatherby.

Pourtant, il était heureux que cet homme soit mort, et c'était pour cela qu'il devait reprendre ses distances avec Eliza et ses enfants. Parce qu'au final il n'était pas seulement coupable de la mort de sa fille, mais aussi de celle de Weatherby.

10

Quand Eliza apprit le meurtre de Dwight Weatherby dans le journal, le vendredi matin, elle pensa aussitôt à Troy. Que ressentait-il, alors que le lendemain marquerait le troisième anniversaire de la mort d'Annie ? Il devait être soulagé de savoir que Dwight Weatherby ne pourrait plus jamais s'en prendre à aucune petite fille. Pour sa part, elle était heureuse qu'un type de cet acabit ait disparu de la surface de la terre.

Elle avait été un peu déçue de ne pas voir Troy de toute la semaine. Bien sûr, elle ne s'était pas attendue à ce qu'il déserte son travail pour venir la voir pendant la journée, mais elle avait pensé qu'ils pourraient passer les soirées ensemble, surtout après la nuit qu'ils avaient partagée.

Elle y avait beaucoup repensé, tout au long de la semaine, et à chaque fois elle s'était sentie gagnée par une délicieuse impression de chaleur.

Pour la première fois depuis des années, elle n'avait plus peur de l'avenir. Son statut de propriétaire d'une maison intégralement payée lui assurait une certaine stabilité financière, et la présence de Troy dans sa vie comblait un vide avec lequel elle avait cru devoir vivre pour le restant de ses jours.

Maintenant, elle était impatiente de voir ce que lui réservait l'avenir, surtout celui qu'elle s'imaginait avec Troy. Cet homme était tout ce dont elle avait jamais pu rêver pour elle-même et ses enfants.

Il était un peu plus de midi quand l'homme de ses rêves frappa à sa porte.

— Salut, dit-elle en le prenant rapidement dans ses bras.

Soit il n'avait pas travaillé ce matin, soit il avait travaillé et s'était douché avant de venir. Il dégageait une odeur de soleil et de savon parfumé à la menthe, et des effluves de cette eau de toilette qui lui donnait toujours une sensation de sécurité.

— Je ne savais pas trop si je te verrais aujourd'hui ou pas, dit-elle.

— Il faut que nous parlions.

Il semblait fuir son regard.

— D'accord. Si nous allions dans le salon ?

Elle pensait savoir pourquoi il était tellement grave et étrangement distant. Il devait avoir vu l'article sur le meurtre de Dwight Weatherby dans le journal du matin, lui aussi, et l'imminence de l'anniversaire de la mort de sa fille devait le tarauder.

Quelques instants plus tard, ils étaient tous deux assis sur le canapé.

— J'ai appris la nouvelle dans le journal de ce matin, dit-elle. Tu dois être soulagé… et satisfait.

Il haussa vivement un sourcil et posa sur elle un regard surpris.

— Tu penses que je devrais être satisfait qu'un homme ait été sauvagement assassiné ?

— Cet homme en particulier, oui, répondit-elle.

Troy avait les traits tirés, comme s'il n'avait pas dormi de la nuit.

— Tu dois être heureux qu'il soit mort et qu'il ne puisse plus jamais faire de mal à une petite fille, reprit-elle. Le monde se portera bien mieux sans lui.

— Tu as raison : je suis heureux qu'il soit mort, et qu'il ait souffert.

Il avait chuchoté, comme s'il avait honte de ses sentiments.

— Tu ne dois pas te sentir coupable de ce que tu ressens, dit-elle. Ta réaction est parfaitement compréhensible. Cet homme a fait une chose atroce, qui a détruit ta vie et t'a laissé pour toujours blessé. Et d'ailleurs ce n'est pas comme si c'était toi qui l'avais assassiné. Quelqu'un d'autre n'a pas dû supporter l'idée que cet homme soit en vie.

Il fronça les sourcils et baissa les yeux.

— C'est vrai. J'ai souvent souhaité sa mort, ces trois dernières années, répondit-il.

Il laissa échapper un profond soupir et passa lentement la main dans ses cheveux en bataille.

— Mais ce n'est pas la raison pour laquelle je suis ici, ni ce dont je voulais te parler.

Il semblait frustré.

— Alors, de quoi s'agit-il ?

Elle eut envie d'allonger le bras pour le toucher, mais il semblait tellement tendu qu'elle se ravisa. Que se passait-il ? Une angoisse diffuse la gagna.

— Il faut que je m'assure que nous sommes sur la même longueur d'onde.

— Et de quelle longueur d'onde s'agit-il ? demanda-t-elle lentement.

Son angoisse s'amplifia devant la gravité de son expression et la façon dont il continuait à fuir son regard. Quand il releva la tête, ce fut pour fixer un point, quelque part au-dessus de son épaule.

— Celle où nous ne faisons que nous amuser en passant du temps ensemble, et où tu n'attends rien de plus de moi.

Il la regarda enfin et, dans les profondeurs bleues de ses beaux yeux, elle lut une froideur qu'elle n'y avait jamais vue auparavant.

Toutes sortes d'émotions se mirent à bouillonner en elle. Gagnée par le désespoir, elle répondit :

— Je… Je ne comprends pas. Je croyais que nous allions vers quelque chose de vraiment spécial.

Était-ce à cause du meurtre de Dwight Weatherby ou de l'anniversaire de la mort d'Annie qu'il se comportait ainsi ? Était-il tourmenté au point de vouloir rompre avec elle ?

Si elle lui disait maintenant ce qu'elle ressentait pour lui, peut-être parviendrait-elle à réduire au silence les voix négatives qui résonnaient dans sa tête.

— Troy, je suis amoureuse de toi.

Ces mots restèrent en suspens entre eux pendant quelques secondes interminables, insupportables. Enfin, il poussa un profond soupir et dit, froidement :

— Eh bien, c'est dommage.

Elle en eut le souffle coupé, comme s'il venait de la gifler. « Dommage » ? C'était donc tout ce qu'il trouvait à lui répondre alors qu'elle mettait son cœur à nu en lui avouant son amour ? Que c'était dommage ? La douleur et la perplexité bataillaient en elle avec une telle violence que sa poitrine lui semblait prise dans un étau.

— Troy, pourquoi est-ce que tu fais ça ? Pourquoi est-ce que tu me dis ça ?

Elle avait envie de le secouer jusqu'à ce que ses

yeux perdent leur expression distante, jusqu'à ce qu'il la regarde en face et lui explique ce qui se passait dans sa tête.

— Parce que je dois te le dire, Eliza, répondit-il. Je n'ai pas l'intention de me remarier. Bon sang, je ne veux même pas d'une relation qui dure ! J'ai apprécié les moments que nous avons passés ensemble, mais je voulais m'assurer que tu comprenais bien ce que tu pouvais attendre de moi.

Avec ses traits tirés et son regard dur, il semblait plus froid qu'elle ne l'avait jamais vu. Elle fut gagnée par une impression d'anéantissement et des larmes commencèrent à lui brûler les yeux.

— Tu aurais pu me prévenir avant de m'emmener au lit, dit-elle enfin.

— Si je me souviens bien, je n'ai pas eu à t'y emmener. Tu as littéralement sauté dedans.

Ces mots la transpercèrent comme l'aurait fait un couteau. Passé le choc initial, elle sentit la colère s'emparer d'elle.

— Ne t'avise pas de me faire passer pour une espèce de traînée ! lança-t-elle d'une voix tremblante de chagrin. J'ai couché avec toi parce que j'étais tombée amoureuse de toi et que j'ai cru que tu avais les mêmes sentiments pour moi. Je t'interdis de m'insulter comme ça.

Elle le fixa pendant un long moment, pleine de l'espoir insensé qu'il allait lui dire que toute cette histoire n'était qu'une mauvaise plaisanterie et qu'il ne pensait pas un mot de ce qu'il venait de dire. Mais il conserva un silence stoïque.

— Très bien, reprit-elle. Maintenant que je sais sur quelle longueur d'onde tu es, je pense que nous ferions mieux d'en rester là.

Elle se leva et, une fois encore, les larmes lui montèrent aux yeux.

Elle ne s'était pas attendue à cette discussion, qui l'avait complètement dévastée. Maintenant, elle voulait seulement qu'il s'en aille avant qu'elle soit incapable de retenir ses larmes. Elle refusait de pleurer devant lui.

Il se leva lui aussi et elle le raccompagna jusqu'à la porte sans qu'il lui accorde le moindre regard. Une fois sur le seuil, il se retourna et la regarda dans les yeux, pour la première fois. Il leva une main, comme pour la toucher, mais laissa retomber son bras le long de son corps.

— Je suis désolé si je t'ai blessée, Eliza. Cela n'a jamais été mon intention.

Son regard s'adoucit et, pendant un instant, elle fut certaine de voir une lueur de tendresse dans ses beaux yeux bleus. Mais elle n'y resta qu'une fraction de seconde. Son regard redevint aussitôt froid et parfaitement impénétrable.

— Jamais je n'aurais dû laisser les choses prendre une telle ampleur entre nous sans t'informer que je n'avais aucune intention d'entretenir une relation profonde et sérieuse. Je ne voulais surtout pas que tu tombes amoureuse de moi.

Elle ouvrit la porte sans mot dire. Elle était dans un tel état de choc qu'il ne lui restait plus de mots pour répondre.

— Je suppose que nous nous croiserons dans la rue, poursuivit-il. Et tu sais que, s'il se passe quoi que ce soit, tu peux t'adresser à moi : j'habite juste à côté.

Elle lui répondit d'un petit signe de la tête. Quand il fut sorti, elle referma la porte, rebrancha l'alarme et appuya le front contre le panneau de bois.

Cinq minutes avaient suffi à cet homme pour

anéantir tous ses rêves, tous ses espoirs. Pendant un long moment, elle se sentit trop faible pour bouger. Les larmes qu'elle avait retenues jusqu'ici s'échappaient maintenant en violents sanglots.

Comment avait-elle pu se tromper à ce point à son sujet ? Au sujet de tout ? Il n'y avait eu aucun drapeau rouge, aucune petite sonnette d'alarme, absolument rien pour la prévenir de ce qui allait arriver. Elle aurait dû se douter qu'il était trop beau pour être vrai…

Elle retourna enfin dans le salon et s'effondra sur le canapé. Qu'est-ce qui venait de se passer ? Et pourquoi cela était-il arrivé ? Elle aurait juré que Troy était en train de tomber amoureux d'elle, qu'il était sur la même longueur d'onde qu'elle, qu'ils allaient continuer à construire une relation qui les mènerait jusqu'au mariage et au bonheur sans nuages auquel elle aspirait.

Comment avait-elle pu se fourvoyer à ce point ? Qu'avait-elle raté ? Quels indices lui avaient échappé ? Ces questions martelaient sans cesse son esprit alors que ses larmes continuaient à couler.

Elle repensa à chacune des minutes qu'ils avaient passées ensemble. Non, rien n'aurait pu lui faire soupçonner qu'il n'était pas aussi attiré par elle qu'elle l'était par lui. N'avait-elle été pour lui qu'une aventure d'une nuit ? Elle n'y croyait pas, tout simplement.

Peut-être que c'était la mort de Dwight Weatherby qui était la cause de son attitude. Elle avait bien vu qu'il se sentait coupable de se réjouir de la disparition de cet homme. Y avait-il un lien entre son comportement et cette culpabilité qui, selon elle, n'avait aucune raison d'être ?

À moins qu'il ne soit de plus en plus tourmenté à mesure que l'anniversaire de la mort de sa fille approchait, et que cela le pousse à refuser le bonheur parce qu'il pensait en être indigne.

Une petite lueur d'espoir se fraya un chemin à travers ses larmes. Au lendemain de ce triste anniversaire, il se rendrait peut-être compte de l'importance qu'Eliza et ses enfants avaient dans sa vie.

Elle secoua aussitôt la tête. Il ne fallait pas qu'elle se berce d'illusions. Elle avait déjà joué à ce petit jeu. C'était parce qu'elle espérait que Blake allait changer qu'elle était restée prisonnière de son mariage malheureux pendant des années.

Chaque jour, elle avait désiré devenir l'élément le plus important de la vie de son mari. Chaque jour, elle s'était figuré qu'il se réveillerait et comprendrait combien il aimait ses enfants. Et chaque jour elle avait été amèrement déçue.

Elle refusait de s'accrocher de nouveau à de faux espoirs. Il fallait qu'elle avance, sans jamais oublier qu'elle allait devoir le faire seule. Elle devait se résigner : Troy n'avait été qu'un rêve merveilleux, mais elle était bien réveillée, maintenant, et devait affronter la réalité implacable.

Même si elle était seule, elle allait se débrouiller. Après tout, elle avait connu la solitude pendant la plus grande partie de sa vie d'adulte, même quand elle était mariée avec Blake. Elle était forte et n'avait besoin d'aucun homme, que ce soit Troy ou un autre, pour se sentir complète.

Cependant, son cœur se serrait quand elle pensait à Katie et Sammy. Ses enfants adoraient Troy, et il allait leur manquer. Elle espérait qu'il saurait les ménager et s'éloigner d'eux avec plus de douceur qu'avec elle.

Elle avait eu l'intention de fouiller sa chambre ce jour-là, mais la douleur qui s'était logée dans sa poitrine était tellement pesante qu'elle ne s'en sentait pas la force.

Il fallait qu'elle profite de ce qu'elle était seule pour pleurer toutes les larmes de son corps. Ensuite, elle se rafraîchirait le visage, se maquillerait et irait accueillir ses enfants à l'arrêt de bus avec le sourire. Ce n'était pas parce que son cœur venait de se briser qu'elle devait oublier ce qu'était la vraie vie.

Dans la vraie vie, elle avait une maison qui semblait receler bien des secrets. Elle avait aussi deux enfants qui avaient besoin de son amour et de son soutien. Dans la vraie vie… elle allait devoir trouver un moyen pour que Troy ne soit plus rien pour elle, sinon le voisin d'à côté.

Troy avait rarement eu besogne aussi pénible à accomplir. Quand Eliza lui avait dit qu'elle était amoureuse de lui, sa première impulsion avait été de la serrer contre lui et de lui avouer son propre amour.

Mais, au lieu de céder à cette impulsion, il avait arraché de ses yeux, de son cœur, jusqu'à la dernière parcelle d'espoir. Et, ce faisant, il avait brisé un morceau de lui-même.

Il avait dû se montrer insensible et cruel, et son cœur s'était brisé quand le beau visage d'Eliza s'était décomposé, et qu'il avait compris que ses paroles l'avaient complètement dévastée.

Il lui avait arraché ce magnifique sourire chaleureux qu'il aimait tant, et qu'il ne reverrait plus jamais. Oh ! elle lui sourirait sans doute quand ils se rencontreraient, mais d'un sourire mécanique, vide de toute chaleur.

En rentrant chez lui, il s'était assis à la table de la cuisine. Et il y était toujours, serrant une tasse de café entre ses mains gelées. Il était transi de froid malgré la chaleur qui régnait dans la maison, et se demandait s'il aurait de nouveau chaud un jour. Son esprit était hanté par la vision des beaux yeux d'Eliza, emplis d'un chagrin dont il était responsable, ce qui le glaçait jusqu'à l'os.

Elle méritait tellement mieux que lui. Il avait été bien trop abîmé par la vie, au point de redouter d'aimer de nouveau. Sa fille avait été assassinée parce qu'il n'avait pas su veiller sur elle, et il était impliqué dans un complot meurtrier qui avait débouché sur la mort atroce de Dwight Weatherby.

Il fronça les sourcils en repensant à la photo et au message trouvés dans sa boîte aux lettres. Lequel de ses cinq complices avait tué Weatherby ? Maintenant, cela n'avait plus aucune importance.

Mais la jubilation qui se dégageait de la photo et des quelques mots qui l'accompagnaient le mettait toujours aussi mal à l'aise.

Il avait brûlé le contenu de l'enveloppe dans son évier, mais cela n'avait pas suffi à repousser l'image du corps sans vie de Weatherby loin de son esprit. Il savait que cette vision y était gravée pour toujours, comme inscrite au fer rouge.

Mais il préférait encore repenser à cette photo qu'au visage d'Eliza quand il avait passé sa porte pour la dernière fois. Son expression était celle d'une femme brisée, vaincue… Comme s'il lui avait arraché toute vie.

Mais elle se remettrait, il en était certain. Elle était incroyablement forte, bien assez pour guérir et l'oublier. Elle était aussi tellement belle, intérieurement comme extérieurement, qu'il ne craignait pas qu'elle reste seule. Elle finirait par rencontrer un homme qui mériterait de partager sa vie, un homme bien qui aimerait ses enfants comme s'ils étaient les siens, et avec lequel ils vivraient tous trois un bonheur sans nuages.

C'était vraiment ce qu'il souhaitait pour elle. Mais la seule pensée qu'elle partage des moments de douce passion avec un homme, et que les enfants et elle puissent vivre avec lui toute une vie de bonheur, l'emplissait d'une immense tristesse parce qu'il savait qu'il ne pourrait jamais être cet homme.

Il s'était juré de les protéger tous les trois, surtout quand il avait compris que quelqu'un voulait réellement s'introduire chez elle. Mais, maintenant qu'elle avait fait poser une alarme, il pouvait relâcher sa surveillance. Il ne s'inquiétait plus autant pour elle : aussi longtemps qu'elle n'ouvrait pas sa porte à n'importe qui, elle ne risquait rien.

Tout à coup, la situation lui apparut dans toute son ironie : il avait voulu protéger Eliza et ses enfants, mais il n'avait pas pensé un seul instant que c'était lui qui pouvait représenter un danger pour eux.

Comme il n'allait pas rester assis tout l'après-midi à la table de sa cuisine à s'apitoyer sur son sort, il but le reste de son café d'un trait, se leva et posa sa tasse dans l'évier.

Quand il sortit de chez lui pour remonter dans son camion, il fut étonné de voir Eliza et ses enfants rentrer chez eux depuis l'arrêt de bus. Il ne s'était pas rendu compte qu'il était resté aussi longtemps assis à réfléchir.

Katie s'élança aussitôt vers lui.

— Salut, monsieur Troy !

Lorsqu'elle le rejoignit, elle annonça fièrement, les yeux étincelant de joie :

— J'ai eu un A en orthographe, aujourd'hui.

— C'est super.

Il glissa un regard vers Eliza, qui tenait le bras de

Sammy. Elle avait ralenti l'allure et regardait fixement de l'autre côté de la rue, comme fascinée par quelque chose. En la voyant aussi distante, il eut l'impression de recevoir un coup de poignard en plein cœur. Et pourtant c'était ainsi que se dérouleraient leurs rencontres à l'avenir, et il le savait.

— Quand est-ce qu'on refait une soirée pyjama avec vous ? demanda Katie. Sammy et moi, on veut en faire une où on sera réveillés. On pourra jouer à des jeux tous ensemble et peut-être manger de la glace avec des vermicelles de chocolat.

— Oh ! ma chérie, je crois que nous ne ferons plus de soirées pyjama, répondit-il.

L'étincelle dans les yeux de la fillette se ternit quelque peu.

— Mais pourquoi ? Vous ne nous aimez plus ?

Son cœur se serra. Il aurait tellement voulu prendre Katie dans ses bras, la serrer très fort et lui dire qu'il l'aimait… mais il ne le pouvait pas. Alors, il se contenta de lui sourire et de répondre :

— Bien sûr, que je vous aime toujours, mais je suis trop pris par mon travail pour faire des soirées pyjama. D'ailleurs, il faut que j'aille travailler, maintenant.

Il ouvrit la portière de son camion.

— D'accord, monsieur Troy. À bientôt.

Il attendit qu'ils soient tous trois passés derrière son camion pour démarrer et prendre la direction opposée. Cette brève conversation avec Katie l'avait complètement dévasté.

Il n'était pas seulement tombé amoureux d'Eliza, mais aussi de ses enfants, intelligents et affectueux. Ils méritaient un bien meilleur père que lui. Après tout, s'il avait été un bon père, jamais il n'aurait perdu sa fille.

Ce dont il avait besoin, désormais, et plus que jamais,

c'était de travailler. Il décida de retourner sur son plus gros chantier du moment et de planter des fleurs jusqu'au crépuscule. Et, le lendemain, il se lèverait à l'aube et se remettrait à l'ouvrage. S'il travaillait jusqu'à l'épuisement, peut-être que ce triste anniversaire serait plus facile à supporter…

Au moins, il avait fait une bonne action, aujourd'hui. Il avait empêché Eliza d'accepter moins que ce que ses enfants et elle méritaient. Il ne lui restait plus qu'à oublier qu'il avait repoussé l'amour qui s'offrait à lui.

Le lendemain matin, avant même qu'il soit sorti du lit, la douleur qui l'avait déchiré ce même jour, trois ans plus tôt, le frappa de plein fouet. Bien que les premiers rayons du soleil baignent sa chambre à travers les fins rideaux blancs, les ténèbres l'enveloppèrent aussitôt.

S'il se rendormait, il n'aurait pas à penser, il ne ressentirait rien. Il resta donc au lit, mais comprit rapidement qu'il ne devait pas espérer que la douce inconscience du sommeil vienne le soulager. Il était bien réveillé, et déjà transpercé par une douleur à la limite du tolérable alors que les souvenirs se pressaient dans son esprit.

« Annie… Annie… », criait son cœur.

Il fallait qu'il se réfugie dans le travail. S'il travaillait d'arrache-pied pendant toute la journée, il parviendrait peut-être à empêcher son esprit de plonger dans les ténèbres. Il sortit du lit.

Trois quarts d'heure plus tard, il arriva sur le chantier où Bob Ryan, Skip Richards et Gary Hutchinson, trois de ses meilleurs employés, étaient déjà à l'ouvrage. Il s'approcha de Bob, qu'il avait nommé au poste de contremaître pour ce chantier, et lui demanda :

— Où sont Lynn et Jackson ?

— Aucune idée, répondit Bob avec un sourire narquois. Je ne les ai pas vus, et ils n'ont pas donné signe de vie. Vous savez bien comment ils sont : ils font tellement la fête le vendredi soir qu'on ne peut jamais compter sur eux le samedi matin.

— Je sais, oui, répondit sèchement Troy. Eh bien, dorénavant, ils n'auront plus besoin de se lever de bonne heure, que ce soit le samedi ou un autre jour.

Il retourna vers son camion d'un pas rageur. Cela faisait un moment déjà qu'il caressait l'idée de congédier Lynn et Jackson. Aujourd'hui, habité par la douleur et une colère sourde qui menaçait d'exploser à tout instant, il se sentait prêt à le faire. Il appela les deux hommes, qui ne décrochèrent pas. Alors, il se borna à leur laisser un message leur signifiant leur renvoi. Quand ce fut fait, il retourna vers Bob et ses deux autres employés.

— Lundi, je prendrai deux gars sur le chantier de l'hôpital pour vous aider ici, dit-il. Pour le moment, remettons-nous au travail.

Pendant que Skip et Gary commençaient à niveler la terre, Troy alla planter des fleurs aux côtés de Bob, bien que le mois d'août soit la pire période de l'année pour faire des plantations. Troy avait bien cherché à convaincre le propriétaire du terrain d'attendre le printemps, mais l'homme avait insisté pour que tout soit fait tout de suite.

Troy travaillait depuis une heure quand il comprit qu'il fallait qu'il arrête. Il n'était pas d'humeur à côtoyer qui que ce soit. Il avait reproché deux fois à Bob de planter les fleurs trop près les unes des autres, et s'était emporté quand Skip avait demandé à faire une pause.

Il s'excusa de son comportement auprès des trois

hommes, remonta dans son camion et quitta le chantier. Il roula sans but pendant un long moment, avant d'arriver dans la rue où il avait vécu avec sa famille.

Il se gara devant leur jolie maison et la contempla longuement, jusqu'au moment où il se rendit compte qu'il ne pensait pas aux années qu'il avait passées ici avec sa femme. Non, il pensait à Eliza.

C'était le sourire d'Eliza qu'il voyait, c'était son parfum qui emplissait ses sens. Tous les moments qu'il avait passés avec elle et ses enfants défilaient dans son esprit, comme s'il regardait un diaporama.

Il revoyait le regard espiègle de Katie et les sourires timides de Sammy. Il entendait leurs rires, qui avaient égayé tous les dîners qu'ils avaient partagés. Et il voyait Eliza, vêtue de son peignoir après qu'ils avaient fait l'amour, revivait ces moments de passion tellement parfaits, tellement délicieux…

— Non, lâcha-t-il dans un murmure.

Il répéta, plus fermement :

— Non.

Il ne voulait plus penser à elle, ni à ses enfants. Tous trois appartenaient à son passé, maintenant, et n'avaient pas leur place dans son avenir.

Il reposa les yeux sur la maison. Les années qu'il avait passées ici avec Sherry lui semblaient être le rêve lointain d'un homme qui n'avait pas grand-chose à voir avec celui qu'il était devenu.

Ses pensées furent soudain noyées sous un flot de souvenirs, crus et douloureux, des quelques années qu'Annie avait passées dans cette maison. C'était sur la moquette beige du salon qu'elle avait fait ses tout premiers pas. C'était dans la cuisine qu'elle avait dit « papa » pour la première fois – il la revoyait encore, assise par terre, frappant sur des casseroles de ses petites mains potelées.

Quand il rentrait du travail, elle courait toujours jusqu'à la porte pour l'embrasser. Ensuite, il la juchait sur ses épaules et la portait sur son dos jusque dans le salon. Cette maison renfermait des souvenirs heureux, qu'il n'aurait jamais su retrouver sans l'aide d'Eliza – et, jusqu'à la fin de ses jours, il lui serait reconnaissant de l'avoir aidé.

Mais elle était aussi hantée par les souvenirs de cris horrifiés, de larmes incontrôlables et de mots chargés de haine. Il y planait l'ombre d'une vie déchirée, dévastée, d'une famille détruite pour toujours. Les ténèbres fondirent de nouveau sur lui et il redémarra pour prendre le chemin de sa maison.

Une demi-heure plus tard, assis sur son porche, il regardait son jardin. L'automne allait bientôt arriver. Les feuilles commenceraient à jaunir, les températures baisseraient et le vent soufflerait.

Le fait de penser à la mort toute proche des feuilles ne fit qu'accroître sa morosité. Il poussa un profond soupir. Vivement que cette journée se termine.

Alerté par un bruit, il tourna la tête et fut surpris de voir Katie courir vers lui sur la pelouse.

— Monsieur Troy ? Puisque vous ne travaillez pas maintenant, si vous veniez jouer avec nous ? demanda-t-elle, les yeux étincelants. Maman a fait des cookies au beurre de cacahuètes, aujourd'hui. Vous devriez venir en manger avec nous, ils sont super bons.

— Non, Katie. Je ne suis pas d'humeur, répondit-il aussi gentiment qu'il le put.

— Peut-être que si je m'assieds avec vous et qu'on parle pendant un petit moment vous serez d'humeur, répondit-elle.

— Je n'ai pas envie de parler. Et, toi, tu dois rentrer chez toi.

Il devait avoir prononcé ces paroles un peu trop rudement, parce que le regard de la fillette se ternit, que son sourire disparut et que sa lèvre commença à trembler de façon inquiétante.

— Vous n'avez pas besoin d'être aussi méchant, dit-elle avant de faire volte-face et de repartir en courant.

Il fut gagné par un profond remords, mais se dit ensuite que c'était sans doute mieux comme ça. Si les enfants le voyaient comme le méchant voisin grognon, ils auraient tous moins de mal à garder leurs distances.

Un long moment plus tard, Katie revint. Cette fois, son petit visage était grave. Il ne dit rien quand elle s'assit à côté de lui.

— Maman m'a dit que c'était une journée très, très difficile pour vous. Elle m'a dit que vous aviez une fille, et que maintenant elle est au ciel, comme mon papa.

Elle glissa sa petite main dans la sienne.

— Je veux juste que vous sachiez que je vous aime, monsieur Troy, et que je pense qu'on nous a réunis pour une bonne raison. Vous êtes un papa qui n'a plus de fille, et je suis une fille qui n'a plus de papa.

La poitrine de Troy se comprima douloureusement et des larmes lui brûlèrent les yeux.

— Katie ! tonna Eliza depuis sa porte d'entrée.

— Oh ! oh, dit la fillette.

Elle relâcha sa main et se leva d'un bond.

— Je vais sans doute être punie pendant un an. Au revoir, monsieur Troy. Et… n'oubliez pas ce que je vous ai dit.

Elle s'élança à travers la pelouse. Il voulut la suivre des yeux, mais les larmes brouillaient sa vision.

11

— Tu ne dois pas importuner M. Troy en allant dans son jardin sans sa permission, dit Eliza à sa fille quand elle passa la porte en courant. Tu peux lui dire bonjour quand tu le vois dehors, mais je t'interdis d'aller dans son jardin. Maintenant, monte dans ta chambre. Tu vas rester une heure toute seule pour réfléchir à ce qui se passe quand on désobéit.

Katie monta l'escalier en faisant grise mine. Eliza la suivit des yeux, attristée par le grand vide que l'absence de Troy allait laisser dans le cœur de ses enfants.

Elle retourna dans la cuisine, où Sammy, assis à la table, faisait un puzzle.

— Est-ce que M. Troy ne nous aime plus ? demanda-t-il.

Elle n'aurait jamais dû permettre à Troy de devenir aussi proche de ses enfants, même s'ils étaient sortis ensemble.

Après son divorce, elle s'était juré de ne jamais chercher à refaire sa vie avec un homme, à moins d'être certaine qu'il ne les laisserait pas tomber. En permettant à ses enfants de s'attacher à Troy, elle avait fait une erreur. Elle s'était dit et répété que leur relation évoluait bien trop vite, mais n'avait rien fait pour ralentir l'allure. Au lieu d'écouter son cerveau, elle avait écouté son cœur. Cela ne se reproduirait pas.

Comment pouvait-elle expliquer à une fillette de sept ans que l'homme qu'elle aimait ne lui rendait pas son amour ? Et comment pouvait-elle annoncer à son petit garçon aveugle que M. Troy ne ferait plus jamais partie de leur vie ?

— M. Troy vous aime beaucoup, Katie et toi, dit-elle enfin. Mais il a sa vie à lui, et beaucoup de travail.

Dans une semaine ou deux, elle était certaine que les enfants ne souffriraient plus de l'absence de Troy.

Mais elle ? Combien de temps lui faudrait-il ? Elle ne se sentait pas bien du tout, et si elle parvenait à sourire ce n'était que pour le bien de ses enfants.

Elle n'arrivait toujours pas à croire que tout soit fini entre Troy et elle. Elle était persuadée qu'il partageait ses sentiments mais, quelle que soit la force de l'amour qu'elle lui portait, elle ne pouvait pas l'obliger à revenir dans sa vie, et à y rester.

Ce soir-là, pour le dîner, elle prépara le plat favori des enfants : des hamburgers au fromage. Quand elle posa les plats sur la table, elle fut traversée par le fol espoir que Troy allait frapper à la porte pour dîner avec eux.

Sa journée avait été pénible, mais celle de Troy devait avoir été pire encore. Il lui était impossible d'imaginer à quel point il devait avoir souffert tout au long de la journée, accompagné par les souvenirs atroces de la tragédie qui l'avait frappé trois ans plus tôt.

Elle aurait tant aimé pouvoir être près de lui, partager sa souffrance, tout faire pour l'atténuer… Il aurait pu pleurer dans ses bras, et elle l'aurait aidé de son mieux à traverser ces moments.

Mais, puisqu'il avait choisi d'être seul, elle ne pouvait qu'être triste pour lui.

Après le dîner, elle s'assit sur le canapé et regarda les enfants jouer aux petites voitures dans la minuscule pièce percée dans le mur, et qu'ils appelaient leur cachette secrète.

Le son de leurs rires atténua un peu son chagrin. Ils étaient de nouveau tous trois seuls contre le reste du monde, mais après tout cela faisait longtemps qu'il en était ainsi.

Elle chercha une fois encore à se convaincre que tout irait bien. Sammy et Katie continueraient à aller à l'école et à passer du temps avec Mlle Lucy, et elle continuerait à s'occuper d'eux et à créer des sites Internet.

Sa vie était somme toute agréable et bien remplie. Bien sûr, la présence de Troy à ses côtés aurait été la cerise sur le gâteau, mais le destin semblait en avoir décidé autrement.

L'heure du coucher se déroula suivant leur rituel quotidien. Sammy se doucha avant que Katie s'installe dans la baignoire. Pendant qu'elle s'amusait avec le bain moussant, Eliza lut une courte histoire à son fils.

Une demi-heure plus tard, une fois les enfants bordés, Eliza redescendit pour éteindre son ordinateur. Elle avait pensé travailler un peu, mais elle se rendait compte maintenant qu'elle était trop épuisée, mentalement et émotionnellement. Mieux valait qu'elle aille dormir, elle aussi.

Elle prit une longue douche chaude, passa sa chemise de nuit et se mit au lit. Ce ne fut que quand elle eut éteint la lumière que les larmes qu'elle avait retenues tout au long de la journée se mirent à couler.

Elle pleura sur ce qu'aurait pu être son avenir, et sur les rêves qu'elle devait maintenant oublier. Elle pleura pour l'homme merveilleux dont elle était tombée amoureuse, un homme tellement abîmé par la vie qu'il s'interdisait d'aimer.

Elle ne savait pas s'il l'avait repoussée parce qu'il ne voulait pas d'elle, ou s'il avait l'intention de s'enfermer dans la solitude et l'isolement pour le restant de ses jours. Si c'était ce qu'il comptait faire… elle souffrait vraiment pour lui.

Elle s'endormit alors que ses joues étaient encore humides de larmes et rêva de Troy, de son rire, de son amour. Elle le vit d'abord dans la chambre de Katie, assis devant la petite table rose et violette où il goûtait avec elle et ses poupées. Ensuite, elle le vit sur le canapé, un bras posé sur les épaules de Sammy, devant un film.

Enfin, il fut dans son lit, avec elle. Ses magnifiques yeux bleus étincelaient de désir pour elle, mais aussi d'amour, un amour sans fin…

Un bruit l'arracha brusquement à son rêve. Le cœur cognant dans sa poitrine, elle se redressa, tendit le bras et alluma sa lampe de chevet.

Et elle laissa échapper un petit cri étouffé en voyant le fantôme de son ex-mari sortir de sa penderie.

Il était maintenant un peu plus de 1 heure du matin, et cela faisait des heures que Troy était dans sa cuisine, assis devant un whisky soda, contemplant sans le voir son jardin baigné par le clair de lune.

Il faisait tout son possible pour oublier le contact de la petite main de Katie dans la sienne. « Vous êtes un papa qui n'a plus de fille, et je suis une fille qui n'a plus de papa. » Cette phrase avait hanté ses pensées pendant tout l'après-midi.

Accompagnée de souvenirs d'Annie.

Eliza lui avait dit qu'il fallait qu'il se pardonne et que, pour sa part, elle pensait qu'il n'avait strictement rien à se reprocher. Est-ce qu'elle pouvait avoir raison ?

Il aurait donné sa vie pour protéger sa fille. Il aurait pris une balle à sa place ou se serait fait écraser par un bus s'il l'avait fallu.

Tu n'as fait que détourner les yeux pendant une minute ou deux, chuchota une petite voix dans sa tête. Oui, voilà quel avait été son seul péché. Il avait quitté sa fille des yeux pendant quelques instants. Il ne pouvait pas savoir que le mal rôdait autour d'eux et n'attendait que le moment propice pour frapper.

Il avait aimé sa fille de toutes ses forces, et il ne s'était pas passé un jour sans qu'il le lui dise. Un souvenir s'imposa soudain à lui.

Un jour où ils jouaient tous les deux, elle avait commencé à le chatouiller. Il n'était pas vraiment chatouilleux, mais elle riait tant qu'il n'avait pu s'empêcher de rire, lui aussi. Elle avait arrêté de le chatouiller et saisi son visage entre ses petites mains.

— Oh ! papa ! Je suis tellement contente quand ton visage est heureux ! s'était-elle exclamée.

Au lieu de lui faire monter les larmes aux yeux, cette vision sembla l'apaiser. Au cours de ces trois dernières années, il avait été tellement obnubilé par son chagrin qu'il avait oublié ce qu'Annie avait toujours voulu : qu'il soit heureux.

Il avait trouvé le bonheur auprès d'Eliza et de ses enfants, mais il l'avait repoussé. Comment pouvait-il choisir de se tuer à petit feu, à force d'isolement et de culpabilité, alors qu'Annie n'avait jamais été aussi heureuse que quand il l'était lui aussi ? Soudain, les choix qu'il avait faits ces trois dernières années lui apparurent comme un total manque de respect à la mémoire de la petite fille qu'il avait tant aimée.

Il vida son verre d'un trait et le fit pensivement rouler entre ses mains. « Vous êtes un papa qui n'a plus de fille, et je suis une fille qui n'a plus de papa. »

Et si le destin lui offrait une seconde chance de connaître le bonheur ? Annie aurait voulu qu'il la saisisse. Bon sang, c'était ce qu'il voulait, lui aussi !

Tu as assez souffert, chuchota de nouveau sa petite voix intérieure. *Tu es virtuellement mort depuis trois ans, et il est temps que tu reviennes à la vie.* Et, la vie, c'était Eliza et ses enfants.

Une profonde sérénité se répandit dans tout son être, et il comprit qu'il était enfin parvenu à se pardonner. Maintenant, il fallait qu'il arrête de se punir. Sa pénitence avait assez duré.

Avec cette sérénité vint une bouffée d'amour, qu'il accueillit volontiers. Il se laissa aller sur sa chaise. Oui, il voulait que le bonheur revienne dans sa vie, et c'était auprès d'Eliza et de ses enfants qu'il le trouverait.

Il aurait aimé courir jusque chez elle pour lui dire qu'il voulait passer le restant de ses jours auprès d'elle, qu'il était enfin capable d'aimer et d'être aimé de nouveau. Mais, bien sûr, il ne pouvait pas aller sonner chez elle à 1 heure du matin. Il allait devoir attendre que le jour se lève. Il fut aussitôt gagné par l'angoisse : et si elle refusait de lui donner une seconde chance ?

Il avait été tellement odieux avec elle la veille qu'elle serait peut-être incapable de le pardonner. Il l'avait peut-être repoussée trop loin de lui pour pouvoir l'atteindre à nouveau.

Non. Il devait s'interdire toute pensée négative. Il devait croire qu'elle le pardonnerait et lui ouvrirait une fois encore les portes de sa vie… Pour toujours, cette fois.

Pour le moment, il fallait qu'il aille dormir. Il voulait se lever tôt le lendemain matin pour aller sonner chez elle et plaider sa cause dans l'espoir de regagner son cœur. Il se leva pour aller poser son verre vide dans l'évier, et jeta machinalement un regard par la fenêtre. Ce qu'il vit le figea sur place.

Deux silhouettes couraient vers le fond de son jardin. Malgré leur tenue sombre, elles étaient parfaitement visibles sous le clair de lune. À en juger par leur taille, il ne pouvait s'agir que de deux hommes.

Les deux silhouettes atteignirent la forêt et disparurent entre les arbres. Troy fronça les sourcils et plissa les yeux, mais il eut beau scruter la forêt, il ne vit rien. Les deux hommes s'étaient comme évaporés.

Bon sang, mais que se passait-il ?

— Blake… Tu… Tu es vivant, bredouilla Eliza.

Stupéfaite, elle posait un regard incrédule sur l'homme qui avait été son mari et qu'elle avait cru mort. Son cerveau peinait encore à admettre qu'il venait tout juste de sortir de sa penderie.

— Et bien vivant, confirma-t-il.

— Mais… Mais je pensais que tu étais mort dans un accident de moto.

— Et tu n'es pas la seule à le croire. Tu sais, ce bon vieux Frank avait beaucoup d'amis dans le milieu, et certains d'entre eux se sont installés en Floride. J'ai dû dépenser beaucoup d'argent pour qu'ils m'aident à me faire passer pour mort, mais j'y suis parvenu.

Elle était incapable de détacher son regard de lui. Malgré elle, elle remarqua que Blake avait un peu grossi depuis la dernière fois qu'elle l'avait vu, au moment de leur divorce, et qu'il s'était laissé pousser les cheveux.

— Mais pourquoi est-ce que tu as fait ça ?

— Déjà, parce que je ne voulais pas payer de pension alimentaire pour deux enfants dont je me fichais éperdument.

Sa lèvre supérieure se tordit en un sourire mauvais. Oh ! elle n'avait pas oublié ce sourire… ni à quel point elle le détestait.

Mais, dans son esprit, les pensées continuaient à tourbillonner follement. Comment Blake était-il arrivé dans sa penderie ? Pourquoi était-il chez elle ? D'un geste machinal, elle remonta le drap sur son corps.

— Comment es-tu entré ?

Il laissa échapper un petit rire.

— Je rentre dans cette maison et j'en ressors quand j'en ai envie depuis que tu as emménagé.

— Mais comment ? J'ai une alarme.

Pourquoi cette alarme ne s'était-elle pas déclenchée quand il était entré dans la maison ?

— Par un tunnel, répondit-il.

— Un tunnel ? répéta-t-elle.

Son cerveau avait bien du mal à suivre.

— Là encore, je peux remercier Frank, répondit-il. Il y a un tunnel qui part de ta penderie et débouche derrière la maison d'à côté. Frank ne voulait pas se retrouver pris au piège si jamais les flics venaient frapper à sa porte.

Blake avança de quelques pas, et Mitchell Martinson sortit à son tour de la penderie. Cette fois, il ne portait pas l'uniforme de la Kansas City Power and Light, mais un jean sombre et un T-shirt noir qui moulait étroitement son torse puissant. Ses lèvres esquissaient un sourire mauvais et ses yeux étincelaient.

— Tu te souviens de mon ami Mitchell ? Il commençait à perdre patience, et il a élaboré tout un stratagème dans l'espoir que tu lui ouvrirais ta porte.

Blake partit d'un rire sonore avant d'ajouter :

— Au fait, nous avons été assez amusés en voyant que tu faisais poser une alarme dernier cri. Nous savions que ce n'était pas elle qui nous empêcherait d'entrer.

— C'est donc vous qui faisiez tous les bruits que j'entendais la nuit.

— Ouais, c'est pas facile de rester discret quand on fouille une maison dans le noir. Il nous est arrivé de faire un peu de bruit.

Elle avait conscience d'être en danger, mais son esprit peinait encore à admettre que Blake se trouvait réellement ici, devant elle.

— Qu'est-ce que tu veux, Blake ?

Dieu merci, les enfants ne s'étaient pas réveillés…

— Tu le sais très bien. Je veux le collier.

— Quel collier ? bluffa-t-elle. Je ne sais pas de quoi tu parles.

— Ne joue pas à l'idiote avec moi, gronda-t-il en avançant vers elle. Tu l'as forcément trouvé. Mitchell et moi avons fouillé cette maison de fond en comble, et toutes les cachettes sont vides.

Il avança encore d'un pas. Son regard étréci était lourd de menaces.

— Et, si je sais que le collier était ici, c'est parce que Frank me l'a dit juste avant de mourir.

— Quand est-ce que tu as vu Frank ?

Elle cherchait à gagner du temps, même si elle savait que c'était inutile. La cavalerie n'allait pas débarquer et lui sauver la vie. Puisque Blake et Mitchell s'étaient introduits chez elle sans déclencher les alarmes, personne ne savait qu'ils étaient ici. Personne ne viendrait à son secours.

— Je me suis débrouillé pour aller le voir à l'hôpital, la veille de sa mort, répondit Blake. Il m'a tout dit sur le cambriolage et sur le collier. Je sais que c'est toi qui l'as, Eliza, et je sais aussi qu'il y a une grosse récompense pour la personne qui le rapportera.

— Vous avez sans doute l'intention d'empocher cette récompense, compléta Mitchell. Mais, moi, j'ai un intéressement de cinquante pour-cent dans les bijoux provenant de ce cambriolage. J'ai attendu assez longtemps. Ce soir, je viens prendre ce qui m'est dû.

— Je ne sais vraiment pas où se trouve le collier dont tu parles, dit-elle, désespérée. S'il te plaît, Blake… Va-t'en.

— C'est impossible. Mitchell et moi voulions poursuivre nos recherches pendant que tu dormais, mais il a fallu que tu te réveilles et que tu allumes la lumière…

Eliza laissa échapper un petit cri étouffé en voyant Blake sortir un revolver de la ceinture de son pantalon. Son cœur battait si violemment qu'elle parvenait à peine à respirer.

— Blake, qu'est-ce que tu fais ?

— Que tu aies trouvé le collier ou non, cela ne fait pas grande différence. Nous le découvrirons avant l'aube, même si nous devons abattre tous les murs de cette maison. Mais je ne peux pas te laisser en vie. Je me suis construit une nouvelle existence, et je ne te laisserai pas tout gâcher.

— Je ne dirai à personne que je t'ai vu, promit-elle, au désespoir. Je te le jure.

Oh, mon Dieu, que deviendraient ses enfants si elle mourait ? Et s'ils découvraient son cadavre en se levant ? Elle repoussa cette pensée. Elle était bien trop atroce.

— Blake… Ne fais pas ça, je t'en prie.

Des larmes brûlantes ruisselaient sur ses joues. Non, c'était impossible ! Elle ne pouvait pas être assassinée dans son propre lit par un homme qui avait jadis été son mari !

Elle regarda tout autour d'elle, comme si de l'aide pouvait soudain apparaître comme par magie. Le panneau de contrôle, à côté du lit… Si seulement elle pouvait l'atteindre et déclencher l'alarme, peut-être que des secours arriveraient.

— N'y pense même pas, dit Blake. Un seul geste et tu es morte.

Elle posa les yeux sur la main de Blake et vit qu'il avait mis un silencieux à son revolver. Mais elle avait lu quelque part que même un silencieux ne parvenait pas à assourdir complètement un coup de feu.

— Blake, si tu tires un coup de feu ici, quelqu'un va l'entendre et venir voir ce qui se passe ! s'exclama-t-elle.

— Et moi je te parie que personne n'entendra rien, rétorqua-t-il. Il est 1 heure du matin et tout le monde dort. En plus, ces murs sont plutôt épais.

Ses yeux étincelaient d'une lueur mauvaise.

— Faisons un essai.

Il leva son arme et Eliza dit une rapide prière pour ses enfants.

Mais Blake fit volte-face et tira sur Mitchell. Eliza se plaqua les mains sur la bouche pour étouffer un hurlement. Une tache rouge s'épanouit lentement sur le torse de Mitchell, ses traits se figèrent en une expression incrédule et il s'effondra sur le sol, apparemment mort.

— Tu entends quelqu'un arriver ? Parce que, moi, je n'entends personne, dit calmement Blake. Et je n'avais aucune envie de partager le butin avec lui.

Maintenant, c'était vers elle qu'il pointait son revolver.

— Je vais te le demander une dernière fois : où est ce foutu collier ?

— Je ne sais pas ! cria-t-elle, hystérique. Je te le jure !

— Maman ?

Quand elle entendit la petite voix de Katie, ce fut comme si le temps se figeait. *Non, non, non !* se mit à hurler son cerveau.

Katie regarda Blake.

— Papa ! s'écria-t-elle avec ravissement.

La fillette courut vers son père et noua ses bras autour de sa taille. Eliza comprit alors que, si rien ne venait empêcher son ex-mari de mener à bien la tâche qu'il s'était donnée, il était fort possible que son fils aveugle soit le seul survivant de cette nuit d'horreur.

12

Cela faisait quelques minutes que les deux hommes avaient disparu dans les bois, au fond de son jardin. Troy était allé chercher son revolver et une lampe-torche avant de sortir de chez lui par la porte de derrière. La nuit était chaude, mais un frisson glacial remontait le long de son épine dorsale.

Que voulaient ces hommes, et où diable étaient-ils passés ? Il traversa son jardin en courant et n'alluma sa lampe que quand il fut dans la zone où ils avaient semblé se volatiliser.

Il n'avait jamais vraiment exploré cet endroit, préférant le laisser aux cerfs et autres animaux sauvages qui s'y étaient installés. Il alluma sa lampe et regarda autour de lui. Pour autant qu'il puisse dire, personne ne se dissimulait parmi les arbres.

Avait-il vraiment aperçu ces silhouettes, ou n'étaient-elles que le produit de son imagination ? Non. Il savait très bien ce qu'il avait vu. Il y avait bien deux hommes qui rôdaient dans les parages.

Il commença à marcher lentement parmi les arbres, le faisceau de sa lampe dirigé vers le sol dans l'espoir de découvrir un quelconque indice qui puisse expliquer leur soudaine disparition.

Alerté par un bruissement, derrière lui, il fit volte-face juste à temps pour voir s'enfuir un lapin. Des insectes nocturnes vrombissaient et bourdonnaient autour de sa tête, mais rien ne le détournait de la tâche à laquelle il s'était attelé.

Il y avait forcément quelque chose par ici. Sinon, pourquoi deux hommes se seraient-ils glissés dans ces bois en pleine nuit ? Que cherchaient-ils et, bon sang, où étaient-ils passés ?

Il refusait de renoncer avant d'avoir une réponse logique. Une fois encore, il balaya le sol du faisceau de sa lampe-torche.

Tout à coup, il manqua trébucher sur un matériau dur. Il s'arrêta net, dirigea le faisceau lumineux vers son pied et vit ce qui semblait être le coin d'une planche. Il balaya le sol du pied pour écarter la terre et mit au jour un grand panneau de contreplaqué.

Qu'est-ce que cette planche faisait ici, au milieu des bois ? Qui l'y avait mise ? Son cœur se mit à battre plus vite quand il s'aperçut qu'une petite poignée était fixée sur un côté du panneau de bois. Est-ce qu'il s'agissait d'une espèce de porte ? Il attrapa la poignée, tira, et la planche se souleva, dévoilant un tunnel qui s'enfonçait dans les entrailles de la terre.

Voilà qui expliquait comment les hommes avaient pu disparaître sans laisser de traces. Mais où menait ce tunnel ? Il raffermit sa prise sur sa lampe-torche, descendit six hautes marches de bois et se retrouva dans le tunnel, qui était tellement bas et étroit qu'il dut se courber en avant pour poursuivre sa progression… une progression qui semblait le mener droit vers la maison d'Eliza.

Si ce tunnel aboutissait effectivement sous sa maison, cela expliquait beaucoup de choses. Mais son esprit n'était empli que d'une unique pensée terrifiante : deux hommes venaient de pénétrer dans ce tunnel. Ils pouvaient se trouver chez elle en ce moment même.

Cette pensée le poussa à avancer plus vite dans la galerie, où flottait une odeur de moisi. Il ne pouvait plus penser à rien, sinon au danger qui guettait peut-être Eliza et ses enfants.

Pour se rassurer, il se dit que les hommes avaient sans doute déjà emprunté ce tunnel. La silhouette qu'Eliza avait vue dans le noir était probablement celle d'une personne qui s'était introduite chez elle par ce chemin. Jusqu'ici, Eliza ne s'était jamais retrouvée nez à nez avec un intrus. Il espérait que, cette fois encore, elle dormait à poings fermés sans se douter que les hommes étaient tout près d'elle.

Il avait l'impression de marcher depuis des heures quand il atteignit une bifurcation. Il s'arrêta net, hésitant sur la direction à prendre. Et s'il s'était trompé ? Si le tunnel ne menait pas jusqu'à la maison d'Eliza ? Il éclaira la première galerie, puis la seconde, en pestant contre sa lampe, qui n'était pas assez puissante pour lui permettre d'éclairer les ténèbres.

Soudain, le son caractéristique d'un coup de feu résonna dans le tunnel, lui glaçant le sang. *Eliza !* cria son cœur tandis qu'il regardait alternativement les deux galeries. Quelle direction devait-il prendre ?

Finalement, il s'engagea en courant dans la galerie de droite en priant pour avoir fait le bon choix… et pour ne pas arriver trop tard.

*
* *

— Papa, tu n'es pas au ciel, tu es ici ! s'écria gaiement Katie.

Mais, quand elle remarqua le corps de Mitchell, sa joie laissa place à l'horreur.

— Est-ce que cet homme est mort ?

— Lâche-moi, gronda Blake.

Comme il cherchait sans douceur à se libérer de l'étreinte de Katie, Eliza se leva d'un bond.

— Ne lui fais pas de mal ! hurla-t-elle.

Blake passa un bras autour des épaules de Katie sans cesser de tenir Eliza en respect.

— Alors, dis-moi où est le collier.

D'une voix étranglée par les larmes, elle répondit avec ferveur :

— Je ne peux pas te dire ce que je ne sais pas. Laisse-la partir, Blake. Tu lui fais peur.

— Moi, j'ai un nouveau collier, annonça Katie. Je l'ai trouvé dans le mur. C'est un trésor.

Blake força la fillette à se tourner vers lui et agrippa l'une de ses épaules.

— Qu'est-ce que tu en as fait ? hurla-t-il. Où est ce collier ?

Katie se mit à pousser des sanglots déchirants qui l'empêchèrent de répondre. Aveuglée par la détresse et la terreur de sa petite fille, Eliza profita de ce que Blake ne la regardait plus pour se jeter sur lui.

Son ex-mari leva son arme et lui asséna un violent coup sur la tête. La douleur explosa aussitôt dans son crâne et des étoiles se mirent à scintiller derrière ses yeux. Elle tituba vers l'arrière et retomba sur le lit.

— Réponds, espèce de morveuse. Dis-moi où est ce foutu collier ! cria Blake.

— Isabella a voulu le mettre, parvint enfin à dire Katie entre deux sanglots.

— Qui diable est Isabella ? demanda Blake. Une de tes amies ? Tu ferais mieux de ne pas l'avoir donné à une gamine !

— C'est... C'est pas une gamine... C'est une... une de mes poupées, sanglota Katie.

— Va la chercher, ordonna Blake. Apporte-moi Isabella, tout de suite.

Au moment où il relâchait la fillette, Sammy apparut à la porte à son tour.

— Maman ? Qu'est-ce qui se passe ?

Sous la force du coup que lui avait donné Blake, le front d'Eliza s'était ouvert en une large entaille. Le sang qui s'en échappait avait atteint son œil gauche, qui la brûlait atrocement. Mais cette douleur n'était rien à côté de celle qui la transperça quand elle comprit qu'il était fort possible qu'aucun de ses deux enfants ne survive à la cupidité, à la cruauté de son ex-mari.

Sans cesser de sangloter, Katie alla rejoindre son frère près de la porte. Eliza bondit sur l'occasion.

— Cours, Katie ! cria-t-elle. Emmène ton frère dans votre cachette secrète et n'en bougez pas jusqu'à ce que je vienne vous chercher.

Elle ne savait pas du tout si Blake et Mitchell connaissaient l'existence du compartiment secret dans le salon, mais elle voulait que ses enfants sortent de cette pièce où un cadavre gisait sur le sol et où leur père la menaçait d'une arme.

— Cours, Katie !

Les deux enfants obéirent aussitôt. En entendant le bruit de leurs pas résonner dans le couloir, Eliza laissa échapper un soupir de soulagement.

— Où qu'ils soient partis, ça n'a pas d'importance, dit Blake. Tu dois connaître toutes les poupées de ta fille. Tu vas donc venir avec moi dans sa chambre et me dire laquelle est Isabella. Quand j'aurai le collier, j'ai bien peur de devoir te tuer… Ensuite, je trouverai les enfants et je les tuerai eux aussi. Il vaut toujours mieux bien nettoyer derrière soi.

Il la gratifia d'un sourire mauvais.

Eliza perçut soudain un mouvement dans la penderie, derrière son ex-mari. Oh, mon Dieu… Est-ce qu'il avait demandé à un complice de venir l'aider à « nettoyer » ?

Blake éclata de rire.

— Pas la peine d'essayer de détourner mon attention en regardant derrière moi. Personne ne va venir te sauver.

À peine avait-il refermé la bouche que Troy déboula de la penderie et le percuta dans le dos. Blake fut projeté vers l'avant et laissa échapper son revolver.

Il se retourna aussitôt et décocha un violent coup de poing dans la mâchoire de Troy. Eliza ne put retenir un cri. Quand les deux hommes tombèrent sur le sol, elle descendit du lit et s'empara de l'arme.

Elle la pointa vers son ex-mari d'une main tremblante, mais elle ne pouvait pas tirer. Les deux hommes luttaient toujours sur le sol, et elle ne pouvait pas courir le risque de toucher la mauvaise cible.

Troy parvint enfin à se relever, prit le revolver qu'il avait glissé dans sa ceinture et le pointa sur Blake, qui se leva d'un bond. Ramassé sur lui-même, tous les muscles bandés, son ex-mari s'apprêtait à bondir.

— Vas-y, dit Troy d'une voix lourde de menaces. Donne-moi une raison de tirer.

Blake leva aussitôt les mains.

— Je partagerai avec toi, dit-il. Si tu me laisses prendre le collier et m'en aller, je te donnerai un demi-million de dollars. Je laisserai Eliza tranquille et vous ne me reverrez plus jamais, c'est promis.

— Seulement un demi-million ? demanda Troy.

Blake grimaça.

— D'accord, un million. Je te donnerai un million.

Troy dévisagea Blake sans mot dire.

— Réfléchis bien, vieux, reprit Blake. Un million de dollars net d'impôts. Pense à tout ce que tu pourrais faire avec ce fric. Tu pourrais arrêter de travailler, voyager, t'acheter une voiture de sport ou une nouvelle maison super classe. Avec tout ce fric, tu pourrais faire tout ce que tu veux.

Troy jeta un regard vers Eliza. Un profond pli vertical barrait son front.

— Est-ce que tu connais ce type ?

— C'est mon ex-mari, répondit-elle. Il s'est fait passer pour mort pour ne pas avoir à me payer de pension alimentaire.

— C'est lui qui t'a fait ça ?

Eliza leva la main et essuya le sang qui coulait de son front. Elle acquiesça.

— Il allait nous tuer, les enfants et moi.

— Descends-la, vieux, dit Blake. Une fois qu'elle sera morte, on pourra prendre le collier et filer. J'ai déjà un acheteur. Allez, descends-la.

Troy pointa son revolver vers le mollet de Blake et tira. Blake poussa un cri de douleur et s'effondra sur le sol.

— Pourquoi est-ce que tu as fait ça, mec ?

— Eliza, appelle la police.

Sans quitter Blake des yeux, Troy plongea un bras dans la penderie et attrapa un chemisier dont il se servit pour attacher les mains de Blake dans son dos.

— Je me vide de mon sang ! hurla Blake. Tu ne t'en tireras pas comme ça. Je vais porter plainte contre toi. Tu m'avais déjà neutralisé. Tu n'avais pas besoin de me tirer dessus.

— Tu m'as donné l'impression de représenter une menace imminente, n'est-ce pas, Eliza ? répondit Troy.

Elle hocha la tête.

— Tu as dû lui tirer dessus pour nous sauver la vie à tous deux. Et qui les autorités vont-elles croire ? Toi et moi, ou un homme qui a emprunté un tunnel pour s'introduire chez moi en pleine nuit ?

— Exactement, répondit Troy.

— Mettez-moi un bandage avant que je me vide de mon sang ! hurla Blake.

— Arrête de pleurnicher, répliqua Troy. C'est juste une égratignure.

Il regarda Eliza. Dans ses yeux, elle lut du soulagement et une bonne dose de ce qui lui sembla être de l'amour.

— Tu aurais dû lui mettre une balle en plein cœur, même si je ne suis pas sûre qu'il en ait un, dit-elle d'une voix chargée d'émotion.

— Où sont les enfants ? demanda-t-il.

— En bas. Je vais aller les chercher et appeler la police.

Elle sortit de la chambre et descendit l'escalier en courant. Une fois au rez-de-chaussée, elle alla droit vers le compartiment secret du salon, le cœur battant.

Quand elle ouvrit la porte, les enfants se jetèrent dans ses bras en pleurant. Elle les réconforta du mieux qu'elle put. Elle pleurait, elle aussi, mais de soulagement.

Elle ne savait pas du tout comment Troy avait découvert le tunnel, ni par quel miracle il avait pu arriver à temps. Tout ce qu'elle savait, c'était qu'ils se trouvaient maintenant en sécurité. Saisie du besoin de sentir leurs deux petits corps dans ses bras, elle serra longuement ses enfants contre elle.

Quand elle les relâcha enfin, elle épongea ses larmes,

leur assura que tout allait bien et les fit asseoir à la table de la cuisine. Ensuite, elle appela la police.

Quand Troy les rejoignit, les enfants se levèrent et s'élancèrent vers lui. Il se pencha pour les prendre dans ses bras.

— Tout va bien, dit-il en les serrant étroitement contre lui. C'est fini, maintenant.

Il les relâcha et s'approcha d'Eliza. En la prenant par le menton, il examina sa blessure à la tempe avant de demander :

— Tu es certaine que ça va ? Tu n'as pas besoin d'aller aux urgences ?

Maintenant que tout était fini, elle se rendait compte que sa tête lui faisait mal, mais la douleur était supportable.

— Non, ça va, dit-elle.

— Nettoyons ça.

Il la conduisit jusqu'à l'évier et prit un torchon propre, qu'il passa sous l'eau chaude.

— Papa m'a fait mal, lâcha Katie d'une voix indignée. Je crois qu'il est méchant. Je préférais quand il était au ciel.

— Il va aller en prison pour très, très longtemps, dit Troy à mi-voix.

D'un geste doux, il commença à passer le torchon humide sur le front d'Eliza. Elle ferma les yeux pendant un long moment, heureuse que personne d'autre qu'elle n'ait été blessée et qu'ils soient tous sains et saufs.

— Comment as-tu su que ce tunnel existait ? demanda-t-elle.

— Je me livrais à une petite séance d'introspection, assis à la table de ma cuisine, quand j'ai vu deux hommes courir vers les bois, derrière chez moi. Comme ils semblaient s'être volatilisés, j'ai décidé de mener l'enquête, et… tu connais la suite de l'histoire.

Il passa une dernière fois le torchon sur sa tempe.

— C'est mieux comme ça, dit-il.

Il venait à peine de poser le torchon dans l'évier quand on frappa à la porte. La police était arrivée.

Pendant les heures qui suivirent, ils répondirent tous deux aux nombreuses questions que leur posaient les agents, et leur parlèrent du collier que Blake avait cherché à récupérer.

Les agents furent abasourdis d'apprendre l'existence du tunnel. Quelques-uns d'entre eux partirent l'explorer, et annoncèrent en revenant que, si Troy avait choisi de prendre l'autre galerie, il se serait retrouvé dans un cul-de-sac. Heureusement qu'il avait fait le bon choix. S'il était arrivé ne serait-ce que quelques minutes plus tard, Eliza et ses enfants auraient déjà été morts.

Au grand soulagement d'Eliza, Sammy et Katie s'étaient endormis sur le canapé. Ils n'avaient donc pas vu la police emmener leur père, menottes aux mains, et évacuer le corps de Mitchell.

Elle se demandait si les enfants allaient être traumatisés par la nuit qu'ils venaient de vivre. Elle espérait que non. Mais, s'ils avaient du mal à vivre avec le souvenir de cette nuit de terreur, elle ferait en sorte qu'ils reçoivent toute l'aide dont ils auraient besoin.

Quand la police l'interrogea au sujet du collier, elle leur dit qu'apparemment sa fille l'avait trouvé et passé au cou de l'une de ses poupées.

— Et quand l'a-t-elle trouvé ? demanda Troy, surpris par la nouvelle.

— Je n'ai pas eu l'occasion de lui poser la question, répondit-elle.

— Est-ce que vous savez de quelle poupée elle

parle ? demanda l'agent Dean Graham, l'un des hommes chargés de l'enquête.

Eliza acquiesça.

— Je vais aller la chercher.

Elle sortit de la cuisine, où ils étaient tous installés, et se dirigea vers l'escalier. En passant devant ses enfants, elle vit qu'ils dormaient paisiblement sur le canapé et son cœur s'emplit de gratitude pour les agents qui examinaient la scène de crime avec une discrétion surprenante.

Elle n'avait pas encore vraiment eu le temps d'analyser tout ce qui s'était passé. Jamais elle n'aurait deviné que Blake était toujours en vie, et à l'origine des événements étranges qui se produisaient dans la maison.

Ensuite, elle se demanda ce qui se passerait une fois que la police aurait fini de l'interroger. La maison serait sans doute mise sous scellés, et les enfants et elle devraient aller s'installer dans un motel. Mais pendant combien de temps, elle n'en avait pas la moindre idée.

Dans la chambre de Katie, les quatre poupées étaient sagement assises autour de leur petite table. Eliza posa les yeux sur Isabella, la poupée aux longues boucles rousses, et laissa échapper un cri étouffé en voyant le collier qu'elle portait autour du cou.

Il était véritablement magnifique, avec les plus gros diamants qu'elle ait jamais vus, et brillait d'un éclat que les années et la poussière ne semblaient pas avoir terni.

Elle voyait souvent les poupées de Katie, mais elle n'avait rien remarqué. Comment avait-elle pu ne pas s'apercevoir qu'Isabella portait un collier aussi inestimable ? Sans doute parce que les poupées de Katie avaient tout une collection de bijoux fantaisie, et qu'elle prêtait rarement attention à ceux qu'elles portaient.

Elle se hâta de retourner au rez-de-chaussée avec la poupée, qu'elle posa au milieu de la table de la cuisine.

— Je ne veux pas toucher ce truc, dit-elle. Blake était prêt à me tuer et à tuer ses enfants pour s'en emparer. Je veux que ce collier sorte de chez moi le plus vite possible.

L'agent Graham mit la poupée et le collier dans un sachet en plastique et commenta :

— Je suppose que la personne qui rendra ce collier recevra une belle récompense.

— Je ne veux pas de récompense, répliqua Eliza. Je veux seulement qu'il sorte de chez moi et retourne à son vrai propriétaire.

Tout à coup, elle se sentait gagnée par la lassitude. La nuit lui avait semblé interminable et, maintenant que les moments de terreur étaient derrière elle, elle ne sentait plus que la douleur qui palpitait dans sa tête et le chagrin qui emplissait son cœur meurtri par Troy.

Il n'avait pas hésité à venir à leur secours, mais cela ne voulait rien dire. Ce n'était pas pour autant qu'il était subitement tombé amoureux d'elle et qu'il voulait une vraie relation de couple avec elle. Cela voulait seulement dire qu'il avait compris qu'ils étaient en danger et qu'il était accouru pour les aider.

Elle lui en serait toujours reconnaissante. Il lui avait sauvé la vie et, plus important encore, il avait sauvé la vie de Sammy et Katie. Parce qu'elle n'avait aucun doute : sans son intervention, Blake les aurait tués tous les trois.

Assis à côté d'elle, le visage grave, le regard attentif, il continuait à répondre aux questions que posaient les agents. Enfin, quand ceux-ci jugèrent qu'ils leur avaient appris tout ce qu'ils désiraient savoir, ils l'informèrent que les enfants et elle devraient résider ailleurs pendant un jour ou deux, dans un motel, par exemple.

— Je vais vous accompagner à l'étage pour que vous preniez quelques affaires, lui dit l'agent Graham.

Quand elle fut dans sa chambre, elle vit que plusieurs agents se tenaient encore dans sa penderie, où la porte menant au tunnel était toujours ouverte.

Elle mit quelques affaires dans un sac avant de passer dans la chambre de Katie. Un agent qu'elle voyait pour la première fois était en train de prendre des photos des cachettes aménagées dans la pièce.

Elle remplit un petit sac pour chacun de ses deux enfants, sans oublier de prendre la poupée Sue Ellen pour Katie et quelques petites voitures pour Sammy. Elle ne savait pas pendant combien de temps la police garderait Isabella, ni si on la leur rendrait un jour.

L'agent Graham l'aida à porter les sacs jusqu'à la cuisine, où Troy l'attendait.

— Si vous veniez chez moi au lieu d'aller dans un motel ?

— Oh ! je ne pense pas…, commença-t-elle.

— S'il te plaît, Eliza. Les enfants ont déjà dormi chez moi. Ils seront moins perturbés que si tu les emmènes dans un endroit qu'ils ne connaissent pas.

Comment allait-elle supporter d'être aussi près de lui en sachant qu'il ne l'aimait pas comme elle voulait qu'il l'aime ? Mais ce n'était pas le moment de penser à son propre confort émotionnel. Il avait raison : Sammy et Katie se sentiraient bien mieux chez M. Troy que dans une chambre de motel. Et d'ailleurs elle était bien trop exténuée pour argumenter.

— D'accord, dit-elle enfin.

Quelques minutes plus tard, ils traversaient la pelouse pour se rendre chez Troy. Elle portait Katie et Troy s'était chargé de Sammy. L'agent Graham les accompagnait, leurs sacs à la main.

— Maman, qu'est-ce qu'on fait ? demanda Katie d'une voix ensommeillée.

— On va passer la nuit chez M. Troy, répondit Eliza.

— Encore une soirée pyjama et je suis trop fatiguée pour m'amuser. Quand je me réveillerai, je vais être furieuse, dit la fillette.

Elle se rendormit aussitôt.

Mais Eliza se moquait bien que Katie la menace d'être furieuse parce qu'elle aurait raté une soirée pyjama. Au moins, elle n'avait fait aucune allusion aux événements de la nuit.

Tôt ou tard, elle le savait, elle devrait parler de Blake aux deux enfants et leur faire comprendre que leur père était un homme mauvais. Mais elle espérait ne pas avoir à leur dévoiler toute la vérité avant des années.

L'agent posa les sacs dans l'entrée de Troy et les informa que la police les recontacterait si elle souhaitait leur poser d'autres questions. Il promit aussi à Eliza qu'on essaierait de lui permettre de rentrer chez elle le plus tôt possible. Et, ensuite, il s'en alla.

Sans mot dire, Troy et Eliza portèrent les enfants à l'étage et les installèrent dans la chambre où ils avaient déjà passé une nuit. Quand ils furent bordés, Eliza redescendit l'escalier derrière Troy pour prendre son sac. Mais, avant qu'elle ait eu le temps de l'attraper, Troy la saisit par le bras.

— Eliza, il faut que je te parle.

Elle fronça les sourcils.

— Je suis vraiment épuisée, Troy. Ça ne peut pas attendre demain matin ?

— Non, ça ne peut pas attendre.

Il semblait troublé. Le bleu de ses yeux était plus

profond que d'habitude et un muscle palpitait dans sa mâchoire.

— Il faut que tu m'écoutes avant que les enfants se lèvent, compléta-t-il.

Qu'est-ce qu'il lui voulait, cette fois ? Après tout ce qu'ils venaient de vivre, de quoi pouvait-il bien vouloir discuter ?

— D'accord, concéda-t-elle enfin.

— Allons dans la cuisine, suggéra-t-il. Je vais faire du café.

Devant l'espèce de désespoir qui semblait émaner de lui, elle se sentit soudain un peu moins fatiguée. Qu'est-ce qui lui arrivait ? Est-ce que le fait d'avoir tiré sur Blake avait déclenché en lui une forme de stress post-traumatique ? À moins qu'il ressente soudain le besoin de parler à quelqu'un… À n'importe qui. Après tout, cela faisait trois ans jour pour jour que sa fille avait été assassinée.

— Du café ? C'est une bonne idée, répondit-elle.

Quelques minutes plus tard, ils étaient assis face à face, dans la cuisine.

— J'étais assis juste ici quand j'ai vu les deux hommes traverser mon jardin en courant, dit-il, brisant enfin le silence qui s'était installé entre eux.

Elle regarda par la fenêtre. Plusieurs agents inspectaient encore la forêt où, elle le savait maintenant, une porte s'ouvrait sur le tunnel qui débouchait sous sa maison. Elle fut traversée par une peur rétrospective.

— Heureusement que tu les as vus et que tu as décidé de les suivre. Sinon, je ne serais pas ici en train de boire du café avec toi.

— Avant de les voir, reprit-il, je me livrais à une petite séance d'introspection.

Il baissa les yeux sur sa tasse avant de la regarder

de nouveau. Elle ne pouvait déchiffrer son expression, mais elle se rendit compte que son cœur battait un peu plus vite.

— Je ne pouvais penser qu'à Annie. Mais, au lieu de me rappeler sa mort, je me rappelais sa vie. Mon esprit était empli du souvenir de ses rires, de nos rires. Et c'est grâce à ces souvenirs que j'ai compris qu'Annie n'aurait pas voulu que je vive seul pour le restant de mes jours, avec mon dégoût de moi-même pour seul compagnon. Elle aimait me voir heureux, et c'est ce je veux maintenant : retrouver le bonheur.

— C'est bien, Troy, répondit Eliza. Je suis tellement contente que tu sois parvenu à faire la paix avec toi-même.

Oui, elle était sincèrement heureuse qu'il ait fini par se pardonner.

— Il y a autre chose, dit-il.

Il la dévisagea intensément, comme s'il ne l'avait jamais vraiment vue avant cet instant.

— Autre chose ?

Une fois encore, le cœur d'Eliza se mit à battre à un rythme saccadé.

— Hier, une petite fille pleine de sagesse a su me parler. Elle a dit qu'elle pensait que nous avions été réunis parce que j'étais un papa qui n'avait plus de fille et qu'elle était une fille qui n'avait plus de papa. Blake ne fera jamais partie de la vie de tes enfants. Il va passer le restant de ses jours en prison. Mais moi, Eliza… je veux faire partie de la vie de Sammy et de Katie.

Il se pencha vers elle, le regard brûlant de désespoir.

— Dis-moi qu'il n'est pas trop tard, Eliza, poursuivit-il d'une voix tremblante. Dis-moi que tu me pardonnes de m'être comporté comme un mufle. S'il te plaît, dis-moi que tu veux encore de moi dans ta vie pour toujours, parce que je ne peux pas m'imaginer vivre sans toi.

Il tendit le bras pour prendre sa main dans la sienne.

— Je t'aime, Eliza. Je t'aime plus que je n'ai jamais aimé qui que ce soit. Je t'ai repoussée parce que j'avais peur de ce que je ressentais pour toi et que je m'étais convaincu que je ne te méritais pas. Mais cette nuit j'ai compris que je méritais de connaître l'amour et le bonheur. Annie a été victime d'une tragédie effroyable, mais je sais maintenant que je n'en suis nullement responsable.

Il pressa sa main.

— S'il te plaît, dis-moi que tu veux encore passer le restant de tes jours avec moi.

Pendant un moment, Eliza fut agitée par un tourbillon d'émotions tellement vives qu'elle fut incapable de parler.

— Pour l'amour de Dieu, implora-t-il, réponds-moi ! Si tu me demandes de me mettre à genoux devant toi, je le ferai.

Elle recouvra enfin l'usage de la parole.

— Ça pourrait être amusant, déclara-t-elle. Mais tu n'as pas besoin de le faire, Troy. Je t'aime autant aujourd'hui qu'hier, et je veux toujours passer le reste de ma vie avec toi. Je n'ai jamais autant aimé un homme.

Il se leva, l'attira contre lui et la prit dans ses bras.

— Je veux que chacune de mes soirées soit une soirée pyjama avec les enfants et toi, pour le restant de mes jours, dit-il avant d'emprisonner ses lèvres sous les siennes.

Dans la tendresse de son baiser, elle sentit tout son amour, tout son désir, et la promesse d'un engagement qui durerait une vie entière. C'était… Non, *il* était l'épilogue d'un véritable conte de fées, la promesse du bonheur parfait qu'elle avait toujours souhaité connaître. Il allait être le père qu'elle avait toujours voulu donner à ses enfants et, tous ensemble, ils allaient vivre une vie emplie d'amour et de rires.

Épilogue

Debout derrière sa maison, Troy regardait la pelleteuse qui comblait le tunnel. Cela ne faisait que cinq jours qu'Eliza lui avait de nouveau ouvert les portes de sa vie, mais ils avaient déjà décidé de beaucoup de choses.

Il allait mettre sa maison en vente et s'installer chez elle. Il ne voulait pas ajouter au stress des enfants en les faisant déménager une fois de plus, ni forcer Sammy à prendre ses marques dans un nouvel espace.

En plus, sa maison était déjà prête pour la vente alors que celle d'Eliza nécessitait beaucoup de travaux. D'ailleurs, il avait hâte de se mettre au travail pour en faire le foyer le plus accueillant possible.

Mais avant tout il avait décidé de faire combler le tunnel afin que plus personne ne puisse l'emprunter pour s'introduire chez Eliza.

Ces cinq derniers jours avaient fait partie des meilleurs de toute son existence. Quand il avait ouvert son cœur à l'amour qu'Eliza et les enfants ne demandaient qu'à lui donner, il ne s'était pas rendu compte du cadeau inestimable qu'il allait recevoir.

Bien sûr, il n'oublierait jamais la petite fille qui lui

avait été enlevée, et il porterait son deuil jusqu'à la fin de ses jours. Mais il était sincèrement convaincu qu'Annie aurait voulu qu'il soit heureux et, grâce à Eliza et aux enfants, il l'était.

Au fond de son cœur, il savait qu'Annie aurait aimé voir la vie qu'il menait maintenant. Elle aurait adoré savoir qu'il jouait le rôle de père pour deux enfants qui n'en avaient jamais vraiment eu. Annie avait toujours été une fillette généreuse, et, en faisant partie à temps plein de la vie de Sammy et de Katie, il avait l'impression d'honorer son existence et sa mémoire.

La bijouterie à laquelle appartenait le collier avait voulu remettre à Eliza une récompense de deux cent mille dollars. Elle avait refusé, mais ils avaient tellement insisté qu'elle avait fini par accepter, à condition que l'argent soit remis à l'école pour aveugles de Sammy. Troy avait été fier qu'elle prenne une telle décision.

Il n'y avait qu'une seule ombre au tableau, une seule chose qu'il ne pourrait jamais, au grand jamais, confier à Eliza : le pacte qu'il avait conclu avec cinq autres hommes à l'époque où il était fou de douleur et de rage. Il était heureux que Dwight Weatherby ait été assassiné et le reconnaissait bien volontiers, mais, tout comme Nick Simon, il voulait maintenant oublier cette période particulièrement atroce de son passé et se concentrer sur son avenir.

Et cet avenir lui semblait tellement lumineux, tellement merveilleux… Il aimait se réveiller chaque matin et trouver Eliza blottie dans ses bras, se lever et prendre le petit déjeuner avec les enfants avant qu'ils partent pour l'école. Et il adorait les retrouver chaque soir, quand il rentrait après sa journée de travail.

À 17 heures, il fit signe aux hommes d'interrompre leur tâche.

— Nous recommencerons demain matin, vers 8 heures.

Après leur départ, il traversa les pelouses jusqu'à la porte de la maison où il avait maintenant une place bien à lui.

Son cœur se gonfla de joie quand il entra dans la cuisine et vit Eliza, debout devant la cuisinière. Il s'approcha d'elle pour la prendre dans ses bras. Quand il plaqua ses lèvres dans son cou, juste sous son oreille, il fut enveloppé dans son odeur merveilleuse.

— Hum… Tu ferais mieux de te dépêcher, mon petit ami ne va pas tarder à rentrer, dit-elle.

Il éclata de rire et elle se tourna dans ses bras pour lui faire face. Ce sourire magnifique… Jamais il ne se lasserait de le voir, il le savait.

— Comment s'est passée ta journée ? demanda-t-il.

— Très bien. J'ai continué à travailler sur le site de l'auteur de romans d'amour. Et de ton côté ? Est-ce que le tunnel est comblé ?

— Presque. Nous devrions avoir fini demain à midi.

— Bien.

En voyant ses yeux s'assombrir, il sut qu'elle se rappelait la nuit de terreur qu'ils avaient vécue.

— Hé, tout va bien, dit-il doucement. Les méchants sont partis et il n'y a plus que toi, moi et les enfants.

Il fut heureux de voir son sourire réapparaître.

— En parlant des enfants, où sont-ils ?

— En haut, en train de jouer dans la chambre de Sammy. Avant de les appeler pour le dîner, je voulais te dire quelque chose.

Il laissa retomber ses bras et fronça les sourcils.

— Des ennuis ?

— Non, ne t'inquiète pas. Mais tout à l'heure Katie et Sammy sont descendus pour me poser une question.

Ils ont dit que, puisque tu allais faire des soirées pyjama tous les jours avec nous, ils aimeraient avoir la permission de t'appeler papa Troy.

Sa poitrine se gonfla d'émotion et des larmes lui brouillèrent soudain la vue. Il ne s'était pas attendu à recevoir un cadeau aussi merveilleux des enfants d'Eliza… De leurs enfants à tous les deux…

Elle posa une main sur son bras.

— Troy ? Si tu préfères qu'ils ne le fassent pas, ce n'est pas grave.

Il secoua la tête.

— Non… Je veux qu'ils le fassent. Je suis touché et honoré. Je veux être leur papa.

Il l'enlaça de nouveau.

— Oui, je veux vivre auprès de tes enfants, et auprès de toi, pour le restant de mes jours.

Il l'embrassa longuement. Un tout nouveau bonheur dansait dans son cœur et il se sentait gonflé d'amour.

JANICE KAY JOHNSON

Au piège du silence

Traduction française de
B. DUFY

BLACK ROSE

HARLEQUIN

Titre original :
TRUSTING THE SHERIFF

Prologue

Des pas dans la ruelle mal éclairée, malodorante… Une violente douleur à la tête…

Une voix d'homme, vibrante de colère :

— Pourquoi ? Pourquoi tu as fait ça ?

Cette voix, elle la connaissait, mais sans parvenir à l'associer à un nom ou à un visage.

— Dis-moi pourquoi, avant que…

Un coup de feu… Un deuxième…

Elle réussit à tendre la main vers son holster… Son pistolet n'y était plus. Elle voyait des pieds chaussés de bottes bouger, le dos d'une personne accroupie penchée sur… qui ? Impossible de s'en souvenir.

Un gémissement s'échappa de ses lèvres tandis que les ténèbres de l'inconscience commençaient de l'engloutir.

Quand les pas se rapprochèrent, ce fut au prix d'un effort presque surhumain qu'elle entrouvrit les paupières. L'extrémité des bottes était maintenant à quelques centimètres d'elle. L'homme devait la regarder.

— Hé ! cria une voix qui lui parut lointaine. J'ai appelé le 911 !

Pan !

L'impact de la balle fit rebondir son corps sur la chaussée. Une douleur fulgurante la transperça.

Je suis morte.

Pan !

1

Quelqu'un tapait avec un marteau sur le crâne d'Abigail Baker. Les coups ne s'arrêtaient pas… Le clou n'était donc pas encore enfoncé ?

Elle avait mal partout, mais encore plus à certains endroits qu'à d'autres. À l'épaule gauche, par exemple. Au sternum. Et surtout, surtout, à la tête.

Bien que l'intérieur de ses paupières soit comme enduit de colle forte, Abby réussit à les soulever. Un plafond inconnu lui apparut et, certaine que le moindre mouvement de la tête aggraverait sa migraine, elle se contenta de bouger les yeux pour observer son environnement.

Des rideaux, autour du lit. Une potence à perfusion, sur sa droite. Des draps blancs et de minces couvertures en tissu gaufré…

Elle était à l'hôpital.

Les anneaux d'un des rideaux cliquetèrent, et une femme robuste d'une quarantaine d'années surgit au pied du lit.

— Vous êtes réveillée ! s'écria-t-elle. Formidable ! Comment vous sentez-vous ?

— J'ai mal.

Abby avait la bouche si sèche que ces deux syllabes en étaient sorties sous la forme d'une sorte de grognement.

— Oui, je m'en doute, mais pour l'antalgique vous allez devoir attendre quelques minutes : le médecin va vouloir vous parler avant.

La bouffée de colère provoquée par cette déclaration augmenta la violence des coups de marteau sur le crâne d'Abby.

Ne pas s'énerver ! pensa-t-elle.

Puis elle ferma les yeux et sombra dans une somnolence qui n'atténuait malheureusement pas la douleur.

— Abigail ?

Une voix d'homme.

Soulever les paupières fut un tantinet moins difficile que la première fois.

— Je suis le Dr Sanderlin. L'infirmière m'a dit que vous aviez mal. Vous pouvez me dire, ou me montrer, où ?

Abby remua les lèvres, mais aucun son n'en sortit.

— Attendez, je vais vous donner des petits bouts de glaçon à sucer.

Le liquide froid qui lui humidifia la bouche un instant plus tard lui fit du bien mais l'empêcha momentanément de parler. Elle leva la main droite et vit alors que la perfusion avait été posée sur le dos de cette main.

Après l'avoir fixée pendant plusieurs secondes, elle se toucha la tête, l'épaule gauche – recouverte d'un gros pansement – et enfin le sternum.

Pas de pansement à cet endroit-là. Pourquoi, alors qu'il était lui aussi douloureux ?

— C'est bien ! déclara le médecin, visiblement satisfait.

Abby tourna les yeux vers lui et le considéra avec autant d'attention qu'elle en était capable. La cinquantaine, blond, les tempes grisonnantes, des yeux bleus au regard bienveillant…

— Que s'est-il passé, pour que je sois à l'hôpital ? lui demanda-t-elle.

— Vous ne vous en souvenez pas ? dit-il en fronçant légèrement les sourcils.

Agacée, car elle n'aurait pas posé la question si elle avait déjà connu la réponse, Abby commit l'erreur de secouer la tête. La douleur atroce qui lui transperça alors le crâne lui arracha un gémissement.

Le médecin s'approcha, lui mit un petit objet oblong dans la main et expliqua :

— Il y a à l'extrémité de cette poire un bouton qui commande l'injection d'une dose importante d'antalgique dans votre perfusion. Vous pouvez l'actionner quand vous souffrez trop.

Il continua à parler, mais Abby ne l'écoutait plus. Elle appuya sur le bouton, et une onde bienfaisante la parcourut des épaules jusqu'au bout des orteils. Une deuxième pression, et sa migraine s'atténua suffisamment pour lui permettre de reprendre le fil de la conversation.

— J'ai un trou de mémoire, indiqua-t-elle.

— Quelle est la dernière chose dont vous vous souveniez ?

Abby dut se concentrer pendant de longues secondes avant de pouvoir répondre :

— La lessive que j'ai faite dans le sous-sol de mon immeuble. Quelqu'un a sorti mes affaires encore mouillées du sèche-linge et les a remplacées par les siennes pour bénéficier d'un cycle gratuit.

— Je n'aurais pas oublié ça, moi non plus ! observa le Dr Sanderlin en souriant.

— Quelque chose tracassait mon coéquipier…

Promue presque un an plus tôt au grade de lieutenant et affectée à la brigade criminelle de la police de Kansas City, dans l'État du Missouri, Abby avait remplacé l'ancien coéquipier de Neal Walker, qui venait de prendre sa retraite. Neal et elle s'étaient tout de suite très bien entendus. Ils se voyaient même en dehors du travail, ce qui avait permis à la femme de Neal et à Abby de devenir amies.

Elle avait demandé à son coéquipier ce qui le tourmentait, mais il n'avait pas voulu le lui révéler.

« Je veux d'abord m'assurer que je ne me trompe pas », avait-il dit avec un tremblement inhabituel dans la voix.

Ils étaient alors assis dans leur véhicule de fonction, et ensuite…

Ensuite ?

Abby eut beau se concentrer, rien ne vint. Un sentiment de panique l'envahit, et elle tenta de se redresser. Le médecin la repoussa doucement contre les oreillers et lui déclara sur un ton apaisant :

— Ne vous inquiétez pas ! Les gens perdent souvent le souvenir d'un événement traumatisant et de ce qui l'a précédé. Dans l'immédiat, ce sont vos blessures physiques que votre organisme doit s'occuper de soigner. Vous sortez juste du coma, et il n'est donc pas surprenant que vous n'ayez pas encore récupéré toutes vos facultés.

— Je suis là depuis combien de temps ?

— Trois jours.

— Qu'est-ce qui m'est arrivé ?

— Quelqu'un a tiré deux fois sur vous. Par chance, vous portiez un gilet pare-balles. Il ne vous a pas empêchée d'être touchée à l'épaule, mais il a arrêté la balle qui vous a frappée en pleine poitrine et vous aurait sinon été fatale. Là, vous en êtes quitte pour un gros hématome et un sternum fêlé. Vous vous êtes également cogné la tête contre une benne à ordures en tombant. Vous avez été retrouvée inconsciente dans une ruelle par un homme qui avait entendu des coups de feu.

— Et Neal ? dit Abby, sa panique cédant la place à une terrible angoisse.

— Votre coéquipier ? déclara le médecin d'un air gêné.

— Oui.

— Je préfère laisser votre supérieur vous en parler. Il ne cesse de demander de vos nouvelles.

Cela signifiait que Neal était mort, Abby en était sûre, et ses yeux se remplirent de larmes.

Le Dr Sanderlin avait interdit les visites jusqu'au lendemain, après le transfert d'Abby de l'unité des soins intensifs dans une chambre. Donahue devait piaffer d'impatience, mais le médecin voulait absolument qu'elle ait du temps pour se reposer à l'abri de toute source de fatigue et de stress.

« Ne vous inquiétez pas », lui avait-il répété avant de la quitter.

Si Abby ne s'était sentie aussi mal, rien ne l'aurait pourtant empêchée de se faire un sang d'encre, mais, faute d'appuyer régulièrement sur le petit bouton miracle, elle avait l'impression que sa tête allait exploser. Et l'antalgique soulageait bien sûr la douleur, mais avec pour autre effet de l'abrutir.

Pendant les rares moments où elle avait les idées claires, les questions se pressaient dans son esprit…

Que s'était-il passé ?

Si Neal était vivant, pourquoi le Dr Sanderlin ne le lui avait-il pas dit ?

Comment le médecin savait-il qui était Neal sans avoir à le lui demander ?

Et pourquoi ne se souvenait-elle pas des circonstances du drame qui s'était déroulé dans cette ruelle ?

Une aide-soignante venait d'emporter le plateau du petit déjeuner quand la porte de la chambre où Abby avait été installée s'ouvrit et que le capitaine Michael Donahue entra dans la pièce.

C'était le chef, apprécié de tous, de la brigade criminelle. Il pouvait être bourru, mais il ne manquait jamais de soutenir ses subordonnés en cas de coup dur, et de les défendre quand les médias ou le public les critiquaient. Il était intelligent et avait acquis au cours de sa longue carrière une expérience dont il faisait profiter son équipe.

Âgé de cinquante-quatre ans, il était encore un bel homme, aux cheveux gris coupés court mais pas trop : son épouse aimait glisser les doigts dedans, se plaisait-il à dire.

Ses costumes étaient toujours parfaitement ajustés à sa haute taille et ses larges épaules, mais au bout d'une heure ou deux de présence au commissariat il n'avait plus ni veste ni cravate, le col de sa chemise était ouvert, et ses manches, retroussées.

— Tu nous as fait peur, Abby ! déclara-t-il en approchant une chaise du lit et en s'asseyant. On a tiré deux fois sur toi !

— Oui, il paraît.

— D'après le médecin, tu ne te rappelles pas ce qui s'est passé.

— C'est vrai.

Donahue fixa Abby en silence pendant un long moment sans qu'elle comprenne pourquoi. Il finit par se caler dans son siège et annoncer :

— Cette amnésie nous pose un problème. Les constatations effectuées sur les lieux sont… surprenantes. J'espérais que tu pourrais nous apporter quelques éclaircissements.

— Non, je ne peux pas. Tout ce que je sais, c'est que j'ai été retrouvée inconsciente dans une ruelle.

— Neal était avec toi, et sur lui aussi on a tiré deux fois. Mais, contrairement à toi, il n'a pas survécu.

Même si Abby s'y était préparée, cette nouvelle lui fit un choc. Et bizarrement, alors qu'elle s'attendait à de la compassion de la part de son supérieur, il la regardait avec sur le visage l'expression glaciale qu'il réservait normalement aux suspects.

— Il semble que Neal et toi avez échangé des coups de feu avec vos armes de service respectives, reprit-il, et que tu t'es cogné la tête contre une benne à ordures au moment où tu es tombée. J'ai besoin de savoir si tu avais un problème avec Neal, ou s'il n'aimait pas la façon dont tu avais conduit une enquête.

— Vous… Vous pensez qu'on s'est disputés, tous les deux ? bredouilla Abby.

— Je ne vois pas d'autre explication à ce que l'examen des faits a révélé.

— Mais c'est absurde ! Neal est – était – mon meilleur ami ! On était toujours d'accord !

— Tu l'as pourtant abattu.

— Une recherche de résidus de poudre sur ma main droite a été effectuée ?

Une seconde d'hésitation, puis Donahue répondit :

— Oui, et le résultat est négatif. Mais ton pistolet ne portait pas d'autres empreintes digitales que les tiennes.

— Et l'arme de Neal ?

— On n'a trouvé dessus que les siennes.

C'était incompréhensible, et pourtant Abby avait

du mal à croire que Donahue puisse vraiment les soupçonner, Neal et elle, d'avoir tiré l'un sur l'autre.

— Il y avait forcément une troisième personne dans cette ruelle, déclara-t-elle. Tu nous connais tous les deux…

— J'ai déjà vu de bons flics se laisser corrompre. Ce sont des choses qui arrivent, et si c'était le cas de Neal tu dois me le dire.

— Je n'ai jamais douté de sa parfaite intégrité !

Le capitaine haussa les sourcils, et Abby lut dans ses yeux ce qu'il pensait :

Alors, la brebis galeuse, c'est toi !

Plusieurs collègues d'Abby vinrent lui rendre visite. Tous les membres de la brigade s'étaient apparemment rassemblés à l'hôpital après avoir été informés de la mort de son coéquipier, en signe de solidarité. Elle avait aussi appris que les premières constatations avaient été effectuées par le capitaine Donahue lui-même, aidé par Sam Kirk, l'un de ses hommes les plus expérimentés.

L'inspection minutieuse des lieux menée par la police technique et scientifique avait malheureusement abouti au recueil de tellement d'éléments différents qu'il semblait impossible de rien en tirer.

Les ruelles des grandes villes constituaient en effet les scènes de crime les moins « parlantes ». Les employés des commerces voisins allaient régulièrement y fumer une cigarette, dont ils écrasaient ensuite le mégot sous leur chaussure. Des sans-abri profitaient de leur relative tranquillité pour y fouiller les bennes à ordures, dormir, faire l'amour ou se battre. Des détritus de toutes sortes étaient jetés par les vitres des véhicules qui les empruntaient, et elles étaient fréquentées par autant de rats que de chats errants.

L'homme qui avait entendu les coups de feu et eu le

courage de s'approcher au lieu de passer rapidement son chemin avait sans doute laissé des traces de son ADN sur les lieux. Il affirmait avoir vu la silhouette d'une personne vêtue de noir penchée sur Abby, et cette personne était partie en courant quand il l'avait hélée.

Le capitaine Donahue semblait cependant convaincu que ce témoin avait inventé cette histoire pour pouvoir se vanter d'avoir mis en fuite un dangereux malfaiteur.

L'épouse de Neal ne vint pas voir Abby. Cette dernière lui téléphona quelques jours après sa sortie du coma.

— Laura ? Abby, à l'appareil… Je voulais te dire que…

Le signal de fin dc communication retentit dans l'écouteur. Sa correspondante lui avait raccroché au nez. Informée des soupçons du capitaine Donahue, une femme qu'elle considérait comme une amie proche les avait donc aussitôt faits siens.

Pour la première fois depuis très longtemps, Abby s'autorisa alors à pleurer – mais seulement une fois seule, et dans le noir. Cela aurait au moins pour effet de retarder le moment où elle s'endormirait, car ses nuits étaient peuplées de cauchemars. Elle s'en réveillait terrifiée, avec le sentiment qu'ils avaient quelque chose d'important à lui apprendre, mais impossible de se rappeler leur contenu…

Les visites de ses collègues s'espacèrent, puis cessèrent complètement. C'était compréhensible : ils avaient du travail. Cela n'empêchait pas Abby de se sentir très seule quand elle s'obligeait à marcher dans les couloirs de l'hôpital afin de récupérer assez de forces pour rentrer chez elle. L'équipe soignante lui témoignait beaucoup de gentillesse et d'attention, mais ni plus ni moins qu'aux autres patients : cela n'avait rien de personnel.

Pourquoi avait-elle aussi peu de vrais amis ?

Question rhétorique, car Abby connaissait la réponse : parce qu'elle ne s'était jamais complètement intégrée nulle part. À chacune des étapes de sa vie, elle avait eu l'impression d'être différente des autres.

Son enfance et son adolescence s'étaient passées entre la ferme de ses grands-parents amish et un style de vie « normal » auprès d'un père accablé de chagrin et replié sur lui-même. Pendant ses années d'université, l'esprit de sérieux acquis au contact de la branche maternelle de sa famille l'avait éloignée de ses camarades. Et ensuite elle était entrée dans une institution – la police – où les femmes ne représentaient encore qu'une petite minorité.

Mais si c'était faute de vraiment essayer qu'elle n'arrivait pas à se faire des amis ? finit-elle par se dire lors d'une séance d'autocritique favorisée par de longues heures de désœuvrement. Si elle préférait être seule, au fond ?

Cinq jours après son réveil, le Dr Sanderlin la déclara prête à quitter l'hôpital.

— Je vais demander à une assistante sociale de venir vous aider à organiser votre retour, lui annonça-t-il. Vous vivez avec quelqu'un ?

— Non.

— Alors vous allez devoir faire appel à une aide extérieure. Vous n'avez plus besoin de soins médicaux spécialisés, mais je ne veux pas que, une fois chez vous, vous soyez victime d'une chute, d'un malaise ou d'un flash-back traumatique sans que personne soit là pour s'en apercevoir. Si aucun ami ou parent ne peut s'occuper de vous pendant une semaine au moins, il faudra adopter la solution d'une maison de convalescence.

Abby réfléchit. S'adresser à son père était exclu. Ils n'étaient pas brouillés, mais leurs relations étaient compliquées – elle ne l'avait même pas encore informé de ce qui lui était arrivé. Enfant de la DDASS, il n'avait maintenant plus d'autre famille qu'elle – et elle n'avait donc jamais eu que lui côté paternel.

Côté maternel, ses grands-parents, qui l'avaient en partie élevée, étaient aujourd'hui morts tous les deux, mais sa tante Nancy et son oncle Eli accepteraient volontiers de l'accueillir, elle le savait. Les amish étaient hospitaliers et généreux ; ils prenaient soin de ceux qu'ils aimaient – et même de ceux qu'ils n'aimaient pas : s'il y avait parmi eux une vieille femme acariâtre, par exemple, ils la traitaient malgré tout avec respect et indulgence.

« Aucun de nous n'est parfait, et on ne peut pas demander aux autres de supporter nos défauts si on ne tolère pas les leurs », avait coutume de dire le grand-père maternel d'Abby – son *grossdaadi,* dans le dialecte utilisé par les amish entre eux.

Elle ne faisait pas partie de leur communauté et n'en avait jamais fait partie, même si, enfant, il lui était arrivé de fréquenter une école amish pendant plusieurs semaines ou plusieurs mois. Durant ses séjours dans sa famille maternelle, elle avait toujours adopté leur façon « modeste » de s'habiller et leur mode de vie austère. Mais la télévision, entre autres distractions proscrites, lui avait alors si peu manqué que même aujourd'hui elle ne la regardait presque jamais.

Ses grands-parents espéraient peut-être qu'une fois adulte elle déciderait d'intégrer leur communauté, mais le choix contraire qu'elle avait fait ne les avait pas surpris. Surtout après ce qui était arrivé à…

Abby s'obligea à penser à autre chose. C'était sur

le présent qu'il fallait se concentrer. Elle avait déjà compris que ses forces mettraient du temps à revenir. Et, même quand elle se sentirait physiquement capable de reprendre le travail, elle ne se voyait pas le faire avant de pouvoir dire au capitaine Donahue et à ses collègues ce qui s'était passé dans cette ruelle.

À supposer qu'elle le puisse un jour… Il s'avérait que son amnésie ne concernait pas seulement le drame lui-même : elle s'étendait à la semaine qui avait précédé. Et le médecin lui avait expliqué que le souvenir de cette période oubliée lui reviendrait complètement, en partie… ou pas du tout.

En attendant, son oncle et sa tante la recueilleraient sans poser de questions. Ils la dorloteraient – mais lui confieraient toutes les tâches domestiques qu'ils la jugeraient capable d'effectuer.

L'idée d'écosser des petits pois ou d'abaisser une pâte à tarte dans la grande cuisine de leur ferme était en ce moment pour Abby ce qui se rapprochait le plus du bonheur.

Oui, elle allait laisser un message sur le répondeur de la cabine communautaire installée au bord de la route qui longeait la propriété de sa famille… En espérant que son oncle ou sa tante écoutent ce message suffisamment vite pour que son arrivée ne les prenne pas de court.

Abby ne se sentait malheureusement pas en état de supporter la lenteur et l'inconfort d'un trajet en autocar. Elle devait se trouver un chauffeur.

— Tourne à gauche au prochain carrefour !

Dix familles habitaient le long de cette petite route en gravier – toutes amish, et installées là depuis des générations. Abby était sûre que sa tante, dont elle recevait une longue lettre chaque semaine, l'aurait informée du départ de l'une d'elles.

Malgré sa fatigue et la douleur qui lui martelait le crâne en permanence, Abby sourit au moment où la ferme de son oncle et de sa tante lui apparut. Elle n'y était pas venue depuis Thanksgiving, car elle s'était portée volontaire pour travailler pendant toute la période des fêtes de fin d'année, afin de permettre à un de ses collègues père de famille de prendre une semaine de congé.

Cette ferme était pour elle le havre que la maison de son père n'était plus depuis la mort de sa mère. Elle aurait dû prendre le temps de venir rendre visite à son oncle et à sa tante au printemps, ne pas laisser presque dix mois s'écouler sans les voir…

Le lieutenant Sam Kirk, celui de ses collègues choisi par le capitaine Donahue pour enquêter avec lui sur le meurtre de Neal, s'était proposé pour la conduire dans sa famille. Elle avait cru qu'il passerait les deux heures du trajet à la cuisiner… Il ne l'avait pas fait, et elle le regrettait presque : parmi toutes les questions qu'il aurait pu poser, il y en avait peut-être une qui aurait provoqué un déclic et débloqué sa mémoire.

Proche de la quarantaine, Sam était du genre silencieux, mais quand il parlait les gens l'écoutaient. Une taille et une corpulence moyennes ne l'empêchaient pas d'inspirer le respect. Il intimidait un peu Abby et, n'ayant encore jamais eu l'occasion de travailler avec lui, elle le connaissait mal.

Après être passé la chercher à l'hôpital, il l'avait conduite chez elle et aidée à faire ses bagages. Il avait porté sans se plaindre à sa voiture un sac rempli de livres et, en revenant, il s'était approché de son ordinateur portable.

— Tu l'emportes, j'imagine ? avait-il déclaré.

— Non. Là où je vais, il n'y a pas d'électricité.

Devant la surprise de Sam, Abby avait dû expliquer que son oncle et sa tante étaient amish, et refusaient en tant que tels la plupart des apports de la technologie moderne.

— Pas de télévision, alors ? s'était-il écrié. Tu ne pourras pas regarder le premier match de la saison régulière des Chiefs, le week-end prochain ?

— Eh non ! avait répondu Abby en riant.

L'équipe de football américain de Kansas City faisait la fierté de toute la région, mais Abby ne portait au sport en général qu'un intérêt limité.

Quand son collègue lui avait proposé de revenir plus tard chez elle pour sortir du réfrigérateur les denrées périssables et vider la poubelle, Abby lui avait remis un double des clés de son appartement. Peu lui importait qu'il fouille dans son ordinateur – dont le contenu n'était même pas protégé par un mot de passe. Elle n'avait rien à cacher.

Une fois en route, Sam avait attendu un bon quart d'heure pour rompre le silence.

— Le capitaine ne fait que son travail, tu sais…

— Je sais.

— Moi, je me fie à mon instinct, et mon instinct me dit que tu es victime d'un coup monté.

Kirk et Donahue avaient dû décider de lui jouer la comédie classique du gentil et du méchant flic, avait aussitôt pensé Abby. Elle n'en restait pas moins tellement sensible à tout témoignage de gentillesse qu'elle avait remercié son collègue de « croire en elle ».

Il lui avait ensuite demandé si le médecin lui avait

prescrit des séances de kinésithérapie pour son épaule, si ses migraines commençaient à diminuer d'intensité… Elle s'était forcée à se montrer optimiste, refusant d'avouer que les vibrations de la voiture et les secousses dues au mauvais état de certains tronçons de la route lui faisaient souffrir le martyre.

La vue de la ferme lui permit cependant d'oublier momentanément la fatigue et la douleur.

— Le maïs est presque mûr ! s'exclama-t-elle.

Une clôture blanche séparait les champs de la route gravillonnée, où les roues en fer des carrioles amish avaient creusé des sillons. L'année précédente, la sécheresse avait occasionné de mauvaises récoltes dans tout le Midwest, Abby le savait parce que sa tante parlait du temps dans toutes ses lettres – mais sans jamais s'en plaindre. Les amish considéraient tout caprice de la météo comme une manifestation de la volonté divine qu'ils devaient accepter. Cela ne les empêchait pas de se réjouir quand une récolte s'annonçait bonne.

— Ta famille cultive autre chose que du maïs ? demanda Sam en s'engageant dans le chemin qui montait en pente douce jusqu'à la maison.

— Oui, bien sûr : du soja, des fraises, des framboises… Ils ont un verger, avec beaucoup d'arbres fruitiers différents, dont deux noyers noirs… Un potager, aussi, une basse-cour et quelques vaches. Ils produisent l'essentiel de la nourriture qu'ils consomment.

— Je ne me serais jamais douté que tu venais d'un milieu familial comme celui-ci ! Tu vas t'habiller comme les femmes amish que j'ai vues dans un film – *Witness,* avec Harrison Ford, je crois ? Elles y portent toutes une longue robe de couleur foncée, un tablier, un bonnet blanc…

— Oui, quand je suis ici, et bien que je ne sois pas amish, j'adopte cette tenue. Quand je viens passer juste quelques jours chez mon oncle et ma tante, je pourrais porter un jean et un T-shirt sans les choquer, mais je préfère respecter leurs usages.

À peine la voiture s'était-elle arrêtée devant la maison, avec sa façade blanche et la terrasse en bois qui en faisait tout le tour, que deux femmes se précipitèrent dehors et qu'un homme sortit de la grange voisine.

Dans sa hâte d'aller les embrasser, Abby détacha sa ceinture de sécurité d'une main et abaissa la poignée de sa portière de l'autre.

— Doucement ! lui dit Sam en lui posant une main sur le bras. Tu n'as sûrement pas envie de t'écrouler à leurs pieds !

Il avait raison, et ce fut avec précaution qu'Abby descendit du véhicule. Les larmes aux yeux, elle enlaça sa tante.

— *Aenti* Nancy…

— L'annonce de ta visite nous a rendus si heureux !

Abby s'écarta doucement de sa tante pour aller embrasser Rose, sa cousine germaine. Son oncle, un homme de haute taille à la mine sévère, lui tendit ensuite les bras, et elle se serra si fort contre lui que le chapeau de paille traditionnellement porté par les amish l'été tomba par terre. Il le ramassa en riant, et Abby reporta son attention sur sa cousine, visiblement enceinte. *Très* enceinte…

— Je savais par *Aenti* Nancy que tu attendais un bébé, mais je ne pensais pas que ta grossesse était aussi avancée !

Petite brune aux yeux gris qui avait toujours eu tendance à l'embonpoint, Rose expliqua :

— L'échographie que la sage-femme m'a envoyée

passer montre que je vais avoir des jumeaux. Je dois théoriquement accoucher dans trois mois, mais d'après le médecin ça n'attendra pas aussi longtemps.

— Filles ou garçons ?

— Un de chaque… Mon mari voulait m'empêcher de venir ici, parce qu'il n'aime pas me savoir sur les routes dans mon état, mais il fallait absolument que je te souhaite la bienvenue ! On est tous tellement contents de te revoir parmi nous !

Profondément émue, Abby essuya du revers de la main les larmes qui oscillaient au bord de ses cils, puis elle présenta Sam à sa famille, et sa tante invita tout le monde à entrer dans la maison.

Sam avait l'air un peu mal à l'aise, mais une tasse de café et une grosse part de tarte aux framboises nappée de crème fraîche le détendirent. Il dut ensuite répéter plusieurs fois qu'il ne pouvait pas rester dîner pour que Nancy accepte de le laisser partir – non sans lui avoir donné assez de nourriture pour plusieurs jours.

Abby le raccompagna jusqu'à la porte, et il lui dit avec un sourire taquin :

— Tâche de ne pas trop grossir pendant ton séjour ici ! Ça te ralentirait, le jour où tu devras de nouveau courir après les voleurs.

— Ne t'inquiète pas ! s'écria-t-elle en riant. Merci de m'avoir servi de chauffeur. Tu aurais sûrement préféré occuper autrement ton jour de repos.

Mais peut-être Sam était-il en fait en service commandé ? songea-t-elle, cynique. Peut-être Donahue lui avait-il demandé de l'emmener dans sa famille pour la mettre en confiance, pour lui faire jouer le rôle du « gentil flic » ?

— J'ai été content de te rendre ce service, déclara-t-il.

Après son départ, Abby retourna s'asseoir à la

table de la cuisine. De bonnes odeurs emplissaient la pièce, sa tante s'activait aux fourneaux, son oncle lui sourit, sa cousine lui prit la main et la serra fort dans la sienne…

Elle avait retrouvé le seul endroit où elle s'était jamais sentie vraiment acceptée.

2

Téléphone à l'oreille, Caleb Tanner se laissa aller contre le dossier de son fauteuil et posa les pieds sur son bureau. Il doutait que Mike Donahue l'ait appelé au milieu de la matinée d'un jour ouvrable juste pour parler de la pluie et du beau temps…

C'était cependant ce qu'il avait commencé par faire, mais Caleb était patient et, exceptionnellement, aucune tâche urgente ne l'attendait.

Donahue et lui s'étaient connus dans la brigade des stupéfiants de la police de Kansas City. Ils avaient mené des missions clandestines pendant deux ans, puis Caleb avait trouvé que ce genre de travail, aussi excitant soit-il, impliquait trop de sacrifices : il ne permettait pas d'avoir une vie sociale et familiale normale.

Caleb ne savait pas ce qui avait motivé Donahue, mais ils avaient tous les deux fini par demander leur mutation dans la brigade criminelle. Malgré une différence d'âge de vingt ans, ils étaient alors restés amis, mais sans être jamais assez proches pour prendre régulièrement des nouvelles l'un de l'autre après que Caleb avait quitté Kansas City pour devenir shérif d'un comté rural du nord-est du Missouri…

Ce qui rendait surprenant le coup de téléphone d'aujourd'hui.

— Tu ne t'ennuies pas trop, dans ta campagne ? demanda Donahue.

— Je n'en ai pas le temps ! s'écria Caleb en riant.

— Vraiment ?

— Vraiment ! Tu n'as visiblement aucune idée du manque d'effectifs dont souffre en permanence un service comme le mien ! En plus de mes tâches normales de police et de maintien de l'ordre, je bouche les trous laissés dans les plannings de patrouille par un nombre d'adjoints insuffisant, je donne des conférences dans les écoles et les associations locales, j'assiste aux réunions des trente-six commissions dont je suis membre de par ma fonction, et c'est à moi que viennent se plaindre les gens mécontents de telle ou telle mesure gouvernementale… Bref, je suis au moins aussi occupé que toi !

Donahue gardant le silence, Caleb enchaîna :

— J'ai appris par les informations régionales que deux policiers de Kansas City s'étaient fait tirer dessus, il y a environ une semaine… Il s'agit de membres de ton unité ?

— Oui, et c'est la vraie raison de mon appel… J'ai un service à te demander.

— En rapport avec cette histoire ?

— Oui.

— Je t'écoute, dit Caleb, intrigué.

Donahue lui fournit alors sur l'affaire des détails que les informations n'avaient pas relatés : les deux policiers, coéquipiers depuis presque un an, avaient selon toute vraisemblance tiré l'un sur l'autre. L'un était mort, et l'autre, gravement blessé.

— La personne qui a survécu est Abigail Baker,

une jeune femme de vingt-neuf ans récemment promue au grade de lieutenant, expliqua Donahue. Tout semblait aller bien : Neal Walker, son coéquipier, se disait content de travailler avec elle… Mais, lui, je le connaissais depuis assez longtemps pour ne pas douter de sa probité, tandis qu'elle… Pour moi, elle a tué Neal parce qu'il avait découvert qu'elle touchait des pots-de-vin.

— Tu penses à des arrangements avec le milieu de la drogue ?

— Oui. Tu sais comme moi que c'est le plus probable. Et la fusillade a eu lieu à l'arrière d'un bar dont certains habitués ont déjà été arrêtés pour trafic de drogue. J'ignore ce que Neal et elle faisaient là… Je n'ai trouvé aucun lien entre ce bar ou un commerce voisin et l'une des affaires sur lesquelles ils enquêtaient.

— Ça s'est passé où exactement ?

L'endroit que Donahue indiqua était situé dans l'un des quartiers les plus mal famés de la ville.

— Tu peux prouver que cette Abigail Baker est corrompue ? demanda Caleb.

— Non, admit Donahue. Je n'ai que des soupçons.

— Tu l'as interrogée, j'imagine… Que t'a-t-elle dit ?

— Elle affirme ne se souvenir de rien. Mais je ne la crois pas.

— Et s'il s'agissait d'une amnésie traumatique ?

— Non, je trouve ça un peu commode.

Une commotion cérébrale – et la jeune femme en question s'était cogné la tête en tombant – pouvait aussi provoquer une perte de mémoire. Caleb n'était évidemment pas en mesure de trancher entre amnésie feinte et amnésie réelle, mais il comprenait la frustration de son ami.

Il retira ses pieds du bureau de façon à pouvoir se pencher en avant et prendre sa tasse de café.

— Qu'est-ce que tu attends de moi ? déclara-t-il après en avoir bu une gorgée.

— Baker a quitté l'hôpital hier et va passer sa convalescence chez des parents qui possèdent une exploitation dans ton comté. C'est Sam Kirk qui l'y a conduite… Tu te souviens de lui ?

— Vaguement.

— Je l'ai choisi pour diriger avec moi l'enquête sur la mort de Neal Walker.

Un peu plus jeune que Sam, Caleb ne l'avait jamais connu que de vue et de réputation, mais il n'en avait entendu dire que du bien.

— Les gens chez qui Baker séjourne depuis hier sont amish, indiqua Donahue. Je ne sais pas comment elle leur est apparentée, et je trouve cet arrangement surprenant, car les amish détestent la police, paraît-il.

— Non, ils ne la détestent pas. Ce sont presque tous des gens respectueux des lois et des personnes qui ne vivent pas comme eux. Ils évitent juste le plus possible d'avoir affaire aux autorités gouvernementales et aux forces de l'ordre. Mais ils sont non violents, bannissent les armes à feu, et je ne vois donc pas un amish – et encore moins *une* amish – entrer dans la police !

— Baker ne l'a donc peut-être jamais été… Quoi qu'il en soit, j'aimerais que tu ailles lui rendre visite, que tu la sondes sous couvert de prendre des nouvelles de sa santé.

— Tu veux que je gagne sa confiance ?

— Exactement !

C'était un rôle que Caleb trouvait déplaisant. D'un autre côté, si cette femme avait vraiment tué son coéquipier de sang-froid parce que des trafiquants de drogue la payaient pour les protéger, elle ne méritait pas d'être traitée avec égard.

Si elle était coupable, elle ne le lui avouerait évidemment pas, mais les gens commettaient des erreurs… Une petite différence entre ce qu'elle lui dirait et l'histoire qu'elle avait racontée à Donahue pouvait la trahir.

— Je vais essayer de la faire parler, déclara Caleb. Envoie-moi par courrier électronique tous les documents relatifs à cette affaire, ainsi que le nom et les coordonnées des amish concernés.

— D'accord.

Caleb raccrocha, et une fin de journée chargée ne lui permit ensuite de consulter ses mails qu'une fois chez lui.

Comme promis, Donahue lui avait transmis toutes les pièces du dossier : historique de l'enquête, procès-verbaux d'interrogatoires, rapport d'autopsie… Il y avait même des photos de la scène de crime, que Caleb examina avec attention, mais sans rien y voir de particulier.

Il s'intéressa ensuite aux personnes chez qui Abigail Baker s'était installée. Il les connaissait, et c'étaient des gens bien. En plus de cultiver la terre, Eli Kemp fabriquait et réparait les pièces de harnachement indispensables à une communauté qui utilisait essentiellement des chevaux pour labourer et se déplacer.

Comment sa femme Nancy et lui avaient-ils pu accepter d'héberger une policière ? Caleb n'en avait pas la moindre idée… « Abigail » était cependant un prénom beaucoup plus courant chez les amish que dans la population des *Englisch,* comme ils appelaient les Américains au mode de vie différent du leur.

Renonçant à percer ce mystère dans l'immédiat, Caleb alla chercher sur Internet les articles de journaux qui parlaient de la fusillade. Ils ne lui apprirent rien de nouveau par rapport à ce que la télévision en avait dit au moment des faits, mais l'un d'eux était accompagné d'une photo et d'une courte biographie de Neal Walker. C'était un homme de trente-cinq ans au visage ouvert, marié depuis peu et plusieurs fois décoré.

Caleb eut plus de mal à trouver une photo de sa coéquipière, mais à force de naviguer d'un site à l'autre il finit par en dénicher trois.

La première avait été prise par un photographe professionnel : Abigail Baker y apparaissait vêtue de son uniforme, la tête bien droite et le regard planté dans l'objectif.

Elle était très belle…

Non, ce n'était pas le bon qualificatif, rectifia Caleb. « Jolie » ou « mignonne » convenaient mieux.

Blonde comme les blés, elle avait un visage en forme de cœur, des traits fins, des yeux couleur d'un ciel d'été et une bouche bien dessinée.

Caleb se rendit soudain compte qu'il utilisait pour la décrire des termes très flatteurs, comme s'il n'avait pas envie de la croire capable de se laisser corrompre par des trafiquants de drogue.

L'une des autres photos la montrait sur les lieux d'un accident de la route particulièrement meurtrier. Sur la troisième, elle sortait du palais de justice après avoir témoigné dans un procès. Ces deux clichés permirent à Caleb de voir qu'elle avait des formes généreuses et mesurait au moins un mètre soixante-quinze.

Revenant à la première photo, qui s'arrêtait aux épaules, il décela un étrange contraste entre le sourire de la jeune femme et ce qu'exprimait son regard – quelque chose qui ressemblait à de la tristesse.

Mais il s'agissait peut-être d'une erreur d'interprétation, se dit-il ensuite. Au moment où cette photo avait été prise, Abigail pouvait avoir mal à l'estomac, ou s'inquiéter pour une facture impayée, ou penser au petit ami qui venait de la quitter…

Les apparences pouvaient être trompeuses, Caleb se promit de s'en souvenir quand il ferait la connaissance d'Abigail Baker.

Le lendemain de son arrivée, Abby dut s'agripper à la rampe pour descendre l'escalier. Elle avait mieux dormi qu'à l'hôpital, grâce au silence et à l'obscurité absolus qui régnaient la nuit à la campagne. Quand elle s'était assise dans son lit, cependant, le retour en force de son mal de tête et un brusque vertige avaient failli la persuader de se rallonger. Mais son oncle et sa tante se levaient tôt, et elle ne se voyait pas traîner au lit dans une maison où tout le monde travaillait dur du matin au soir.

Elle avait malgré tout eu du mal à se préparer. Les femmes amish ne portaient pas de soutien-gorge, c'était déjà ça, mais leurs robes s'attachaient avec des épingles au lieu de fermetures à glissière et de boutons… L'épaule et le sternum fêlé d'Abby n'avaient cessé de protester pendant toute l'opération.

S'habiller avait en outre suffi à l'épuiser, et elle avait dû s'asseoir sur le lit pour se coiffer. Après avoir ramassé ses cheveux sur la nuque, elle avait recouvert ce chignon du bonnet d'organdi blanc traditionnel, mais sans pouvoir ensuite vérifier s'il était bien mis : il n'y avait pas de miroir dans les chambres.

Les amish désapprouvaient la coquetterie, et c'était sans doute pour cela qu'Abby ne s'était jamais beaucoup préoccupée de son apparence. Étudiante, elle avait essayé de se maquiller, mais le résultat lui avait donné l'impression d'être quelqu'un d'autre, et elle avait tout jeté.

Au moment où Abby atteignait le rez-de-chaussée, sa tante surgit de la cuisine et s'écria :

— Tu aurais dû rester au lit, tu es toute pâle ! Mais maintenant que tu es là, *komm, komm*... Il faut que tu manges, tu te sentiras mieux après.

Puis elle entraîna Abby dans la cuisine et lui ordonna :

— Assieds-toi ! Tu veux du thé ?

Comme il était quasiment impossible de boire un bon thé au commissariat ou dans les bars de Kansas City, Abby s'était mise au café – sauf quand elle était chez elle.

— *Ja, denke,* répondit-elle dans le dialecte connu sous le nom de *Pennsylvania Dutch,* ou allemand de Pennsylvanie. Mais je peux le...

— Non, c'est trop tôt ! Laisse-nous te choyer... On est si contents que tu sois là !

— Je vous suis très reconnaissante de m'accueillir, déclara Abby, la gorge contractée par l'émotion. Je n'avais pas d'autre endroit où aller.

Trop délicate pour lui parler de son père, sa tante changea de sujet :

— Rose t'a dit qu'elle comptait appeler sa fille comme toi ?

— Non. Je suis très touchée !

— Mange, maintenant !

Une pile de crêpes venait d'apparaître devant Abby. S'y ajoutèrent aussitôt après un pot de confiture de myrtilles, une jatte de compote de pommes et un énorme morceau de brioche.

Abby ne se sentait pas capable d'avaler un petit déjeuner aussi abondant, même si tout ce qui le composait était fait maison et ne pouvait donc être que délicieux.

Quelques bouchées de chaque aliment furent le maximum qu'elle réussit à ingérer, malgré les encouragements de sa tante. Tout en buvant à petites gorgées un excellent thé, elle la regarda ensuite aller et venir dans la cuisine, s'asseoir juste le temps de peler des pommes de terre, puis les mettre à cuire et descendre à la cave chercher des bocaux de fruits…

Depuis le mariage de sa plus jeune fille, Nancy n'avait plus personne pour l'aider à s'occuper des tâches ménagères. Mais deux de ses fils vivaient encore à la maison – Isaac, âgé de vingt-deux ans, et Joshua, timide adolescent de seize ans.

Malgré des offres d'assistance répétées, Abby fut tout juste autorisée à ébouter les haricots verts – deuxième légume du déjeuner – et à rincer les mûres destinées à garnir la tarte du dessert.

À l'heure du déjeuner, sa tante la chargea d'aller sonner la cloche installée à l'arrière de la maison pour dire aux hommes de rentrer.

Deux minutes plus tard, son oncle et ses cousins suspendaient leur chapeau de paille à la patère fixée près de la porte de derrière, puis allaient se laver les mains à l'évier avant de s'attabler. Le déjeuner était chez les amish un repas très copieux, car leur mode de vie exigeait d'importants efforts physiques.

Contrairement aux autres convives, Abby n'avait pratiquement rien fait de la matinée, si bien qu'elle les regarda surtout manger… Une fois le dessert avalé, les hommes retournèrent travailler. Abby proposa alors d'aider à ranger la cuisine, mais sa tante refusa et lui suggéra de remonter dans sa chambre pour faire une sieste.

— Je viens de passer presque une semaine entière dans un lit ! protesta Abby. Non, je vais plutôt aller m'allonger dans l'herbe, à l'ombre d'un arbre.

— *Ja,* bonne idée ! Je me souviens qu'enfant je voyais dans les nuages, selon leur forme, des châteaux, des animaux, des bateaux…

— Moi aussi, pendant les séjours que j'ai faits ici, petite. J'adorais ça.

— Alors vas-y !

En ce début de mois de septembre, la température dépassait encore les 30 °C, mais une brise légère agitait les feuilles de l'érable qui donnait de l'ombre à une partie de la pelouse, devant la maison. Abby se coucha dans l'herbe avec précaution et regarda le ciel. Pas un nuage n'y courait, mais peu lui importait : sentir la caresse du vent sur son visage suffisait à son bonheur.

Au bout d'un moment, cependant, la pensée de son amnésie revint la hanter. Le médecin lui avait dit de ne pas essayer de forcer sa mémoire : si ses souvenirs devaient remonter un jour à la surface, ils le feraient tout seuls. L'oubli total d'une semaine entière de son existence n'en était pas moins terriblement angoissant.

Le soleil finit par gagner la partie de la pelouse où Abby s'était installée. Faute de bouger, avec sa peau claire, elle allait attraper un coup de soleil… Mais la chaleur et l'immobilité l'avaient entre-temps plongée dans une douce torpeur. Elle entendait vaguement les voix de son oncle et de ses cousins, portées par le vent depuis la grange. L'une des portes moustiquaires de la ferme claqua. Un oiseau se mit à chanter, à moins qu'il ne s'agisse d'une cigale…

Les paupières d'Abby se fermèrent.

Un bruit de moteur et le crissement de pneus roulant

sur du gravier lui firent rouvrir les yeux et tourner la tête vers le chemin qui menait à la maison.

Les amish se déplaçaient en carrioles tirées par des chevaux, mais ils avaient presque tous parmi les *Englisch* des amis, ou du moins des connaissances, qui pouvaient venir leur rendre visite. Ceux qui vendaient une partie de leur production agricole le faisaient parfois aussi chez eux plutôt que sur les marchés.

De plus, la tradition du *rumspringa,* période pendant laquelle les adolescents étaient libérés des règles de la communauté, les autorisait notamment à conduire une voiture. C'était donc peut-être un ami de Joshua qui arrivait.

Ce fut cependant un gros 4x4 noir qui finit par entrer dans le champ de vision d'Abby. Ce n'était pas le genre de véhicule qu'un jeune amish pouvait s'offrir. Elle se redressa… et le regretta aussitôt. Qui que soit ce visiteur, elle n'avait pas envie de le voir.

Le 4x4 s'arrêta devant la maison, et un homme en uniforme en descendit. Un policier. Il portait des lunettes de soleil, et pourtant Abby aurait pu jurer qu'il avait les yeux fixés sur elle. Mais son oncle sortit alors de la grange, et l'homme se tourna vers lui. Au même moment, une porte moustiquaire grinça. Ce devait être Nancy qui, intriguée par le bruit, l'avait poussée.

La présence d'un représentant de la loi – autre qu'Abby elle-même – dans cette ferme avait quelque chose de surprenant !

Eli entama la conversation avec l'inconnu. Ce dernier avait sans doute des questions à lui poser, songea Abby, et une fois les réponses obtenues il partirait.

Mais au bout d'une minute seulement les deux hommes se dirigèrent vers elle. Bizarrement, elle nota que le policier dépassait son oncle d'une bonne tête, qu'il était brun et athlétique, qu'il marchait d'un pas ferme et souple à la fois… Les manches courtes de sa chemise d'uniforme vert mousse laissaient à nu des avant-bras musclés et bronzés. Abby remarqua également, et de façon tout aussi inexplicable, qu'il avait de très belles mains.

Elle aurait dû se lever, mais cela l'aurait obligée à commencer par se mettre à quatre pattes… Il n'était pas question de le faire devant cet homme, aussi resta-t-elle assise.

— Je te présente le shérif Caleb Tanner, Abby, lui dit son oncle. Il vient prendre de tes nouvelles.

— De mes nouvelles ?

— Oui, déclara l'intéressé avant d'enlever ses lunettes et de s'accroupir devant elle.

Cette position tendit le tissu de son pantalon d'uniforme, faisant ressortir la puissante musculature de ses cuisses.

Ce fut avec une certaine réticence qu'Abby lui serra la main, et elle ne fut pas ravie d'entendre ensuite son oncle observer :

— Je suis sûr que notre visiteur aimerait boire une tasse de café et manger un morceau de tarte… N'est-ce pas, shérif ?

En guise de réponse, le policier esquissa un sourire qui fit brièvement briller ses yeux noisette.

— Je vous aide à vous relever ? demanda-t-il ensuite à Abby.

— Merci, marmonna-t-elle après une légère hésitation.

La grande main du shérif se referma de nouveau sur la sienne. Il n'eut aucun mal à remettre Abby debout, mais elle se retrouva alors si près de lui que, profondément troublée, elle se hâta de reculer d'un pas. Ses joues la brûlaient, et elle tenta de se convaincre que c'était à cause du soleil.

Son oncle utilisa la porte principale pour entrer dans la maison, soit parce que c'était le chemin le plus court, soit parce que le shérif, sans être un inconnu, était un *auslander,* une personne de l'extérieur – la porte de derrière était réservée à la famille et aux amis.

En plus d'avoir du mal à marcher au même rythme que les deux hommes, Abby avait conscience d'être *strubly,* « débraillée ». Son tablier était tout de travers, son bonnet avait glissé sur ses épaules, des mèches s'étaient échappées de son chignon… Des brins d'herbe devaient aussi parsemer ses cheveux et son dos.

— Excusez-moi un instant…, murmura-t-elle une fois dans le vestibule.

Puis elle se rendit dans la salle de bains du rez-de-chaussée. Un petit miroir y était accroché, pour permettre aux membres de la maisonnée de s'assurer pendant la journée qu'ils étaient correctement vêtus et coiffés. Il permit à Abby de constater qu'elle avait en effet des brins d'herbe dans les cheveux. Elle les retira, mais ceux qu'elle devait avoir dans le dos y resteraient : elle aurait dû se contorsionner ou secouer les épaules pour les faire tomber, et, avec ses blessures, c'était inenvisageable.

Après avoir remis son bonnet, en laissant pendre les cordons le long de son cou, elle adressa une grimace à son reflet. Ses joues étaient encore rouges, et cela l'agaçait.

Quand elle entra dans la cuisine, les deux hommes étaient déjà attablés devant une spécialité amish, une tarte aux pommes séchées. En la voyant, le shérif s'arrêta de manger, et sa fourchette resta suspendue entre son assiette et sa bouche pendant que son regard examinait Abby de la tête aux pieds, et retour.

Elle rougit de plus belle, mais sa tante créa alors une heureuse diversion :

— Viens t'asseoir ! lui ordonna-t-elle en dialecte. J'ai mis de l'eau à chauffer pour le thé, et il faut que tu manges, toi aussi ! Je ne veux pas t'entendre dire que tu n'as pas faim, c'est compris ?

— Oui, répondit Abby en anglais avant d'aller docilement s'installer à côté de son oncle.

Le shérif avait l'air amusé. Comprenait-il l'allemand de Pennsylvanie ?

— Votre capitaine m'a téléphoné ce matin, déclara-t-il. Il m'a demandé de m'assurer que vous alliez bien. Il craint que le médecin ne vous ait autorisée à sortir de l'hôpital de façon un peu prématurée.

— Elle est mieux dans sa famille qu'à l'hôpital ! intervint Nancy en servant un morceau de tarte à Abby.

— Je n'en doute pas, madame Kemp !

Le sourire qui accompagna ces mots illumina un visage indéniablement beau, mais qu'Abby, dans un premier temps, avait trouvé austère. Caleb Tanner avait des pommettes hautes, une mâchoire énergique déjà recouverte d'une ombre de barbe, un nez fin dont une légère courbure pouvait être le souvenir d'une ancienne fracture, et une bouche qu'Abby avait du mal à quitter des yeux.

— Qui ne préférerait pas être allongé dans l'herbe plutôt que dans un lit d'hôpital ? ajouta-t-il.

— C'était vraiment très agréable, admit Abby.

Puis, pour faire plaisir à sa tante, que son manque d'appétit désolait visiblement, elle se força à avaler une bouchée de tarte.

— Pourquoi le capitaine Donahue vous a-t-il chargé,

vous, de prendre de mes nouvelles ? demanda-t-elle ensuite au shérif sur un ton peut-être un peu brusque, mais peu lui importait.

— On s'est connus il y a des années. J'étais dans la police de Kansas City avant d'occuper les fonctions de shérif de ce comté. Mike pense que je m'ennuie, ici.

— Peut-être est-ce le cas, pour que vous ayez fait des kilomètres juste pour vous enquérir de la santé d'une parfaite inconnue !

Il y avait cette fois une réelle agressivité dans la voix d'Abby. Son oncle haussa les sourcils, et le shérif eut l'air surpris, lui aussi.

— J'aime bien parcourir la région, aller voir les gens…, déclara-t-il néanmoins calmement. Et il y avait longtemps que je n'avais pas parlé à Eli.

C'était peut-être vrai, et Abby ne savait même pas pourquoi elle était aussi désagréable avec ce policier.

Enfin, si, elle le savait : parce qu'elle avait immédiatement éprouvé pour lui une puissante attirance. Aucun homme n'avait jamais eu cet effet-là sur elle, et cet étrange phénomène la rendait nerveuse. Il n'était pas dans sa nature de chercher à plaire, et Caleb pouvait être marié, de toute façon… Dans le cas contraire, il y avait de fortes chances pour qu'elle le laisse indifférent.

Sans compter qu'il était l'ami et l'envoyé du capitaine Donahue, le supérieur en qui Abby avait placé sa confiance, et qui était venu la voir à l'hôpital pour lui exprimer tout sauf de la sympathie !

Et voilà que soudain il s'inquiétait pour sa santé ?

Non, il y avait une autre raison à son intérêt pour elle.

Abby laissa le shérif finir son café – il avait déjà terminé sa tarte depuis un bon moment –, puis elle lui déclara :

— Merci d'être venu. Vous pouvez dire au capitaine

Donahue que je vais bien… et que je n'ai pas recouvré la mémoire.

Il resta un moment à la considérer en silence avant de hocher la tête.

— D'accord, je le lui dirai.

Puis il remercia Nancy pour la tarte, se leva et, accompagné d'Eli, quitta la pièce.

Les nerfs à vif, Abby se laissa aller contre le dossier de sa chaise et ferma les yeux.

3

Trois jours plus tard, Caleb trouva un prétexte pour se rendre de nouveau chez les Kemp : une course qui l'amènerait à proximité de leur ferme. Abigail – Abby, comme l'avait appelée son oncle – ne serait sûrement pas ravie de le revoir, et il se demandait pourquoi elle lui avait témoigné de l'agressivité, lors de sa première visite.

Cachait-elle quelque chose ? Ou bien avait-elle deviné que Donahue l'avait chargé de jouer les informateurs ?

Il avait une certitude, en tout cas : elle n'allait pas bien. Lorsqu'il l'avait aidée à se relever, l'autre jour, puis regardée marcher jusqu'à la maison, son visage aux traits déjà tirés avait trahi la douleur que lui causait le moindre mouvement. Sa pâleur – sauf quand elle rougissait – et ses yeux cernés révélaient en outre une grande fatigue.

Était-ce parce qu'elle dormait mal ? Ce genre de problème pouvait être dû à un sentiment de culpabilité, mais aussi au contrecoup d'un traumatisme. Si elle avait vraiment oublié ce qui s'était passé dans cette ruelle de Kansas City, peut-être son inconscient le lui rappelait-il la nuit sous forme de cauchemars ?

Il serait intéressant de la faire parler de ses rêves, mais Caleb doutait d'y arriver dans un avenir proche. S'il voulait instaurer entre eux une relation amicale, il allait devoir se montrer circonspect. Mieux valait par exemple attendre pour lui poser des questions directes sur la fusillade que l'occasion se présente.

Caleb s'engagea dans le chemin qui menait à la ferme des Kemp. La seule vue de ce grand bâtiment blanc lui donna faim, et il se dit que tenter de gagner la confiance d'Abigail Baker lui vaudrait peut-être de prendre quelques kilos.

Dès qu'il se fut garé, Eli s'encadra dans la porte de la grange, et Nancy, dans celle de la maison. Caleb salua le premier et suivit la seconde à l'intérieur.

— Votre visite va faire du bien à Abby, lui dit cette dernière à voix basse. Je la trouve… déprimée.

— Où est-elle ?

— Dans la cuisine… *Komm !*

L'anglais de Nancy était fortement teinté d'accent allemand, et parsemé de mots d'un dialecte que Caleb comprenait un peu : enfant et adolescent, il avait eu des amis amish.

— On fait des cookies, aujourd'hui, expliqua Nancy.

Caleb espérait que cela ne demandait pas trop d'efforts physiques à la jeune femme : ses blessures remontaient à moins de deux semaines !

Quand il entra dans la cuisine, une lueur apparut dans ses yeux bleus, mais de façon si fugitive qu'il ne put déterminer la nature de l'émotion qu'elle exprimait.

Cela lui rappela qu'elle était policière, et non l'une de ces douces et candides amish qui n'avaient jamais appris à dissimuler leurs pensées.

— Bonjour, Abigail ! déclara-t-il. À moins que vous ne m'autorisiez à vous appeler Abby ?

— Oui, répondit-elle après une légère hésitation. Je ne m'attendais pas à vous revoir si vite, shérif !

— Caleb.

Nouvelle hésitation, plus longue que la première, puis elle répéta :

— Caleb.

Nancy le fit asseoir en face de sa nièce, qui façonnait de petites boules de pâte avant de les mettre sur une plaque à biscuits et de les aplatir délicatement avec le fond d'un bocal en verre.

Caleb tenta de l'imaginer en train de manier un pistolet... En vain. Bien qu'il ait encore en tête les photos d'elle trouvées sur Internet, Abby ressemblait en ce moment tellement à une amish qu'il semblait impossible qu'elle ait jamais tenu une arme à feu.

Sa tante posa devant Caleb une tasse de café fumant et un gros morceau de tarte aux mûres. Il la remercia et, entre deux bouchées, vit pour la première fois un sourire jouer sur les lèvres d'Abby.

— Je sais maintenant pourquoi vous êtes venu, indiqua-t-elle.

— Si je ne veux pas prendre un kilo à chacune de mes visites ici, observa-t-il en souriant lui aussi, je vais devoir passer plus d'heures à la salle de sport ! Mais impossible de résister aux gâteaux de votre tante !

— *Denke,* déclara Nancy. Mais, cette tarte, c'est Abby qui l'a faite.

— Non, j'ai juste abaissé la pâte ! protesta la jeune femme.

Elle poursuivit ensuite sa tâche en silence, mais en lançant de temps en temps un coup d'œil à Caleb.

— Vous avez dit au capitaine Donahue que vous aviez rempli votre mission ? finit-elle par demander.

— Oui, je lui ai annoncé que votre convalescence

avait l'air de bien se passer, et j'ai ajouté, comme vous le souhaitiez, que votre mémoire n'était pas revenue… Mais un traumatisme crânien assez violent pour provoquer une amnésie, même partielle, doit être douloureux… Vous avez des maux de tête ?

— Le pluriel ne convient pas, car il laisse supposer l'existence de répits entre deux crises. Moi, j'ai mal à la tête *tout le temps*.

— Je suis désolé…

— Pas autant que moi !

— Vous n'avez pas d'antalgiques ?

— Si, mais ils m'abrutissent, et je n'aime pas ça.

— Vous préférez souffrir sans discontinuer ?

— Ce n'est pas agréable, mais ça me permet au moins d'avoir les idées claires.

Caleb vit du coin de l'œil que Nancy les observait et les écoutait avec attention.

— Vous avez toute ma sympathie, dit-il d'une voix douce, parce que je sais ce que c'est. J'ai eu un accident de voiture, il y a quelques années : un automobiliste n'a pas respecté une priorité à droite et a percuté ma voiture à pleine vitesse. Il m'a fallu presque trois mois pour me remettre de mes blessures.

Et sa hanche gauche le faisait encore parfois souffrir, mais il jugea inutile de le préciser.

Les grands yeux bleus d'Abby plongèrent dans les siens comme si elle voulait s'assurer qu'il ne mentait pas, qu'il pouvait vraiment comprendre ce qu'elle était en train de vivre. Il lui avait heureusement dit la vérité, si bien qu'elle ne vit dans son regard aucune raison de douter de sa parole.

— Par chance, je n'ai qu'un os lésé, indiqua-t-elle, parce que les os guérissent plus lentement que les parties molles du corps.

De façon sans doute inconsciente, elle avait posé une main sur sa poitrine, et Caleb se surprit à toucher sa hanche gauche en déclarant :

— Je vous le confirme ! Et l'ennui, avec les lésions osseuses, c'est qu'on perd beaucoup de tonus musculaire avant de pouvoir commencer les séances de rééducation… On vous en a prescrit, j'imagine ?

— Un kiné est venu me voir à l'hôpital et m'a donné une liste d'exercices à faire tous les jours. Il aimerait me voir une fois par semaine à son cabinet, mais, comme le trajet en autocar m'effraie un peu, je vais plutôt m'adresser à quelqu'un d'ici.

— Je peux vous emmener à Kansas City, si vous voulez.

— Comme c'est gentil ! s'écria Nancy.

La réaction d'Abby fut moins rapide et moins enthousiaste. Elle planta de nouveau son regard dans celui de Caleb, comme pour lire dans ses pensées, avant de lui demander :

— Pourquoi vous feriez ça ?

— J'ai passé douze ans dans la police de Kansas City… Nous sommes donc un peu collègues, et entre collègues on se rend service, non ?

Il y avait bien sûr à cette offre une autre raison : les longs trajets en voiture étaient propices aux confidences. Abby, qui le considérait visiblement comme une sorte d'espion de Donahue, allait-elle malgré tout se laisser tenter ?

Après une bonne minute de réflexion – le temps de peser le pour et le contre, sans doute –, elle déclara :

— Si vous êtes libre cette semaine pour m'emmener, ce serait bien. Gerald Monroe, le kiné qui m'a vue à l'hôpital, est le mieux placé pour évaluer mes éventuels progrès, et j'en profiterai pour lui demander de me recommander un de ses confrères d'ici.

— Prenez rendez-vous, et faites-moi ensuite savoir… Ah ! non, j'oubliais… Vous ne devez avoir apporté ici ni votre téléphone portable ni votre ordinateur.

— En effet, mais le kiné m'a donné sa carte, et je peux utiliser le téléphone de la cabine communautaire.

— Vous m'appellerez ensuite ?

— Mais oui !

Le ton légèrement narquois d'Abby fit craindre à Caleb d'avoir été trop insistant. Il devait essayer de se montrer plus désinvolte.

— Je vais vous donner mon numéro de portable en plus de celui de mon bureau.

Il le nota au dos d'une de ses cartes professionnelles, qu'il poussa ensuite vers la jeune femme.

— N'importe quel jour me conviendra. Je n'ai aucun impératif cette semaine.

C'était faux, mais il s'arrangerait pour se libérer si nécessaire.

— Merci, dit Abby en posant sur lui un regard franc et chaleureux qui le remua profondément. Tante Nancy a raison : c'est très gentil de votre part.

Ce qu'il venait d'éprouver était un accès de culpabilité, songea Caleb – mais sans réussir à s'en convaincre.

Et, comme il n'était pas dans ses habitudes de se mentir à lui-même, il n'attendit pas d'avoir quitté la cuisine pour attribuer à sa seule libido la puissante émotion qu'il avait ressentie.

Abigail Baker n'avait peut-être pas la beauté sophistiquée d'une top model, mais il ne pouvait nier être sensible à son charme !

Une fois dans son 4x4 de fonction, il resta un moment à considérer pensivement la maison. Il devait faire attention à ne pas se laisser influencer dans son jugement par l'effet qu'avait Abby sur ses sens. Mike Donahue ne lui aurait pas demandé de jouer les informateurs s'il n'avait de bonnes raisons de la soupçonner. Et Caleb le connaissait, lui, alors qu'il ne connaissait pas le lieutenant Abigail Baker…

Non, son joli visage et ses grands yeux bleus ne l'empêcheraient pas de tenir sa promesse.

S'il pouvait prouver son innocence, d'ailleurs, c'était surtout à elle qu'il rendrait service !

Caleb démarra, salua de la main un jeune homme en train de sortir de la grange, puis il effectua un demi-tour et prit le chemin d'un bureau où des heures de travail l'attendaient.

Un coup de feu… Un deuxième…

Elle réussit à tendre la main vers son holster… Son pistolet n'y était plus. Elle voyait des pieds chaussés de bottes bouger, une silhouette sombre et massive penchée sur… qui ? Mystère. Elle aurait pourtant dû savoir qui était étendu là, tout près…

Les ténèbres de l'inconscience commençaient de l'engloutir. Quand les pas s'approchèrent, ce fut au prix d'un effort presque surhumain qu'elle entrouvrit les paupières. Les bottes s'arrêtèrent à quelques centimètres d'elle… L'homme devait la regarder.

Quelqu'un cria.

Pan !

Son corps rebondit sur la chaussée tandis qu'une douleur fulgurante lui transperçait la poitrine.

Je suis morte, *se dit-elle.*

Non, elle ne l'était pas, puisque des mains étaient en train de la secouer par les épaules…

— Abby !

Une voix de femme.

— Abby ! Réveille-toi !

Le cauchemar prit brusquement fin, ne laissant derrière lui qu'un sentiment d'effroi. Abby ouvrit les yeux et se redressa – un peu trop vite : ses blessures protestèrent.

— *Aenti* Nancy ? murmura-t-elle.

Des bras protecteurs l'étreignirent.

— *Ja*... Tu m'as fait peur, ma chérie ! Tu criais et tu t'agitais comme si…

— C'était juste un cauchemar.

Un cauchemar déjà oublié, et, même si Abby avait pu s'en souvenir, les rêves déformaient la réalité. Il ne fallait pas prendre au premier degré ce qu'ils racontaient.

Sa tante insista pour lui apporter une tasse de lait chaud. Comme autrefois sa *grossmammi* quand, petite, elle avait du mal à s'endormir. Elle doutait de l'efficacité de cette méthode et n'aimait pas le goût du lait, mais elle le but quand même, par égard pour sa tante.

Après avoir réussi à convaincre cette dernière de retourner se coucher, Abby s'allongea et fixa le rectangle de ciel étoilé que découpait dans la nuit la fenêtre sans rideaux ni volets de sa chambre.

C'était le lendemain matin que le shérif viendrait la chercher pour l'emmener à Kansas City. Elle s'efforçait de ne pas trop lui en être reconnaissante : il pouvait avoir proposé de lui servir de chauffeur juste pour se faire bien voir de son oncle et de sa tante… et par voie de conséquence de tous les amish de leur communauté. Il suffirait que Nancy dise du bien de lui à ses amis pour qu'ils le considèrent comme un recours possible en cas de problème avec les autorités.

Il n'était pas non plus exclu que Caleb se montre

serviable pour l'amadouer, elle, et l'amener à lui raconter ce qui s'était passé dans la ruelle. Si le capitaine Donahue doutait de la réalité de son amnésie et l'avait dit au shérif, pourquoi ce dernier y croirait-il ?

Oui, c'était dans l'espoir de recueillir ses confidences que Caleb cherchait à se concilier ses bonnes grâces, finit-elle par trancher. Même si c'était quelqu'un de bien, elle ne pouvait pas lui faire confiance tant que sa mémoire ne serait pas revenue.

Des bribes de souvenirs surgissaient par moments. Un bruit de pas. Le contact du bitume contre sa joue. Il lui semblait sentir une odeur nauséabonde, mais de façon fugitive… Et elle comptait ne parler à personne de ces vagues réminiscences avant d'avoir pu assembler les pièces du puzzle. Si elle y arrivait jamais…

Son oncle était allé dans l'après-midi relever les messages laissés sur le répondeur de la cabine téléphonique communautaire. Il y en avait trois pour elle, tous provenant de collègues qui voulaient avoir des nouvelles de sa santé.

Abby regrettait que le capitaine Donahue ait communiqué ce numéro aux autres membres de la brigade. À partir de là, ils pourraient découvrir où elle était.

Et puis elle se rappela que Sam Kirk le savait. Il ne s'agissait donc pas vraiment d'un secret. Elle était là pour se rétablir, de toute façon, pas pour se cacher !

Sauf que quelqu'un avait essayé de la tuer, et ce n'était pas Neal : de cela au moins, elle était sûre. Il y avait une autre personne dans la ruelle. Une personne pour qui elle représentait toujours une menace.

Qui cela pouvait-il bien être ?

Mais Abby eut beau se creuser la tête, aucune réponse ne lui vint.

Comme elle s'en était doutée, le lait chaud ne servit

à rien : elle ne réussit pas à se rendormir, et accueillit donc avec un certain soulagement les premières lueurs du jour. Le ciel s'éclaircit lentement, et elle attendit pour bouger que des pas, dans le couloir, lui annoncent le réveil du reste de la maisonnée.

Abby sourit intérieurement en pensant que Joshua allait avoir du mal à se lever, ce matin. Elle l'avait entendu rentrer tard dans la nuit. Il s'était efforcé de ne pas faire de bruit, mais il avait heurté le mur à deux reprises sur le chemin de sa chambre. Il devait être un peu ivre… Ses parents ne seraient pas ravis s'ils l'apprenaient, bien que boire de l'alcool soit autorisé pendant le *rumspringa*.

L'une des cousines d'Abby avait fait bien pire : elle était tombée enceinte durant cette période. Après s'être dûment repentis devant la congrégation tout entière, son petit ami et elle s'étaient mariés. Ruth et Aaron avaient maintenant quatre enfants et vivaient dans le sud du comté, là où ils avaient trouvé des terres à acheter à un prix abordable.

Abby se leva et s'habilla. Ses forces revenaient peu à peu, et sa mobilité s'améliorait de jour en jour, mais elle devait encore se tenir à la rampe pour descendre l'escalier.

Son cousin Isaac arriva dans la cuisine juste après elle. Le café était déjà prêt, et elle s'occupa de préparer des œufs brouillés pendant que sa tante mettait du pain à griller dans le four. La cuisinière et le réfrigérateur marchaient au gaz, et l'huile de coude pouvait remplacer l'électricité pour faire fonctionner la plupart des petits appareils ménagers.

Isaac ne tarda pas à recevoir l'ordre d'aller réveiller son frère. Joshua apparut dix minutes plus tard, les paupières lourdes et les cheveux en bataille. Son père posa sur lui un regard scrutateur mais ne dit rien.

Chez les amish, le petit déjeuner était un repas très copieux : les hommes, en particulier, avaient besoin d'emmagasiner beaucoup de calories en prévision des longues heures de dur travail qui les attendaient.

Abby, dont l'appétit n'était pas encore revenu, se contenta d'un toast et d'une petite portion d'œufs brouillés. Elle devait déjà avoir perdu du poids – ce qui n'était pas une mauvaise chose, quoi qu'en dise sa tante. Car, dans le monde des *Englisch,* la minceur était valorisée. Avec ses formes pleines et une taille supérieure à la moyenne, Abby se savait très éloignée de l'idéal de beauté prôné par la mode et les magazines féminins.

Malgré une insomnie qui l'avait empêchée de récupérer de sa journée de la veille, elle aida Nancy à ranger la cuisine une fois le repas terminé. Son infatigable tante comptait occuper la première partie de la matinée à faire des conserves... Abby avoua qu'elle avait besoin de se reposer, et elle reçut l'ordre d'aller s'asseoir sur la terrasse.

Là, elle s'installa dans un rocking-chair et commença de se balancer doucement, les yeux perdus dans le vague.

Caleb regarda Abby à la dérobée. Elle n'avait pas encore l'air bien réveillée. Il l'avait découverte en arrivant endormie dans un rocking-chair, sur la terrasse. Sa tête était inclinée sur le côté, ce qui lui avait sans doute donné un léger torticolis, car elle se massait le cou de temps en temps.

Il la savait contrariée d'avoir été surprise dans son sommeil. Aucun policier n'aimait se rendre compte que quelqu'un avait pu l'approcher à son insu. Et Abby devait spécialement craindre de se trouver en situation de vulnérabilité. Son coéquipier était mort, et elle avait été grièvement blessée sans pouvoir dire par qui…

À moins qu'elle sache très bien ce qui s'était passé dans cette ruelle ?

— Vous avez mal dormi cette nuit ? lui demanda Caleb.

— Oui. J'ai fait un cauchemar, et ensuite je n'ai pas pu me rendormir.

— Vous avez rêvé de la fusillade ?

— Je… Je l'ignore.

— C'est pourtant probable. Moi, je maîtrise bien les émotions négatives qui peuvent me gagner pendant la journée, mais elles me rattrapent la nuit.

— C'est vrai pour moi aussi. Et, quand je me réveille au milieu d'un rêve, je crois que je vais arriver à m'en souvenir, mais il s'est déjà évanoui… C'est très frustrant, même si les rêves transforment souvent la réalité au point de la rendre méconnaissable.

— Oui, mais, si vous rêvez bel et bien de la fusillade, c'est sans doute le signe du retour prochain de votre mémoire… Vous faisiez des cauchemars, à l'hôpital ?

Abby fronça les sourcils, l'air de réfléchir, avant de déclarer :

— Non, mais c'était peut-être juste à cause de la puissance des antidouleurs dont je disposais alors.

— À ce propos, vous avez toujours des maux… Non, pardon… mal à la tête ?

— Oui, et en plus au cou, maintenant !

Un cou que la jeune femme se remit à masser. Caleb s'en serait volontiers chargé : il était sûr que cette peau diaphane avait la douceur du satin.

Par association d'idées, il demanda :

— Comment se fait-il que vous ne soyez pas bronzée ?

Il se rendit compte trop tard de l'incongruité de sa question. Abby lui lança un coup d'œil surpris, mais elle répondit tout de même :

— Je mets de la crème solaire à haut indice de protection quand je dois passer du temps dehors, et je recherche l'ombre le plus possible. Je devrais aller m'installer en Angleterre, où le ciel est gris trois cent soixante jours par an !

Caleb éclata de rire.

— Vous avez quand même le nez un peu rose, observa-t-il sur un ton taquin.

— Souvenir du coup de soleil que j'ai attrapé l'autre jour en m'endormant dans l'herbe.

La conversation se poursuivit, en abordant des sujets assez divers pour que Caleb oublie par moments le but qu'il s'était fixé de soutirer des informations à sa passagère. Ce fut même elle qui finit par l'interroger :

— Pourquoi avez-vous quitté la police de Kansas City ?

— Parce que, à chaque promotion, je voyais diminuer le temps que je passais sur le terrain et augmenter mes tâches administratives. J'avais plus de responsabilités, mais je devais encore soumettre nombre de mes décisions à ma hiérarchie, et j'ai toujours été réfractaire à l'autorité… Alors, quand j'ai appris que des problèmes de santé obligeaient le shérif d'ici à démissionner, je me suis porté candidat à sa succession.

— L'idée d'être seul maître à bord vous plaisait ?

— Oui, mais j'ai vite découvert que ça n'avait pas que des avantages. C'est à moi, par exemple, que les gens adressent toutes leurs doléances, à moi que revient toujours la corvée des conférences de presse…

— Et j'imagine que, dans ce comté rural, les enquêtes intéressantes sont rares.

— J'ai plus de disputes entre voisins à régler que de mystères à élucider, en effet ! Mais je ne regrette rien. Il est plus facile de nouer des relations avec les gens de la campagne qu'avec ceux des grandes villes, et j'ai le pouvoir de mettre en œuvre des actions très concrètes, comme améliorer la formation de mes adjoints ou créer des réseaux d'entraide à destination des personnes âgées… Et puis je me sens vraiment chez moi, ici.

— Vous êtes originaire de la région ?

— Oui.

Caleb raconta alors à sa passagère quelques anecdotes sur son enfance. Il avait grandi avec son frère et sa sœur dans une ferme située près de Ruston. Il gardait de cette époque le souvenir heureux de promenades dans les bois, du vent dans ses cheveux quand il allait voir ses amis à bicyclette, de parties de pêche et de baignades dans les rivières des environs…

— J'aime le rythme de la vie que l'on mène ici, conclut-il.

— Moi aussi, murmura Abby avec une intonation un peu triste.

— Je ne voudrais pas être indiscret, mais comment se fait-il que vous soyez apparentée à des amish ?

— Ma mère a quitté la communauté pour épouser mon père. Elle n'avait pas encore été baptisée, si bien qu'elle a pu revenir voir sa famille. J'adorais séjourner à la ferme, qui appartenait alors à mes grands-parents. Mon oncle Eli l'a reprise à la mort de mon *grossdaadi*.

Cette histoire ne surprit pas Caleb. Il savait que les amish appartenaient au mouvement protestant des anabaptistes, qui, au lieu d'imposer le baptême aux enfants, attendaient qu'ils soient assez mûrs pour le demander. C'était le cas de la plupart des jeunes amish, qui recevaient le baptême entre dix-huit et vingt-deux ans. Ceux qui le refusaient, pour une raison ou pour une autre, partaient vivre chez les *Englisch,* mais ils avaient le droit de rendre visite à la communauté. Ceux qui la quittaient après avoir été baptisés étaient en revanche frappés de bannissement.

— Et votre grand-mère ? demanda Caleb.

— Elle n'a survécu que deux ans à la disparition de son mari. C'est comme si quelque chose en elle était mort avec lui.

Caleb craignait que cela n'arrive à ses parents. Ils avaient l'un pour l'autre un attachement d'une force rare chez un couple marié depuis aussi longtemps. Un métier trop prenant n'était donc peut-être pas seul responsable de l'échec des deux ou trois liaisons que Caleb avait eues dans sa vie : peut-être avait-il à chaque fois espéré pouvoir connaître la même relation fusionnelle que ses parents… et avait-il été déçu à chaque fois.

— Vos parents habitent à Kansas City ? déclara-t-il.

— Ma mère est morte quand j'étais petite, et j'ai ensuite passé pas mal de temps ici… Oh ! attention : on approche de la sortie qu'il faut prendre pour aller au cabinet du kiné !

C'était une diversion, Caleb en était sûr : Abby ne voulait pas s'appesantir sur le sujet de son enfance.

En parlait-elle jamais ? Caleb avait le sentiment que non, mais le peu qu'elle lui en avait confié l'amenait à se poser une question : pourquoi avait-elle décidé d'entrer dans la police alors qu'elle avait longtemps vécu dans une communauté qui prônait notamment la non-violence ?

Les amish avaient été persécutés en Europe, et ceux qui avaient émigré aux États-Unis s'étaient juré de ne compter que sur eux-mêmes dans tous les domaines. Ils refusaient les apports de la technologie moderne et vivaient selon leurs propres coutumes. Ils préféraient le pardon à la vengeance, croyaient aux vertus du repentir s'ils le jugeaient sincère, et ne considéraient une peine de prison comme utile pour un des leurs qu'exceptionnellement, pour donner à la personne concernée le temps de regretter sa faute et de faire pénitence.

Leurs valeurs allaient à l'encontre de la violence que les circonstances obligeaient parfois la police à utiliser. Abby, qui avait été en contact assez étroit et prolongé avec une communauté amish pour parler couramment sa langue, avait pourtant choisi ce métier…

Pourquoi ?

Ce n'était pas maintenant que Caleb le saurait : pendant tout le reste du trajet, la jeune femme n'aborda plus aucun sujet personnel.

Et puis, alors qu'il se rangeait contre le trottoir, en face du cabinet du kinésithérapeute, elle s'arrêta au beau milieu d'une phrase. Il suivit son regard et vit une voiture de police garée de l'autre côté de la rue.

Le capitaine Donahue en descendit. Il avait les yeux rivés sur Abby.

Que faisait-il là ? se demanda Caleb, furieux. Pourquoi avait-il pris cette initiative sans l'en avertir ?

4

Le capitaine Donahue était allé se planter devant le cabinet du kinésithérapeute et, les bras croisés, le visage fermé, il en barrait l'accès.

Le temps qu'Abby se soit remise de sa surprise, Caleb avait contourné le 4x4 et lui avait ouvert sa portière. Il l'aida à sortir du véhicule en glissant une main sous son bras, et il ne la retira pas ensuite.

Était-ce pour la soutenir physiquement ou moralement ? Elle n'en avait pas la moindre idée. Il pouvait même s'agir d'une comédie destinée à lui faire croire qu'il était dans son camp.

Et, si elle ne le repoussa pas, c'était parce que le choc causé par la vue de son supérieur avait aggravé son mal de tête, menaçant de provoquer un vertige qui la ferait vaciller sur ses jambes. Pour tout arranger, elle se sentit rougir, et ce fut en fixant ses pieds qu'elle déclara :

— Bonjour, capitaine ! Si vous voulez bien vous écarter, j'ai rendez-vous ici…

— Qu'est-ce que c'est que cet accoutrement ? gronda-t-il sans prendre la peine de lui rendre son salut.

Piquée au vif, Abby releva la tête.

— Quand je séjourne chez mes parents amish, je m'habille comme eux. Le lieutenant Kirk vous a sûrement parlé d'eux... ?

— Oui, mais il ne m'a pas dit que tu allais suivre leurs coutumes bizarres.

La dureté du regard que Donahue posait sur elle confondait Abby. Il la connaissait... Comment pouvait-il lui témoigner une telle hostilité ?

Et comment pouvait-il se montrer aussi méprisant envers des gens dont il ignorait tout ?

Caleb se taisait, et elle lui était reconnaissante de la juger assez grande pour se défendre toute seule.

Mais, à bien y réfléchir, il n'avait même pas dit bonjour à son vieil ami...

Pourquoi ?

Parce qu'ils avaient planifié ensemble cette rencontre, lui souffla une petite voix intérieure. Comment, sinon, Donahue aurait-il pu connaître la date, l'heure et le lieu de ce rendez-vous ?

Abby décida de laisser cette question de côté pour l'instant.

— J'ai fait autrefois de nombreux séjours chez mes grands-parents maternels, capitaine, et ce que vous appelez un accoutrement est pour moi une tenue aussi normale que mon uniforme. Maintenant, si vous voulez bien m'excuser...

Donahue ne bougea pas.

— J'attends des réponses, Baker, et je ne vous lâcherai pas avant de les avoir obtenues ! lança-t-il.

Mais Abby refusa de se laisser impressionner : elle soutint son regard, et ce fut lui qui détourna les yeux le premier. Il s'écarta et invita Abby à s'avancer avec un grand geste du bras accompagné d'un sourire narquois. Elle passa devant lui sans plus lui accorder ni un mot ni un regard.

Caleb l'accompagna jusqu'à la porte et lui murmura à l'oreille :

— Je vous rejoins dans une minute. Il faut que je parle à Donahue.

— Oui, je m'en doute ! dit-elle sèchement.

Sa tenue surprit visiblement la réceptionniste du cabinet, mais elle s'abstint heureusement de tout commentaire. Les amish n'aimaient pas les grandes villes, et elle n'en avait donc peut-être encore jamais vu – sauf si elle était allée passer un week-end en pays amish, où les carrioles à cheval et les étals de produits fermiers tenus au bord des routes par des femmes vêtues de la robe, du tablier et du bonnet traditionnels faisaient la joie des touristes.

L'espace d'un instant, Abby regretta de ne pas avoir emporté des vêtements ordinaires. Elle aurait pu demander à Caleb de s'arrêter dans une station-service et aller se changer dans les toilettes. Et puis elle se reprocha de raisonner comme si elle devait avoir honte de ses origines amish.

Le capitaine Donahue avait tenté d'utiliser cette particularité pour la déstabiliser… Il la connaissait mal, finalement !

Caleb fusilla Donahue du regard.

— Qu'est-ce que tu fais là ?

— Baker a besoin de savoir que je l'ai à l'œil.

— Tu viens de détruire toute la confiance que j'avais réussi à lui inspirer ! Elle pense maintenant que c'est ma faute si tu es là.

— C'est bien le cas, non ?

— Non ! Je t'ai juste *informé* de ce rendez-vous médical ! Je te croyais assez intelligent pour éviter de te montrer et de permettre ainsi à Abby de comprendre que je te renseignais régulièrement.

— Ne me dis pas que tu as succombé à son charme !

Le ton dédaigneux de Donahue acheva de mettre Caleb en colère. Il se rapprocha de lui et le toisa du haut de son mètre quatre-vingt-dix.

— C'est toi qui es venu me chercher, Mike ! Tu veux que je ramène Abby chez son oncle et que j'oublie ensuite jusqu'à son existence ?

— Non, grommela Donahue.

— Alors arrête de torpiller les efforts que je fais pour te rendre service !

Presque étonné de sa propre agressivité, Caleb pivota sur ses talons et franchit le seuil du bâtiment. Il fouilla le hall du regard. Abby avait disparu.

— Vous cherchez quelqu'un ? demanda la réceptionniste à Caleb.

— Oui, Mlle Baker.

— Elle est avec M. Monroe. Vous pouvez aller vous asseoir, si vous voulez.

La salle d'attente devait être commune à plusieurs praticiens, car elle était pleine de gens, dont certains feuilletaient distraitement un magazine, tandis que d'autres regardaient une télévision branchée sur une chaîne d'informations en continu. Caleb s'installa à un endroit d'où il pouvait voir ce qui se passait dans le hall d'entrée.

Il était nerveux, sans savoir pourquoi : Abby ne courait aucun danger, et il la rejoindrait dès qu'elle sortirait de sa consultation.

Il lui fallut quelques minutes pour comprendre que le regard méprisant de Donahue sur la tenue d'Abby l'avait profondément choqué, et qu'il craignait maintenant la même réaction de la part des personnes qui l'entouraient.

Caleb ne partageait pas les croyances des amish, mais il avait appris à les respecter, et il enviait même la sérénité que leur mode de vie paisible semblait leur apporter. En affichant un tel dédain pour la culture de ces gens qui ne faisaient de mal à personne, Mike Donahue avait baissé de plusieurs crans dans son estime.

Il savait maintenant pourquoi Abby paraissait tellement à l'aise dans la ferme de son oncle, mais toujours pas pourquoi une femme en partie élevée par des amish avait choisi d'entrer dans la police.

Peut-être arriverait-il à en apprendre plus sur elle pendant le trajet du retour.

Trois jours plus tard, Abby était seule dans la cuisine, en train de pétrir de la pâte à pain, lorsqu'elle entendit un véhicule entrer dans la cour.

Était-ce encore un de ses collègues qui venait la voir ? se demanda-t-elle en soupirant.

La première visite, celle de Julie Luong, lui avait fait plaisir. Elles s'étaient connues à l'école de police et avaient ensuite eu la chance d'être affectées au même commissariat. Dans un monde professionnel encore essentiellement masculin, Abby avait apprécié d'avoir une amie sur laquelle elle savait pouvoir compter et qui, en tant que femme, vivait des expériences, bonnes ou mauvaises, similaires aux siennes.

Julie avait été surprise par la tenue d'Abby, puis par le chapeau de paille et la longue barbe de son oncle, mais cela ne l'avait pas empêchée de se montrer amicale et chaleureuse pendant le déjeuner familial auquel Nancy l'avait conviée.

« Reviens vite ! Tu me manques ! » avait-elle murmuré à l'oreille d'Abby avant de partir.

Sa visite avait touché Abby – contrairement à celle que lui avait faite le lendemain l'un des lieutenants de la brigade criminelle : lui, il avait éclaté de rire en la voyant.

Ravie d'accueillir un autre visiteur, sa tante avait commencé à couper une tarte avant même qu'Abby ait ouvert la porte, mais une déception l'attendait : Abby n'avait pas invité son collègue à entrer. Elle avait prétendu ne pas se sentir bien et avoir besoin de se reposer. Il ne l'avait visiblement pas crue, mais il était parti, c'était l'essentiel.

Le shérif, de son côté, était venu tous les jours. Tantôt juste pour dire bonjour, tantôt en prenant le temps de s'asseoir pour boire un café, manger un gâteau et discuter avec qui voulait bien lui tenir compagnie.

Ce qui n'était pas le cas d'Abby.

Sur le chemin du retour, le jour de son rendez-vous chez le kinésithérapeute, il avait essayé de lui soutirer des informations sur son histoire personnelle. Il l'avait fait discrètement, sous couvert d'alimenter la conversation, mais elle n'était pas dupe.

Son oncle et sa tante avaient toute confiance en lui… Pas elle. Il avait réussi à lui faire momentanément baisser sa garde, pendant le trajet qui les avait emmenés à Kansas City, mais elle s'était heureusement reprise, et la présence du capitaine Donahue devant le cabinet du kinésithérapeute lui avait opportunément rappelé que les deux hommes étaient de mèche.

L'attirance physique que Caleb lui inspirait devait rester secrète. Son pouls s'emballait quand elle le voyait, elle éprouvait un étrange pincement au creux de l'estomac quand il lui souriait ou la touchait, mais elle refusait d'y prêter attention.

Ces réactions finiraient par disparaître, s'était-elle

dit tous les jours une fois le shérif parti… avant de se demander comment elle pouvait éprouver du désir pour un homme qui la croyait capable de tuer son propre coéquipier. Un homme qui lui témoignait de la gentillesse dans le seul but de lui arracher des aveux et de lui passer ensuite les menottes.

Le bruit qu'elle entendait maintenant n'était pas celui d'un 4x4. Le véhicule qui arrivait devait plutôt être un pick-up. Abby mit la pâte à pain à lever dans le four, puis elle alla jeter un coup d'œil dehors par la fenêtre du séjour.

Deux autres de ses collègues étaient en train de gravir les marches de l'escalier qui menait à la terrasse. Elle aurait dû être contente de les voir, elle qui s'était plu à considérer son unité comme sa famille ! Mais l'attitude du capitaine Donahue l'avait rendue méfiante, et le rire moqueur de son visiteur de la veille n'avait rien arrangé.

Elle regrettait même d'être seule. Son oncle et sa tante étaient partis après le déjeuner pour aller voir Rose. Tentée de les accompagner, Abby y avait finalement renoncé : les secousses qu'une carriole faisait subir à ses occupants risquaient d'aggraver un mal de tête toujours aussi tenace. Quant à ses cousins, ils étaient allés travailler dans les champs. Ils la jugeaient capable d'accueillir d'éventuels visiteurs.

Et je le suis ! se dit-elle, agacée par sa réticence à ouvrir la porte à ses deux collègues.

S'ils devaient eux aussi se moquer de ses vêtements, d'ailleurs, mieux valait que sa vraie famille n'assiste pas à la scène.

Des deux hommes qui s'approchaient, c'était Ron Caldwell qu'Abby préférait. Il se comportait envers elle un peu comme un grand frère, taquin mais bienveillant.

Jason McCarthy, son coéquipier, aimait bien plaisanter, lui aussi, mais son humour était plus lourd, et même parfois carrément gras. Il lui était également arrivé plusieurs fois de poser sur Abby un regard insistant qui l'avait mise mal à l'aise, même s'il n'avait jamais eu envers elle ni gestes ni propos déplacés.

Elle finit par se résigner à aller ouvrir la porte.

— Ron ! Jason ! Quelle surprise !

Son apparition les figea sur place. Ils la fixèrent, puis Jason éclata de rire avant de lui demander :

— Tu vas revenir travailler habillée comme ça, et c'est sur ton tablier que tu accrocheras ton badge ?

— Ce n'est pas drôle ! lui dit-elle sèchement.

— Tu ne trouves pas ça drôle, toi ? déclara Jason en se tournant vers son coéquipier.

— Si ! répondit ce dernier avec un grand sourire.

— J'hésitais à croire le capitaine, mais il avait raison ! Et ça valait le déplacement ! Tu ressembles à… Je ne sais même pas à quoi, Baker ! À la figurante d'un film historique, peut-être ?

Nouvel accès d'une hilarité à laquelle Ron se joignit, cette fois.

Des pas retentirent, dans le vestibule.

— Abby ?

C'était Joshua, qui reprit en dialecte :

— Qui sont ces hommes ? Et pourquoi rient-ils ?

— Ce sont des policiers avec qui je travaille à Kansas City, lui répondit la jeune femme dans la même langue avant de s'adresser en anglais à ses visiteurs. Lieutenant Caldwell, lieutenant McCarthy, je vous présente mon cousin Joshua Kemp.

Jason examina l'adolescent de la tête aux pieds et se remit à rire. Comprenant que c'était lui la cause de cette hilarité, Joshua rougit jusqu'aux oreilles. Les amish apprenaient très jeunes à ignorer les moqueries, mais c'était particulièrement difficile pendant la période critique de l'adolescence.

Jamais Abby n'aurait cru un de ses collègues capable d'être aussi méchant envers un garçon de seize ans !

Ron avait cessé de rire, mais il ne disait pas non plus à son coéquipier de se taire…

Et ce dernier continua de persifler :

— Tu n'as pas répondu à ma question, Baker, mais j'espère que tu vas revenir travailler habillée comme ça ! Ce sera carnaval tous les jours !

Un 4x4 noir s'arrêta alors derrière le pick-up des policiers…

Formidable ! songea Abby. Il ne manquait plus que le shérif Tanner pour lui gâcher sa journée !

— Ça suffit ! lança-t-elle à Jason. Tu n'es qu'un goujat ignorant et borné !

— On ne peut plus plaisanter sans se faire insulter, maintenant ? gronda-t-il en s'avançant vers elle, le visage déformé par la colère.

Joshua demeurait immobile et silencieux, mais il était au moins assez courageux pour ne pas s'être enfui.

— Dis-moi, Baker, reprit Jason, ce costume serait-il destiné à nous convaincre que tu respectes trop les enseignements de la Bible pour avoir pu tuer Neal ?

Ulcérée, Abby allait répliquer quand Caleb cria depuis le bas de l'escalier extérieur :

— Partez ! Tout de suite !

Les deux hommes se retournèrent d'un bloc. Ils n'avaient pas entendu le shérif arriver, ce qui constituait presque une faute professionnelle : les policiers étaient censés toujours surveiller leurs arrières.

— Mêlez-vous de vos…, commença Jason.

Il s'interrompit en s'apercevant que le nouveau

venu portait un uniforme, avec une étoile épinglée à sa poche de poitrine.

— Allez, Jason, on s'en va ! déclara Ron.

— Baker ne nous a même pas invités à entrer !

— Je vous invite, moi, à venir faire un petit séjour dans une cellule de ma prison, susurra Caleb. Votre supérieur sera certainement ravi de vous savoir sous les verrous !

— On n'a commis aucun délit, grommela Jason. On travaille avec le lieutenant Baker, et on voulait juste prendre de ses nouvelles.

— Vraiment ? s'écria Abby. Cette visite ressemblait pourtant plus à une opération de dénigrement qu'à un témoignage d'amitié !

— Je les arrête pour violation de domicile ? lui demanda Caleb. Parce que cette terrasse fait partie intégrante de la maison…

— Non. Tout ce que je veux, c'est qu'ils s'en aillent. Et ne reviennent pas.

— Jason blaguait, Abby ! dit Ron, l'air gêné. Tu le connais… Mais d'accord, on s'en va !

Caleb ne s'écartant pas, il dut le contourner une fois en bas de l'escalier. Jason, lui, n'avait pas bougé, mais le regard dur du shérif finit par le convaincre de capituler. Abby savait qu'il pratiquait l'haltérophilie, mais, à côté d'un homme aussi grand et athlétique que Caleb, sa musculature d'habitude impressionnante l'était beaucoup moins.

Arrivé à la hauteur du shérif, il le contourna encore plus largement que son coéquipier avant de se diriger à grands pas vers le pick-up.

Cela ressemblait à une fuite, songea Abby avec satisfaction.

Quelques instants plus tard, le véhicule effectuait

un demi-tour et s'éloignait. Quand il eut disparu, Abby déclara à Caleb :

— J'aurais pu me débarrasser d'eux sans proférer des menaces, moi !

— Sans doute, mais vous m'auriez alors privé du plaisir de les intimider, et je vous en aurais voulu.

Abby éclata de rire. Il y avait sûrement dans cette hilarité une part d'hystérie due au brusque relâchement de la tension ambiante, mais impossible de s'arrêter…

— Abby ? dit Joshua. Ça va ?

Une pointe d'inquiétude perçait dans sa voix. Caleb, lui, n'essaya même pas de cacher son amusement : un franc sourire apparut sur ses lèvres, puis éclaira son visage tout entier.

— Il y avait longtemps que je n'avais pas ri comme ça ! observa Abby lorsqu'elle fut de nouveau en état de parler.

Caleb gravit alors les marches, s'arrêta devant elle et, toujours souriant, lui demanda :

— J'ai le droit d'entrer, moi ?

— Oui, bien sûr ! Désolée… Je ne sais pas ce que j'ai, à rester plantée là comme… comme…

— Une *doppick ?*

— Une idiote ? Trop aimable ! Mais j'ignorais que vous parliez l'allemand de Pennsylvanie !

— Pas couramment : je le comprends mieux que je ne le parle.

— Venez, je vais vous faire du café, et j'ai confectionné ce matin des sablés au beurre. Ils ne sont évidemment pas aussi bons que ceux de ma tante, mais si ça vous tente…

— Ça me tente, déclara Caleb.

Ses yeux se plantèrent en même temps dans ceux d'Abby, et l'intensité de son regard la fit rougir.

Quand Caleb entra dans le vestibule, Joshua le salua timidement, mais une fois dans la cuisine ils se mirent à discuter base-ball. Abby savait que l'adolescent et ses amis étaient passionnés par ce sport. Il aurait adoré assister à un match de la ligue professionnelle, et elle se reprocha de n'avoir jamais pensé à l'emmener voir jouer l'équipe des St. Louis Cardinals. Quand elle serait de nouveau capable de conduire, peut-être…

Tout en réfléchissant, Abby s'activait. Il y avait toujours à faire dans une cuisine, et cela l'arrangeait : elle était ainsi contrainte de quitter Caleb des yeux, ce qui sinon lui aurait été impossible.

Comment un quasi-inconnu pouvait-il la fasciner à ce point ?

Le café fut vite prêt, et elle en remplit deux mugs : un pour Caleb, l'autre pour Joshua, qui buvait autant de café que les adultes. Elle remplit ensuite une assiette de sablés et la posa au milieu de la table. Elle avait mis de l'eau à chauffer pour se faire du thé, et la bouilloire siffla juste à ce moment-là, lui fournissant un nouveau prétexte pour tourner le dos à Caleb.

Mais quand elle se retourna, sa tasse à la main, ce fut pour constater qu'il la fixait. Il l'invita de la main à venir s'asseoir en face de lui… Impossible de refuser !

— Pourquoi es-tu rentré ? déclara-t-elle à son cousin. Tu avais besoin de quelque chose ?

— J'avais faim, répondit-il en rougissant.

— Je vois que tu as fait honneur à mes biscuits, en effet !

— Oui, et tu te sous-estimes : ils sont aussi bons

que ceux de maman… Je vais retourner travailler, maintenant.

— Emporte des biscuits pour Isaac !

L'adolescent obéit et quitta ensuite la cuisine par la porte de derrière.

— Je me demande s'il n'aura pas tout mangé le temps de rejoindre son frère ! dit Caleb en riant.

— Il a toujours faim.

— J'avais moi aussi un appétit d'ogre, à son âge.

Sur ces mots, Caleb tendit la main vers l'assiette de sablés, et Abby observa sur un ton malicieux :

— Vous me semblez avoir encore aujourd'hui un excellent appétit !

Caleb suspendit son geste.

— Vous me trouvez sans-gêne ?

— Non, je plaisantais, servez-vous ! Et, côté appétit, vous êtes un petit joueur par rapport à mon oncle et à mes cousins : la quantité de nourriture qu'ils ingurgitent à chaque repas me stupéfie.

— Vous avez l'air en forme… Votre santé s'améliore ?

— Mon épaule va mieux, mais mon sternum proteste encore quand je me penche trop ou que je fais des mouvements brusques.

— Et votre tête ?

La sollicitude de Caleb paraissait sincère, si bien qu'Abby se risqua à dire la vérité :

— La douleur s'atténue par moments, et puis elle se réveille d'un coup. Parfois sans raison apparente, parfois sous l'effet de la colère ou du stress, et là j'ai l'impression de recevoir des coups de marteau sur le crâne.

— Ça vous fait ça quand vous tentez de retrouver la mémoire ?

— Oui, c'est comme si j'étais punie pour avoir essayé.

Caleb gardant le silence, Abby reprit sur un ton maintenant hostile :

— Vous ne croyez pas plus à mon amnésie que le capitaine Donahue, n'est-ce pas ?

— J'ai déjà vu des cas d'amnésie partielle… La vôtre revêt une forme particulièrement sévère, mais ce n'est pas trop surprenant, après un traumatisme crânien.

— Vous le pensez vraiment, ou vous dites ça pour m'amadouer ?

Le visage de Caleb s'assombrit et, à la grande surprise d'Abby, il tendit le bras à travers la table pour poser sa main sur la sienne.

— C'est ma faute si Donahue était au courant de votre rendez-vous chez le kiné, l'autre jour. Je lui en avais parlé, mais dans le seul but de l'informer que vous preniez les mesures nécessaires pour vous rétablir. Jamais je ne l'aurais fait si j'avais su qu'il viendrait !

Abby serra le poing et dégagea sa main pour dompter le trouble qui la gagnait.

— Personne, au commissariat, n'a envie de me voir revenir, déclara-t-elle. Maintenant ou plus tard, je n'y serai pas la bienvenue, et aucun de mes collègues n'acceptera de faire équipe avec moi.

— Donahue veut juste savoir ce qui s'est passé, et c'est légitime, non ? Quant à vos collègues, je suis sûr qu'ils croient en vous.

Un rire amer s'échappa de la gorge d'Abby. Elle repoussa sa chaise, se leva et s'écria :

— Vous n'avez donc pas entendu ce que Jason McCarthy m'a dit tout à l'heure ?

— Si, mais…

— … Il ne le pensait pas ? Détrompez-vous ! Je ne comprends pas pourquoi, mais le capitaine Donahue monte tout le monde contre moi, j'en suis convaincue !

Sentant des larmes lui monter aux yeux, Abby se dépêcha d'ajouter :

— Finissez tranquillement votre café !

Puis elle quitta la cuisine à temps pour éviter d'éclater en sanglots devant Caleb.

5

Agenouillée sur le sol paillé, Abby cueillait des haricots verts et les mettait dans un seau, par-dessus les brocolis et les choux qu'elle avait déjà récoltés. Ce serait ensuite au tour des tomates – en veillant à ne prendre que les bien mûres, lui avait recommandé sa tante.

Pour reposer son épaule, Abby s'arrêta un moment et, assise sur ses talons, elle parcourut le potager du regard.

Des framboisiers et des mûriers formaient de longues rangées soutenues par du fil de fer tendu entre des poteaux en bois. Une fois arrivés à maturité, potimarrons et citrouilles permettraient de préparer toutes sortes de plats délicieux pour la famille ou seraient vendus dans le cadre de week-ends de vente à la ferme. En attendant, leur belle couleur orange était un plaisir pour les yeux.

Nancy avait envoyé Joshua lui chercher une pastèque, un peu plus tôt, parce qu'elle jugeait ce fruit encore trop lourd à porter pour Abby. Elle lui avait également interdit de ramasser des pommes de terre et de cueillir des fruits dans le verger contigu. Abby n'avait pas protesté : ni son sternum ni son épaule n'étaient encore totalement guéris, et elle ne voulait pas risquer de tomber d'une échelle à cause d'un brusque vertige.

Le seul fait d'être dehors, de voir un geai bleu s'envoler d'une branche ou d'entendre l'appel d'un engoulevent, était un bonheur. En ville, elle avait tendance à oublier les joies simples qu'offrait la nature.

Peut-être irait-elle se promener le lendemain dans les bois attenants au verger, où toutes sortes d'essences d'arbres se côtoyaient, et où elle aurait des chances d'apercevoir des écureuils et des lapins.

Abby se releva, ce qui lui était encore difficile, mais elle avait mis au point des méthodes pour le faire sans trop souffrir. Elle se pencha ensuite pour soulever son seau, mais un éclat de lumière, dans les bois, attira soudain son regard. Un rayon de soleil venait de tomber sur un objet métallique.

Son instinct la fit heureusement réagir avant que son cerveau s'interroge sur la nature exacte de cet objet : elle se jeta à terre, l'impact réveillant d'un coup toutes ses douleurs.

Un coup de feu retentit juste après. Abby rampa jusqu'au verger et se recroquevilla derrière le tronc du pommier le plus proche.

Un deuxième coup de feu…

Des morceaux d'écorce volèrent et lui égratignèrent le visage.

— Abby !

C'était la voix de son oncle, et elle l'entendit courir vers elle.

— Arrêtez de tirer ! cria-t-il. Il y a des gens, ici !

Quand il atteignit Abby, elle nota distraitement que le vent de la course avait fait tomber son chapeau.

— Baisse-toi ! lui ordonna-t-elle. Il pourrait…

— Non, c'était juste un chasseur imprudent, un adolescent, sans doute, qui ne s'est pas aperçu qu'il était tout près d'une habitation… Je l'ai effrayé, et il est parti.

Le silence qui régnait maintenant alentour finit par rassurer Abby – les oiseaux eux-mêmes avaient cessé de chanter. Elle ne partageait pourtant pas l'avis de son oncle. La violence des villes était trop étrangère à un amish pour qu'il soupçonne quelqu'un d'être venu jusqu'ici pour la tuer, mais, elle, qui avait récemment été victime d'une tentative de meurtre, elle ne pouvait pas croire à la thèse du chasseur imprudent.

Depuis la pénombre des bois, il était en effet impossible de ne pas voir le potager inondé de soleil, la ferme et la grange, au-delà, le linge qui séchait sur un fil… Et était-ce une coïncidence si les tirs survenaient le jour où Abby passait pour la première fois un peu de temps à l'arrière de la maison, en terrain découvert ?

Non, elle venait bel et bien de subir une deuxième tentative de meurtre !

Un gémissement lui échappa quand elle voulut s'asseoir. Son oncle l'y aida, et il s'exclama tout de suite après :

— Tu as du sang sur la figure !

— Ce sont de simples égratignures, causées par les bouts d'écorce qui ont été projetés.

Toujours assise, Abby examina le tronc du pommier. La deuxième balle y avait fait une entaille sur le côté. À quelques secondes près, elle aurait atteint Abby en pleine tête.

— Le tireur n'était pas un ado imprudent mais un tueur, déclara-t-elle, et c'est après moi qu'il en avait.

— Non, je suis sûr que tu te trompes, protesta son oncle.

Il surprit cependant Abby en disant pendant qu'ils regagnaient la maison :

— Je vais appeler le shérif.

Caleb marchait lentement dans le sous-bois, en s'arrêtant souvent. Il scrutait le sol à la recherche d'un indice quelconque – douille, mégot de cigarette, papier de chewing-gum, empreintes de semelles, marques de trépied ou de bipied – qui lui dirait où le tireur s'était posté pour attendre d'avoir Abby dans sa ligne de mire…

À moins qu'il ne s'agisse d'un adolescent aussi maladroit qu'inconscient, comme Eli Kemp avait l'air de le penser.

Son coup de téléphone avait secoué Caleb. Il avait fait le trajet jusqu'à la ferme pied au plancher et gyrophare allumé. Il n'y avait pourtant plus d'urgence, puisque Abby était indemne.

Les amish n'avaient pas l'habitude d'appeler la police pour des incidents de ce genre. Si Eli l'avait fait, ce devait donc être par égard pour une nièce qui appartenait à un autre univers que le sien.

À son arrivée, Caleb avait trouvé Abby assise sur le canapé du séjour. Les traits crispés, le regard vide, elle avait l'air de beaucoup souffrir et d'essayer de contenir la douleur en se penchant en avant, bras croisés sur la poitrine.

— Il vous reste des antalgiques ? lui avait demandé Caleb.

— Oui, avait-elle murmuré, mais ils me…

— Prenez-en un !

— D'accord…

Après cette première victoire, Caleb avait encore dû parlementer pour dissuader la jeune femme de l'accompagner dans les bois. La peur n'avait pas fait taire l'enquêtrice en elle !

Les recherches que Caleb menait depuis maintenant une bonne demi-heure ne donnaient cependant rien. Le tireur, quel qu'il soit, n'avait laissé aucun indice derrière lui. Deux coups de feu avaient pourtant retenti : Eli, Isaac et même Nancy, depuis la maison, les avaient entendus…

Restait à savoir s'ils visaient Abby.

Caleb ne pouvait rien affirmer, mais il en doutait de plus en plus.

La jeune femme avait admis ignorer où la première balle était allée : aucun bruit d'impact ne lui était parvenu après la détonation. Quant à la deuxième balle, c'était peut-être par un malheureux hasard qu'elle était passée si près d'Abby : ce ne serait sans doute pas arrivé si cette dernière n'avait pas bougé après le premier coup de feu. Caleb comprenait cependant sa réaction ; à sa place, il aurait réagi de la même façon.

L'hypothèse de l'adolescent maladroit lui paraissait décidément la plus probable. En s'y rangeant, il rassurerait les Kemp mais irriterait leur nièce. Elle avait déjà tendance à se méfier de lui et risquait maintenant de voir dans une explication autre qu'une deuxième tentative de meurtre le refus de croire à la réalité de la première.

Pendant qu'il reprenait le chemin de la maison, Caleb regretta d'avoir accepté d'essayer de gagner la confiance d'Abby Baker. La duplicité qu'impliquait cette mission lui plaisait d'autant moins qu'Abby lui inspirait une attirance de plus en plus forte.

Il aimait ses formes généreuses, il était intrigué par son histoire, il admirait la force de caractère dont témoignait son stoïcisme face à la douleur, il compatissait au sentiment de trahison que l'attitude de ses collègues lui donnait… Il ne la désirait pas seulement : il brûlait aussi de la protéger.

En fait, s'il ne connaissait pas Mike Donahue depuis si longtemps, l'innocence de la jeune femme au sujet de l'assassinat de son coéquipier lui apparaîtrait sans doute comme l'hypothèse la plus probable. Ce n'était pas l'envie d'y croire qui lui manquait, mais Donahue avait raison : cette histoire d'amnésie était bien commode.

Un autre élément chiffonnait Caleb : si Neal Walker était mort, c'était parce qu'il ne portait pas de gilet pare-balles. Abby, si… Pourquoi ? Parce qu'elle s'attendait à ce qu'il riposte à ses tirs, ou parce qu'elle savait à l'avance que les choses tourneraient mal ?

Sans ce gilet pare-balles, Abby serait morte, elle aussi… Sa blessure à l'épaule n'avait jamais eu aucun caractère de gravité, et le traumatisme crânien était selon toute vraisemblance consécutif à une chute accidentelle.

Oui, elle pouvait avoir tout manigancé, depuis l'élimination d'un coéquipier qui aurait découvert ses malversations jusqu'à une amnésie qui laissait planer le doute sur ce qui s'était réellement passé dans la ruelle.

Peut-être Abby pensait-elle que son joli visage la mettait à l'abri de tout soupçon…

Mais il était également possible que Mike Donahue se trompe complètement et qu'Abby n'ait rien à se reprocher.

Caleb entra dans la maison par l'arrière. Assis à la table de la cuisine, Eli devait l'attendre, car il lui demanda immédiatement :

— Vous avez trouvé quelque chose ?

— Non, rien.

— Il s'agissait d'un jeune chasseur imprudent, alors ?

— C'est possible. J'aimerais pouvoir lancer des recherches plus poussées, mais, en l'absence de victime pour le justifier, mon budget ne me le permet pas.

— *Ja,* je comprends… Il faut que je retourne travailler, maintenant. Nancy est avec Abby dans le séjour. Elle essaie de la convaincre d'aller s'allonger.

— Votre nièce est *agasinish,* hein ?

L'usage de ce terme, qui signifiait « têtu », fit sourire Eli, mais sa femme entra alors dans la cuisine, le visage sombre, et il ravala son sourire.

— Je viens préparer une poche de glace pour Abby, annonça Nancy. Elle a mal partout, mais surtout à la tête.

— Vous pensez qu'elle est en état de me parler ? déclara Caleb.

— Elle ne l'est pas forcément, mais elle vous en voudrait de partir sans être allé la voir.

Quand Caleb franchit le seuil du séjour, Abby leva vers lui un regard interrogateur. Il commença cependant par s'asseoir sur la table basse, face à elle, et par lui demander :

— Comment ça va ?

— Ma tante est montée me chercher mes antalgiques, et j'en ai pris un, comme vous me l'aviez ordonné.

Le flacon de médicaments se trouvait en effet sur la table basse, à côté d'un verre d'eau.

— Votre tante dit que vous avez encore mal partout. Vous devriez peut-être prendre un autre comprimé.

— Non, je tiens à avoir les idées claires. Je vous écoute, maintenant !

— Je n'ai rien trouvé : ni douilles, ni empreintes de semelles, ni marques qu'aurait laissées dans le sol un trépied ou un bipied permettant à un tireur de stabiliser son arme.

La jeune femme demeura impassible, mais elle

fixa Caleb en silence pendant assez longtemps pour le mettre mal à l'aise.

— Merci de vous être donné la peine de venir, finit-elle par déclarer.

— C'est tout ? Je dois partir ?

— À quoi bon poursuivre cette conversation, puisque votre opinion est déjà faite ? Vous pensez comme mon oncle que les coups de feu ne me visaient pas personnellement. C'est peut-être vrai, mais j'ai des raisons, moi, d'envisager une autre hypothèse : d'une part, quelqu'un a tenté de me tuer il y a moins de trois semaines, et d'autre part, juste avant la première détonation, le soleil s'est reflété sur une surface métallique – le canon du fusil qui allait tirer. Si je l'ai vu, celui qui tenait cette arme m'a forcément vue, moi, et il a quand même appuyé sur la détente… Deux fois !

— Je préfère pour l'instant n'exclure aucune hypothèse, annonça prudemment Caleb.

— Vous dites que vous n'avez pas retrouvé de douilles… Vous croyez vraiment qu'un adolescent se serait donné la peine de les ramasser avant de s'enfuir ?

— Écoutez, je vais réfléchir à tout ça à tête reposée… Il faut maintenant mettre le capitaine Donahue au courant de ce qui s'est passé.

— J'imagine que vous comptez vous en charger ? lança Abby.

Son ton acerbe piqua Caleb au vif. Il fit mine de chercher en vain quelque chose des yeux avant de répliquer :

— Je vous laisserais appeler votre supérieur s'il y avait un téléphone ici, mais ce n'est pas le cas…

— Peu importe ! Quelle que soit la façon dont les événements lui seront présentés, il les interprétera de façon défavorable pour moi.

Cette brusque résignation surprit Caleb. À passer ainsi en quelques secondes de la virulence à l'abattement, de la pugnacité à une poignante vulnérabilité, cette femme était décidément pleine de contradictions !

Sans trop savoir si c'était le policier ou l'homme en lui qui parlait, Caleb déclara :

— J'aimerais que vous me fassiez assez confiance pour répondre franchement à une question.

— Laquelle ?

— Vous pensez que le capitaine Donahue cherche à se débarrasser de vous ?

— Comment ça ?

— Avant la fusillade, vous aviez eu le sentiment qu'il ne voulait pas de vous dans son unité ?

— Non. Il m'encourageait, au contraire, et j'avais l'impression qu'il était content de mon travail. C'est pour ça que sa soudaine hostilité, après la mort de Neal, m'a causé un tel choc.

— Vous n'avez jamais douté de la probité de votre coéquipier ?

Une lueur de colère s'alluma dans les yeux d'Abby. Toute sa combativité était revenue.

— Je croyais que vous ne deviez me poser qu'une question, et voilà que ça tourne à l'interrogatoire !

— Je vous en prie, aidez-moi à y voir clair dans cette histoire ! Donahue a beau être mon ami, je ne peux pas me contenter de sa version des faits.

— D'accord… Alors, non, je n'ai jamais douté de la probité de Neal. Nous sommes très vite devenus amis, sa femme Laura et lui m'invitaient souvent à dîner, et elle m'a fait découvrir des choses que je n'aurais jamais essayées sans elle.

— Comme… ?

— Des cours de Pilates, des séances de massage, des ventes de lingerie fine à domicile…

L'image d'Abby en petite tenue surgit dans l'esprit de Caleb. Il s'efforça de l'occulter. Elle menaçait de lui donner une érection assez puissante pour que la jeune femme s'en aperçoive.

— Vous avez parlé à cette Laura, depuis la mort de son mari ? demanda-t-il.

— Je lui ai téléphoné quelques jours après ma sortie du coma, et elle m'a raccroché au nez. Quelqu'un avait dû la persuader que c'était moi qui avais tué Neal.

— Vous pensez à Donahue ?

Abby hocha affirmativement la tête – et le regretta aussitôt, à en juger par la grimace de douleur qui se peignit sur son visage.

— Vous devriez…, commença Caleb.

— … Prendre un deuxième comprimé d'antalgique, oui, je sais !

— Mais vous ne le ferez pas.

— Non. Ma tante est allée me confectionner une poche de glace. Ça, au moins, ça n'abrutit pas !

Comme un fait exprès, Nancy regagna alors le séjour avec ladite poche de glace, qu'elle remit à sa nièce avant de s'éclipser discrètement.

L'image d'Abby en sous-vêtements continuait d'obséder Caleb et de torturer sa libido, malgré sa volonté de la chasser.

L'objet de sa convoitise était si proche de lui qu'il lui aurait suffi de se pencher en avant pour unir leurs lèvres. La façon dont Abby rougissait chaque fois que leurs regards se croisaient lui donnait à penser que son désir était partagé… Ni le lieu ni le moment ne convenaient cependant à un échange de baiser.

Sans compter qu'il était prématuré de faire entièrement

confiance à la jeune femme : peut-être avait-elle décidé de le séduire pour mieux le manipuler. Inversement, il aurait pu essayer de tirer profit de leur attirance mutuelle pour gagner sa confiance à elle, mais c'était contraire à ses principes.

— Je regrette de ne rien pouvoir faire pour vous, déclara-t-il.

— Vous m'avez emmenée à Kansas City, et vous êtes tout de suite venu aujourd'hui… C'est déjà bien. Maintenant, je crois que je vais suivre le conseil de ma tante et aller m'allonger.

Caleb accompagna Abby jusqu'au pied de l'escalier et la regarda gravir les marches en se tenant à la rampe et en s'arrêtant toutes les dix secondes pour se reposer. Il brûlait de la rattraper, de la soulever dans ses bras et de la porter jusqu'à son lit.

Plus frustré qu'il se rappelait l'avoir jamais été, il attendit malgré tout qu'elle ait atteint le palier pour pivoter sur ses talons et sortir de la maison.

Il fallut encore presque deux jours à Abby pour se sentir capable de descendre le chemin qui menait à la route, puis de parcourir la centaine de mètres qui la séparerait alors de la cabine téléphonique communautaire.

Le sentiment désagréable de constituer une cible facile la fit se retourner toutes les deux minutes pendant le trajet, mais elle tenait à parler au capitaine Donahue et refusait de toute façon de rester cloîtrée.

Alors, pour se rassurer, elle songea que son oncle avait peut-être raison de croire que les coups de feu de l'avant-veille ne la visaient pas. Et, même dans le cas contraire, personne ne pouvait guetter en permanence le moment où elle sortirait de la maison… Les inconnus étaient vite repérés, par ici, et les endroits protégés des regards n'étaient pas légion. C'étaient les bois qui offraient l'abri le plus sûr, et il n'y en avait pas le long de cette route.

Il y avait un champ de maïs, en revanche, et Abby se rappela s'y être cachée pour s'amuser, enfant. Un homme entraîné pouvait s'avancer entre les rangées de hautes tiges en toute discrétion jusqu'à être à bonne distance pour l'abattre.

Mais pourquoi ? Elle ne se souvenait de rien ! Ce qui s'était passé dans la ruelle ne lui revenait que dans son sommeil, et ses rêves continuaient de s'évanouir à la seconde même où elle se réveillait.

Une fois dans l'abri fermé sur trois côtés et recouvert d'un toit pentu qui servait de cabine téléphonique, Abby se sentit enfin vraiment en sécurité.

Aucun voyant ne clignotait sur le répondeur, et, si un voisin avait trouvé un message pour elle, il ne l'aurait pas effacé : il aurait laissé un mot pour le signaler.

Elle avait noté sur un papier le numéro de portable de son supérieur. Elle le composa, et il décrocha à la deuxième sonnerie.

— Oui ? déclara-t-il sur un ton brusque.

— Lieutenant Baker, à l'appareil… Au cas où votre ami le shérif Tanner ne vous l'aurait pas encore appris, je vous informe que quelqu'un a tiré deux coups de feu sur moi samedi dernier.

— Il n'y a aucune raison de penser que ces coups de feu vous étaient destinés.

— C'est ce que le shérif vous a dit ?

Même si elle s'y attendait, Abby se sentit trahie. Ses doigts se crispèrent sur le combiné, et elle fixa pour se détendre les deux chevaux de trait alezans qui paissaient dans un pré, de l'autre côté de la route.

Les chevaux étaient des animaux très peureux, qui percevaient le moindre signe annonciateur d'un danger. Tant que ceux-là restaient calmes, Abby savait donc qu'elle n'avait pas à s'inquiéter.

— Tanner m'a dit qu'il n'avait trouvé aucun élément permettant de trancher dans un sens ou dans l'autre, grommela Donahue. Tu es visiblement d'un avis différent, mais qui pourrait bien en vouloir à ta vie ?

— La personne qui a tué Neal et tenté de me tuer moi aussi il y a trois semaines.

— Une personne qui t'aurait pris ton arme et aurait tiré sur Neal, puis tiré sur toi avec son arme à lui, sans que vous puissiez rien faire ? C'est vraiment difficile à croire ! Et, bizarrement, tu ne te souviens de rien !

— Je suis quelqu'un d'honnête, et une bonne professionnelle ! Je n'aurais pas été promue aussi vite au grade de lieutenant si mes états de service antérieurs n'avaient été impeccables.

— Certaines personnes cachent bien leur jeu. Il ne t'est jamais arrivé de mordre dans une belle pomme bien rouge, et de découvrir qu'elle était toute pourrie à l'intérieur ?

Un sombre désespoir emplit le cœur d'Abby. Les gens qu'elle considérait comme sa famille l'avaient lâchée, et le rêve qu'elle avait réussi à transformer en réalité au prix de durs efforts était en train de se briser.

Après le meurtre de sa mère, elle n'avait plus eu qu'une idée en tête : entrer dans la police et, à terme, intégrer une brigade criminelle. Elle avait réussi à atteindre son but, mais maintenant elle se sentait presque aussi désemparée que le jour où son père lui avait appris la mort de sa mère dans le braquage d'une station-service.

Un avenir qui semblait tout tracé se présentait

désormais sous un jour incertain, mais une chose au moins était sûre : elle ne remettrait pas les pieds au commissariat de Kansas City.

— Je pensais pouvoir compter sur votre soutien et celui de mes collègues, capitaine…, déclara-t-elle. Je me trompais, alors je démissionne. Le service du personnel peut dès maintenant chercher quelqu'un pour me remplacer : quoi qu'il arrive, je ne reviendrai pas.

— Personne ne cessera pour autant de te soupçonner du meurtre de Neal !

— Oui, vous allez continuer à enquêter à charge contre moi… Mais vous ne trouverez rien, parce que je suis innocente.

Sur ces mots, Abby raccrocha.

Le mélange de colère et de tristesse qu'elle éprouvait ne l'empêchait pas d'être sûre d'avoir pris la bonne décision. Si Donahue voulait l'interroger, il n'avait qu'à se déplacer. Elle répondrait à ses questions, mais elle refusait de lui faciliter la tâche en demandant à Caleb de la véhiculer. Elle lui en voulait, à lui aussi, d'ailleurs…

Pourquoi tout le monde refusait-il de la croire ?

Tout un pan de sa mémoire avait disparu, mais elle *savait* que Neal n'aurait jamais tiré sur elle, ni elle sur lui.

Il y avait donc quelqu'un d'autre dans la ruelle.

Qui ?

Et pourquoi ne se rappelait-elle pas ce qui s'était passé ?

6

Quelques jours après les coups de feu, Caleb retourna chez les Kemp, et il fut surpris de ne pas y être accueilli comme les autres fois : d'habitude, à peine s'était-il garé dans la cour qu'un des hommes de la famille surgissait de la grange ou d'un champ voisin, ou que Nancy s'encadrait dans la porte de la maison et lui faisait signe de venir la rejoindre.

Aujourd'hui, personne ne réagit à son arrivée. D'abord inquiet, il comprit soudain que les Kemp devaient être en train de déjeuner. Il ne le ferait pas, lui, avant une heure ou deux, mais c'était parce que, contrairement aux amish, il ne se levait pas à l'aube…

Caleb alla frapper à la porte, et ce fut Eli qui lui ouvrit.

— Bonjour, shérif ! Entrez !

— Je vous dérange en plein repas…

— Non, on commence juste… Venez vous joindre à nous !

Après avoir un peu hésité, Caleb décida d'accepter cette invitation. Il était prêt, pour voir Abby, à jouer les pique-assiette.

Un silence tendu régnait dans la cuisine. Chaque

convive semblait ne s'intéresser qu'au contenu de son assiette.

Se faisait-il des idées, songea Caleb, ou bien son arrivée avait-elle interrompu une dispute familiale ?

Dès que Nancy le vit, elle se leva d'un bond et s'écria, son instinct nourricier l'emportant sur tout le reste :

— Va chercher une chaise pour le shérif, Joshua ! *Schnell, schnell !*

D'un geste autoritaire, elle fit rasseoir sa nièce, qui avait commencé de se lever, et ajouta elle-même un couvert.

— Désolé, dit Caleb, gêné, une fois attablé. Il n'était pas dans mes intentions de m'inviter à déjeuner.

Abby l'observait du coin de l'œil, et il lisait de la tension sur son visage…

À moins que ce ne soit de la contrariété, parce qu'il tombait à un mauvais moment ? Ou alors tout simplement parce qu'elle n'avait pas envie de le voir ?

— Il y a toujours à manger pour plus de personnes que prévu, déclara Nancy – mais sans son sourire habituel.

Des plats furent tendus à Caleb, et il s'obligea à ne pas se servir de trop grosses parts. Le déjeuner était généralement pour lui un repas léger, mais les bonnes odeurs qu'il avait senties en entrant dans la cuisine avaient suffi à lui donner une faim de loup.

En levant les yeux de son assiette, il s'aperçut qu'Abby avait à peine touché à la sienne. Les hommes, eux, étaient déjà en train de se resservir !

— Parlez-lui ! s'exclama soudain Nancy. Elle veut s'en aller !

— Pourquoi ça, Abby ? demanda Caleb. Vous n'êtes pas encore complètement rétablie !

— Je sais, marmonna la jeune femme.

Elle posa sa fourchette, puis, s'adressant à son oncle et à sa tante, elle reprit :

— Si les coups de feu de l'autre jour m'étaient destinés, celui qui les a tirés reviendra, et je ne supporte pas l'idée de provoquer l'irruption de la violence dans votre vie. Imaginez que l'un de vous deux soit blessé ? Ou un de vos fils ? Jamais je ne pourrais me le pardonner !

Caleb fronça les sourcils. Ce petit discours lui semblait inutilement alarmiste dans la mesure où rien ne prouvait que ces tirs visaient Abby.

— Et où irais-tu ? demanda Nancy à sa nièce.

— À Kansas City, dans mon appartement.

— Où tu n'aurais personne pour t'aider !

— Votre tante a raison, Abby, intervint Caleb. Retourner chez vous ne serait pas prudent.

— Je peux aller chez mon père.

Le silence pesant qui accueillit cette déclaration surprit Caleb. Et, autre motif d'étonnement, pourquoi Abby avait-elle demandé l'hospitalité à son oncle et à sa tante, et non à son père, s'il avait un logement assez grand pour l'héberger – ce qui s'avérait être le cas ?

— Vous ne m'avez pas parlé de votre père, lui dit Caleb.

— Nous ne sommes pas très proches.

— Où habite-t-il ?

— À Jefferson City.

La capitale du Missouri était située beaucoup plus près de Kansas City que du comté dont Caleb était le shérif…

— Quel métier exerce-t-il ?

— Il travaille au ministère de l'Agriculture, dans le domaine de la lutte contre les nuisibles.

— Il s'est remarié ?

— Non.

— Il n'est jamais chez lui…, marmonna Eli.

— Je vous en prie, shérif, raisonnez-la ! supplia Nancy.

— Je vais essayer… Écoutez-moi, Abby !

Caleb attendit pour continuer que la jeune femme lève les yeux vers lui. Elle finit par le faire, mais avec une mauvaise grâce évidente.

— Vous auriez tort de partir, expliqua Caleb. Si, et je dis bien *si*, quelqu'un vous veut du mal, où pourriez-vous être plus en sécurité qu'à la campagne, où tout le monde se connaît ?

Silence.

— Réfléchissez ! enchaîna Caleb. À Jefferson City, il serait beaucoup plus facile à une personne malintentionnée d'arriver jusqu'à vous sans se faire remarquer… Et là-bas, si j'ai bien compris, vous seriez seule toute la journée, alors qu'ici vous ne l'êtes jamais. Et je suis là, moi aussi…

Caleb ne savait pas trop ce qu'il voulait dire par là : cette dernière phrase était sortie de sa bouche presque à son insu. Il se demandait aussi pourquoi il tenait tant à persuader Abby de rester. C'était une grande fille, après tout… Une policière, de surcroît ! Les arguments qu'il venait de lui présenter, elle les avait sûrement déjà pris en compte…

Non, il fallait se rendre à l'évidence : s'il voulait l'empêcher de partir, c'était parce qu'il ne supportait pas l'idée de ne plus la voir.

Alors que Caleb s'attendait à une riposte, Abby se contenta de le fixer et, quoi qu'elle ait lu dans son regard, elle finit par acquiescer de la tête. Elle se remit ensuite à chipoter – et Caleb, content d'avoir eu gain de cause, à manger de bon appétit tout en parlant du temps avec Eli.

C'était le grand sujet, à la campagne, et en ce moment plus que jamais, car les spécialistes craignaient que les conditions météorologiques ne favorisent la formation de tornades.

La conversation n'empêchait pas Caleb de surveiller Abby du coin de l'œil. Elle se leva à l'instant même où Nancy commençait de débarrasser la table. Elle avait réussi à vider son assiette, mais péniblement, et sans doute juste pour faire plaisir à sa tante.

Son manque d'appétit était-il dû à un mal de tête encore plus intense que d'habitude ? songea Caleb.

— Je peux vous parler ? lui demanda-t-il quand la cuisine lui parut suffisamment rangée.

— Oui, mais pas plus de quelques minutes. Joshua doit me conduire en ville pour…

— … Votre rendez-vous chez le kiné. C'est pour ça que je suis venu. J'étais dans le coin, et je me suis dit que je pourrais épargner cette peine à votre oncle ou à un de ses fils.

— C'est très aimable à vous, déclara froidement la jeune femme.

— Oui, renchérit son oncle. Joshua travaillera ici à la place.

Visiblement déçu, mais résigné, l'adolescent attrapa son chapeau et sortit.

— Si on partait maintenant ? suggéra Caleb. Comme ça, j'aurai le temps de vous offrir une glace avant votre rendez-vous !

Après ce repas pantagruélique, il n'était pas certain de pouvoir avaler une bouchée de plus, mais Abby, elle, avait sûrement encore de la place pour un deuxième dessert.

— Une glace de l'épicerie Miller ? demanda-t-elle.

Ce magasin n'offrait pas un choix de parfums très étendu, mais les glaces qu'il vendait étaient les meilleures que Caleb ait jamais mangées.

— L'idée ne me viendrait pas d'aller en acheter ailleurs, répondit-il en souriant.

Quoi qu'ils expriment, les sourires de Caleb affaiblissaient toujours les défenses d'Abby.

— D'accord, dit-elle. Merci.

Quelques minutes plus tard, elle était assise dans le 4x4 de Caleb. Il avait tout de suite mis la climatisation en marche, et elle commença très vite à produire ses effets, pour le plus grand plaisir d'Abby : la chaleur moite qui régnait depuis le matin intensifiait son mal de tête.

— Si vous trouvez qu'il fait trop froid, dites-le-moi ! déclara Caleb.

— *Trop* froid ? Vous plaisantez ! J'ai aidé ma tante à préparer des conserves de haricots verts, ce matin, et la cuisine était une véritable étuve, même avec toutes les portes et les fenêtres ouvertes ! Nous sommes trop habitués au confort que procure l'air conditionné, nous, les *Englisch !*

— C'est vrai, mais cette chaleur humide est spécialement dure pour vous en ce moment, n'est-ce pas ? Elle aggrave votre mal de tête ?

— Et moi qui espérais que personne ne s'en apercevrait !

— Vous devriez consulter un médecin.

— Non, ça partira tout seul, quand j'aurai recouvré la mémoire.

— Vous ne vous souvenez toujours de rien ?

Abby ne répondit pas. Que n'aurait-elle donné,

pourtant, pour pouvoir faire entièrement confiance à Caleb !

Il comprit la raison de son silence, car il finit par lui demander :

— Vous me croiriez, si je vous promettais de ne pas parler à Donahue de ce qui vous est éventuellement revenu à la mémoire ?

— Vous me le promettez ?

Peut-être était-ce naïf de sa part, mais Abby était prête à le croire. Rien d'important n'était remonté à la surface, de toute façon…

— Je vous le promets, dit Caleb.

Puis sa main droite lâcha le volant et se posa sur le genou d'Abby, mettant tous ses sens en émoi.

— D'accord…, déclara-t-elle d'une voix mal assurée. J'ai des flashs, dont certains me ramènent aux jours qui ont précédé la fusillade. Mais ils n'ont pour la plupart aucun intérêt. Je me suis rappelé par exemple que je comptais chercher un appartement plus proche du commissariat… Ce n'est plus nécessaire, maintenant.

— Pourquoi ?

— Donahue ne vous l'a pas dit ? Je lui ai donné ma démission.

Caleb ne fit pas de commentaire. Un muscle de sa mâchoire se contracta, mais Abby ne sut pas comment interpréter cette réaction.

— Je me suis également très clairement revue en train de faire la queue à la caisse d'un supermarché, enchaîna-t-elle. Les gens commençaient à râler, parce que la vieille dame qui était en train de régler ses achats était très lente. Elle semblait avoir du mal à introduire sa carte bancaire dans la fente de l'appareil, mais j'avais le sentiment que c'était pour retarder le moment de quitter le magasin.

— Et de se retrouver seule chez elle ?

— Oui. La caissière était très patiente, mais pas l'homme qui se trouvait devant moi, et j'avais envie de lui dire : « Pourquoi vous ne taquinez pas un peu cette vieille dame ? Pourquoi vous ne lui parlez pas gentiment, au lieu de la presser de se dépêcher ? Vous pourriez même lui proposer de porter ses courses jusqu'à sa voiture une fois les vôtres payées… Ça lui ferait tellement plaisir ! »

Surprenant Caleb à sourire, Abby sentit ses joues s'empourprer.

— Oui, je sais… Il y a un peu d'amish en moi.

— Plus qu'un peu, si vous voulez mon avis ! Mais continuez… Des souvenirs plus significatifs vous sont revenus ?

Le mal de tête d'Abby empira brusquement, signe qu'elle allait s'aventurer sur un terrain sensible.

— Je nous revois assis, mon coéquipier et moi, dans notre véhicule de fonction garé contre un trottoir, déclara-t-elle. Quelque chose tracassait Neal – ça, je m'en suis toujours souvenue –, mais à ce moment précis, dans cette voiture, c'était comme si…

Une douleur fulgurante lui transperça le crâne. Elle laissa sa phrase en suspens et ferma les yeux.

— Abby ?

Le 4x4 fit une embardée, ralentit, puis s'arrêta.

Sur le bas-côté de la route, vit Abby en entrouvrant des paupières… qu'elle se dépêcha de refermer, éblouie par la lumière soudain aveuglante du soleil.

Elle sentit ensuite la main de Caleb se poser sur sa nuque et se mettre à pétrir muscles et tendons raidis. Un gémissement s'échappa de sa poitrine, et Caleb lui demanda aussitôt :

— Ça ne va pas ? Vous me faites peur !

Peur...

— Neal avait peur, murmura Abby.

— De qui ? De quoi ?

— Je ne sais pas. C'était comme s'il avait fait une découverte incroyable. Je lui ai demandé ce qui le tourmentait, mais il a refusé de me le dire. Il voulait d'abord s'assurer qu'il ne se trompait pas.

— Vous pensez qu'il menait une enquête officieuse ?

— Oui, parce que déjà, avant la période que j'ai oubliée, il m'emmenait quand il allait parler à des gens. Je devais me tenir en retrait, au cas où il aurait eu besoin d'aide.

— De quel type de gens s'agissait-il ?

Soudain en mode exclusivement policier, Caleb arrêta de masser la nuque d'Abby, et le contact de cette grande main sur sa peau lui manqua aussitôt.

— Toutes sortes de gens, répondit-elle.

— Mais encore ?

— Des barmans, des proxénètes, un *biker*... Oh ! et un homme qui ressemblait à un parrain de la Mafia : costume cravate, gardes du corps armés... Cette fois-là, on était à l'arrière d'un entrepôt, près de la rivière. L'endroit était désert... C'était vraiment glauque ! Je me suis débrouillée pour ne pas perdre Neal de vue, mais je savais que, si les choses tournaient mal, je ne pourrais pas intervenir à temps pour le sauver.

— Et vous étiez vous-même en danger. Il n'aurait jamais dû vous emmener !

— On est – *était* – coéquipiers.

Ne se rappelant pas avoir vu Neal tomber et n'ayant pas pu assister à son enterrement, Abby avait du mal à concevoir sa disparition.

— Les coéquipiers sont censés être honnêtes l'un envers l'autre, objecta Caleb.

— Neal était visiblement sur une affaire dont il savait qu'elle pouvait lui valoir de gros ennuis… Je crois qu'il voulait me protéger.

— Mais, en sollicitant votre aide, il vous faisait courir les mêmes risques que ceux auxquels il était exposé, sur le moment ou plus tard.

Abby fixa ses mains. Caleb avait raison, bien sûr, car c'était l'enquête secrète menée par Neal la cause de son assassinat, elle en avait la certitude.

— Ce dont vous vous souveniez quand vous êtes sortie du coma, vous en avez parlé à Donahue ? demanda Caleb.

— Oui, mais ça n'a servi à rien : il pense manifestement que j'ai tout inventé.

En guise de commentaire, Caleb poussa un grognement, et le silence s'installa ensuite dans la voiture. Caleb devait réfléchir à ce qu'elle venait de lui dire, mais cela n'empêchait pas Abby de se sentir seule face au mystère de la mort de Neal : si elle voulait savoir ce qui s'était réellement passé dans cette ruelle, elle ne pouvait compter que sur elle-même.

Cela signifiait qu'il lui fallait soit retourner vivre dans son appartement, soit récupérer sa voiture et une partie de sa garde-robe, pour éviter de se faire remarquer pendant ses déplacements en ville. Elle était sûre de pouvoir retrouver certains des endroits où Neal l'avait emmenée. Sa démission lui interdisait malheureusement d'obtenir la coopération que son statut de policier lui garantissait autrefois auprès d'éventuels témoins…

Sauf à tricher un peu.

Elle aurait aimé avoir Caleb comme allié, mais sa vieille amitié avec Donahue le plaçait dans le camp du capitaine. Si elle pouvait être sûre qu'il ne parlerait pas de ses flashs à ce dernier, peut-être se risquerait-elle à lui demander d'enquêter avec elle ?

Mais comment le savoir ?

La voix de Caleb l'arracha à ses pensées :

— Quel parfum de glace vous allez choisir ?

Ils étaient arrivés à destination.

— Non, personne n'est revenu tirer des coups de feu près de la ferme de l'oncle d'Abby Baker ! s'écria Caleb, agacé. Je te l'aurais dit, sinon !

Le téléphone coincé entre son menton et son épaule, il ouvrit le compartiment congélateur de son réfrigérateur. Une barquette étiquetée « poulet-riz au curry » éveilla son intérêt. Il la sortit et la mit dans le micro-ondes. Sa femme de ménage était une jeune femme d'origine pakistanaise. Elle lui préparait plusieurs repas par semaine et les congelait ensuite. Non seulement ils étaient délicieux, mais Caleb était bien content de les trouver quand il rentrait chez lui sans avoir eu le temps de faire des courses. Comme aujourd'hui.

Pendant tout ce temps, Donahue n'avait cessé de lui reprocher son absence de résultats. Caleb ne l'écoutait que d'une oreille, mais il finit par en avoir assez et le coupa au milieu d'une phrase :

— Pourquoi tu ne m'as pas dit qu'Abby t'avait donné sa démission ?

— Parce qu'elle va évidemment le regretter, et j'accepterai volontiers de la reprendre s'il s'avère qu'elle est innocente.

— Tu crois vraiment qu'elle acceptera de retravailler sous tes ordres ?

— Pendant le premier entretien que je lui ai fait passer, elle m'a dit que son rêve avait toujours été d'intégrer une brigade criminelle. Un de ses proches a été assassiné.

— Qui ?

— Elle ne l'a pas précisé.

S'agissait-il d'un ami ? D'un frère ou d'une sœur ? se demanda Caleb. Ou de sa mère ?

— Elle ne t'a parlé d'aucun souvenir, vrai ou faux, qui lui serait revenu ? demanda Donahue.

— Ta présence devant l'immeuble de son kiné m'a fait perdre une grande partie de la confiance que j'avais réussi à lui inspirer ! éluda Caleb, qui n'avait pas oublié sa promesse. Mais je vais être franc avec toi : je ne pense pas que son amnésie soit feinte, et je ne la vois pas tuer quelqu'un de sang-froid. Si ce n'est pas déjà le cas, tu devrais explorer d'autres pistes.

— Elle t'a embobiné !

— Mais non ! J'ai un jugement très sûr, Mike, tu le sais…

— Ça ne remplace pas des preuves, et tu n'en as aucune à me présenter !

Le ton agressif de Donahue rappela à Caleb que son ami supportait mal la contradiction.

— Tu as entendu parler de la présomption d'innocence ? lui demanda-t-il.

— Oui, mais je veux que justice soit rendue à un de mes hommes.

Cela, Caleb le comprenait : si l'un de ses jeunes adjoints était abattu, il éprouverait la même chose.

— Je vais faire de mon mieux pour trouver une preuve qui disculpera ou accusera Abby, déclara-t-il donc.

La conversation s'arrêta là, mais dix minutes plus tard, en s'asseyant devant son dîner, Caleb y pensait toujours. Il aurait dû en profiter pour choisir clairement son camp. Car, lui qui détestait mentir, il mentait maintenant et à Abby et à Donahue…

La preuve dont il avait parlé, il allait cependant la chercher. Parce qu'il voulait connaître la vérité, lui aussi. Il ne pourrait pas tenter de conquérir Abby avant d'avoir la certitude absolue de son innocence.

Le moment était venu d'effectuer une petite enquête de son côté.

Abby était assise sur le banc installé contre la façade de la ferme, pieds nus et manches relevées.

Les températures étaient toujours très élevées pour une fin septembre. Il faisait spécialement chaud et humide aujourd'hui, et elle aurait payé cher pour pouvoir se mettre en short et en débardeur.

Il n'y avait pas un souffle de vent pour la rafraîchir, et, même si la tâche que sa tante lui avait confiée n'était pas très fatigante, de nouvelles gouttes de sueur ne cessaient de perler sur son front.

Elle décortiquait du maïs, et à peine en avait-elle terminé avec une fournée que sa tante lui en apportait une autre avant d'emporter la première dans la cuisine pour égrener les épis. Une partie des grains serait congelée, le reste étant destiné à la vente.

Un bruit de moteur en provenance du chemin fit bondir le cœur d'Abby dans sa poitrine. Mais quand le bruit se rapprocha sa déception fut à la mesure de ses stupides espoirs, car elle ne reconnut pas le véhicule. Il devait s'agir du pick-up d'un des grossistes qui achetaient des légumes et des fruits à son oncle. Il irait directement à la grange, là où les produits étaient stockés.

Le véhicule bleu qui entra dans la cour quelques instants plus tard était bien un pick-up, mais, au lieu de se diriger vers la grange, il s'arrêta devant la maison, là où Caleb se garait toujours. Et en descendit la dernière personne qu'Abby s'attendait à voir : Sam Kirk.

Un Sam Kirk en pantalon de toile froissé, T-shirt et baskets fatiguées, de surcroît !

Il gravit l'escalier extérieur, rejoignit Abby et lui demanda en souriant :

— Ce n'est pas un peu fastidieux, ce que tu es en train de faire ?

— Si, admit-elle. Je suis aussi impatiente d'en avoir fini que je l'étais d'entendre la cloche sonner le dernier jour d'école, autrefois !

— « Enfin libre ! »

— Exactement ! Qu'est-ce qui me vaut l'honneur de ta visite ?

Sam enfonça ses mains dans ses poches. Il semblait mal à l'aise.

— Je pense beaucoup à toi depuis le jour où je t'ai amenée ici. Tu étais mal en point, et pas juste physiquement… Je suis de repos aujourd'hui, et je me suis dit que tu avais peut-être besoin de parler à quelqu'un.

Abby aurait été touchée si elle avait pu être sûre que la sollicitude de Sam n'était pas feinte. Il avait l'air sincère, mais comment savoir si ce n'était pas une technique bien rodée – celle qu'il utilisait avec les témoins et les suspects pour leur tirer les vers du nez ?

— J'ai déjà un confident attitré, indiqua-t-elle. Un policier, lui aussi.

— Ah bon ? Qui est-ce ?

— Le shérif du comté. Il a travaillé dans la police de Kansas City pendant des années, et c'est un ami de Donahue.

— Le capitaine ne m'a pas parlé de lui, déclara Sam.

À en juger par son expression, cela le troublait. Et

c'était normal : Donahue et lui étaient censés enquêter ensemble sur le meurtre de Neal, non ?

Les amish réservaient toujours un bon accueil à leurs visiteurs et, que ce soit inné ou acquis, c'était son cas à elle aussi – sauf quand les gens venaient pour se moquer d'elle ou de sa famille.

Lors de sa première visite, Sam s'était montré un peu gêné, mais ni critique ni blessant, et Abby l'invita donc de la main à s'asseoir.

— Un café ? lui proposa-t-elle ensuite.

— Je veux bien, si ce n'est pas trop de dérangement…

Avant qu'Abby ait eu le temps de se lever, sa tante surgit sur la terrasse et annonça qu'elle allait apporter du café et une assiette de cookies.

Cinq minutes plus tard, Sam avait un mug fumant dans une main et son troisième cookie dans l'autre.

— Je vais peut-être venir ici régulièrement, par pure gourmandise ! observa-t-il.

— Le shérif apprécie beaucoup les talents culinaires de ma tante, lui aussi. Il est ici tellement souvent qu'il a sans doute dû desserrer sa ceinture d'un ou deux crans, depuis mon arrivée.

Sam sourit et posa son mug près de son siège. Il n'en avait bu que quelques gorgées. Peut-être s'attendait-il à se voir offrir un café glacé, par cette chaleur…

— J'ai appris que tu avais démissionné, déclara-t-il.

— Tu n'aurais pas fait la même chose, à ma place ?

— Si, probablement… Maintenant, tu as des questions à me poser concernant l'enquête ?

Abby en avait, et même beaucoup, mais pouvait-elle compter sur Sam pour lui répondre franchement ?

— Dis-moi que le témoignage de l'homme qui a vu une silhouette se pencher vers moi est pris au sérieux !

— Je suis sûr qu'il a vu quelqu'un.

— Mais c'était peut-être juste un voyou qui voulait me voler mon arme…

— C'est… une possibilité.

Bien qu'avec une certaine réticence, Sam avait donc répondu honnêtement, ce qui encouragea Abby à lui poser d'autres questions.

Elle comprit vite, malheureusement, qu'aucune nouvelle piste n'était explorée. Soit Donahue et Sam attendaient qu'elle se rappelle ce qui s'était passé dans la ruelle, soit ils cherchaient une preuve qui leur permettrait de l'envoyer en prison.

Sam venait de lui demander si elle commençait à recouvrer la mémoire quand un nouveau bruit de moteur se fit entendre.

Et, celui-ci, elle le reconnut : c'était celui du 4x4 de Caleb – qui se gara en effet une minute plus tard derrière le pick-up de Sam.

— Voilà le shérif, annonça-t-elle.

Caleb mit pied à terre et, en se tournant vers Sam, Abby eut la surprise de voir une expression de franche hostilité se peindre sur son visage.

Ces deux hommes étaient pourtant censés être dans le même camp, non ?

7

En s'approchant de la maison, Caleb ne quitta pas un instant des yeux l'homme assis près d'Abby sur la terrasse. Quand il était entré dans la cour, leur langage corporel et l'expression de leur visage leur donnaient l'air d'être les meilleurs amis du monde.

De taille moyenne, les cheveux noirs et le teint mat, cet homme disait vaguement quelque chose à Caleb. Il l'associait au commissariat de Kansas City ; ils avaient dû s'y croiser autrefois.

Il s'agissait donc d'un collègue d'Abby, mais, contrairement à ceux qui étaient venus la voir quelques jours plus tôt, celui-ci avait été bien accueilli.

Quand Caleb eut gravi l'escalier extérieur, la jeune femme le salua avec un sourire un peu narquois.

— Bonjour, Caleb ! Je vous présente le lieutenant Sam Kirk ! Sam, voici le shérif Tanner…

Le policier se leva et déclara, mais sans tendre la main à Caleb :

— Abby me parlait justement de vous tout à l'heure.

— En bien, j'espère !

— J'ai expliqué à Sam que vous étiez mon confident

attitré et qu'il aurait donc pu se dispenser de venir, indiqua Abby.

— Elle refuse de croire que je suis là juste en ami, dit Sam.

— Sans doute parce que vous codirigez l'enquête sur ce qui lui est arrivé ! souligna Caleb.

— Comment le savez-vous ?

— Par le capitaine Donahue.

Une tension palpable régnait maintenant sur la terrasse. Nancy eut alors la bonne idée de pousser la porte moustiquaire, créant ainsi une diversion au moins temporaire.

— Shérif ! s'écria-t-elle. Deux visiteurs aujourd'hui... Abby a de la chance ! Je vais vous apporter du café.

— *Denke,* lui dit Caleb avec un sourire chaleureux.

— Et il reste quelques cookies, annonça Sam.

Considérant sûrement qu'offrir juste « quelques » cookies à un visiteur enfreignait les règles de l'hospitalité, Nancy prit l'assiette et rentra avec à l'intérieur. Elle la rapporterait pleine, bien sûr.

Personne n'avait bougé pendant qu'elle était là, et personne ne bougea après son départ. Abby était toujours assise sur le banc, un épi de maïs à demi décortiqué entre les mains, tandis que les deux hommes se regardaient en chiens de faïence.

La méfiance de Caleb à l'égard de Kirk se mêlait de jalousie. C'était idiot, parce que Abby ne lui appartenait pas, mais il ne partirait pas tant que le policier serait là – sauf si une urgence l'appelait.

Priant pour que sa radio reste silencieuse, il alla s'asseoir à côté de la jeune femme, s'adossa au mur et allongea confortablement les jambes.

Le message adressé à Kirk était clair : « Je suis ici chez moi, et pas toi ! »

Ce besoin primitif de marquer son territoire l'étonnait lui-même.

— Où en est votre enquête ? demanda-t-il.

Kirk demeura évasif, mais ce n'était pas surprenant : des soupçons pesant sur Abby, il ne pouvait pas tout dire devant elle. Cela empêchait malheureusement Caleb de savoir si le lieutenant partageait l'avis de Donahue.

Nancy apporta à Caleb une provision renouvelée de cookies et un café. Quand elle en proposa un deuxième à Kirk, il refusa et annonça qu'il devait partir.

Ce fut d'une voix dont la douceur horripila Caleb qu'il dit au revoir à Abby.

— Mon offre tient toujours : si tu as besoin de parler, appelle-moi. Je trouve que tu as été traitée de façon injuste, et j'aimerais pouvoir te témoigner activement mon soutien.

La jeune femme se leva et le remercia. Ils n'échangèrent ni un baiser sur la joue ni même une poignée de main avant que le policier quitte la terrasse et regagne son véhicule, nota Caleb, qui les observait avec attention.

Le départ du policier fut suivi d'un silence que Caleb rompit en observant :

— Vous devez avoir mal aux mains, à force de décortiquer du maïs !

— Oui, un peu, mais il ne faut surtout pas que ma tante s'en aperçoive : elle m'ordonnerait aussitôt d'arrêter, et je tiens à l'aider.

— Je comprends… Mais si je vous aidais à l'aider ?

— Comment ça ?

— On pourrait se partager le travail.

— Vous êtes sérieux ?

— Bien sûr !

— Ça ne fait pas du tout partie de vos attributions ! observa Abby en riant.

— Je suis venu vous voir… Pourquoi ne pas en profiter pour me rendre utile ?

— Les membres du conseil régional ne seraient peut-être pas ravis s'ils apprenaient qu'ils vous payent pour décortiquer du maïs !

— Je me défendrais en disant que je le faisais pendant ma pause-déjeuner.

— Alors j'accepte. Merci !

Ils se rassirent sur le banc, et Caleb reprit au bout d'une minute :

— Pourquoi le lieutenant Kirk était-il là ?

— Sa présence dans votre comté pose un problème de territorialité ?

Il s'agissait bien d'un problème de territoire, pensa Caleb, mais pas au sens juridique du terme.

— Je me demandais juste ce qu'il voulait, éluda-t-il.

— Eh bien, je n'en sais rien ! C'est lui qui m'a amenée ici à ma sortie de l'hôpital, et il m'a dit à cette occasion qu'il me croyait victime d'un coup monté… Je me suis alors demandé s'il ne me jouait pas la comédie du « gentil flic », par opposition au « méchant flic » incarné par le capitaine Donahue, et je me le demande aussi s'agissant de sa visite d'aujourd'hui.

— Et, moi, vous me considérez toujours comme le suppôt de Donahue, ou bien comme un allié potentiel ?

— Je n'ai pas encore d'avis définitif sur la question.

— Voilà qui est encourageant pour moi !

Un sourire se dessina sur les lèvres d'Abby, attirant sur elles le regard de Caleb. Il mourait d'envie d'y goûter, mais il s'était interdit de la toucher tant que son innocence ne ferait plus aucun doute pour lui.

La conversation dériva ensuite vers d'autres sujets. Abby raconta à Caleb que Joshua se mourait d'amour pour une jeune amish prénommée Sarah.

— Je l'ai vue dimanche dernier au culte, et elle est très jolie, mais ce pauvre Joshua n'est pas le seul à la convoiter… Il a heureusement le temps de l'oublier et de tomber amoureux d'une autre ! Et ce ne serait pas plus mal, car cette Sarah m'a semblé un peu vaniteuse… Mais je peux me tromper.

— Je suis sûr que c'était vous la plus jolie fille de la communauté, à cet âge !

— Adolescente, je vivais la plupart du temps avec mon père.

— La plupart du temps seulement ?

— Je passais ici les vacances d'été, et parfois celles de printemps et de Noël.

Le ton soudain grave d'Abby aurait dû dissuader Caleb d'insister, mais la curiosité fut la plus forte.

— Pourquoi ? demanda-t-il d'une voix douce.

— Comme je vous l'ai déjà dit, mon père ne s'est pas remarié. Je suis fille unique, et il n'avait pas envie d'être seul avec moi tous les jours. La mort de ma mère l'a anéanti. Cette disparition a tué en lui toute capacité d'aimer : il s'est replié sur lui-même et ne s'est pratiquement plus occupé de moi.

Comment un homme pouvait-il être égoïste à ce point ? songea Caleb, le cœur serré.

— Vous ne m'avez pas dit…, commença-t-il.

Le grésillement de la radio fixée à son épaule l'interrompit.

— Shérif ? déclara la standardiste de ses bureaux.

Une minute plus tard, il annonçait en se levant :

— Il faut que j'y aille.

Visiblement inquiète, Abby l'imita.

— Je n'ai pas tout compris, mais cette femme parlait bien d'une carriole ?

— Oui, répondit Caleb.

Un de ses adjoints voulait tellement verbaliser un automobiliste en excès de vitesse qu'il n'avait pas pensé à la vulnérabilité de certains des véhicules qui empruntaient les routes de la région.

— J'ai interdit les courses-poursuites dans tout le comté, parce qu'elles sont dangereuses, ajouta sombrement Caleb. Le conducteur de la voiture qui roulait trop vite a encore accéléré pour tenter d'échapper à mon adjoint, et, juste après le sommet d'une côte, il a heurté une carriole, qui s'est renversée. Ses deux occupants ont été transportés à l'hôpital, mais je ne connais ni leur identité ni l'importance de leurs blessures.

— Où cela s'est-il produit ?

— Loin d'ici, sur Jenner Road. Les victimes ne doivent pas appartenir au même district que votre famille.

— On ne sait jamais…

Dans un geste impulsif, la jeune femme prit la main de Caleb et la serra fort dans la sienne.

— Vous nous tiendrez au courant ? enchaîna-t-elle.

— Je vous promets de vous donner des nouvelles dès que je le pourrai.

— On en aura peut-être eu entre-temps, en fait…

Malgré la gravité de la situation, Caleb sourit.

— Le réseau de communication des amish est peut-être plus rapide que celui de la police, en effet !

Caleb faillit succomber à la tentation d'embrasser Abby avant de partir. Il dut même se forcer pour lâcher sa main et s'éloigner d'elle.

Une atmosphère d'angoisse régnait dans la ferme. Les victimes de l'accident étaient peut-être des amis des Kemp, voire de lointains cousins, et, sinon, au moins des connaissances.

La communauté amish de la région était divisée en trois districts épiscopaux, mais ils communiquaient beaucoup entre eux. Tout le monde était donc au courant de l'accident et, les fréquentes visites du shérif aux Kemp n'étant pas passées inaperçues, c'était chez eux que voisins et amis venaient aux nouvelles.

L'oncle d'Abby avait permis à Joshua de rester à l'intérieur pour aider sa mère à recevoir tous ces gens, mais elle envoyait toutes les demi-heures l'adolescent à la cabine téléphonique communautaire, au cas où Caleb aurait laissé un message.

En plus d'offrir à boire aux visiteurs, elle s'activait aux fourneaux : les femmes amish faisaient toujours en sorte qu'une personne blessée ou endeuillée n'ait aucun repas à préparer pendant des semaines.

Et cette solidarité s'étendait à bien d'autres domaines. Levi Graber, le charron, avait par exemple déjà annoncé qu'il réparerait gratuitement la carriole accidentée.

Personne ne savait si le cheval qui la tirait était blessé. Et s'il était mort ce serait une grosse perte pour ses propriétaires, car c'étaient généralement d'anciens chevaux de course attelée qui remplissaient cette tâche, et ils coûtaient cher.

Mais c'était bien sûr l'inquiétude pour les occupants de la carriole qui dominait.

Abby avait presque oublié la force des liens qui unissaient tous les amish entre eux. L'entraide était la règle. Ils ne cotisaient ni à la sécurité sociale ni à aucune caisse de retraite, par exemple : ils se débrouillaient entre eux. Leurs frais médicaux étaient réglés par le district épiscopal auquel ils appartenaient, et, si la note était trop élevée, les autres districts étaient mis à contribution. Des ventes exceptionnelles de gâteaux, de produits agricoles et d'objets artisanaux

– des couvertures en patchwork, essentiellement – permettaient alors de réunir la somme nécessaire.

Trois heures après le départ de Caleb, une carriole entra dans la cour. Abby alla à sa rencontre et reconnut, à l'intérieur, Mary et Lloyd Stoltzfus. Mary était la sœur de Nancy, et Lloyd, son mari, était maréchal-ferrant.

Ils venaient annoncer que personne n'avait été tué dans l'accident, les deux blessés étant Ernest Wagler et Paul, son fils aîné. Ils appartenaient à l'un des districts épiscopaux voisins. Paul avait cependant une jambe cassée, ce qui l'empêcherait de travailler pendant un mois ou deux. Quant à Ernest, il souffrait d'un traumatisme crânien, et il était encore inconscient deux heures plus tôt, quand Mary et Lloyd étaient allés à l'hôpital – au départ pour rendre visite au *daad* de Lloyd, récemment opéré du cœur.

Un élan de compassion pour Ernest Wagler souleva Abby, car elle savait ce qui l'attendait à son réveil : une douleur insupportable à la tête, une incompréhension totale de l'endroit où il se trouvait et de ce qu'il y faisait.

Se rappellerait-il ensuite l'accident et ce qui l'avait précédé, ou bien souffrirait-il du même type d'amnésie qu'elle ?

— On a vu le shérif Tanner, déclara Mary au groupe de femmes qui l'avaient entourée à sa descente de la carriole, et il nous a demandé de passer chez les Kemp pour les informer des conséquences de l'accident. Il avait apparemment promis de les tenir au courant.

Abby s'éloigna en se disant qu'elle n'avait aucune raison d'être déçue : Caleb avait respecté sa parole, et cela aurait dû lui faire plaisir.

Mais elle n'était pas du genre à se mentir à elle-même, aussi cruelle que soit la vérité.

Mon père a presque oublié qu'il avait une fille.

C'était une vérité qu'elle ne cherchait plus à nier depuis bien longtemps…

Celle qu'il lui fallait maintenant affronter était d'une nature très différente : elle regrettait que Caleb ne soit pas venu en personne donner des nouvelles des blessés.

Son pouls s'accélérait chaque fois qu'elle le voyait. Elle guettait en permanence le bruit de moteur qui annoncerait sa visite. Elle ne pouvait le regarder sans se sentir… toute chose. Contre toute logique, elle était même tentée de lui faire confiance…

La conclusion s'imposait : pour la première fois de sa vie, elle avait dans ses relations un homme dont elle pensait pouvoir tomber amoureuse.

À condition de ne pas s'apercevoir bientôt qu'elle s'était trompée sur son compte – ce qui était tout à fait possible.

Abby regagna ensuite la cuisine pour transmettre les nouvelles à sa tante et l'aider.

Deux de ses cousins mariés vinrent dîner avec toute leur famille et, le temps qu'ils partent, Abby avait tellement mal à la tête qu'elle sortit prendre l'air sur la terrasse.

Il n'était pas encore 20 heures, et pourtant la nuit était tombée. Abby n'avait pas vu le temps passer, mais le mois d'octobre était déjà presque là.

Jamais elle n'aurait pensé rester aussi longtemps chez son oncle et sa tante ! Sans doute s'était-elle imaginée innocentée et de retour au travail au bout de deux ou trois semaines seulement.

Son sternum la faisait encore un peu souffrir en cas de mouvement brusque, mais cela ne l'aurait pas empêchée d'examiner des scènes de crime, de conduire des interrogatoires ou d'effectuer des recherches informatiques…

Restait un mal de tête tenace et qui pouvait s'aggraver sans prévenir. Même disculpée, elle aurait été maintenue en arrêt maladie à cause de cela.

Et puis, bien sûr, il y avait cette maudite amnésie… En admettant que le capitaine Donahue et Sam Kirk trouvent l'assassin de Neal, comment pourrait-elle exercer sereinement des fonctions de policier quand ses collègues – et elle-même – auraient des raisons de mettre en doute la fiabilité de sa mémoire ? Et si de nouveaux souvenirs tombaient dans le trou noir où s'était perdue la semaine oubliée ? Ou s'ils se mélangeaient avec d'autres, plus anciens ?

Abby s'aperçut soudain qu'elle raisonnait comme si elle pouvait encore retourner travailler au commissariat de Kansas City…

Ce n'était pas le cas !

Parce que cette partie de la terrasse était dans l'ombre, Abby s'assit sur le banc où elle avait passé une bonne partie de la journée à décortiquer du maïs. Il faisait encore chaud, mais beaucoup moins que dans la cuisine… Elle s'adossa au mur et se replongea dans ses réflexions.

Maintenant qu'elle avait donné sa démission au capitaine Donahue, qu'allait-elle faire ? Essayer de retrouver la mémoire et de prouver son innocence, bien sûr, mais, à supposer qu'elle y parvienne, allait-elle chercher un poste dans la police d'une autre ville, ou bien changer carrément de métier ?

Aucune réponse ne lui venant, Abby renonça à se projeter dans l'avenir, ferma les yeux… et se rendit compte qu'elle s'était endormie quand un bruit de moteur la réveilla en sursaut.

Caleb était assez honnête avec lui-même pour savoir qu'il ne venait pas chez les Kemp pour leur parler de l'accident de carriole. Mary et Lloyd Stoltzfus devaient l'avoir fait des heures plus tôt.

Non, c'était une envie impérieuse – presque un besoin – de voir Abby qui motivait cette visite.

En s'engageant dans l'escalier extérieur, Caleb se promit de ne pas s'attarder : il allait dire qu'il voulait juste s'assurer que les Stoltzfus avaient transmis les informations concernant les Wagler, et ensuite il partirait.

Un mouvement, dans la partie de la terrasse plongée dans la pénombre, le stoppa net.

— Abby ?

— Caleb !

L'intonation de la jeune femme disait qu'elle considérait sa venue comme une agréable surprise… Caleb se sentit moins bête.

— Ça va ? lui demanda-t-il après l'avoir rejointe.

— Oui. Je suis juste fatiguée. Après le décorticage du maïs, il a fallu ensacher la tonne de grains que ma tante voulait congeler. On a ensuite cuisiné pour les Wagler, et des dizaines de personnes sont venues aux nouvelles, pensant qu'on serait les premiers à en avoir… Ce en quoi ils avaient raison : merci d'avoir chargé les Stoltzfus de nous en donner.

— Je craignais qu'un message laissé sur le répondeur du téléphone communautaire ne soit pas écouté pendant des jours.

— Ça peut se produire, en effet, mais pas aujourd'hui : Joshua est allé plusieurs fois à la cabine avant l'arrivée des Stoltzfus.

La douce lumière provenant d'une des fenêtres du rez-de-chaussée permettait à Caleb de distinguer le visage d'Abby dans une sorte de clair-obscur.

Avec sa peau diaphane et ses cheveux en partie

recouverts d'un fin bonnet blanc dont les rubans pendaient de chaque côté de son cou gracile, elle le faisait penser à un tableau de la Renaissance.

Il s'assit à côté d'elle et lui prit la main. À son grand soulagement, elle ne la retira pas.

— Ernest Wagler s'est réveillé ? déclara-t-elle.

— Non. Sa femme dit qu'il a la tête dure et que tout va rentrer dans l'ordre, mais j'ai l'impression que c'est surtout pour se rassurer elle-même. Les médecins sont assez optimistes, cependant : ils parlent d'œdème cérébral.

— J'ai eu ça, moi aussi, et on m'a percé un petit trou dans le crâne pour réduire le gonflement… Vous le saviez ?

— Non, répondit Caleb en serrant plus fort la main d'Abby dans la sienne.

— Je me demande si Ernest se souviendra de l'accident.

— Peut-être pas. Je vous ai dit que j'avais déjà vu des cas d'amnésie partielle.

— Oui, mais je vous ai alors soupçonné de mentir.

— C'est pourtant vrai.

— Alors pourquoi…

La jeune femme s'interrompit, et Caleb retint son souffle.

— Alors pourquoi personne ne croit à la réalité de ma perte de mémoire ? enchaîna-t-elle.

— Pourquoi *Donahue* n'y croit pas, plutôt !

— Parce que vous y croyez, vous ?

— Oui.

Abby ne fit pas de commentaire. Elle se contenta de hocher la tête et, au bout d'un moment, Caleb rompit le silence en observant :

— Je suis surpris que votre oncle ne soit pas venu voir qui était là avec vous.

— Il a dû le deviner.

— Le fait que nous soyons seuls ne heurte pas son sens des convenances ?

— S'il s'agissait d'une de ses filles, ce serait différent. Mais il sait que moi, en tant qu'*Englisch* et policier, je n'ai pas besoin d'être protégée.

Il n'était évidemment pas question de le dire, mais Caleb n'en était pas certain. Abby possédait une grande force de caractère, mais cela ne l'empêchait pas de manifester parfois une vulnérabilité inattendue chez une femme qui avait aussi bien réussi dans un métier difficile. Son histoire familiale n'y était sans doute pas étrangère.

Caleb avait envie de lui demander pourquoi il n'y avait pas d'homme dans sa vie, mais il était encore trop tôt pour lui poser directement une question aussi personnelle.

— Vous êtes amis, Sam Kirk et vous ? déclara-t-il sur un ton faussement dégagé.

— Non. Je n'ai même jamais travaillé avec lui.

— Il est marié ?

— Divorcé, je crois… Attendez ! Vous pensez qu'il est gentil avec moi parce que je l'intéresse en tant que petite amie potentielle ?

— Et pourquoi pas ?

— Non, dans ce cas, il me l'aurait fait savoir il y a longtemps !

Ce n'était pas certain, songea Caleb. Kirk pouvait être amoureux d'Abby, mais avoir craint une rebuffade à cause de la différence d'âge. Les relations intimes entre collègues étaient également déconseillées, voire interdites, dans la police… Kirk avait peut-être décidé de tenter sa chance, maintenant que les circonstances avaient fragilisé Abby et qu'elle avait démissionné.

— Ça n'a pas d'importance, de toute façon ! reprit-elle. Kansas City est assez loin pour que Sam ne fasse pas le trajet tous les quatre matins !

Caleb savait qu'il devait partir, maintenant. Il aurait pourtant pu rester des heures assis sur ce banc sans rien demander de plus que tenir la main d'Abby dans la sienne.

Des heures sans être tenté d'aller plus loin ? Quel hypocrite il faisait ! Au bout de trente minutes seulement, il brûlait déjà d'embrasser Abby, et même de…

— Il faut que j'y aille ! s'écria-t-il pour couper court aux pensées érotiques qui menaçaient de l'assaillir.

Mais la jeune femme dut mal interpréter la brutalité de cette annonce, car elle retira vivement sa main et se leva d'un bond.

— Désolée, je vous retiens, alors que vous devez mourir d'envie de rentrer chez vous !

— Non, déclara Caleb en se levant – mais lentement, lui. Je voulais vous voir.

Ils se faisaient maintenant face, sans se toucher, mais ils étaient assez près l'un de l'autre pour qu'il suffise à Caleb de tendre le bras pour caresser la joue d'Abby.

Ce geste le surprit lui-même, car il ne procédait d'aucune décision consciente.

Une sonnette d'alarme se déclencha dans son esprit. *Recule !* pensa-t-il. *Dis bonsoir et va-t'en !*

Au lieu de ça, il entoura le visage d'Abby de ses mains et se pencha vers elle, mais il s'immobilisa ensuite pour lui laisser la possibilité de se dégager.

Elle ne le fit pas, et il joignit alors leurs lèvres.

8

Quand Caleb avait attendu avant de l'embrasser, Abby avait compris qu'il lui donnait une chance de refuser son baiser. Elle aurait dû la saisir, évitant ainsi de révéler son inexpérience dans ce domaine et de se ridiculiser.

Sans compter que cet homme pouvait la faire souffrir. Il était même presque certain que ce serait le cas.

Mais c'était aussi le seul homme qui ait jamais excité ses sens à ce point. Le seul homme dont elle ait jamais rêvé de sentir les mains se promener sur son corps…

Elle n'avait pas eu vraiment le choix, en réalité : quelque chose de plus fort que sa raison l'avait poussée à laisser Caleb l'embrasser.

D'abord très doux, son baiser devint vite plus fiévreux. Abby posa une main sur son torse puissant et sentit son cœur battre anormalement fort. C'était de toute évidence son désir pour elle la cause de cet emballement, et elle en conçut un mélange de surprise et de fierté.

Et puis la langue de Caleb se fraya un passage entre ses lèvres… À partir de ce moment, Abby perdit toute capacité d'analyse : le monde se réduisit aux merveilleuses sensations qui fusaient à travers son corps.

Les mains de Caleb finirent par lâcher son visage et, sans cesser de l'embrasser, il referma les bras sur elle et lui couvrit le dos de voluptueuses caresses. Électrisée, elle se serra plus fort contre lui, mais il rompit soudain leur étreinte et recula d'un pas.

— Votre oncle pourrait nous surprendre, dit-il d'une voix un peu rauque.

Était-ce le véritable motif de cette volte-face ? se demanda Abby.

Elle en doutait. Après avoir craint de paraître ridicule, elle avait dû surestimer son pouvoir de séduction, se laisser aveugler par la force d'une attirance qui n'était finalement pas vraiment partagée.

— Vous avez raison, se força-t-elle à déclarer. Vous voulez entrer une minute pour saluer mon oncle et ma tante ?

— Non, je n'ai pas de nouvelles informations à leur donner sur l'état d'Ernest Wagler, et il est tard…

— Je comprends. Bonne nuit, alors !

Caleb ne bougea pas. Il resta un long moment à fixer Abby, comme s'il avait quelque chose à lui dire mais ne trouvait pas les mots.

Partez ! pensa-t-elle. *Partez, par pitié !*

Cette prière fut finalement exaucée : toujours en silence, Caleb se retourna et se dirigea vers l'escalier.

Abby attendit que les feux arrière du 4x4 aient disparu dans le chemin pour se laisser tomber sur le banc. La tête lui tournait, et son cœur battait encore trop fort.

Elle ne savait pas ce qui la faisait le plus souffrir : son amour-propre ou l'idée que sa passion pour Caleb ne serait jamais assouvie.

Caleb était furieux contre lui-même. Alors qu'il s'était juré de garder ses distances avec Abby pour l'instant, il n'avait pu s'empêcher de l'embrasser !

La pénombre, la douceur de la nuit et cette solitude à deux avaient créé une atmosphère intime qui avait eu raison de sa détermination.

Jolie comme elle l'était, Abby possédait les armes nécessaires pour manipuler les hommes, pour faire en sorte qu'ils s'arrêtent aux apparences. Caleb ne la croyait pas capable d'un tel machiavélisme, mais il pensait plus que jamais à mener sa propre enquête sur la mort de Neal Walker.

Il devrait pour cela se rendre à Kansas City, retrouver les gens avec qui Abby avait vu son coéquipier discuter. Elle avait parlé de proxénètes… Ça ne collait pas avec le rapport évoqué par Donahue entre le trafic de drogue et la fusillade de la ruelle…

Caleb aurait aussi aimé savoir si le seul témoin de la scène avait été sollicité pour établir un portrait-robot de l'homme qu'il avait vu penché sur Abby. Mieux encore, Caleb aurait voulu interroger lui-même ce témoin.

S'il prenait ce genre d'initiative, il se mettrait évidemment son ami à dos, et il était prêt à reconnaître qu'enquêter sur un crime perpétré en dehors de sa juridiction était contraire à la déontologie.

D'après ce que Donahue lui avait dit, Abby avait laissé dans son appartement son ordinateur portable et son téléphone mobile.

L'examen du premier n'avait rien révélé d'intéressant : il ne contenait dans le domaine du travail que des notes et des brouillons de rapports correspondant à des enquêtes officielles. Et le second était protégé par un code à six chiffres.

Abby devait se douter qu'une fouille de son domicile

– et de ses appareils électroniques – aurait lieu après son départ… Si la preuve de son innocence ou de sa culpabilité que Caleb cherchait existait, elle se trouvait donc ailleurs, et un endroit lui vint aussitôt à l'esprit.

Aller l'explorer en cachette d'Abby ne serait pas seulement sournois : s'il était pris sur le fait, la jeune femme ne le lui pardonnerait jamais.

Alors débrouille-toi pour ne pas te faire prendre ! se dit Caleb.

Pendant les deux jours suivants, Caleb fut trop occupé pour retourner chez les Kemp. Avec ses adjoints, il avait effectué une descente dans un laboratoire clandestin de méthamphétamine installé dans une vieille grange.

Au terme d'une brève échauffourée, trois apprentis chimistes avaient été arrêtés. Deux d'entre eux n'avaient que vingt ans, et ce serait pourtant leur seconde condamnation pour ce type de délit. Le troisième était un adolescent de seize ans qui serait jugé par un tribunal pour enfants.

Ils avaient tous crié à la « violence policière », alors que la seule personne blessée dans l'affaire était un adjoint de Caleb, qui avait une pommette fracturée, un œil au beurre noir et, à la tempe, une énorme bosse due à un coup de batte de base-ball. Il avait eu de la chance de ne pas tomber dans le coma, comme Ernest Wagler…

Concernant ce dernier, sa femme avait eu raison de dire qu'il avait la tête dure, car il avait repris connaissance la veille et ne souffrait apparemment d'aucune séquelle.

Quand Caleb en eut terminé avec les interrogatoires, la rédaction de rapports et autres tâches administratives, il attendit encore une demi-journée pour aller chez les Kemp. Il savait qu'Abby ne serait pas là : elle avait rendez-vous chez le kinésithérapeute dans l'après-midi. Il comptait feindre de l'avoir oublié, et trouver ensuite un prétexte pour monter à l'étage.

La jeune femme irait en ville en carriole avec son oncle ou un de ses cousins, et Caleb, pour être sûr de ne pas les croiser, prit un chemin détourné.

Aucun des hommes de la famille ne se montra lorsqu'il arriva à destination, et il se mit à espérer que tout le monde était parti : la réalisation de son projet en serait grandement facilitée.

Alors qu'il s'apprêtait à frapper à la porte, cependant, Nancy l'ouvrit et l'invita à entrer.

— Vous avez raté Abby, lui dit-elle. Joshua l'a emmenée voir le kiné.

— Je comptais me proposer pour lui servir de nouveau de chauffeur, mais j'ai oublié que son rendez-vous était cet après-midi… Je suis débordé, en ce moment !

— Je comprends, mais, puisque vous êtes là, prenez au moins le temps de boire un café ! Et je viens de faire des beignets aux pommes…

— Comment résister à une offre aussi alléchante ?

Nancy sourit et conduisit Caleb dans la cuisine.

— Eli et Isaac ne sont pas là ? demanda-t-il sur un ton faussement dégagé. Je ne les ai pas vus en arrivant…

— Non, ils sont allés aider un voisin à finir sa récolte de maïs.

Après avoir servi Caleb, Nancy tourna dans la pièce sans but précis, contrairement à son habitude, et il lui déclara au bout d'un moment :

— J'ai l'impression que vous étiez occupée ailleurs, quand je suis arrivé…

— J'étais dans le potager, en train de cueillir des haricots verts, admit-elle. Mais ça peut attendre.

— Non, retournez-y sans vous occuper de moi ! Je termine mon café et je m'en vais.

Caleb dut insister, mais Nancy finit par céder et le laisser seul dans la cuisine.

Seul dans une maison où personne ne risquait de venir le déranger…

Après être allé vider sa tasse dans l'évier, il se dirigea à pas de loup vers l'escalier.

Il ne lui restait plus qu'à trouver la chambre d'Abby.

La voiture surgit de nulle part.

Le bruit régulier des roues en fer sur la chaussée, le claquement des sabots du cheval et le balancement de la carriole avaient plongé Abby dans une sorte de somnolence. Elle dormait encore plus mal depuis l'épisode du baiser et avait dit à Joshua qu'il pouvait écouter de la musique sur son baladeur, que cela ne la dérangeait pas.

Il lui avait fièrement montré l'objet la première fois qu'il l'avait emmenée en ville. C'était un vieux modèle, mais qui marchait visiblement encore très bien.

« C'est Elam Yoder qui me l'a donné, lui avait expliqué Joshua. Après son baptême. Et, avant, il appartenait à Jacob Mast. »

La possession d'appareils électroniques était réservée aux adolescents, et seulement pendant le *rumspringa*. S'ils décidaient ensuite de rester dans la communauté, ils devaient s'en séparer. Seule exception à cette règle : les téléphones portables indispensables à l'exercice de certains métiers – et encore, l'autorisation de l'évêque était nécessaire.

Jacob Mast étant maintenant marié, père de famille

et diacre, Abby avait du mal à l'imaginer en train d'écouter du rock ou de la pop !

Joshua avait choisi Sadie Mae, une belle jument alezane, pour tirer la carriole, et il avait pris pour aller en ville une petite route de campagne.

Ils auraient mis moins de temps en empruntant la nationale, comme la fois d'avant… Ni Joshua ni le cheval n'avaient alors eu l'air effrayés par la vitesse à laquelle voitures et camions les dépassaient, et en les frôlant presque… Abby, elle, avait sursauté à chaque fois, et le choix de cette petite route tranquille lui convenait donc parfaitement.

Dans l'état de semi-torpeur où elle se trouvait maintenant, Abby ne prêta pas spécialement attention au croisement qui se présentait. Obéissant à l'action de Joshua sur les rênes, la jument ralentit, puis, la voie étant libre, commença de traverser la route.

Le rugissement d'un moteur ramena brusquement Abby à la réalité. Elle vit une berline noire approcher si vite que la collision était inévitable.

Le cheval hennit, Joshua cria quelque chose qu'Abby ne comprit pas… Elle tenta de se préparer à l'impact en s'agrippant au bord de la banquette, aperçut à travers le pare-brise de la voiture un homme qui portait une casquette et des lunettes de soleil…

Il y eut un hurlement de freins, mais le choc se produisit malgré tout. L'avant de la berline heurta même la caisse de la carriole avec une telle violence qu'elle se brisa, et qu'Abby se retrouva presque allongée en travers du capot de la voiture.

Un silence irréel succéda au fracas de l'accident. Abby tourna – difficilement – la tête vers Joshua. Par miracle, il n'était pas tombé de son siège : tétanisé, la bouche ouverte mais aucun son n'en sortant, il était peut-être en état de choc, mais physiquement indemne.

La portière du conducteur de la berline s'ouvrit alors. Il allait lui dire qu'il avait appelé les secours, pensa Abby, lui demander si elle était blessée…

Mais elle n'entendit rien.

Je dois avoir les oreilles bouchées.

Et puis un claquement de sabots lui parvint, annonçant l'arrivée d'une carriole… Elle n'était donc pas sourde. Une voix affolée cria ensuite en dialecte une phrase dont le sens lui échappa.

La portière de la berline se referma aussitôt après, et Abby croisa le regard du conducteur, dont les lunettes de soleil avaient dû tomber au moment de l'impact. Sans cesser de la fixer d'un air mauvais, il fit marche arrière, et son pare-chocs se détacha des décombres dans un horrible bruit de ferraille.

Le capot ne lui offrant aucune prise, Abby tenta d'en descendre pendant que la voiture n'allait pas trop vite, mais l'homme donna soudain un coup d'accélérateur qui lui fit perdre l'équilibre. D'instinct, elle tendit les bras pour amortir sa chute, pendant que le véhicule effectuait un demi-tour. Il s'éloigna ensuite dans un grand crissement de pneus et une odeur de caoutchouc brûlé, puis il disparut derrière le sommet d'une côte.

— Merci de votre aide ! dit Abby pour la troisième ou quatrième fois à Amos King, l'homme arrivé sur les lieux juste après l'accident.

Ils avaient eu beaucoup de chance, Joshua et elle : son cousin était indemne, et elle n'avait rien de plus grave que des ecchymoses et des égratignures.

La carriole était en morceaux, mais la jument, qui

était tombée sur les genoux au moment de l'impact, avait pu marcher clopin-clopant jusqu'à la ferme la plus proche. Nick Cobb, son propriétaire, n'était pas amish, ce qui avait permis à Abby d'appeler tout de suite la police et de demander à un vétérinaire de venir soigner Sadie Mae.

Joshua et elle étaient maintenant dans la grande carriole d'Amos King, qui s'était proposé pour les ramener chez eux. Nick Cobb leur avait dit de ne pas attendre l'arrivée de la police.

« Elle saura où vous trouver pour prendre vos dépositions, avait-il déclaré. Quand je pense que ce type s'est enfui après vous avoir percutés… »

Percutés *volontairement,* Abby le craignait. Tout le monde l'accuserait d'être paranoïaque, si elle le disait. Et peut-être l'était-elle, en effet, peut-être le fait d'avoir échappé de peu à la mort deux fois en l'espace de quelques semaines relevait-il du simple hasard.

Mais aujourd'hui Joshua aurait pu être gravement blessé, ou pire…

Quand la carriole d'Amos King entra dans la cour des Kemp, Abby eut la surprise d'y voir un 4x4 portant le logo des bureaux du shérif.

Était-ce celui de Caleb ? Mais pourquoi le shérif serait-il là ?

Abby s'aperçut en mettant pied à terre qu'elle vacillait sur ses jambes. Ce devait être le contrecoup de l'accident. Amos s'en rendit compte : il tendit les rênes à Joshua, descendit de son siège et la prit par le bras.

— Je crois que j'ai besoin de m'allonger, déclara-t-elle.

— Oui, et je vais vous accompagner… Attends que je revienne, Joshua, d'accord ?

L'adolescent acquiesça de la tête, et Abby se dirigea

vers la maison. Arrivée devant la porte, elle entendit quelqu'un descendre l'escalier.

C'était sa tante ! pensa-t-elle, soulagée.

La porte s'ouvrit, Caleb apparut et, d'Abby ou de lui, ce fut visiblement lui le plus surpris.

Lorsqu'il avait entendu des voix, Caleb avait failli avoir un infarctus. Il s'était dépêché de tirer la fermeture Éclair de la valise d'Abby… Elle s'était coincée, malheureusement, et il avait dû renoncer à la débloquer.

Le temps que des pas résonnent sur le plancher de la terrasse, Caleb descendait l'escalier quatre à quatre en essuyant son front couvert de sueur avec la manche de sa chemise.

Ce devait être des amis des Kemp venus leur rendre visite, avait-il pensé pour se rassurer. Il n'avait qu'à leur dire d'aller rejoindre Nancy dans le potager.

Mais, derrière la porte, c'était Abby et un amish inconnu qu'il avait trouvés… S'il était resté quelques minutes de plus dans la chambre de la jeune femme, elle l'aurait pris en flagrant délit !

D'abord trop occupé à cacher son agitation pour remarquer quoi que ce soit, Caleb finit par s'apercevoir qu'Abby était en piteux état : ses vêtements étaient sales et déchirés, son bonnet avait disparu, et elle s'agrippait au bras de son compagnon comme si elle avait du mal à tenir sur ses jambes.

— Que s'est-il passé ? demanda-t-il à l'homme.

— Vous êtes le shérif, *ja ?*

— Oui.

— Abby et Joshua ont eu un accident. Un véhicule a heurté leur carriole, et elle est… *erector*.

— Cassée ?

— *Ja*.

Un terrible sentiment de culpabilité envahit Caleb. Abby et son cousin auraient pu mourir, et ce ne serait pas arrivé s'il avait conduit la jeune femme à son rendez-vous, au lieu de profiter de son absence pour fouiller sa chambre.

— Joshua est blessé ? questionna-t-il.

— Non. Il est dehors. Je lui ai confié les rênes de mon cheval.

— Quelqu'un a appelé la police ?

— Oui. Un fermier, Nick Cobb.

— Je le connais.

Caleb se pencha vers Abby et la souleva dans ses bras.

— Je vous conduis aux urgences ! décréta-t-il.

— Non ! s'écria-t-elle, comme saisie de panique. Je déteste les hôpitaux, et je n'ai rien de grave, de toute façon. J'ai juste besoin de m'allonger.

— Bon, d'accord…, grommela Caleb. Je vous emmène là-haut, et je vais ensuite prévenir Nancy.

Abby le fixa comme si elle essayait de lire dans ses pensées, mais elle se borna à lui dire poliment :

— Merci.

Elle remercia aussi, mais en dialecte, l'homme qui l'avait ramenée.

— De rien, déclara-t-il.

Caleb lui demanda d'attendre pour partir qu'il l'ait interrogé, puis il pivota sur ses talons et porta Abby directement dans sa chambre.

Le dépouillement de cette pièce l'aurait surpris, tout à l'heure, s'il n'avait connu les mœurs austères des amish : son mobilier se composait en tout et pour tout d'un lit, d'une commode et de patères fixées au mur pour suspendre les vêtements. Caleb avait trouvé la valise d'Abby posée sur la commode, à côté d'un carton de livres qu'il avait fouillé sans rien y trouver d'intéressant.

Il allongea doucement la jeune femme sur le lit, lui retira ses chaussures, puis s'assit au bord du matelas et ne put s'empêcher d'écarter de son visage des cheveux que la perte de son bonnet avait décoiffés. En sentant une petite protubérance sous ses doigts, il se pencha et constata la présence d'une ecchymose au niveau de la mâchoire.

— Vous êtes sûre de n'avoir rien de cassé ?

— Oui. Allez voir Joshua, et assurez-vous qu'il va bien.

— D'accord. Je préviens ensuite votre tante, et je me renseigne sur les circonstances de cet accident.

Abby ouvrit la bouche comme pour dire quelque chose, mais elle la referma aussitôt. Caleb l'embrassa sur le front, lui caressa la joue, puis il descendit au rez-de-chaussée.

Ce fut seulement une fois en bas de l'escalier qu'il se rendit compte de la bévue qu'il avait commise en emmenant Abby directement dans sa chambre : il n'était pas censé savoir où elle était !

Restait à espérer qu'Abby, visiblement sous le choc, n'ait rien remarqué…

Sans doute alertée par le bruit, Nancy avait déjà regagné la maison. Elle était dans la cuisine avec Joshua et s'affairait autour de lui. Après avoir pris des nouvelles de l'adolescent – qui était secoué mais indemne –, Caleb lui demanda de raconter ce qui s'était passé. Il alla ensuite parler à l'homme qui avait ramené Abby et son cousin – un certain Amos King, lui avait dit Nancy.

Ce nom lui était familier, mais il lui fallut une minute pour comprendre pourquoi.

Amos était un ébéniste dont une tornade avait détruit la maison et l'atelier l'année précédente. Quelques semaines plus tard, les deux étaient reconstruits grâce aux efforts combinés et aux multiples compétences des membres de la communauté amish. Une vente aux enchères d'objets d'artisanat avait en outre été organisée, dont la recette avait servi à racheter les meubles, ustensiles de ménage et outils perdus. Veuf, Amos était un homme dont Caleb n'avait jamais entendu dire que du bien.

Son récit ajouta un élément intrigant à celui de Joshua :

— L'endroit où l'accident s'est produit se trouve dans un creux. Comme la voiture roulait dans ma direction, j'aurais dû la voir apparaître au sommet de la côte, et ce n'est pas le cas.

Quand Caleb lui demanda s'il avait relevé le numéro d'immatriculation du véhicule, son interlocuteur secoua négativement la tête. Il se reprocha alors de ne pas avoir pensé à poser la question à Abby : une plaque minéralogique était un détail auquel un policier prêtait automatiquement attention. Il lui en parlerait, mais pas maintenant : elle avait besoin de se reposer.

Caleb se rendit ensuite sur les lieux de l'accident. Deux de ses adjoints y étaient déjà, et, quand il descendit de son 4x4, la vue des dégâts causés à la carriole figea son sang dans ses veines.

La force de l'impact avait brisé la caisse du véhicule et tordu les jantes des roues. Des morceaux de verre jonchaient la chaussée, comme après un accident de la route entre deux automobiles : le phare et le clignotant droits de la carriole avaient volé en éclats. Contrairement aux autorités religieuses des communautés amish plus conservatrices, celles des trois districts locaux encourageaient en effet la pose de dispositifs lumineux à piles sur les véhicules de leurs ouailles.

Caleb se ressaisit, échangea quelques mots avec ses adjoints, puis il s'accroupit pour examiner les morceaux de verre. Son espoir d'en trouver quelques-uns qui ne proviendraient pas de la carriole fut déçu : à y regarder de plus près, il n'y en avait que de deux types.

Ni Joshua ni Amos King n'avaient été capables de donner la marque et le modèle de la voiture à l'origine de l'accident. Ils avaient juste dit qu'elle était noire.

Noire, comme la caisse de la carriole, ce qui empêcherait de retrouver d'éventuelles écailles de peinture arrachées au capot de la voiture au moment de l'impact. L'analyse et la saisie de leur composition dans des banques de données spécialisées auraient pourtant pu fournir de précieux renseignements.

Caleb se redressa et remonta dans son 4x4 en se demandant comment Abby et Joshua avaient pu se sortir vivants d'une collision aussi violente.

Lui qui avait toujours été d'un rationalisme absolu, il était maintenant tout près de croire aux miracles.

Allongée sur son lit, Abby attendait que l'anti-inflammatoire qu'elle avait pris fasse effet. Elle repassait le scénario de l'accident dans son esprit…

S'agissait-il d'un événement fortuit et, dans l'affirmative, pourquoi le conducteur de la berline avait-il braqué sur elle un regard mauvais avant de s'enfuir ?

Il y avait des gens qui n'aimaient pas les amish. Ils critiquaient leur rejet de la vie moderne, et certains allaient jusqu'à les assimiler à une secte. D'autres étaient juste agacés par la lenteur de leurs carrioles…

Peut-être le conducteur de la berline appartenait-il à cette dernière catégorie, et les avait-il jugés, Joshua et elle, responsables de l'accident, parce que leur véhicule avait mis trop de temps à franchir le carrefour ?

Peut-être s'était-il enfui afin d'éviter une amende pour excès de vitesse et un malus ?

Le souvenir de son regard hostile planté dans le sien n'en faisait pas moins frissonner Abby.

Elle finit par se lever pour aller prendre un bain. Joshua avait pris le sien : un bruit d'eau dans les canalisations lui avait appris, quelques minutes plus tôt, que la baignoire était en train de se vider.

L'état de ses vêtements, qu'Abby inspecta alors pour la première fois depuis l'accident, la consterna. Une fois qu'ils auraient été lavés et raccommodés, elle pourrait encore les porter pour faire de gros travaux de nettoyage ou du jardinage, mais jamais en présence de personnes extérieures à la famille.

Sa garde-robe amish était déjà limitée, et la couture n'était pas son fort, mais sa tante se proposerait sûrement pour lui confectionner une nouvelle robe. Beaucoup plus grande que la plupart des femmes amish, Abby ne pouvait même pas en emprunter une. En attendant, elle devrait porter sa seule tenue amish de rechange.

Ses vêtements « ordinaires » étaient dans sa valise. Un instant tentée de les mettre après son bain, elle y renonça finalement. Non seulement elle préférait respecter les usages des personnes qui l'hébergeaient, mais, si quelqu'un en voulait à sa vie, ils la rendraient trop facilement repérable.

Abby se dirigea vers la commode pour aller chercher des sous-vêtements propres dans la valise. Elle l'avait posée là en arrivant et ne l'avait pas vidée à cause de son sternum fêlé : manœuvrer un tiroir et se pencher pour le remplir ou prendre des affaires dedans était alors inenvisageable. Elle l'avait ensuite laissée là, ne l'ouvrant que pour en sortir ou y remettre du linge.

Bizarrement, la fermeture Éclair était coincée à mi-parcours. Elle la débloqua – une bretelle de soutien-gorge s'était prise dedans – et vit alors que le contenu de la valise avait été remué.

Aucun de ses deux cousins ne se serait permis ne serait-ce que d'entrer dans sa chambre derrière son dos…

Quelqu'un l'avait pourtant fait.

Caleb, bien sûr !

Cela expliquait sa stupeur, quand il l'avait découverte sur la terrasse, tout à l'heure… Il avait profité d'un moment où il la savait absente pour aller fouiller dans ses affaires.

Et il l'avait ensuite emmenée dans sa chambre sans avoir à lui demander laquelle c'était…

Comment pouvait-elle ne pas l'avoir remarqué ?

Comment pouvait-elle ne pas s'être étonnée, tout simplement, de le trouver seul dans la maison ?

Quoi qu'il en soit, il avait perdu sa confiance à jamais.

9

À peine Caleb eut-il croisé le regard d'Abby qu'une boule d'angoisse se forma dans son estomac. Il était revenu pour lui poser des questions sur l'accident, mais aussi pour prendre de ses nouvelles. Les choses risquaient de se passer nettement moins bien qu'il ne l'avait prévu.

Abby était assise sur la terrasse, les mains jointes sur les genoux, comme si elle l'attendait – ce qui devait être le cas : elle tenait sans doute à lui parler en tête à tête. Son visage était impassible…

Ce n'était pas la femme qu'il avait maintenant en face de lui, mais le policier.

Sans un mot, Caleb s'assit près d'elle et sortit son calepin de sa poche. S'il voulait obtenir des réponses, mieux valait attaquer le premier.

— Vous avez relevé le numéro d'immatriculation de la voiture ? dit-il.

— Elle n'avait pas de plaque minéralogique à l'avant.

— Et à l'arrière ?

— Je ne sais pas.

— Comment ça ?

— J'étais allongée sur le capot, j'en suis tombée

quand le conducteur a fait marche arrière, puis demi-tour, et j'aurais sans doute dû suivre la voiture des yeux, mais j'étais alors trop occupée à me demander si je n'avais rien de cassé.

— Je comprends... Mais vous êtes sûre qu'il n'y avait pas de plaque minéralogique à l'avant ? Elle ne pouvait pas être masquée ?

— Non. Son emplacement était vide.

— D'accord... Il y avait combien de personnes dans la voiture ?

Une seule, avait répondu Joshua à la même question, mais Caleb pensait que la frayeur avait peut-être privé l'adolescent de lucidité.

— Je n'en ai vu qu'une, déclara Abby.

Puis elle ferma les yeux et décrivit l'homme, mais elle n'avait malheureusement pas pu bien distinguer ses traits : il avait une casquette de base-ball ornée du logo d'un fabricant de matériel agricole enfoncée jusqu'aux oreilles.

— Avant de partir, il m'a fusillée du regard, ajouta Abby. Il portait des lunettes de soleil, au départ, mais le choc avait dû les faire tomber.

— Vous pensez que ce n'était pas un simple accident ?

Caleb avait bien sûr déjà envisagé cette hypothèse, même si elle lui semblait peu vraisemblable.

— Je me pose sérieusement la question, répondit la jeune femme. On aurait dû voir ou entendre cette voiture arriver bien avant qu'elle nous fonce dessus. Elle devait être garée derrière les arbres qui bordent la route que nous devions traverser. Quand elle a surgi, j'ai eu l'impression qu'elle roulait très vite, mais sa vitesse aurait été bien supérieure si elle venait de descendre la pente située en amont du carrefour. Et ni Joshua ni moi n'aurions alors survécu, sans doute.

— Vous avez reconnu la marque et le modèle de cette voiture ?

— Non. Tout ce que je peux dire, c'est qu'il s'agit d'une berline noire.

— Vous n'avez rien remarqué d'autre ? Un autocollant sur le pare-chocs avant, par exemple ?

— Non.

Caleb referma son calepin et le remit dans sa poche. Puis, se fiant au proverbe selon lequel faute avouée était à moitié pardonnée, il déclara :

— J'ai quelque chose à vous dire.

— Vous avez fouillé dans mes affaires !

— Oui. Pour pouvoir ensuite expliquer à Donahue que j'avais tout fait pour trouver une preuve de votre culpabilité, qu'il n'en existait aucune, et qu'il devait donc chercher ailleurs l'assassin de votre coéquipier.

— Comment pourrais-je croire sur parole un homme capable d'agir de façon aussi sournoise ?

— Je comprends votre colère, mais…

— Bien que je ne sois pas ici chez moi, coupa Abby en se levant, je vous demande de ne plus revenir à moins d'avoir une raison spéciale de rendre visite à mon oncle et à ma tante. Quant à moi, je ne veux plus vous voir !

Puis elle passa devant Caleb sans le regarder et rentra dans la maison. La porte moustiquaire se referma derrière elle avec un claquement qui fit tressaillir Caleb comme s'il avait reçu une gifle.

— Il faut que je fasse de la pâtisserie ! s'exclama Nancy le lendemain matin. Le shérif va sûrement passer te…

— Je le lui ai interdit, l'interrompit Abby.

— Ah bon ? Et pourquoi ?

— Oncle Eli est encore dans son bureau ?

— Oui, il fait sa comptabilité, et ça lui prend toujours du temps.

— Tu veux bien aller le chercher ?

— *Ja...*

À tort ou à raison, Abby ne supportait plus que sa tante considère le shérif comme un ami de la famille.

L'air inquiet, son oncle s'assit en face d'elle à la table de la cuisine, et sa femme s'installa à côté de lui.

— *Was ist letz ?* déclara-t-il.

— Vous connaissez tous les deux les circonstances qui m'ont amenée à venir séjourner chez vous.

— Oui.

— Mon supérieur hiérarchique, le capitaine Donahue, pense que je me suis disputée avec Neal Walker, mon coéquipier, et que je l'ai tué. Selon lui, Neal aurait eu le temps de tirer deux fois sur moi avant de mourir.

Bien qu'elle sache déjà tout cela, Nancy poussa un cri d'indignation, et son mari posa une main autoritaire sur son bras pour la réduire au silence.

— Lors de sa première visite, poursuivit Abby, le shérif nous a expliqué que Donahue, avec qui il avait autrefois travaillé, lui avait demandé de prendre des nouvelles de ma santé. Il l'avait en fait chargé de gagner ma confiance et d'essayer de me faire avouer mes turpitudes.

— Pourquoi tu ne nous l'as pas dit avant ? questionna Eli.

— J'ai cru pendant un moment que le shérif avait fini par se convaincre de mon innocence. Mais hier, quand Amos King nous a ramenés, Joshua et moi, j'ai entendu quelqu'un descendre l'escalier, et il s'est avéré que c'était le shérif. Il a eu l'air très surpris de me voir, et, sans l'accident, il aurait en effet eu tout le temps de partir avant mon retour. J'étais alors trop secouée pour lui demander ce qu'il faisait là, mais un peu plus tard je me suis aperçue que quelqu'un avait fouillé dans mes affaires.

— Le shérif ? s'écria Nancy. Non, ce n'est pas possible !

— Si. Il me l'a même avoué… Écoutez, je ne doute pas de ses compétences professionnelles, et, si un jour vous avez besoin d'appeler la police, vous pouvez vous adresser à lui, mais, moi, je ne veux plus le voir. Je lui ai interdit de revenir me rendre visite, et je tenais à vous dire pourquoi.

Après un long silence, Eli déclara gravement :

— Je suis déçu. J'espérais que le shérif t'aiderait à prouver ton innocence.

— Je l'espérais, moi aussi, mais, comme c'est l'ami du capitaine Donahue, il est normal qu'il le croie, lui, plutôt que moi.

— Je suis désolé pour toi.

— *Denke*.

Eli repoussa sa chaise et, quand il fut parti, Abby demanda à sa tante :

— Comment va Joshua, ce matin ?

Fatiguée et endolorie, elle s'était levée trop tard pour prendre part au petit déjeuner familial.

— Il est encore secoué, mais j'ai l'impression qu'il est en même temps ravi d'avoir quelque chose à raconter à ses amis, répondit Nancy d'un air réprobateur. Ça lui permettra de faire l'intéressant, j'imagine…

— C'est de son âge ! observa Abby en riant.

Sa tante n'avait pas bougé de sa chaise, ce qui était très inhabituel. Elle s'activait du matin au soir, et même après le dîner, une fois la cuisine rangée, elle trouvait à s'occuper : elle tricotait, cousait, brodait… Elle était assez corpulente, et, les amish avaient beau avoir une alimentation très riche, Abby ne comprenait pas comment c'était possible.

— Que vas-tu faire quand tu seras complètement rétablie ? lui demanda Nancy. Comment pourras-tu prouver ton innocence ?

— Je ne sais pas. Les enquêteurs ne trouveront rien qui permette de m'arrêter, mais, si le coupable n'est jamais identifié, je doute que la police d'une autre ville accepte de m'engager.

— Tu peux rester avec nous toute ta vie si tu veux.

— *Denke,* répéta Abby en se forçant à sourire.

Mais elle ne se voyait pas passer le reste de son existence à l'écart de la civilisation, et encore moins devenir le membre à part entière de la communauté amish que cela impliquerait.

Parce que la rebuffade d'Abby l'avait anéanti, Caleb décida le lendemain en début d'après-midi d'effectuer une tentative de réconciliation : il alla frapper à la porte des Kemp. Ce fut Nancy qui lui ouvrit, mais elle ne l'invita pas à entrer.

— Abby ne veut pas vous voir, dit-elle avant de refermer la porte.

L'intensité de sa détresse avait fait comprendre à Caleb – au pire moment – qu'il était follement amoureux d'Abby. Il n'avait maintenant plus aucune chance de la conquérir, mais, pire encore, en détruisant par sa propre bêtise la confiance qu'elle avait en lui, il l'avait condamnée à se battre seule contre ses éventuels ennemis.

Aussi malheureux qu'il se sente, il devait s'efforcer de la protéger.

Alors, pendant qu'il était là, il entreprit de faire le

tour des fermes voisines. Elles étaient toutes exploitées par des amish, qui avaient sûrement entendu parler de l'accident de la veille.

Caleb demanda à tous ceux qu'il rencontra de l'en informer si jamais ils voyaient un inconnu rôder dans les environs, à pied ou en voiture, armé ou non. Les amish n'avaient pas l'habitude de collaborer avec la police, mais il supplia ceux-là de faire une exception.

Un peu plus loin, les agriculteurs membres de la communauté amish étaient moins nombreux, mais Caleb les exhorta eux aussi à la vigilance, et ils lui promirent d'ouvrir l'œil. La chasse étant pour la plupart d'entre eux un loisir familier, la vue d'un homme armé d'un fusil ne les inquiétait pas, d'ordinaire… Caleb espérait les avoir convaincus de l'appeler malgré tout en cas de doute.

Une fois de retour dans son bureau, il décida de laisser un message pour Abby sur le répondeur de la cabine téléphonique communautaire. Avec un peu de chance, elle se serait calmée et accepterait de le revoir.

Sachant que ce message pourrait être écouté par à peu près n'importe qui, il le rendit aussi neutre que possible :

« Abby Baker, je voudrais vous parler. Je souhaite sincèrement vous aider, et j'ai les ressources nécessaires pour le faire. Rappelez-moi ! »

Après une légère hésitation, il ajouta, ce qu'il n'avait pas prévu au départ :

« S'il vous plaît. »

Son téléphone demeura anormalement silencieux pendant tout le reste de la journée.

Abby ne devait pas avoir encore eu son message, pensa-t-il.

Mais, sans nouvelles de la jeune femme le lendemain

en fin de matinée, il comprit que sa prière ne serait pas exaucée.

En milieu d'après-midi, Caleb reçut un appel provenant d'un numéro inconnu. Ce n'était cependant pas exceptionnel : les gens se passaient son numéro de portable.

— Shérif Tanner…

— Bonjour, shérif ! Rudy Yoder, à l'appareil… Vous avez parlé hier à mon fils David, et je vous appelle parce qu'il y a moins d'une heure mon cadet et un de ses amis étaient dans les bois qui bordent notre propriété.

Yoder marqua une pause, comme pour permettre à Caleb de lui demander de répéter, mais son anglais, bien que teinté d'accent allemand, était parfaitement compréhensible.

— Votre fils et son ami ont vu quelque chose de bizarre ?

— Oui : deux hommes armés de fusils et habillés comme des militaires.

Il devait s'agir de tenues de camouflage, songea Caleb, et les chasseurs en portaient souvent.

— Les garçons leur ont parlé ?

— Non, ils ont eu peur.

— Ces hommes les ont aperçus ?

— Ils pensent que non.

— Vous avez vu un véhicule inconnu passer sur votre route, ou rester garé anormalement longtemps sur le bas-côté ?

— Non.

Caleb étouffa un soupir.

— Merci d'avoir appelé, monsieur Yoder. Je vous conseille d'interdire temporairement à vos enfants et à leurs amis de retourner dans ces bois.

— C'est bien mon intention !

La communication fut coupée, et Caleb posa son téléphone sur son bureau. Il alla ensuite regarder la carte d'état-major fixée à l'un des murs de la pièce.

Il avait rendu visite à deux familles Yoder différentes, la veille : ce patronyme était assez répandu chez les amish, et dans ce comté en particulier. Le premier Yoder à s'y installer – avec des frères et des cousins, probablement – devait avoir eu sept ou huit enfants. Une fois adultes, ceux-ci s'étaient mariés, avaient acheté des terres dans la même région et fondé eux-mêmes une famille.

Caleb se souvenait d'avoir parlé dans l'une des deux fermes Yoder à un adolescent qui lui avait promis de dire à son père, momentanément absent, de signaler à la police la présence de toute personne louche.

Il fallut une minute de plus à Caleb pour se rappeler où cette conversation avait eu lieu : devant une maison située sur la même route que celle des Kemp, et du même côté.

Le temps de faire le trajet, les deux hommes armés seraient probablement loin de l'endroit où les deux garçons les avaient vus, se dit Caleb, mais il pouvait au moins essayer de trouver leur véhicule.

Il se rendit sur place et passa une heure à parcourir les routes de ce secteur, mais sans repérer aucune voiture garée dans un chemin ou à demi cachée par la végétation.

Abby devait être encore trop endolorie pour ramasser des légumes dans le potager ou cueillir des fruits dans le verger. Caleb jugea néanmoins préférable d'avertir les Kemp du danger que leur nièce courrait peut-être si elle le faisait.

À peine s'était-il garé dans leur cour qu'Eli sortit de la grange et se dirigea vers lui. Caleb descendit de la voiture et, résistant à la tentation de jeter un coup d'œil en direction de la maison, alla à la rencontre d'Eli. Il ne lui demanda pas si Abby avait eu son message téléphonique, ni s'il y avait des chances pour qu'elle accepte de lui parler.

— Je suis venu vous dire que deux hommes armés et en tenue de camouflage ont été vus dans les bois voisins de votre propriété, déclara-t-il à la place.

— Je le sais déjà : Rudy Yoder a envoyé un de ses fils nous prévenir.

— Il s'agit peut-être seulement de chasseurs, mais la prudence s'impose.

— Merci. Au revoir !

La froideur de cet homme, d'habitude si cordial, peina Caleb, mais le fait qu'il se range dans le camp de sa nièce était assez normal…

Caleb le salua et partit.

Vingt-quatre heures plus tard, plusieurs personnes avaient appelé pour signaler la présence d'hommes armés de fusils dans ces mêmes bois.

« Ils avaient l'air de se cacher », avait précisé l'une d'elles.

La chasse au dindon sauvage n'était ouverte que depuis le matin de ce 1er octobre, et elle comptait en outre relativement peu d'adeptes.

La chasse au cerf, elle, ne serait pas ouverte avant un mois – sauf pour ceux qui utilisaient pour seules armes un arc et des flèches. Faisans et cailles seraient tranquilles jusqu'en novembre, et, si tirer sur un écureuil, un coyote ou une marmotte était autorisé toute l'année, Caleb voyait mal des adultes mettre une tenue de camouflage pour aller chasser la marmotte. Il y avait bien sûr des braconniers, mais, chose intéressante, aucune des personnes qui avaient appelé n'avait entendu de coups de feu.

Un homme qui n'appartenait pas à la communauté amish parla à Caleb d'une friche située à quelques centaines de mètres de chez lui, où quelqu'un pouvait laisser un véhicule et pénétrer ensuite discrètement dans les bois qui la bordaient.

Caleb y alla en reconnaissance et découvrit que, si ce terrain était en friche, c'était parce que la ferme dont il dépendait était abandonnée. Personne n'était donc susceptible de lui dire si une voiture avait récemment été vue garée là, et l'examen du sol ne lui apprit rien non plus : la terre était trop dure pour que des pneus y laissent une marque.

Agacé de s'être déplacé pour rien, Caleb remonta dans son 4x4, laissa la portière ouverte et appela Mike Donahue.

— Tu as du nouveau ? lui demanda ce dernier.

— Non, juste une question à te poser.

— Vas-y !

— Tu as chargé quelqu'un de surveiller le lieutenant Baker ?

La réponse se fit attendre un peu trop longtemps pour ne pas être sujette à caution :

— C'est *toi* qui es censé la surveiller pour moi !

Caleb garda le silence.

— Tu m'accuses de quelque chose ? rugit Donahue au bout d'un moment.

— Je n'oserais pas ! répliqua Caleb.

Puis il raccrocha de peur de tenir des propos qu'il regretterait ensuite.

Son portable sonna bien sûr vingt secondes plus tard. Mike Donahue… Caleb ne décrocha pas. Il appuya sa tête contre le dossier de son siège et tenta de réfléchir calmement.

Abby était-elle en danger ? Il n'existait aucune preuve

certaine qu'elle le soit… D'un autre côté, elle avait frôlé la mort à deux reprises depuis qu'elle séjournait chez son oncle et sa tante…

Il s'était cependant passé du temps entre ces deux épisodes, et provoquer un « accident de carriole » n'avait rien d'une méthode infaillible pour tuer quelqu'un – les faits l'avaient démontré.

Non, cette collision était plus probablement le fruit du hasard. Trop d'automobilistes oubliaient qu'ils devaient partager la route avec des véhicules tirés par des chevaux, et donc très lents. D'autres venaient de comtés ou d'États où ce type de moyen de locomotion n'était plus utilisé depuis cent ans ou plus. Ils n'étaient donc pas habitués à devoir en tenir compte.

Ceci dit, il y avait dans les récits d'Abby et d'Amos King des éléments troublants…

Fatigué d'aligner des arguments en faveur tantôt d'une thèse, tantôt de son contraire, sans parvenir à faire pencher la balance d'un côté ou de l'autre, Caleb poussa un juron, boucla sa ceinture et démarra.

Abby observait par la fenêtre la brume de chaleur qui voilait le bleu du ciel. La veille, une tornade avait touché un comté voisin. Elle n'avait heureusement pas fait de victimes, mais les dégâts matériels étaient très importants, et certains fermiers avaient perdu des têtes de bétail.

Ce ciel blanchâtre et la moiteur de l'air ne présageaient rien de bon. Les feuilles des arbres, même celles qui avaient revêtu leurs couleurs automnales et que la plus petite brise aurait fait tomber, étaient parfaitement immobiles.

Tout était trop calme, trop silencieux… C'était

comme si la nature retenait son souffle dans l'attente d'une terrible catastrophe.

Abby appuya son front contre la vitre et tenta de se raisonner. Elle était en train de faire une crise d'angoisse, et la météo n'y était pour rien : un douloureux sentiment d'impuissance et l'obligation de rester à l'intérieur de la maison lui donnaient des symptômes voisins de ceux de la claustrophobie.

Son oncle et sa tante lui avaient en effet interdit de sortir. Elle avait dû annuler son rendez-vous de kinésithérapie de la semaine suivante, et renoncer à toute activité en plein air alors que les patates douces, les tomates, les citrouilles et les potimarrons étaient prêts à être récoltés en plus des brocolis, des choux et des haricots. Elle ne pouvait ni aller ramasser les œufs dans le poulailler, ni donner à manger aux chevaux, ni même aller transmettre un message à son oncle ou à ses cousins quand ils étaient dans la grange.

Les tâches ménagères étaient les seules activités qui lui restaient. Ce mode de vie était celui des femmes amish… et ne serait jamais le sien.

L'existence d'une jeune femme moderne n'était pas toujours rose, mais son métier de policière lui avait apporté des satisfactions que les membres de sa famille maternelle ne pouvaient pas comprendre. Elle était capable de tout pardonner sauf la violence contre les personnes : ce type de faute devait être sévèrement puni.

Caleb comprendrait, lui !

Cette pensée s'imposa à elle en dépit de ses efforts pour chasser le shérif de son esprit.

Il comprendrait aussi la frustration que lui causait son inactivité forcée… Elle craignait même d'avoir commis une erreur en venant passer sa convalescence dans un endroit aussi isolé, aussi éloigné de Kansas City. Sans moyen de transport autonome, elle était depuis des semaines dans l'impossibilité de mener discrètement l'enquête sur la mort de son coéquipier – en essayant par exemple de convaincre Laura Walker de lui parler.

Pourquoi n'arrivait-elle pas à se rappeler ce qui s'était passé ? Elle avait envie de crier, de donner des coups de poing dans le mur… et d'étrangler Caleb Tanner, car s'il avait été digne de confiance elle aurait pu lui demander de l'aider.

Le moment était peut-être venu pour elle de regagner son appartement et d'exploiter les indices que Neal avait laissés derrière lui. Si elle rentrait à Kansas City en autocar ou en taxi et faisait ensuite profil bas, personne – et notamment le capitaine Donahue – ne saurait avant un bon moment qu'elle était de retour.

Et peut-être que dans un cadre familier…

Des images, des sons et des odeurs l'assaillirent brusquement, accompagnés de l'impression de recevoir des coups de marteau sur le crâne.

Il y avait du verre brisé sur le sol, le dos d'une personne penchée en avant, un bruit de pas… Un choc à la tête, un liquide chaud qui mouillait ses cheveux… Du sang, c'était du sang… Le contact du bitume contre sa joue… Son holster, vide… Des bottes…

« Hé ! J'ai appelé le 911 ! »

Un pistolet braqué sur elle…

Un gémissement s'échappa de ses lèvres et, d'un pas chancelant, elle alla s'asseoir sur la chaise la plus proche. Pliée en deux, elle appuya les paumes de ses mains sur ses tempes et ferma les yeux.

Les bribes de souvenirs disparurent peu à peu, et les coups de marteau s'espacèrent.

L'oubli était un mécanisme de défense développé par

son inconscient pour la protéger, Abby le savait, mais, faute de lutter contre cette amnésie, elle ne parviendrait peut-être jamais à reprendre le cours normal de sa vie.

Elle avait pensé que ses collègues finiraient par trouver l'assassin de Neal et la raison pour laquelle il avait été tué… Elle n'y croyait plus.

Le message que Caleb avait laissé pour elle sur le répondeur de la cabine communautaire, l'avant-veille, lui revint à la mémoire :

« Abby Baker, je voudrais vous parler. Je souhaite sincèrement vous aider, et j'ai les ressources nécessaires pour le faire. Rappelez-moi ! S'il vous plaît ! »

C'était son oncle qui l'avait écouté en premier, et il l'avait transcrit mot pour mot sur une feuille de papier. Elle aurait malgré tout préféré l'entendre de la bouche de Caleb, pour pouvoir distinguer ce qu'il pensait vraiment de ce qui était juste destiné à l'amadouer.

Il était malheureusement probable que tout, dans ce message, était pure hypocrisie. Caleb n'avait pratiquement jamais cessé de lui mentir. Il agissait par calcul, y compris quand il l'avait embrassée.

Abby rouvrit les yeux et se redressa. La crise était passée. Elle lui avait semblé durer très longtemps, mais ce devait être une simple impression : si c'était vrai, sa tante serait déjà rentrée avec les légumes qu'elle était allée ramasser.

En jetant un coup d'œil à la pendule murale, pourtant, Abby fut surprise de voir que sa tante aurait en fait déjà dû être revenue depuis un bon moment. Inquiète, elle se leva et ouvrit la porte de derrière.

— Tante Nancy ? Ça va ?

L'air du dehors était chargé d'humidité au point d'être presque irrespirable. De l'avis d'Abby, Nancy commençait à être trop âgée pour travailler aussi dur, notamment pour porter de lourdes charges. Or elle était sortie avec deux grands seaux en métal, qu'elle comptait évidemment remplir…

Et si elle était tombée ? Si elle avait eu un coup de chaleur, ou un infarctus ?

Abby fit les quelques pas dont elle avait besoin pour embrasser du regard toute l'étendue du potager… et elle poussa un soupir de soulagement en voyant sa tante marcher entre deux rangs de légumes, un seau plein dans chaque main.

— Je commençais à m'inquiéter ! lui cria Abby.

— Je suis lente, répondit-elle. Rentre vite dans la maison !

Un coup de feu retentit soudain, et elle trébucha, puis tomba en avant, le contenu de ses seaux se répandant autour d'elle.

Abby ne réfléchit pas : elle courut vers sa tante et la recouvrit de son corps.

Un deuxième coup de feu éclata. Elle éprouva une vive sensation de brûlure dans le haut du bras, comme si un essaim de frelons l'avait piquée. Elle allait peut-être se faire tuer, mais tant pis… Elle préférait cela à laisser un membre de sa famille mourir à sa place.

Une troisième détonation…

Le gros conteneur du compost, à quelques mètres de l'endroit où sa tante était tombée, leur offrirait un abri, mais comment l'atteindre sans courir encore plus de risques ?

Où étaient Eli et les garçons ? En sécurité, il fallait l'espérer…

Abby prit sa tante à bras-le-corps, se redressa et s'élança.

10

Caleb arriva chez les Kemp juste après l'ambulance. Il écrasa la pédale de frein, bondit de son véhicule et passa en courant devant deux secouristes, dont une femme, en train de sortir leur matériel.

« À l'arrière de la maison », avait dit la personne qui avait appelé les secours – une voix jeune et apeurée, d'après la standardiste.

Un groupe de gens entourait les deux victimes. Tous amish, sauf un adolescent qui se tenait un peu en retrait. Un ami de Joshua, sans doute, et qui, par chance, se trouvait là au moment des faits, car, comme tous les *Englisch* de son âge, il avait forcément un portable dans sa poche. C'était sûrement lui qui avait composé le 911, et fait ainsi gagner un temps précieux aux secouristes.

Eli, qui devait guetter ces derniers, se retourna et vit Caleb. Il avait perdu son chapeau, et ses traits exprimaient une folle angoisse.

— Shérif ! On vous a prévenu ?

— Oui.

Nancy était allongée près d'une énorme caisse en bois – un conteneur à compost, apparemment. Son bonnet était taché de sang. Si elle avait été touchée à la tête…

— Votre épouse est consciente ? reprit Caleb.

— Non, répondit Eli en passant une main tremblante sur son visage.

Caleb s'aperçut alors que la femme agenouillée près de Nancy était Abby. Penchée sur sa tante, elle lui tenait la main. Les tirs l'avaient épargnée.

Soulagé au point d'en avoir les jambes molles, Caleb s'apprêtait à aller la rejoindre quand les secouristes arrivèrent. Ils demandèrent à toutes les personnes présentes de s'écarter et procédèrent à un premier examen de Nancy. Maintenant assise par terre à quelques mètres de sa tante, Abby ne la quittait pas des yeux.

Caleb se retrouva sans trop savoir comment accroupi à côté d'elle. Il vit alors que la manche de sa robe était imbibée de sang.

— Vous êtes blessée, vous aussi ! s'écria-t-il.

— Ce n'est rien, marmonna-t-elle sans le regarder.

— Non, ce n'est pas rien ! protesta Caleb en la prenant par le menton et en l'obligeant à tourner la tête vers lui. Vous avez beaucoup saigné ! Où avez-vous mal ?

Sans doute avait-il parlé très fort sans s'en rendre compte, car la secouriste pivota sur ses talons et considéra Abby avec attention.

— La balle a dû m'érafler le haut du bras, déclara cette dernière. Il n'y a pas de quoi s'affoler.

C'était la troisième fois qu'elle se faisait tirer dessus en à peine un mois, et il n'y avait pas de quoi s'affoler ? Aussi loin que ses souvenirs remontent, Caleb ne se rappelait pas avoir eu aussi peur que pendant le trajet entre la ville et la ferme des Kemp.

— Il faut que vous alliez à l'hôpital, dit-il.

Pour la première fois depuis son arrivée, Abby le

regarda droit dans les yeux, et la détresse qui se lisait dans ses prunelles bleues le bouleversa.

— Je n'ai rien de grave comparé à… à…

Sa voix s'étrangla, et elle inspira plusieurs fois profondément avant de reprendre :

— Si ma tante meurt, ce sera ma faute. Je n'aurais jamais dû venir ici… Ou alors j'aurais dû partir juste après la première alerte.

Les secouristes avaient maintenant allongé Nancy sur un brancard, et ils se dirigeaient vers la cour, suivis de près par Eli et ses fils. Abby voulut se mettre debout et, voyant qu'elle ne tenait pas bien sur ses jambes, Caleb se redressa et la soutint d'un bras passé autour de sa taille.

Deux de ses adjoints arrivèrent à ce moment-là dans un véhicule de service que son conducteur gara à côté du 4x4 de Caleb.

Une fois Nancy à l'intérieur de l'ambulance, la secouriste fit signe à Eli de monter dedans et, après une légère hésitation, il accepta.

— Vous êtes en état de marcher ? demanda Caleb à Abby.

— Bien sûr ! répondit-elle.

Puis elle tenta de se dégager, mais il resserra son étreinte, et elle abandonna ses efforts.

La secouriste les rejoignit au petit trot et tendit une boîte de compresses à Caleb.

— Vous pouvez prodiguer les premiers soins à mademoiselle et la conduire, ou la faire conduire, à l'hôpital ?

— Oui. Allez-y !

Elle courut s'installer au volant, la sirène se mit en marche, et l'ambulance démarra. Joshua et Isaac la regardèrent s'éloigner ; ils avaient tous les deux l'air très malheureux.

Ils ne resteraient cependant pas seuls longtemps, Caleb le savait. Il vit même deux femmes amish – des voisines qui avaient entendu les sirènes, sûrement – remonter le chemin, s'écarter pour laisser passer l'ambulance, puis entrer dans la cour.

Après avoir chargé ses adjoints d'interroger les fils Kemp et l'adolescent qui avait appelé les secours, Caleb emmena Abby s'asseoir sur le siège passager de son 4x4. Il tendit la main pour déchirer la manche de sa robe et accéder ainsi directement à sa blessure, mais elle l'en empêcha en annonçant :

— Je vais retirer quelques épingles. Ça suffira pour découvrir la plaie.

Cela lui permit en effet d'abaisser suffisamment le corsage de sa robe pour sortir son bras de la manche ensanglantée. À la grande surprise de Caleb, ce simple geste la fit rougir jusqu'aux oreilles.

Il sortit une compresse de la boîte et l'humecta avec l'eau de la bouteille rangée dans le vide-poches pour enlever le sang qui cachait l'endroit atteint. Il posa ensuite dessus une deuxième compresse et demanda :

— Vous pouvez tenir ça, pendant que je prends du sparadrap ?

Il avait toujours une trousse de premiers secours dans sa voiture. Une fois la compresse fixée, il déclara à la jeune femme :

— Racontez-moi ce qui s'est passé.

Leurs visages n'étaient qu'à quelques dizaines de centimètres l'un de l'autre. La dernière fois qu'ils étaient aussi près, Caleb s'apprêtait à embrasser Abby…

Le moment était vraiment mal choisi pour penser à

ça ! Abby lui répondit heureusement très vite, ce qui lui permit de se concentrer sur autre chose.

— Je me suis rendu compte tout d'un coup que ma tante était dehors depuis très longtemps, commença-t-elle, et je suis sortie pour voir si tout allait bien.

Elle retraça la suite des événements en quelques phrases concises et conclut en disant :

— Qui que soit le tueur, il ne tire pas très bien.

C'était sans doute vrai, mais, comme elle ne l'avait pas vu, il devait se trouver à une centaine de mètres au moins – seul ou flanqué d'un acolyte si les deux hommes aperçus l'avant-veille par le jeune Yoder et son ami avaient un lien avec cette affaire.

— Combien de coups de feu ont été tirés ? questionna Caleb.

Abby fronça les sourcils et réfléchit pendant un bon moment avant de répondre :

— Il y a celui qui a blessé tante Nancy, celui qui m'a éraflé le bras, un troisième pendant que j'étais encore couchée sur elle, et au moins deux autres pendant que je l'emmenais derrière le conteneur à compost – dont un a dû le toucher, car je l'ai vu bouger. La balle a sûrement transpercé le bois, et il y en a sans doute aussi dans le mur de la maison.

— On cherchera.

— Ce que je ne comprends pas, c'est la raison pour laquelle les tirs ont cessé.

— Il est possible que quelque chose, ou quelqu'un, ait fait fuir le tireur. J'espère que l'enquête nous le dira.

Bien que l'idée de se séparer d'Abby lui déplaise, Caleb ajouta :

— En attendant, je vais demander à un de mes adjoints de vous conduire à l'hôpital. Moi, je dois rester là.

— D'accord.

Abby amorça un mouvement pour descendre du 4x4, mais Caleb l'obligea doucement à se rasseoir.

— Ne bougez pas ! Je vais passer les clés de cette voiture à votre chauffeur. Il me la ramènera ensuite, et j'irai prendre des nouvelles de votre tante et des vôtres dès que je le pourrai.

Quelques minutes plus tard, Caleb regardait Caden Vogl, son plus jeune adjoint, s'en aller avec Abby. Puis il se concentra sur une enquête dont le succès lui importait plus que celui d'aucune autre avant elle.

Dès que la voiture de police s'arrêta devant l'entrée des urgences, un aide-soignant apparut avec un fauteuil roulant, et Abby lui déclara aussitôt :

— Ma tante vient d'être amenée ici… Vous savez où elle est ?

— Vous avez beaucoup saigné. Asseyez-vous dans ce fauteuil !

Ce fut seulement après avoir été obéi que l'aide-soignant demanda :

— Votre tante est arrivée en ambulance ?

— Oui.

— J'ai vu les secouristes la transporter à l'intérieur, mais je n'en sais pas plus.

— Son mari l'accompagnait… Où est-il, maintenant, à votre avis ?

— Dans la salle d'attente, j'imagine. Et c'est justement là que je vous emmène !

Quand le fauteuil poussé par l'aide-soignant franchit le seuil de la pièce, Abby constata que son oncle y était en effet. Il se leva d'un bond et courut vers elle. L'angoisse l'avait fait vieillir de dix ans en quelques heures.

— Je m'inquiétais pour toi, dit-il en dialecte. Je

pensais que tu serais là bien plus tôt… Que s'est-il passé ?

— Rien de spécial. Le shérif a juste pris le temps de s'occuper de mon bras.

— C'est grave ?

Bien que sa blessure commence à la faire souffrir, Abby répondit :

— Non, une simple égratignure. Parle-moi plutôt de tante Nancy. On t'a donné de ses nouvelles ?

— Elle est en réanimation. Quelqu'un doit venir me chercher. La balle lui a entamé le cuir chevelu mais ne l'a pas transpercé, apparemment. Les médecins pensent qu'elle ne va pas tarder à reprendre connaissance.

— Je suis désolée, oncle Eli ! déclara Abby, les larmes aux yeux. Rien de tout ça ne se serait produit si je ne vous avais pas demandé l'hospitalité, ou si j'étais partie après la première fusillade…

— Ce n'est pas ta faute. La seule personne qui a quelque chose à se reprocher, c'est celle qui a tiré. Ce forfait doit peser sur sa conscience, et elle finira par s'en repentir.

Abby garda le silence, mais elle ne possédait pas la capacité des amish à pardonner et à s'en remettre à la justice divine.

Une profonde colère l'animait depuis le meurtre de sa mère. Le braqueur n'avait pas été appréhendé, et elle ne serait pas entrée dans la police si elle n'avait pensé que les criminels devaient absolument répondre de leurs actes devant la justice des hommes. Elle était également convaincue que l'arrestation et la condamnation du coupable apportaient un certain soulagement aux proches d'une victime.

Une infirmière vint alors la chercher. Son oncle lui proposa de l'accompagner, mais elle refusa pour lui permettre d'être disponible à la seconde même où il serait autorisé à aller voir sa femme.

Après avoir installé Abby dans un box, l'infirmière retira la compresse qui recouvrait sa blessure. Elle tiqua en voyant la plaie, et de nouveau en découvrant la cicatrice qui ornait son épaule du même côté.

— Ça semble récent, observa-t-elle. Vous jouez de malchance !

— Oui, on peut dire ça…

— Le Dr Henson ne va pas tarder à arriver.

Une femme médecin d'une cinquantaine d'années apparut effectivement quelques instants plus tard. Elle examina la blessure et parla de chirurgie esthétique, mais Abby déclina son offre.

— Une cicatrice de plus ou de moins…, remarqua-t-elle.

— Quelqu'un en veut à votre vie ?

— Euh… Oui, je crois. Je travaillais dans la police de Kansas City avant d'être obligée de prendre un congé pour me rétablir d'une première blessure par balle… Quelqu'un a apparemment décidé de finir le travail.

— La police d'ici est au courant ?

— Oui, répondit Abby. J'ai été en contact avec le shérif Tanner.

En contact…

Cette expression lui rappela le baiser échangé avec Caleb et faillit lui arracher un sourire désabusé.

— Bien ! déclara le Dr Henson.

L'air satisfait, elle désinfecta et pansa la plaie, puis rédigea une ordonnance pour des antibiotiques et des antalgiques, qu'elle compléta par quelques conseils verbaux.

— Ma tante a été admise aujourd'hui ici même, lui

indiqua Abby. Elle a été victime du même tireur que moi… Vous pensez que je pourrais la voir ?

— Il s'agit de Nancy Kemp ?

— Oui.

— C'est moi qui l'ai prise en charge à son arrivée, et, même si je l'ai tout de suite envoyée en réanimation, son état ne m'inquiète pas outre mesure.

— Pourquoi ?

— J'ai travaillé pendant des années aux urgences du plus grand hôpital de Saint-Louis, et j'y ai appris que les blessures par balle à la tête saignaient beaucoup, mais qu'elles étaient rarement mortelles – sauf en cas de tir à bout portant, bien sûr. Un crâne présente des courbes, et les balles ont tendance à rebondir dessus.

Abby le savait : c'était l'une des raisons pour lesquelles les policiers avaient pour consigne de viser le torse si les circonstances les obligeaient à faire usage de leur arme.

— C'est ce qui s'est passé dans le cas de ma tante ?

— Oui.

L'anxiété d'Abby baissa d'un cran.

Restait à espérer que Nancy se réveille rapidement, et en possession de toutes ses facultés.

Comme Abby l'avait dit, plusieurs balles étaient allées se loger dans le mur de la ferme, et une autre avait transpercé le conteneur de compost.

Le témoignage de l'adolescent qui avait appelé les secours avait aussi fourni des renseignements précieux pour l'enquête. Il ne s'agissait pas d'un ami de Joshua, finalement, mais d'un simple promeneur.

En entendant des détonations retentir à quelques mètres de lui, il avait compris qu'il se passait quelque chose de louche : personne n'était censé décharger une arme aussi près d'une habitation. Il avait crié au tireur de s'arrêter, sinon il allait appeler la police. Un bruit de pas qui s'éloignaient précipitamment lui était ensuite parvenu, et il avait couru voir si les coups de feu avaient fait des victimes.

Grâce à lui, Caleb avait découvert l'endroit où le tueur se tenait et, cerise sur le gâteau, une douille avait été abandonnée par terre. Placée dans un sachet à scellés, elle allait être expertisée.

Un technicien de scène de crime tentait maintenant d'effectuer un moulage des traces de pieds laissées par le tireur. Le sol était malheureusement très dur et, dans l'immédiat, ces traces permettaient juste de savoir que l'homme chaussait du quarante-trois.

Dans l'idéal, une empreinte digitale exploitable serait relevée sur la douille, mais Caleb n'y comptait pas trop. Sinon, la consultation de différentes bases de données permettrait peut-être de trouver une correspondance entre la balle la moins endommagée et une autre, utilisée pour commettre un crime antérieur. Si l'auteur dudit crime n'avait pas été arrêté, cependant, cette similitude servirait uniquement à connaître les antécédents délictueux du tueur d'aujourd'hui.

Lorsque Caleb jugea sa présence sur les lieux inutile, il se rendit à l'hôpital. Nancy Kemp était dans le service de réanimation, apprit-il à l'accueil des urgences, et il fut autorisé à y monter.

Une jeune femme aux cheveux blonds coiffés en queue-de-cheval, vêtue d'une blouse et d'un pantalon chirurgicaux verts, était assise dans la salle d'attente. Il fallut plusieurs secondes au cerveau de Caleb pour reconnaître Abby. Son regard fut ensuite attiré par le gros pansement qu'elle avait au bras gauche, et cette vue raviva la colère qui couvait en lui depuis qu'il avait appris la fusillade.

Les yeux fixés sur la porte à deux battants qui donnait accès au service lui-même, Abby ne tourna la tête vers Caleb qu'au moment où il s'assit à côté d'elle.

— Comment va Nancy ? demanda-t-il.

— Le pire a été évité : la balle a rebondi sur sa tête sans causer d'autre dommage qu'une petite lésion au cuir chevelu – d'où le sang – et une commotion. Elle est maintenant consciente et se rappelle même avoir pensé, en me voyant sur la terrasse, que je m'étais engagée à ne pas sortir de la maison.

— Vous n'auriez pas dû le faire.

— Ah bon ? J'ai eu tort d'aller secourir ma tante ?

— Le tireur l'a utilisée comme appât, et vous êtes tombée dans le piège.

— Peut-être, mais si je n'avais pas réagi tout de suite il aurait pu tirer sur elle une deuxième fois, pour bien faire passer le message. Et je préférais mourir plutôt que de mettre la vie de ma tante encore plus en danger.

Ces mots déclenchèrent la fureur de Caleb.

— Vous pensez que Nancy se serait réjouie d'être toujours en vie si, vous, vous étiez morte ? observa-t-il. Et son mari ? Et moi ?

— Qu'est-ce que vous avez à voir là-dedans ? demanda Abby.

Caleb garda le silence. Il n'était pas question de lui déclarer sa flamme dans une salle d'attente d'hôpital, avec autour d'eux six personnes – dont deux qu'il connaissait.

— Je me trompe, enchaîna-t-elle, ou bien vous êtes enfin convaincu que quelqu'un essaie de me tuer ?

Le moment décisif était arrivé, songea Caleb. Peut-être qu'en prenant Abby par les sentiments…

— Ne soyez pas trop dure avec moi ! Donahue est un ami de longue date, et, quand il m'a fait part de ses soupçons à votre égard, je n'avais aucune raison de douter de sa parole. Mais je crois maintenant depuis pas mal de temps à votre innocence dans le meurtre de votre coéquipier. Si j'ai fouillé dans vos affaires, c'est pour pouvoir ensuite dire à Donahue qu'il se trompait… C'est la vérité, je vous le jure !

Abby ne protesta pas et, encouragé, Caleb se lança :

— Vous devez bien savoir ce que je ressens pour vous…

— Non, je ne le sais pas, dit-elle en rougissant.

Cinq des six autres personnes présentes les regardaient avec intérêt. Ils ne parlaient pas fort, mais ce fut plus doucement encore que Caleb demanda :

— Il y a un homme dans votre vie ?

— Non.

— Alors, si vous voulez bien me donner une chance, j'aimerais que nos relations deviennent plus… intimes.

— La chance que vous me demandez, je vous l'ai déjà donnée, et vous l'avez gâchée en trahissant ma confiance ! répliqua la jeune femme en rougissant de plus belle – mais visiblement de colère, cette fois. Vous croyez vraiment que je vais maintenant vous tomber dans les bras, toute contente d'avoir « enfin » un homme pour me protéger ?

— Abby…, commença Caleb sans trop savoir ce qu'il allait dire.

Et il ne le saurait jamais, car Eli franchit alors la porte à double battant et vint annoncer à sa nièce :

— Nancy veut te parler, et l'infirmière est d'accord. Vas-y ! Moi, je reste ici : elle ne peut recevoir qu'une personne à la fois.

Abby se leva d'un bond et se jeta au cou de son oncle en déclarant :

— J'ai eu tellement peur !

— Moi aussi, murmura Eli.

Il y avait entre eux un contraste saisissant, que leur étreinte rendait plus frappant encore : d'un côté, un amish au visage buriné, en chemise bleue, pantalon de grosse toile retenu par des bretelles formant un grand X dans le dos et grosses chaussures de travail ; de l'autre, une *Englisch* vêtue d'un pantalon chirurgical qui moulait ses hanches pleines et ses longues jambes, et d'une blouse dont le col en V laissait découvert un grand triangle de peau laiteuse.

Mais, aussi dissemblables qu'ils soient, l'affection qu'ils se portaient sautait aux yeux, et Caleb en fut ému au point de sentir des larmes lui nouer la gorge.

Quand ils s'écartèrent l'un de l'autre, Abby sortit de la salle d'attente sans un regard pour Caleb. Eli vint alors s'asseoir près de lui et observa :

— Le ciel a protégé ma famille, aujourd'hui.

Caleb, lui, pensait que la survie de Nancy et de sa nièce ne devait rien au ciel et tout à la chance, mais il jugea inutile de le dire : jamais un amish ne verrait les choses de cette manière.

Le fait qu'Abby avait une nouvelle fois échappé de peu à la mort apparaissait d'ailleurs à Caleb comme une sorte de miracle. Et si elle n'avait pas porté un gilet pare-balles, la première fois, leurs chemins ne se seraient jamais croisés…

— Vous avez parlé avec Abby ? reprit Eli. Elle vous a pardonné ?

— Non. Elle refuse de croire que je suis dans son camp, que je tiens à elle.

— Vous l'aimez ?

— Oui, avoua Caleb. Je ferais n'importe quoi pour lui venir en aide, mais elle me repousse… Vous savez qu'elle se sent responsable de ce qui est arrivé à votre épouse ?

— Oui, elle me l'a dit, et je lui ai répondu qu'elle n'avait rien à se reprocher.

— Elle vous a semblé convaincue ?

— Ma nièce est…

— *Agasinish ?*

— C'est ça.

Ce terme s'appliquait parfaitement à la jeune femme : elle était volontaire, opiniâtre… Il s'agissait de traits de caractère que Caleb admirait, mais qui jouaient en ce moment contre lui.

— Après la mort de sa mère, enchaîna Eli, Abby s'est retrouvée très seule. Elle a dû apprendre à ne compter que sur elle-même.

— Pourquoi son père ne l'a-t-il pas soutenue ?

— Ma sœur était tout pour lui. Sa disparition lui a comme… desséché le cœur.

— Grâce à vous, Abby a quand même pu se sentir aimée.

— Je l'espère, mais je crains que les événements récents ne lui donnent envie de nous quitter. La famille est censée apporter aide et secours en cas de besoin, mais Abby n'aime pas dépendre des autres.

Caleb soupira. Qu'allait-il faire ? Il y avait peu de chances pour que l'humeur d'Abby s'améliore au cours des prochaines heures… Elle serait plus détendue une fois sa tante de retour à la ferme.

C'était sans doute l'affaire d'un jour ou deux, songea Caleb. Il suffisait de patienter.

La tante d'Abby sortit de l'hôpital le lendemain – un mardi –, Caleb l'apprit en appelant le service de réanimation, et l'infirmière qu'il eut au bout du fil lui dit que Nancy avait recouvré étonnamment vite ses capacités physiques et cognitives. Caleb était certain qu'à peine rentrée chez elle Nancy voudrait préparer le prochain repas comme si de rien n'était. Abby essaierait bien sûr de la persuader de se reposer, et, comme elles étaient aussi têtues l'une que l'autre, impossible de savoir laquelle des deux l'emporterait !

Caleb décida d'attendre encore un jour pour tenter de regagner la confiance d'Abby.

Le mercredi en fin de matinée, il était en train de lire des rapports dans son bureau quand son interphone sonna.

— Oui ?

— Un certain M. Kemp demande à vous voir, lui annonça la réceptionniste. Il dit que c'est important.

— J'arrive !

Le cœur battant, Caleb se leva et quitta son bureau. Que s'était-il passé, pour qu'Eli ait besoin de lui parler ? Il imagina Abby kidnappée, blessée ou morte…

Eli était dans le hall d'accueil, en train de marcher nerveusement de long en large. Son chapeau de paille sur la tête bien que l'été soit théoriquement fini, il courut au-devant de Caleb et lui déclara d'une voix accablée :

— C'est Abby… Je suis venu faire des courses en ville, et elle a insisté pour m'accompagner. Je n'aurais pas dû accepter, mais elle avait apparemment besoin de s'acheter du linge, et elle m'a promis de rester bien cachée à l'intérieur de la carriole pendant le trajet. Elle est entrée avec moi dans le premier magasin où je devais aller, mais quand j'ai eu terminé mes achats elle n'était plus là.

— Vous pensez qu'elle a été enlevée ?

— Non. Elle s'est enfuie.

Eli tendit à Caleb un morceau de papier froissé et enchaîna :

— J'ai trouvé ça sur le siège avant de la carriole... Lisez !

Si je reste avec vous, de nouveaux malheurs vont se produire. Je vais monter dans le premier car qui quittera la ville, et, si tu pouvais répandre la nouvelle de mon départ, je t'en serais reconnaissante. Merci pour tout. Je vous embrasse très fort, tante Nancy et toi.

Caleb secoua la tête. Cette femme le rendrait fou ! Pensait-elle vraiment qu'il allait la laisser disparaître sans rien faire, alors qu'elle avait un tueur à ses trousses ?

11

Toujours vêtue comme une amish, Abby regardait le paysage défiler derrière la vitre.

Personne ne lui avait prêté attention quand elle était montée dans l'autocar : les amish utilisaient souvent ce mode de transport pour faire de longs trajets, et leur présence n'avait donc rien d'inhabituel pour les autres passagers.

Le car traversait à une lenteur d'escargot une campagne parsemée de fermes et de granges. Les terres exploitées par des amish se reconnaissaient à l'absence de fils électriques reliant les habitations aux poteaux plantés de chaque côté de la route.

Le cœur d'Abby se serra quand elle vit un fermier amish labourer un champ avec une charrue tirée par quatre chevaux. Cet homme aurait pu être son oncle…

Pour chasser une émotion qui risquait d'ébranler sa détermination, elle se remit à étudier les horaires des cars, qu'elle s'était procurés à la gare routière.

La destination de ce car-ci était la ville de Hannibal, avec un premier arrêt à Day's Creek. Abby avait déjà résolu de descendre là et d'y attendre un autre car. Il y en avait justement un qui arrivait vingt minutes plus tard, vit-elle. C'était parfait !

Restait à décider d'utiliser ou non ces vingt minutes pour aller dans les toilettes les plus proches enlever sa robe et rabattre le jean dissimulé dessous.

La coiffe noire qu'elle avait mise par-dessus son bonnet blanc habituel dissimulait ses cheveux et une grande partie de son visage, ce qui lui offrait une certaine protection. Une amish retirant de l'argent à un distributeur attirerait cependant l'attention, et elle n'avait pratiquement plus de liquide.

Quoi qu'elle décide, Abby comptait changer encore de car cinq ou six fois, pour brouiller les pistes.

Elle avait songé à appeler Julie Luong, son amie policière, mais c'était une démarche prévisible pour toute personne qui la connaissait un tant soit peu. Une fois que la nouvelle de sa disparition se serait répandue, sa collègue – son *ancienne* collègue – risquait même d'être surveillée.

Cela valait aussi pour son père, et à qui d'autre aurait-elle pu demander de l'aide ?

Une petite voix intérieure lui souffla un nom, et elle s'efforça de la faire taire. L'avant-dernière fois qu'elle avait vu cet homme, il venait de fouiller dans ses affaires à la recherche d'informations à transmettre au capitaine Donahue.

Alors, non, il n'était pas question de s'adresser à lui !

Plusieurs véhicules avaient dépassé le car depuis son départ. Sa lenteur devait agacer les automobilistes presque autant que celle des carrioles amish ! Abby s'était penchée en avant à chaque fois, comme pour ramasser quelque chose qui serait tombé par terre. Une fois à Day's Creek, il lui faudrait malgré tout faire preuve de vigilance.

Penser que quelqu'un s'était déjà lancé à sa poursuite relevait de la paranoïa, mais elle voulait écarter tout risque d'être vue dans ce car – et interceptée en conséquence à Day's Creek.

Abby appuya sa tête contre le dossier de son siège, ferma les yeux et respira lentement, profondément, dans l'espoir de vaincre un mal au cœur sans doute dû à la chaleur et à l'odeur de gazole qui entrait par les vitres ouvertes du car. S'il y avait une supérette près de l'arrêt, elle irait s'acheter une boisson fraîche.

Son esprit se mit à vagabonder. Elle s'imagina tenant une canette de soda couverte de gouttelettes de condensation. Elle revit le visage de Caleb, dans la salle d'attente du service de réanimation. Se demanda ce que son oncle ferait lorsqu'il trouverait sa lettre. Se rappela la douceur des gestes de Caleb pendant qu'il soignait son bras…

Mais ses pensées revenaient toujours au danger qui la menaçait : quelqu'un cherchait à la supprimer.

Parce qu'il craignait qu'elle ne l'ait reconnu, dans la ruelle ? Ou bien pensait-il que Neal s'était confié à elle, et avait-il peur des révélations qu'elle pourrait faire après avoir recouvré la mémoire ?

Abby s'arrêta un moment sur cette dernière idée. Neal lui avait peut-être en effet communiqué des informations compromettantes pour quelqu'un dans les jours qui avaient précédé la fusillade…

Des informations maintenant enfermées derrière la porte verrouillée d'un recoin de son cerveau. Il devait bien y avoir un moyen d'en forcer l'ouverture et d'accéder à ce qui se cachait derrière !

Ses pensées revinrent ensuite à Caleb. Il serait furieux en apprenant qu'elle avait faussé compagnie à son oncle – et à lui aussi, d'une certaine façon.

Elle aurait pourtant tellement aimé pouvoir lui faire confiance ! Jamais elle n'oublierait le plaisir que lui avait longtemps donné sa seule présence, ni les sensations enivrantes, et jusque-là inconnues, que leur baiser lui avait procurées.

Mais elle ne le reverrait plus…

À moins qu'il ne reprenne contact avec elle, une fois toute cette histoire terminée ?

Se surprenant à l'espérer, Abby se traita d'idiote : elle devait chasser définitivement cet homme de son esprit.

Le car ralentit soudain : il entrait dans le bourg de Day's Creek. Il se gara ensuite devant un abribus désert situé entre une supérette et un café-restaurant.

Les portes avant du car s'ouvrirent. Abby prit le sac de toile où elle avait mis quelques affaires le matin, rabattit les bords de sa coiffe sur son visage et se leva. Deux autres personnes seulement descendirent à cet arrêt, et le car repartit aussitôt.

Une fois sur le trottoir, elle alla s'abriter dans l'étroite zone d'ombre créée par l'avancée d'un toit et observa les alentours. Elle vit d'abord le jeune homme descendu en même temps qu'elle de l'autocar grimper dans le plateau d'un pick-up rouillé dont le pot d'échappement crachait un nuage de fumée noire.

Ce véhicule n'était pas en règle, mais Abby n'avait pas le droit de verbaliser le conducteur : elle n'avait ici aucun pouvoir légal…

Et ailleurs non plus, se rappela-t-elle ensuite avec un pincement au cœur.

De l'autre côté de la rue, une femme nettoyait la vitrine d'une boutique de fleuriste. Un couple chargé de sacs sortit de la supérette et disparut au coin du bâtiment, dans ce qui était sans doute le parking du magasin.

Une vieille Cadillac qui devait coûter à son propriétaire une fortune en essence dépassa Abby, qui, rassurée par l'absence évidente de menace, se mit alors en marche vers la supérette.

Un monospace bleu foncé arriva dans l'autre sens et ralentit, comme avant de tourner dans le parking ou de se garer contre le trottoir. Mais il accéléra soudain, puis s'arrêta juste à la hauteur d'Abby. Une portière latérale s'ouvrit, un homme masqué sauta à terre… Abby pivota sur ses talons, tenta de s'enfuir, mais elle n'avait pas fait trois pas qu'un bras s'enroula autour de son cou et qu'une main se plaqua sur sa bouche.

Caleb surveillait la rue depuis l'entrée de la supérette de Day's Creek. Un coup de téléphone à la gare routière lui avait appris que le seul autocar de la matinée était celui de Hannibal, et qu'il était parti vingt minutes plus tôt. Caleb l'avait dépassé à quelques kilomètres de Day's Creek, son premier arrêt, s'était garé sur le parking du magasin après avoir repéré l'abribus, puis il avait choisi un endroit discret pour attendre le car.

Son uniforme attirait bien quelques regards, mais c'était inévitable. Il espérait qu'Abby allait descendre à cet arrêt, parce que la municipalité de Day's Creek avait passé un accord avec ses bureaux en matière de police. Si Abby résistait et l'obligeait à la placer en détention provisoire pour assurer sa sécurité, il pourrait au moins le faire ici en toute légalité.

Quand l'autocar arriva, Caleb vit une amish en descendre.

Était-ce Abby ? Impossible d'en être sûr, car cette femme portait une coiffe qui dissimulait presque entièrement son visage. Elle alla se mettre à l'ombre, le car repartit, et Caleb, qui avait craint de devoir le suivre jusqu'à Hannibal, poussa un soupir de soulagement en reconnaissant Abby dans la jeune femme en tenue amish qui se dirigea ensuite vers la supérette.

Le monospace qui remonta la rue au même moment était le genre de véhicule utilisé par les mères de famille pour conduire leurs enfants à l'école, au sport ou chez des amis. Caleb, qui s'attendait à le voir entrer dans le parking, le suivit distraitement des yeux, mais deux détails troublants le frappèrent soudain : la personne qui tenait le volant était un homme, et il y en avait un autre assis à l'arrière.

Quand le monospace accéléra, Caleb jaillit du magasin et se mit à courir. Il vit le véhicule s'arrêter à la hauteur d'Abby. Un homme cagoulé en sortit, rattrapa la jeune femme, qui avait tenté de s'enfuir, et l'immobilisa. Elle se débattit, leva une jambe et la projeta en arrière. Son talon alla frapper les tibias de son agresseur, qui chancela mais ne la lâcha pas.

Caleb les rejoignit, prit l'homme au collet et l'envoya rouler sur le trottoir. Abby était tombée à quatre pattes, mais elle se redressa aussitôt. Le conducteur du monospace, maintenant lui aussi cagoulé, sauta de son siège et, au lieu de porter secours à son complice, il se rua sur Abby.

— L'autre a un couteau ! cria-t-elle avant de donner à son nouvel agresseur un coup de genou dans l'entrejambe.

Son avertissement permit à Caleb de s'écarter à temps pour que la lame dudit couteau, au lieu de s'enfoncer dans sa poitrine, lui entaille le haut du bras. L'homme qu'il avait jeté à terre s'était relevé, mais Caleb avait été contraint de dégainer son pistolet assez souvent pour pouvoir le faire en une fraction de seconde.

— Jetez votre couteau ! ordonna-t-il.

Au lieu d'obéir, le malfaiteur s'élança vers le monospace en hurlant :

— On s'en va !

— Arrêtez-vous ! cria Caleb.

L'homme qui s'était emparé d'Abby la lâcha, mais la repoussa ensuite avec une telle violence qu'elle tomba lourdement sur le sol. Il monta dans le véhicule par la porte latérale, et son complice, déjà au volant, démarra en trombe. Caleb aurait tiré dans les pneus s'il n'avait ainsi risqué que le conducteur perde le contrôle du monospace et blesse des badauds, car la scène avait duré suffisamment longtemps pour attirer une vingtaine dc personnes sur les trottoirs.

Et, s'il avait été seul, Caleb se serait lancé à la poursuite des fuyards, mais il y avait Abby : elle ne se relevait pas.

Il s'agenouilla et vit qu'elle était consciente. Un peu rassuré, il rengaina son pistolet et sortit son portable de sa poche. Le fait d'avoir noté mentalement la marque, le modèle et l'immatriculation du monospace lui permit de lancer un avis de recherche. D'après l'autocollant fixé à l'arrière, cependant, il s'agissait d'un véhicule volé, qui serait donc vite retrouvé – mais abandonné sur un parking ou dans une rue.

Caleb dénoua ensuite les rubans qui attachaient la coiffe d'Abby sous son menton et la lui retira avec précaution.

— Vous êtes blessée, dit-il d'une voix étranglée.

Blessée parce qu'il n'avait pas été assez rapide. Et parce qu'elle s'était comportée de façon totalement déraisonnable. Ils se partageaient la responsabilité de ce désastre.

— Non… Je n'ai rien, bredouilla-t-elle. Je suis juste

tombée… sur ma mauvaise épaule, et j'ai besoin… de reprendre mon souffle.

— Il faut que vous arrêtiez de me faire des frayeurs pareilles !

— Vous n'aviez… qu'à ne pas me suivre.

Caleb allait protester quand il vit un sourire se dessiner sur les lèvres d'Abby : elle plaisantait. Il l'aida à s'asseoir, et un des badauds – un homme en pantalon cargo et Pataugas – déclara :

— Qu'est-ce qu'on peut faire pour vous, shérif ?

— Je demanderais bien si l'un d'entre vous a reconnu ces hommes, mais comme ils avaient le visage masqué…

— Oui, et ils devaient transpirer, sous leur cagoule ! observa un autre badaud. Mon thermomètre extérieur marquait 35 °C, tout à l'heure !

— Vous avez vu l'autocollant, à l'arrière de ce monospace ? s'écria une femme d'une voix indignée. « Bébé à bord » !

Peut-être y avait-il une part d'hystérie dans la réaction d'Abby, mais cette information la fit rire… jusqu'à ce que le premier badaud dise :

— Vous savez que vous saignez, shérif ?

Le Dr Sanford, seul médecin généraliste du bourg, introduisit tout de suite Abby et Caleb dans son cabinet, sous le regard mécontent des gens assis dans la salle d'attente.

— Vous saignez, expliqua-t-il. Pas eux.

Son assistante emmena Abby dans une autre pièce et nettoya ses écorchures aux genoux, au coude, aux mains et à la mâchoire avec un désinfectant qui lui fit pousser de petits grognements de douleur.

Après avoir recouvert les blessures les plus profondes d'un pansement adhésif, elle déclara :

— Je sais que les amish n'ont ni couverture sociale ni compte en banque…

— Je ne suis pas amish, coupa Abby, mais je séjourne en ce moment chez des parents qui le sont, et dans ces cas-là je m'habille comme eux. Je paierai les soins que vous venez de me donner.

L'assistante la ramena dans le cabinet du médecin. Abby y entra sans réfléchir, et la vue de Caleb allongé sur la table d'examen la figea sur place.

C'était loin d'être le premier homme qu'elle voyait torse nu – les plages et les vestiaires des commissariats en étaient pleins –, mais celui-ci était… magnifique.

Une peau lisse et bronzée, des abdominaux bien dessinés, de puissants pectoraux, de larges épaules…

Le regard d'Abby remonta encore et croisa alors celui de Caleb. Une lueur narquoise y brillait. Cela signifiait qu'il l'avait surprise à le reluquer… Elle rougit et dit sur un ton qui se voulait dégagé :

— Désolée… Je croyais que vous étiez prêt à partir.

— J'ai presque terminé, indiqua le Dr Sanford.

Il était assis sur un tabouret à roulettes, son épaisse chevelure blanche assortie à sa blouse.

— Quelques points de suture ont été nécessaires, expliqua-t-il.

Quelques points de suture ? Les yeux d'Abby se posèrent sur le biceps gauche de Caleb, et la longue série de fils qui l'ornait lui arracha un frisson.

— Quatorze, exactement, précisa le médecin.

— J'ai déjà eu pire, déclara Caleb.

Une fine ligne blanche sur la peau hâlée de son torse signalait en effet l'existence d'une vieille cicatrice – résultant sans doute elle aussi d'un coup de couteau.

Mais celui d'aujourd'hui, songea Abby, c'était elle qui…

— Si vous dites que c'est votre faute, gronda Caleb, je prends ce rouleau de sparadrap et je m'en sers pour vous bâillonner !

Le Dr Sanford fronça les sourcils, mais Abby répliqua en riant :

— C'est bel et bien ma faute, et je vous mets au défi d'arriver à me bâillonner dans l'état où vous êtes !

Caleb sourit et lui tendit la main. Elle fit les quelques pas nécessaires pour la prendre, et elle la garda dans la sienne pendant que le médecin finissait de recoudre la plaie. Il rédigea ensuite une ordonnance et, une fois leur facture réglée, Abby et Caleb ressortirent dans la rue.

— Inutile d'aller dans une pharmacie, observa Abby On m'a prescrit les mêmes médicaments, avant-hier à l'hôpital. Je peux vous en donner.

— Parce que vous ne comptez évidemment pas les prendre ?

— Si, mais j'en ai plus que nécessaire.

— Le médecin des urgences ne vous a pas en plus conseillé de limiter vos activités physiques pendant un certain temps ? De ne pas vous battre contre des hommes deux fois plus forts que vous, par exemple ?

— Non, rien d'aussi précis, répondit Abby avec une certaine mauvaise foi.

Le Dr Henson lui avait recommandé de ne pas porter d'objets lourds avec son bras gauche et de ne pas le lever plus haut que l'épaule. Éviter de tomber dessus était trop évident pour être spécifié.

Le 4x4 de Caleb était garé devant le cabinet du médecin. Ils s'y étaient à peine installés que Caleb reçut un appel sur son portable.

— Le monospace a été abandonné à quelques centaines de mètres de l'endroit où il avait été volé, annonça-t-il ensuite à Abby.

— Les deux hommes qui voulaient m'enlever roulent donc maintenant dans un véhicule non identifié ?

— Oui. Il ne sera pas possible de les retrouver.

— Je ne compte pas retourner chez mon oncle et ma tante.

— Je n'avais pas l'intention de vous y ramener.

— Tant mieux ! Emmenez-moi dans une agglomération assez éloignée d'ici pour que je puisse y prendre un car en toute discrétion.

— Il n'en est pas question !

— C'est pourtant le plus raisonnable.

Caleb, qui venait de démarrer, freina brusquement et fusilla Abby du regard.

— Le plus raisonnable ? répéta-t-il. Que comptez-vous faire exactement ? Passer le restant de vos jours à sauter d'un car à l'autre ? Aller vivre au fond des bois et chasser pour assurer votre subsistance ? Ou alors, attendez… Vous n'auriez pas résolu de retourner chez vous, par hasard ?

— Dans mon appartement, non, mais à Kansas City oui ! C'est là que se trouve l'explication de la fusillade de la ruelle, et, tant que je ne la connaîtrai pas, je ne serai pas en sécurité.

— Pendant combien de temps vous pensez arriver à survivre, une fois que vous aurez entamé votre petite enquête ?

Caleb était furieux, mais Abby l'était elle aussi.

— Que voulez-vous que je fasse d'autre ? s'écria-t-elle. J'attends depuis un mois que la police résolve cette affaire, et ça ne risque pas se produire, puisque votre cher ami Donahue a décidé que c'était moi la coupable ! Pourquoi m'avez-vous suivie aujourd'hui, d'ailleurs ? Vous espériez que je vous conduirais à mes complices ? Au lieu de ça, on a essayé de m'enlever… Quelle déception pour vous !

— Vous avez terminé ?

— Pour l'instant.

— Alors écoutez-moi ! Je vous ai suivie parce que je m'inquiétais pour vous, tout simplement. Et la suite des événements a prouvé que cette inquiétude était justifiée, non ?

Le rouge de la honte empourpra les joues d'Abby. Elle s'était laissé emporter par la colère. Car non seulement elle savait que Caleb avait en effet eu peur pour elle, mais il l'avait sauvée !

— Excusez-moi…, marmonna-t-elle.

— Je peux vous proposer quelque chose, maintenant ?

— Oui.

— On va laisser passer un jour ou deux, puis on cherchera *ensemble* ce que votre coéquipier avait découvert et qui lui a coûté la vie.

— Et Donahue ?

— Quoi, Donahue ?

— Vous lui direz que vous enquêtons de notre côté ? Vous l'informerez au fur et à mesure de nos éventuelles découvertes ?

— Non.

— Dans ce cas, j'accepte. Et merci. De m'avoir suivie aujourd'hui.

Caleb se pencha vers Abby et lui effleura la bouche d'un baiser. Elle se sentit fondre, mais il se redressa avant qu'elle ait eu le temps de lui offrir vraiment ses lèvres.

Il redémarra ensuite et, parce qu'elle voulait bien lui faire confiance, mais pas aveuglément, elle lui demanda au bout de quelques minutes :

— Où m'emmenez-vous ?

— Chez moi.
— Chez vous ?
— Oui.
— Mais…
— Mais quoi ? Vous y serez en sécurité, et, au cas où vous vous poseriez la question, non, vous n'aurez pas à partager mon lit.
— Je ne me la posais pas !
— Alors c'est quoi, votre objection ?
Abby n'eut pas longtemps à réfléchir pour se rendre compte qu'elle n'en avait aucune, en réalité. Que c'était même tout le contraire : la perspective de passer quelques jours chez Caleb lui plaisait beaucoup.
— Je n'ai pas d'objection, déclara-t-elle.
— Tant mieux !
La main droite de Caleb lâcha le volant et se posa, chaude et rassurante, sur le genou d'Abby.
Cet homme avait certes mal agi en allant fouiller dans ses affaires, mais il l'avait reconnu et s'en était expliqué.
En outre, elle était sûre de deux choses au moins : jamais il ne lui ferait de mal, et jamais il ne laisserait quelqu'un lui en faire.

12

Les cours devaient être terminés pour la journée : deux adolescents jouaient au basket dans une contre-allée, de l'autre côté de la rue, tandis que des garçons un peu plus jeunes s'amusaient à rouler à bicyclette sur une planche en contreplaqué transformée en tremplin. Assise sur un tricycle, une toute petite fille les regardait avec admiration depuis un jardin voisin.

Abby rabattit le rideau et se tourna vers un séjour maintenant plongé dans la pénombre. Le silence régnait dans la maison, et elle ne savait pas quoi faire pour s'occuper. Caleb l'avait laissée seule, parce qu'il devait passer à son bureau, puis aller chercher sa valise et ses livres chez son oncle et sa tante.

À leur arrivée, il l'avait emmenée déposer ses affaires dans une chambre d'amis, au premier étage d'une maison qui devait dater des années 1910 et en avait conservé les planchers en chêne, les cheminées sculptées et une grande salle à manger lambrissée.

Une fois Caleb parti, Abby avait visité les lieux, mais sans toucher à rien, bien qu'il lui ait dit de « faire comme chez elle ».

Il y avait pourtant beaucoup de choses qu'elle

aurait aimé savoir sur lui. Pour avoir songé à donner un caractère intime à leurs rapports, il n'avait pas de petite amie en ce moment, mais avait-il été marié ? Avait-il des enfants ? Et à quoi pensait-il exactement, quand il lui avait proposé de changer la nature de leurs relations ? Était-ce juste le sexe qui l'intéressait, ou bien pensait-il à une histoire plus sérieuse ?

Craignant de devenir folle à force de se poser ce genre de questions, Abby décida d'oublier ses scrupules et d'entreprendre des explorations plus poussées. Caleb n'avait pas hésité à fouiller dans ses affaires à elle, après tout !

La cuisine était la seule pièce du rez-de-chaussée qui avait été entièrement refaite. Les menuiseries étaient en chêne, ce qui respectait le style de la maison, mais elles avaient l'air neuves. Quand Abby ouvrit le tiroir d'un meuble de rangement, il glissa en douceur, et les appareils ménagers étaient forcément récents, eux aussi. La table en merisier qui occupait le coin repas était ancienne, en revanche, tout comme les fenêtres à petits carreaux, que Caleb avait équipées de voilages.

À l'arrière de la maison se trouvait une petite pièce aménagée en bureau, avec un ordinateur portable, une imprimante et un meuble classeur en beau bois verni. Abby se contenta de la parcourir des yeux depuis le seuil : fureter dans l'ordinateur ou les papiers de Caleb aurait été franchement indiscret.

Il y avait des toilettes au rez-de-chaussée, et l'une des deux salles de bains du premier était exclusivement réservée aux invités, avait dit Caleb en emmenant Abby dans sa chambre – une pièce aux murs couleur crème, dont le mobilier se réduisait à un grand lit, une commode et une armoire.

Après la visite du rez-de-chaussée, Abby alla ouvrir

l'une après l'autre les portes des pièces de l'étage qu'elle ne connaissait pas encore. Elle trouva deux chambres vides, et la dernière, dont la porte était entrouverte, était de toute évidence celle de Caleb. Son style dépouillé aurait convenu à un amish : ni papier peint, ni tableaux, ni bibelots, juste une commode ancienne, un dressing – qui ne devait pas être d'origine – et un immense lit recouvert d'une couverture en patchwork amish dans les tons verts.

Maintenant qu'elle savait à quoi Caleb ressemblait torse nu, Abby eut du mal à détacher son regard de ce lit. Elle alla tout de même ouvrir la porte située au fond de la pièce. C'était celle d'une salle de bains équipée d'une baignoire sur pied sans doute presque aussi ancienne que la maison.

Tout dans cette demeure lui plaisait, et cette chambre tout particulièrement. Elle reflétait la personnalité de son occupant, celle d'un homme à qui ne manquaient ni la grande ville et sa vie nocturne ni l'adrénaline générée par un métier dangereux.

Un homme simple, en définitive, ce qui le rendait d'autant plus attirant aux yeux d'Abby.

Elle soupira et décida d'aller s'étendre dans sa chambre.

Couchée sur son lit, les paupières closes, elle se vit verser du gel moussant dans cette magnifique baignoire, la remplir d'eau chaude et s'y plonger. Elle n'avait pas pris de bain moussant depuis sa tendre enfance, et c'était depuis l'un de ses fantasmes. Et elle pourrait se cacher sous la mousse si jamais Caleb entrait…

Allongée dans son bain imaginaire, Abby sentit peu à peu le sommeil la gagner.

Caleb n'avait jamais eu aussi hâte de rentrer chez lui, mais, au lieu du plaisir qu'il attendait de son retour, ce fut une profonde inquiétude qu'il éprouva en trouvant le rez-de-chaussée de sa maison désert.

Aurait-il été suivi, quand il avait amené Abby ici ?

Il était sûr que non, alors la jeune femme se serait-elle de nouveau enfuie ? La docilité avec laquelle elle avait accepté son plan aurait peut-être dû éveiller ses soupçons.

— Abby ?

Pas de réponse. Il monta l'escalier deux à deux, mais en s'efforçant de ne pas faire trop de bruit, au cas où Abby aurait décidé de s'offrir une petite sieste. Il ouvrit doucement la porte de sa chambre et ressentit un soulagement à la mesure de l'angoisse qu'il remplaçait en la voyant allongée sur son lit, profondément endormie.

Avec cette femme, c'étaient les montagnes russes émotionnelles assurées !

Il s'approcha d'elle et la regarda. Le sommeil donnait à ses traits délicats quelque chose d'enfantin. Sa mâchoire éraflée et les pansements qu'elle avait aux mains rappelèrent cependant à Caleb qu'elle avait subi aujourd'hui une nouvelle agression. Heureusement, cette fois, il avait pu intervenir. Abby s'était vaillamment défendue, mais, seule contre ces deux hommes et sans arme à sa disposition, elle aurait fini par être embarquée dans le monospace, et son corps aurait ensuite été retrouvé dans quelque fossé ou terrain vague.

Pourquoi quelqu'un en voulait-il à sa vie ?

Cette question taraudait Caleb.

Si son coéquipier et elle avaient surpris un trafiquant de drogue en train d'effectuer une transaction, cet individu avait réussi à disparaître après avoir tué un policier et en avoir blessé un autre… Mais, de nuit et dans une ruelle sombre, Abby n'avait sûrement pas assez bien vu son agresseur pour pouvoir le décrire avec précision. Il devait donc savoir que, même si elle survivait, il n'avait rien à craindre d'elle.

L'hypothèse d'un dealer qui chercherait maintenant à supprimer Abby pour l'empêcher de le dénoncer ne tenait que si cet homme était connu d'elle – parce qu'elle l'avait déjà arrêté, ou parce que c'était l'une des personnes interrogées par Neal Walker au cours des semaines précédant la fusillade.

Mais comment un simple revendeur de drogue pouvait-il savoir qu'Abby avait perdu la mémoire et n'avait donc pas encore pu témoigner contre lui ? Comment pouvait-il posséder des informations aussi personnelles et confidentielles que l'endroit où elle était allée passer sa convalescence ?

La réponse était évidente : le tueur de la ruelle n'était pas un malfrat mais un policier. Un membre de la brigade criminelle, plus précisément.

Un ancien collègue d'Abby aurait certes pu demander de ses nouvelles après la fusillade sans éveiller les soupçons… Il était cependant peu probable que son coéquipier ait bien connu les mêmes policiers qu'elle en dehors de leur unité : la police de Kansas City comptait plus de mille trois cents personnes !

D'après les déclarations d'Abby, Neal avait été à la fois surpris et effrayé par ce qu'il avait découvert – et dont il n'avait pas parlé à son supérieur hiérarchique, sauf si ce dernier n'avait pas jugé utile de le dire à Caleb.

Oui, peut-être Neal s'était-il confié à son capitaine et lui avait-il donné des raisons de penser que l'un de ses subordonnés était corrompu…

Mais, dans ce cas, pourquoi Donahue l'aurait-il caché à l'ami dont il avait sollicité l'aide dans le cadre de cette affaire ? Et pourquoi faire porter directement les soupçons sur Abby ? Parce que c'était sa recrue la plus récente, qu'il refusait de croire au basculement dans l'illégalité d'un des policiers placés sous ses ordres depuis des années, sans qu'il se soit aperçu de rien ?

Caleb pouvait comprendre ce genre d'aveuglement : il devait être douloureux d'apprendre qu'une personne longtemps perçue comme irréprochable avait failli à l'honneur et à l'intégrité par appât du gain.

Il n'en restait pas moins que Caleb ne se sentait plus aucun devoir de loyauté envers Mike Donahue. Le capitaine avait choisi la solution de facilité en pointant du doigt le membre le plus récent de son unité. Son obstination bloquait en outre la recherche du vrai coupable et risquait de coûter la vie à la femme que Caleb aimait.

Toute hésitation sur le camp qu'il devait défendre était maintenant levée.

Incapable de résister à la tentation, il s'assit au bord du lit et écarta doucement du visage d'Abby une mèche de cheveux blonds. Elle tressaillit, ouvrit les paupières… et sourit.

— Caleb…

— La Belle au bois dormant…, murmura-t-il.

Sans doute n'aurait-il pas dû, mais il se pencha pour embrasser la jeune femme sur le front, la joue, le bout du nez et, enfin, sur la bouche. Malgré le désir qui montait en lui, il se redressa ensuite. Abby avait été victime d'une agression, aujourd'hui… Il devait la ménager.

— Grâce à Nancy et à mon micro-ondes, reprit-il, le dîner sera prêt dans cinq minutes.

— Je suis déçue : je pensais que vous me feriez découvrir vos talents culinaires.

— C'était mon intention, mais, pour ce soir au

moins, vous gagnez au change. Votre tante ne m'a pas laissé le choix, de toute façon.

— Oui, je m'en doute !

Abby parcourut la chambre des yeux et ajouta :

— Je ne pensais pas que j'arriverais à dormir.

— Vous en aviez besoin. On mangera dans la cuisine, mais rien ne presse : descendez quand vous voulez.

— Juste le temps de me rafraîchir et je vous rejoins en bas. Vous devez avoir faim.

— C'est vrai, admit Caleb.

Puis il se leva et quitta la pièce en regrettant de ne pouvoir satisfaire une autre sorte de faim.

Dîner en tête à tête avec Caleb au lieu d'être entourée de membres de sa famille rendit Abby moins nerveuse qu'elle ne s'y attendait. Le goût familier du poulet frit et de l'écrasée de pommes de terre de sa tante devait y être pour quelque chose. Et le fait que, comme Caleb, elle avait faim n'y était sans doute pas non plus étranger.

La table du coin repas étant ronde, ils étaient assis assez près l'un de l'autre pour se toucher. Abby sentait d'ailleurs leurs genoux s'effleurer chaque fois qu'ils bougeaient les jambes.

Caleb avait sorti pour ce repas tout simple des assiettes en porcelaine blanche à filet doré. Abby les trouvait très jolies, mais elle finit par observer :

— Je ne m'attendais pas à manger dans une aussi belle vaisselle.

— C'est celle dont je me sers tous les jours. Ma mère m'a donné une douzaine de ces assiettes, plus les plats assortis. Et ce service a le mérite d'être sobre. Un décor de roses m'aurait obligé à faire semblant d'être content du cadeau, et à le cacher ensuite au fond d'un placard.

— Un décor de roses aurait en effet porté atteinte à votre virilité ! dit Abby avec un sourire taquin.

— Je sais qu'il reste à ma mère deux services complets après m'avoir offert celui-ci, en avoir donné un autre à ma sœur, et peut-être bien un troisième à mon frère !

Cette idée parut beaucoup amuser Caleb, et il enchaîna :

— Ma mère adore les marchés aux puces, les ventes aux enchères, les brocantes… C'est elle qui a fourni la moitié des meubles de cette maison. La commode de votre chambre, par exemple… Comment aurait-elle pu *ne pas* l'acheter – je la cite – alors que son prix était aussi dérisoire ?

Abby se mit à rire et déclara :

— Moi, sans mère pour m'initier aux joies du shopping, et en partie élevée par des amish, je n'achète jamais que ce dont j'ai absolument besoin. Grâce à ma *grossmammi* et à tante Nancy, je sais cuisiner, mais uniquement des plats très caloriques.

— Je deviendrais vite obèse, si je prenais trois repas par jour à la table de votre tante ! Je me débrouille dans une cuisine, parce que ma mère tenait à ce que les tâches ménagères soient également réparties entre ses trois enfants, mais, sauf quand je suis en congé, je me sers beaucoup de mon micro-ondes.

— Vous n'avez jamais été marié ?

Ces mots étaient sortis de la bouche d'Abby presque à son insu mais, par chance, sur un ton presque léger.

— Non, dit Caleb. Maintenant, si vous me parliez de votre mère ?

C'était un sujet qu'Abby s'arrangeait le plus souvent

pour éluder, mais, après avoir posé à Caleb une question très personnelle – et obtenu une réponse –, elle se devait d'être franche avec lui.

— Ma mère était douce et bienveillante. Si elle a quitté la communauté amish, c'était uniquement pour pouvoir épouser mon père.

Abby avait posé sa fourchette, et elle se rendit soudain compte que, non content de la fixer intensément, Caleb lui tenait la main.

— Un soir, en revenant de chez des amis, continua-t-elle, mon père s'est arrêté dans une station-service pour prendre de l'essence. Ma mère est allée à l'intérieur pour payer, et elle est tombée sur un braquage en cours. Le malfaiteur s'est affolé, il l'a abattue et s'est enfui avec la caisse après avoir tiré aussi sur le gérant.

— Je suis désolé…, murmura Caleb.

— Et moi donc ! Le braqueur a tiré quelques coups de feu en direction de mon père, mais il l'a manqué. Il a ensuite disparu, et les enquêteurs n'ont jamais pu l'identifier : il portait une cagoule et des gants. Ma mère…

La voix d'Abby s'étrangla, et elle toussota avant de poursuivre :

— Ma mère a été tuée sur le coup, et le gérant a succombé le lendemain à ses blessures. Mon père ne s'est jamais remis de la mort de sa femme. Même aujourd'hui, après tout ce temps, il n'a pas retrouvé le goût de vivre.

La compassion qu'Abby lisait dans les yeux noisette de Caleb lui disait qu'il comprenait un chagrin et une colère qui ne l'avaient jamais vraiment quittée. Son père n'avait même pas essayé de lui donner ce dont elle avait besoin ; il l'avait abandonnée – pas physiquement, mais dans tous les autres domaines.

Caleb demeura un long moment silencieux, comme s'il attendait pour parler d'avoir maîtrisé son émotion, de peur de tenir des propos qui auraient pu la blesser.

— C'est à cause de ce drame que vous avez décidé d'entrer dans la police, j'imagine…, finit-il par déclarer. Vos parents amish l'ont compris ?

— Intellectuellement, mais pas émotionnellement. Ils ne cessent de me rappeler qu'il faut pardonner.

— Pardonner au meurtrier de sa mère me semble difficile !

— Oui, et je me suis déjà demandé des centaines de fois ce que je ferais si j'avais cet homme en face de moi… Je ne le tuerais évidemment pas de sang-froid, comme il a tué ma mère, mais je ne me vois tout de même pas lui témoigner la moindre indulgence. Je voudrais qu'il passe le restant de ses jours en prison.

— Il a échappé à la justice pour le meurtre de votre mère et celui du gérant de la station-service, mais peut-être a-t-il été arrêté et condamné pour des crimes commis plus tard ?

— Oui, mais je ne le saurai jamais, et le seul fait qu'il ait pu continuer à nuire après avoir assassiné deux personnes innocentes me rend malade.

Sentant des larmes lui piquer les yeux et ne voulant pas pleurer devant Caleb, Abby se leva et se dirigea vers la porte, mais il la rattrapa et la prit dans ses bras.

Loin de résister, elle lui enlaça la taille, et il la berça doucement. Elle posa la tête sur sa poitrine, et le battement régulier de son cœur, son souffle tiède qui lui caressait les cheveux l'apaisèrent mieux que ne l'auraient fait des paroles de réconfort.

Leur enquête débuta le lendemain sur la scène de crime : la ruelle où Neal Walker avait été tué.

Si Abby avait montré des signes de nervosité en

se retrouvant à cet endroit et en découvrant sur le bitume une tache brunâtre qui devait être le sang de son coéquipier, Caleb l'aurait compris… Mais elle examina les lieux avec toute la froide objectivité du policier qu'elle avait été.

Lui, en revanche, ne resta pas aussi impassible qu'il l'aurait voulu : quand il vit une tache sombre sur le coin de la benne à ordures où Abby avait dû se cogner la tête en tombant, il ne put réprimer un frisson.

— Je pensais que venir ici me rafraîchirait la mémoire, observa Abby, mais ce n'est pas le cas.

— Allons dans le bar !

Le serveur qui tenait le comptoir savait ce qui s'était passé dans la ruelle, mais il ne travaillait pas le soir de la fusillade. Il appela le gérant, qui sortit de son bureau et accepta, mais de mauvaise grâce, de donner son nom : Brad Spooner.

— J'ai déjà été interrogé par je ne sais combien de flics à propos de cette affaire, grommela-t-il. Qui êtes-vous ?

— Lieutenant Baker, déclara Abby. C'est mon coéquipier et moi qui avons été agressés à l'arrière de ce bar. Vous vous rappelez nous avoir vus avant ce jour-là dans votre établissement ?

— Votre tête me dit quelque chose, alors il est possible que vous soyez déjà venue ici, en effet, mais, si vous avez alors parlé à quelqu'un, c'est à un de mes employés, pas à moi.

De retour dans la voiture, Abby souligna :

— Il est devenu nerveux, quand je me suis présentée.

— Oui, j'ai remarqué. Je parie qu'il est en ce moment même au téléphone, en train de dire à quelqu'un que deux nouveaux flics sont venus lui poser des questions.

— J'aimerais bien savoir qui il aura jugé utile d'appeler !

— Moi aussi… Où va-t-on, maintenant ?

— Là où Neal a rencontré un homme qui ressemblait à un parrain de la Mafia.

Avec de fréquents coups d'œil dans son rétroviseur pour s'assurer que personne ne les suivait, Caleb prit la direction de l'endroit où Abby avait vu son coéquipier discuter avec cet homme. Arrivé à destination, il découvrit un énorme entrepôt avec, garés à l'arrière, de grosses berlines et des 4x4, tous noirs.

Ces véhicules étaient en complet désaccord avec l'impression d'abandon et de décrépitude qui se dégageait du bâtiment. Comme l'étaient les caméras de surveillance montées sur un mur de brique qui avait pour seules ouvertures deux portes en fer.

Inquiet, Caleb souleva la jambe droite de son pantalon, sortit un petit revolver de l'étui fixé à son mollet et le tendit à Abby en disant :

— C'est mon arme de secours. Je ne devrais pas vous la donner, mais cet endroit est vraiment trop sinistre…

La jeune femme glissa le revolver dans le creux de son dos, entre sa peau et la ceinture de son jean. Les pans du chemisier qu'elle portait par-dessus un débardeur cacheraient l'arme. Dans le même but, et malgré la chaleur, Caleb avait mis le matin un T-shirt *et* une chemise kaki à manches longues : son pistolet était ainsi invisible.

— Prête ? demanda-t-il.

— Prête !

Caleb admira le calme d'Abby. Après l'avoir vue fragile et vulnérable, il faisait aujourd'hui connaissance avec la policière intrépide qui avait intégré très jeune les rangs d'une brigade criminelle.

Ils mirent pied à terre, se dirigèrent vers la porte la

plus proche, et Caleb pressa le bouton de la sonnette installée sur le côté.

Un colosse à la joue balafrée vint leur ouvrir et prit le temps de considérer les meurtrissures les plus visibles d'Abby avant de lui lancer :

— Qu'est-ce que vous voulez ?

— Parler à votre patron, répondit-elle.

La porte se referma.

— Il vous a reconnue, murmura Caleb.

— Oui, je crois que c'est un des gorilles que j'ai vus l'autre fois.

Moins de deux minutes plus tard, la porte se rouvrit.

— Il va vous recevoir, annonça le colosse. Suivez-moi !

Un petit couloir menait à une immense salle aux murs couverts jusqu'à mi-hauteur de caisses empilées les unes sur les autres. Un homme se tenait au milieu, entouré de trois gardes du corps. Il portait un polo mauve, un pantalon de toile beige et des mocassins. Cette tenue décontractée ne rassura en rien Caleb : il était évident qu'Abby et lui se trouvaient en présence d'un individu dangereux.

Le colosse alla se placer derrière eux, leur coupant la retraite en cas de danger imminent, et Caleb sentit son estomac se nouer. Il n'aurait pas dû écouter Abby… La tentation de refermer la main sur la crosse de son pistolet le saisit, mais ce serait une erreur, il le savait. Une erreur potentiellement fatale.

— Je vous ai déjà vue, dit l'homme à Abby. Vous êtes policière.

— En effet. Vous avez parlé avec mon coéquipier, Neal Walker, il y a un mois et quelque.

— Il paraît qu'il a été tué.

— Oui, et c'est pour ça que je suis là.

— Ce meurtre n'a rien à voir avec moi.

— J'en suis sûre. Je veux juste savoir ce que Neal vous a demandé.

— Vous pensez que ça a un rapport avec sa mort ?

— Oui.

— Vingt minutes, boss ! intervint l'un des gardes du corps.

— L'équipe de football de ma fille joue un match important cet après-midi, expliqua l'interpellé.

D'où la tenue sportive, songea Caleb.

— Bon, je n'ai pas de raison de ne pas vous répondre..., reprit l'homme. Votre coéquipier soupçonnait un flic de protéger les activités d'une organisation criminelle. Moi, je suis un homme d'affaires, et il m'arrive de verser de l'argent en échange de menus services, mais je ne suis absolument pas au courant des magouilles dont votre collègue parlait. Je lui ai conseillé de chercher du côté des bandes de *bikers*. Maintenant, si vous voulez bien m'excuser...

Il adressa un signe au colosse qui lui avait amené ses visiteurs. Sans un mot, celui-ci les reconduisit dehors, et il attendit ensuite de les voir remonter dans leur voiture pour refermer la porte.

— C'est le père s'apprêtant à aller encourager sa fille depuis les gradins qui nous a reçus aujourd'hui, observa Abby.

— Oui, et l'entraîneur de l'équipe de cette jeune personne a intérêt à la faire jouer autant qu'elle en a envie !

Abby éclata de rire, et Caleb lui sourit, soulagé de l'heureuse tournure qu'avaient prise les événements, car il s'était demandé pendant un moment s'ils sortiraient vivants de cet entrepôt.

13

Abby entra en coup de vent dans la cuisine, où Caleb était en train de couper en lanières des blancs de poulet qu'il avait l'intention de faire sauter à la poêle avec des oignons, des tomates et des poivrons.

— On perd notre temps ! s'écria-t-elle avant de repartir en trombe.

Elle pestait et ne tenait pas en place depuis qu'ils étaient rentrés de leur deuxième journée d'enquête dans les bas-fonds de Kansas City.

Caleb lui-même éprouvait une nervosité grandissante – mais essentiellement due au fait qu'ils n'avaient ni l'un ni l'autre autorité pour mener ce genre d'investigations. Ne pouvant s'abriter derrière le bouclier de la loi, ils couraient beaucoup de risques quand ils allaient interroger proxénètes, *bikers*, trafiquants de drogue et autres citoyens tout sauf exemplaires de la plus grande ville du Missouri.

Découper de la viande avec un couteau bien aiguisé demandait une concentration qui permettait à Caleb d'évacuer en partie sa frustration et son angoisse. Il avait essayé de convaincre Abby de mettre le gilet pare-balles qu'il avait en permanence à l'arrière de son 4x4, mais elle avait refusé.

« Les gens à qui on veut parler le remarqueraient, avait-elle déclaré, et ça les rendrait méfiants. »

Caleb avait eu beau lui rappeler que cet équipement lui avait sauvé la vie peu de temps auparavant, elle était restée inflexible.

Abby revint dans la cuisine alors que Caleb commençait à éplucher un oignon.

— Je ne suis pas d'accord : on ne perd pas notre temps, dit-il. On n'a peut-être pas obtenu d'informations utiles, mais on a donné un coup de pied dans la fourmilière : l'assassin de Neal sait maintenant que vous vous rappelez certains faits antérieurs à la fusillade, et liés à elle. Il doit se demander si vous n'êtes pas en train de recouvrer la mémoire.

— Raison de plus pour m'éliminer !

— Oui, mais on peut en tirer avantage.

— En lui tendant un piège.

Ce n'était pas une question mais une affirmation, et Caleb fut content de voir que son cerveau et celui d'Abby fonctionnaient de la même manière.

Le plan qu'ils envisageaient lui déplaisait, car il comportait de gros risques. S'ils voulaient avoir une chance de démasquer le coupable, cependant, ils devaient créer une situation qui lui paraîtrait idéale pour supprimer Abby, mais sur laquelle ils auraient un certain contrôle.

Pendant ces deux jours d'enquête, Caleb avait espéré qu'une personne ou un lieu ferait remonter à la surface les souvenirs oubliés d'Abby. Et aujourd'hui, sur le chemin du retour, en l'observant à la dérobée, il s'était demandé si le combat qu'elle livrait contre un inconscient résolu à occulter ces souvenirs n'était pas en train de s'intensifier.

La veille au soir, ils étaient rentrés tard de Kansas City et avaient décidé de dîner dans un restaurant de la ville. Les clients installés aux tables voisines risquant de les entendre, ils n'avaient pas parlé de leurs recherches.

À la place, Caleb avait raconté des anecdotes sur son enfance, évoqué les bêtises qu'il avait faites avec ses amis à l'époque du lycée… Six personnes étaient venues le saluer, l'obligeant à leur présenter Abby, et il l'avait vue se renfermer jusqu'à ne plus dire un mot. Ensuite, à peine de retour à la maison, elle avait annoncé son intention de se doucher, puis de lire dans son lit.

Caleb était monté se coucher une heure plus tard. Il avait vu de la lumière sous la porte d'Abby et s'était arrêté devant. La jeune femme l'avait forcément entendu…

Rctenait-elle son souffle en attendant de savoir ce qu'il allait faire ?

Après une longue hésitation, il avait repris la direction de sa chambre. Sa raison lui disait qu'en précipitant les choses il risquait de s'aliéner de nouveau Abby.

La veille, mais surtout ce matin et durant la journée, il lui avait trouvé les traits tirés. Elle s'était plusieurs fois massé les tempes, à des moments où elle pensait qu'il ne le remarquerait pas, et pendant le déjeuner elle avait discrètement avalé un comprimé.

— Vous avez mal à la tête depuis deux jours ! s'écria Caleb dans un brusque accès de colère. Pourquoi essayez-vous de le cacher ?

— Comment le savez-vous ?

— Je suis observateur.

Comme si ses genoux se dérobaient brusquement sous elle, Abby s'assit sur une chaise et indiqua :

— Je me sens un peu mieux, depuis quelques heures.

— Parce que vous avez pris un antalgique !

— Oui, admit-elle d'une voix lasse.

— Désolé, je n'aurais pas dû vous parler sur un ton aussi agressif.

— Ce n'est pas grave. L'aide que vous m'apportez vous donne le droit de me secouer un peu. On s'est retrouvés plusieurs fois dans des situations qui m'auraient mise en danger si vous n'aviez pas été là.

Imaginer Abby seule dans l'entrepôt de la veille ou le bar de *bikers* où ils étaient allés aujourd'hui suffit à donner à Caleb la chair de poule.

— Si Neal avait découvert quelque chose de concret pendant son enquête officieuse, continua-t-elle, je pense qu'il me l'aurait dit. Les personnes qu'il a déjà interrogées ne nous apprendront donc rien. Celles que nous avons vues jusqu'ici n'ont eu de cesse que de se débarrasser de nous : le mafieux d'hier nous a orientés vers les *bikers*, les *bikers* d'aujourd'hui, vers un proxénète… qui nous a conseillé de nous adresser à un de ses « confrères ». Tous ces gens avaient dû faire de même avec Neal.

Caleb s'assit près d'Abby et lui prit la main. Plusieurs semaines de travail à la ferme de son oncle et de sa tante lui avaient couvert les paumes de callosités, qu'il caressa du bout du pouce en disant :

— À mon avis, votre coéquipier est mort parce que, en allant poser des questions à droite et à gauche, il a alerté le policier qu'il soupçonnait de protéger les activités d'une organisation criminelle. Après son décès, la seule menace qui pesait sur ce policier était le retour de votre mémoire… jusqu'à maintenant. Le fait que nous ayons repris l'enquête de Neal doit l'inquiéter fortement.

— Vous courez donc désormais le même danger que moi ! s'écria Abby.

— Sans doute pas, sauf si nous tombons par hasard sur une information susceptible de nous révéler l'identité du coupable.

— On devrait peut-être appeler le capitaine Donahue pour lui faire part de nos soupçons.

— Non, ça ne servirait à rien. Il a décidé une fois pour toutes de vous mettre en cause, et il ne changera d'avis que si nous lui apportons une preuve irréfutable du contraire.

— Je ne comprends pas pourquoi il s'acharne ainsi contre moi. Si Neal avait eu le moindre doute sur mon intégrité, il le lui aurait dit, non ?

— Sûrement !

— Alors pourquoi… Une seconde ! Et si c'était justement lui, la « pomme pourrie » qu'il m'a accusée d'être ? Ça vous paraît possible ?

— J'en doute, mais cette affaire est encore tellement obscure qu'on ne peut se permettre d'écarter d'emblée aucune hypothèse.

Caleb connaissait Donahue depuis longtemps et n'avait jamais songé à mettre en doute sa probité. La question d'Abby lui donnait maintenant matière à réfléchir…

Mike l'avait-il jamais invité chez lui pour un barbecue, un dîner, ou juste pour le plaisir de regarder ensemble un match de football en buvant quelques bières ?

Non ! Caleb ne se rappelait même avoir rencontré sa femme que deux ou trois fois, au commissariat… Alors Donahue tenait-il volontairement ses collègues à distance ?

C'était étrange, parce que les policiers se fréquentaient beaucoup les uns les autres. Leur métier créait entre eux un lien unique, car ils ne pouvaient pas parler de leur travail à une personne incapable d'en comprendre les nombreuses spécificités.

Les pensées de Caleb furent interrompues par la sonnerie de son portable. C'était justement Donahue qui appelait. Caleb montra l'écran de l'appareil à Abby, posa un doigt sur ses lèvres pour lui recommander le silence et mit le haut-parleur avant de décrocher.

— Mike ?

— Comment se fait-il que tu te sois cru autorisé à venir fouiner dans ma ville ? gronda le capitaine. Je te préviens, je…

— J'accompagne Abby dans des lieux susceptibles de l'aider à recouvrer la mémoire. C'est ce que tu souhaites, toi aussi, non ?

— Laisse-moi conduire cette enquête ! Tu n'es plus maintenant que le shérif d'une petite ville, je te le…

— D'un comté, rectifia Caleb.

C'était une argutie, mais la condescendance de son correspondant l'irritait.

— Pardon ? dit Donahue, visiblement désarçonné par cette interruption.

— Un shérif n'exerce pas son autorité sur une ville mais sur un comté.

Un sourire se dessina sur les lèvres d'Abby.

— Oui, peu importe…, grommela le capitaine. J'aimerais savoir, maintenant, pourquoi tu n'as pas eu la courtoisie de m'informer de tes intentions.

Si Caleb s'était rendu à Kansas City pour interroger un témoin ou un suspect dans le cadre d'un crime commis dans son comté, il aurait prévenu les autorités policières de la ville. Là, il s'agissait d'une enquête qui ne le concernait officiellement en rien, et les reproches de Donahue étaient donc justifiés.

— J'ai pensé qu'il y avait peut-être des indices qui t'avaient échappé, se borna-il cependant à déclarer.

— Dis tout de suite que je suis incompétent !

— De quoi te plains-tu, Mike ? Tu voulais que je me rapproche d'Abby, et c'est ce que j'ai fait. À mon avis, elle a été victime d'un coup monté, et son amnésie est bien réelle. Le retour de ses souvenirs permettrait de résoudre cette affaire, et au lieu d'attendre qu'ils reviennent tout seuls, ce qui peut ne jamais se produire, on a décidé, elle et moi, de tenter de forcer les portes de sa mémoire.

Un long silence suivit, et, quand Donahue le rompit, ce fut d'une voix radoucie :

— Votre méthode a donné des résultats ?

L'occasion de lancer un ballon d'essai se présentait… Caleb interrogea Abby du regard. Elle fit oui de la tête, et il déclara :

— Difficile à dire. Elle a des flashs… Rien d'important ne lui est encore revenu, sinon, je te l'aurais signalé, mais il est possible que cela commence à se débloquer, dans son cerveau.

— Bien… Je devrais peut-être lui parler… Elle habite toujours chez ces amish ?

Le ton faussement dégagé de Donahue alerta Caleb : son correspondant cherchait manifestement à glaner des informations. Mais il n'était pas question non plus de lui mentir…

— Non, répondit-il. Quelqu'un l'a de nouveau prise pour cible. Il l'a blessée au bras après avoir tiré sur sa tante et, pour ne plus mettre sa famille en danger, elle l'a quittée. Je l'ai rattrapée juste au moment où deux individus tentaient de la kidnapper… Il se passe des choses graves, Mike, j'espère que tu en as conscience !

— Évidemment !

— Et que tu ne me caches rien !

— Bien sûr que non ! Qu'est-ce que tu insinues ?

— Rien. Si tu me disais, maintenant, comment tu as su que nous étions venus à Kansas City, Abby et moi ?

— Vous ne passez pas inaperçus, tous les deux ! Quelqu'un m'a parlé de vous.

— Qui exactement ? Un proxénète ? Un dealer ? Un mafieux ?

— Un de mes indicateurs.

Ce n'était pas impossible, si bien que Caleb préféra ne pas insister.

— Je suis en train de préparer le dîner, alors si tu n'as rien d'autre à me dire…

— Je veux savoir où est Baker !

— Elle est en train de chercher un logement sûr. Je te préviendrai quand elle se sera vraiment installée quelque part.

— J'y compte bien ! déclara le capitaine sur un ton sec avant de raccrocher.

Caleb posa son portable sur la table et observa :

— On n'est plus très copains, Donahue et moi ! Il n'apprécie pas que nous marchions sur ses plates-bandes, mais c'était prévisible… Je retourne à mes préparatifs, maintenant !

Abby lui proposa de l'aider, et il la chargea d'épépiner les poivrons et de les couper en dés pendant qu'il s'occupait du reste.

Tout en travaillant, ils cherchèrent des idées pour piéger l'assassin de Neal. Il fallait construire un scénario qui lui offrirait l'occasion de surprendre Abby à un moment où il la croirait seule et vulnérable.

Ce n'était pas un sujet de conversation particulièrement gai, et pourtant la présence de la jeune femme dans sa cuisine, l'entente proche de la complicité qui régnait maintenant entre eux réjouissaient le cœur de Caleb.

Si seulement cela pouvait être la même chose pour elle…

Abby avait été lâche, la veille au soir. Comment expliquer, sinon, le fait qu'elle était allée se coucher aussi tôt ? Elle avait certes mal à la tête, mais pas tellement plus que d'habitude…

Cette cohabitation avec Caleb la rendait heureuse et nerveuse en même temps. La situation était plus compliquée chez lui que sur la terrasse de la ferme de son oncle et de sa tante : Caleb la fascinait autant là-bas, mais elle savait que rien ne pouvait se passer entre eux. Ici, en revanche, si Caleb l'embrassait, il pourrait ensuite l'emmener dans sa chambre et, peut-être, lui faire découvrir ce que toutes les autres femmes semblaient connaître : un rapport sexuel apportant un plaisir intense au lieu de l'inconfort et de la déception dont elle gardait le souvenir.

Ils venaient de finir de dîner, et Abby buvait son café à petites gorgées pour se donner une contenance. Elle craignait de rougir du seul fait de penser au sexe. À son âge, c'était ridicule, et, s'ils devenaient amants, Caleb se rendrait forcément compte de son inexpérience…

D'un autre côté, cette soirée serait peut-être la seule occasion qu'ils auraient de faire l'amour… Si leur projet de piège fonctionnait, leurs chemins se sépareraient ensuite : elle retournerait vivre à Kansas City et commencerait à chercher du travail.

Abby s'aperçut soudain que Caleb se taisait, lui aussi, depuis un long moment. Elle se tourna vers lui… et vit qu'il la dévorait des yeux.

— Qu'y a-t-il ? demanda-t-elle d'une voix mal assurée.

— J'ai envie de vous… Si cette attirance n'est pas partagée, je vous serais reconnaissant de me le dire maintenant.

À son grand étonnement, Abby n'hésita pas.

— Cette attirance est partagée, répondit-elle.

Caleb se leva d'un bond, la rejoignit et l'embrassa tout de suite avec une telle fougue qu'elle n'eut pas le temps d'avoir peur, comme la première fois, de se ridiculiser. Mieux encore, cette fougue devait être contagieuse, car Abby se surprit non seulement à lui rendre son baiser, mais à oser ensuite lui mordiller le lobe d'une oreille. Il poussa un gémissement rauque et murmura :

— On monte ?

— Oui.

La perspective de se retrouver nue dans le lit de Caleb aurait dû faire revenir en force les peurs d'Abby… Elle éprouva bien un petit pincement d'appréhension, mais la force de son désir lui permit de l'ignorer.

Ils montèrent l'escalier la main dans la main. Une fois au pied de son lit, Caleb rabattit les couvertures, mais il se contenta ensuite de contempler Abby.

— Vous êtes si belle…, déclara-t-il. Avant de vous rencontrer, j'ai cherché des photos de vous sur Internet… Il y en a une où vous êtes en uniforme. Je vous ai alors trouvée juste… jolie, et puis je vous ai vue « en vrai », assise dans l'herbe, les yeux levés vers moi… Là, j'ai découvert à quel point un cliché pouvait être trompeur : j'ai été… subjugué.

Sans laisser à Abby le temps de rien dire, Caleb entreprit de la déshabiller, et une telle fièvre la possédait que, loin d'en éprouver de la gêne, elle l'y aida… avant de s'attaquer à ses vêtements à lui.

Il la coucha ensuite doucement sur le lit, et chacun explora le corps de l'autre avec une ardeur grandissante. Et sans doute la passion d'Abby compensait-elle son inexpérience, car Caleb soupirait d'aise sous ses caresses.

— Tu prends la pilule ? lui chuchota-t-il soudain à l'oreille.

— Non. Je ne… euh… pensais pas que…

— Ne bouge pas ! Je reviens tout de suite.

Caleb se leva et se dirigea vers la salle de bains. Abby l'entendit ouvrir et fermer des placards, pousser quelques jurons… Enfin, il reparut, plusieurs petits sachets argentés à la main.

Ce fut avec une certaine appréhension qu'elle le vit enfiler un préservatif, mais, quand il la pénétra, la douleur à laquelle elle s'attendait fut remplacée par un profond sentiment de bien-être.

Abby souleva les hanches pour mieux sentir Caleb en elle, puis elle le laissa l'entraîner, de poussée en poussée, toujours plus haut dans l'escalade du plaisir, jusqu'à un paroxysme qui lui arracha un cri de bonheur. Elle venait de jouir pour la première fois, et c'était plus extraordinaire que tout ce qu'elle avait pu imaginer.

Un instant plus tard, un spasme secoua Caleb, puis il s'abandonna dans ses bras et ne bougea plus.

Caleb était comme foudroyé. Jamais il n'avait eu un orgasme aussi puissant. Il allait lui falloir du temps pour reprendre ses esprits…

La crainte d'écraser Abby sous son poids lui fournit néanmoins l'énergie nécessaire pour rouler sur le côté. Ce mouvement lui rendit un peu de lucidité, et il se rappela avoir trouvé Abby étonnamment entreprenante.

— Tu n'étais pas vierge, dit-il en se soulevant sur un coude de façon à pouvoir la regarder.

— Tu pensais que je l'étais ?

— Je me suis posé la question.

— Parce que je rougis facilement ?

— Entre autres raisons.

— Je n'ai cependant pas beaucoup d'expérience, tu as dû t'en apercevoir.

— Non.

— C'est vrai ?

— Oui.

— J'ai eu un petit ami, à la fac. Toutes les filles de mon âge avaient des rapports sexuels, et je voulais être comme tout le monde, m'intégrer… J'ai fait l'amour deux ou trois fois avec cet étudiant…

— Deux ou trois fois seulement ?

— Oui, et ça n'a pas été une réussite, si bien que je n'avais jamais vraiment eu envie de recommencer.

— Mais tu as décidé aujourd'hui de retenter l'expérience – avec moi parce que j'étais là, mais ça aurait pu être avec n'importe qui d'autre…

— Bien sûr que non ! Tu es le premier homme, depuis toutes ces années, à avoir abattu mes défenses… C'est de toi, et de toi seulement, que j'avais envie…

Abby marqua une pause, puis elle ajouta avec un sourire :

— Mais tu n'as pas à t'inquiéter. Nous ne sommes pas chez les amish, et tu n'es donc pas obligé de m'épouser, maintenant.

— Je ne m'inquiétais pas, déclara Caleb.

Il descendit ensuite du lit pour aller mettre un autre préservatif. Il était content de savoir qu'Abby avait eu un seul amant avant lui. Cela satisfaisait en lui une exigence d'exclusivité qu'il n'avait encore éprouvée envers aucune femme.

Celle-ci lui faisait décidément faire toutes sortes de découvertes !

14

Abby finit de garnir sa pâte de tranches de pomme, enfourna le moule et regarda sa montre pour calculer l'heure à laquelle la tarte serait cuite – la sonnerie d'un minuteur aurait pu s'entendre depuis l'extérieur.

Même si John Wisniewski, le shérif adjoint chargé de veiller sur elle, n'avait pas été très gourmand, Abby aurait beaucoup cuisiné. Pour s'occuper : il y avait un pain tout juste sorti du four qui refroidissait sur une grille, un *chili con carne* qui mijotait sur la gazinière, une salade de tomates au basilic déjà assaisonnée…

Mais elle n'avait maintenant plus rien de spécial à faire jusqu'à un repas que John et elle prendraient l'un après l'autre : il fallait que l'un d'eux au moins monte la garde à toute heure de la journée.

L'ennui était l'élément le plus difficile à supporter d'une opération de surveillance, Abby l'avait oublié. Elle aurait aimé pouvoir lire, mais cela demandait une concentration que les circonstances rendaient impossible : le plus petit bruit la faisait sursauter. Elle était de toute façon censée garder en permanence tous ses sens en éveil.

Même en ce moment, avec John Wisniewski en

faction au rez-de-chaussée, elle avait à portée de main le revolver de Caleb.

En attendant que la tarte soit cuite, Abby hésita à monter à l'étage et à observer les bois qui s'étendaient derrière la maison de sa cousine Rose.

C'était elle qui avait choisi cet endroit pour tendre un piège à l'assassin de Neal. Les jumeaux de sa cousine risquant de naître trop tôt, le médecin lui avait recommandé de limiter ses activités. Sous prétexte d'avoir besoin de se reposer, elle était allée s'installer chez ses parents avec son mari, Matthew, et, si jamais quelqu'un s'en étonnait, Nancy devait expliquer que, le mieux pour Rose en ce moment, c'était d'être « avec sa *mamm* et son *daad* ».

Abby avait pensé se remettre en tenue amish, mais, comme Caleb lui avait interdit de sortir et d'ouvrir le moindre rideau, peu importait le style de ses vêtements : personne, en dehors de lui et de son adjoint, n'était censé la voir. Elle préférait d'ailleurs porter des habits ordinaires : un jean lui procurait une plus grande liberté de mouvements que la lourde jupe des robes amish.

« Il faut obliger notre homme à entrer par effraction », avait dit Caleb.

Ce qui ne serait pas très difficile : il suffirait de casser un carreau ou d'enfoncer une porte. Une habitation amish n'avait rien d'une forteresse !

Ce plan n'aurait pas fonctionné si Matthew avait été cultivateur, mais il travaillait chez un ébéniste de Ruston. La vache et les quelques poules du couple étaient parties avec lui, afin que personne n'ait à s'occuper d'elles : Caleb ne voulait pas risquer que quelqu'un soit utilisé, comme Nancy, pour attirer Abby dehors.

L'organisation du plan conçu par Abby et Caleb avait

pris vingt-quatre heures. Il avait d'abord fallu obtenir l'accord de la famille d'Abby, puis celui de l'évêque du district. Les amish étant opposés à toute forme de violence, aux subterfuges et aux opérations de police, Abby avait été agréablement surprise qu'il accepte. Plusieurs facteurs avaient dû jouer un rôle : il la connaissait depuis sa toute petite enfance, il était au courant des tentatives de meurtre dirigées contre elle et il avait été profondément choqué par l'attaque qui avait visé Nancy.

Une fois Abby installée chez sa cousine, Caleb lui avait attribué comme garde du corps celui de ses adjoints en qui il avait le plus confiance.

John Wisniewski devait avoir dans les trente-cinq ans. C'était un homme râblé, plutôt froid au premier abord, mais, depuis maintenant deux jours et demi qu'Abby et lui cohabitaient, la glace était rompue. John lui avait raconté qu'il avait commencé sa carrière dans la police de St. Joseph. Il avait ensuite épousé son amour de jeunesse, et ils étaient retournés vivre dans leur ville natale quand un poste s'y était libéré.

Abby ne voulait surtout pas qu'il lui arrive quelque chose à cause d'elle, et d'autant moins que sa femme était enceinte de leur deuxième enfant.

Ils faisaient tous les deux le guet pendant la journée et, à la nuit tombée, Caleb se faufilait discrètement dans la maison, s'installait au rez-de-chaussée pour monter la garde et repartait à l'aube après avoir réveillé son adjoint. Abby se demandait quand il dormait !

Elle avait passé le premier jour dans un état de grande nervosité : impossible d'oublier qu'elle servait d'appât à un homme résolu à la supprimer ! Le deuxième jour, son anxiété s'était transformée en impatience. Et, aujourd'hui, c'était de l'ennui qu'elle éprouvait.

Le piège n'allait peut-être pas fonctionner, se disait-elle.

Il était possible que l'assassin de Neal la croie toujours chez son oncle et sa tante, que ce soit là-bas que lui ou ses sbires attendent l'occasion de la tuer…

Caleb avait pourtant fait en sorte que la nouvelle du départ de Rose et de Matthew se répande dans la région. Il avait également indiqué à Donahue qu'elle s'était installée chez eux et acceptait de lui parler, comme il en avait émis l'idée pendant leur conversation téléphonique précédente.

Cette offre était jusqu'ici restée sans suite, mais Caleb comptait sur le capitaine pour informer ses subordonnés de l'endroit où Abby se trouvait, censément seule.

L'entrée de John Wisniewski dans la pièce l'arracha à ses pensées.

— Ça sent bon ! s'écria-t-il.

Préparer les repas n'avait heureusement jamais ennuyé Abby, car John ne lui avait pas laissé le choix : il s'était déclaré dès le premier jour incapable de cuisiner sans appareil électrique. Elle le soupçonnait en fait de ne pas savoir cuisiner *du tout,* d'avoir une femme aux petits soins pour lui.

— Le *chili* est prêt, lui annonça-t-elle. Vous pouvez vous servir. Je vais aller me poster au premier pendant que vous déjeunez, d'accord ?

— D'accord, mais il doit faire une chaleur étouffante, là-haut !

John avait raison, découvrit Abby dès qu'elle eut monté l'escalier. La moiteur de l'air lui rappela même le jour où sa tante avait été blessée, et le pressentiment d'un danger imminent l'envahit.

Le revolver de Caleb à la main, elle se rendit dans une première pièce et écarta légèrement les rideaux.

Si seulement elle pouvait ouvrir la fenêtre ! Mais

c'était bien sûr exclu : il fallait que la maison semble inoccupée – ou du moins que quelqu'un se donne beaucoup de mal pour créer cette impression. Les feuilles des arbres ne bougeaient pas, de toute façon : il ne devait pas y avoir un souffle de vent.

Les champs et les bois alentour souffraient de la sécheresse au point qu'un simple orage pouvait déclencher un gigantesque incendie, songea Abby.

Le ciel plombé lui fit également penser aux tornades qui frappaient régulièrement la région. Cette maison comportait-elle un abri anti-tempête ? Il aurait fallu poser la question à Rose, et d'autant plus que ce genre de pièce aurait également pu servir de refuge en cas de besoin.

Abby remit les rideaux en place et alla surveiller l'arrière de la maison depuis les autres pièces qui donnaient dessus avant de redescendre dans la cuisine. John était encore en train de déjeuner, et elle effectua une ronde au rez-de-chaussée.

N'ayant aucune faim, elle dut se forcer pour manger au moins un peu quand John lui laissa la place. Elle aurait voulu être déjà à ce soir : Caleb lui manquait. Même s'ils n'étaient jamais seuls et ne pouvaient donc pas faire autre chose que parler, sa présence l'apaisait. Et, quand leurs regards se croisaient, elle voyait dans ses yeux qu'il brûlait de la prendre dans ses bras.

Pendant combien de temps allaient-ils pouvoir supporter cette attente ? Et si l'attaque espérée ne se produisait pas ? Caleb avait peut-être un plan B, mais, si c'était le cas, il n'en avait pas parlé, et elle, Abby, n'en avait pas.

Elle regarda sa montre. La tarte devait être cuite. Elle la sortit du four, calcula le temps qui la séparait du retour de Caleb…

Les températures avaient beau être estivales, le mois d'octobre était bien entamé, et la nuit tombait tôt, désormais. Caleb serait là dans quelques heures seulement.

Abby soupira et s'exhorta à la patience.

Et si elle faisait une deuxième tarte aux pommes, pour s'occuper ?

Caleb rongeait son frein en attendant de pouvoir aller retrouver Abby sans risquer d'être vu. Il éprouvait du matin au soir un sentiment d'impuissance qui le minait.

Aussi fiable et expérimenté que soit John Wisniewski, il aurait préféré assurer lui-même la sécurité de la jeune femme pendant la journée. Il avait sérieusement envisagé de prendre un congé et de faire croire qu'il était parti en Californie ou ailleurs alors qu'il était allé s'installer avec Abby chez sa cousine, mais il avait trop de travail en ce moment pour s'absenter.

Il doutait que l'attaque se produise en plein jour, de toute façon. À la place du meurtrier, il renforcerait l'effet de surprise escompté en agissant la nuit.

Une nuit qui commença enfin à tomber... Caleb enfila son gilet pare-balles par-dessus sa chemise d'uniforme avant de sortir de chez lui. Il avait ordonné à Abby et à son adjoint de ne jamais enlever le leur, même pas – et surtout pas – pour dormir. Le temps chaud et humide rendait le port de cet équipement particulièrement désagréable, mais il y allait de leur sécurité.

Caleb venait de monter dans son 4x4 quand son portable sonna. Le numéro qui s'afficha en même temps sur l'écran était celui du standard de ses bureaux, et il étouffa un juron avant de décrocher.

— Oui ?

— Il y a eu un accident avec délit de fuite sur la route de Methany… Une voiture a fauché trois gosses qui roulaient à vélo.

— Ils sont gravement blessés ?

— Les secours sont sur place, mais je n'en sais pas plus.

— J'y vais. Où exactement les faits se sont-ils produits ?

Une fois en possession de cette information, Caleb envoya un texto à John Wisniewski :

Accident de la route. Aurai du retard.

Puis il démarra en priant pour qu'aucun de ces gamins ne soit mort.

Le temps que Caleb arrive sur les lieux du drame, une activité intense y régnait. Il se gara derrière un véhicule appartenant à ses services et courut rejoindre deux de ses adjoints, qui considéraient le cadre tout tordu d'une bicyclette couchée dans le fossé.

— Vous voilà enfin, shérif ! s'écria Carson Myrick, âgé de vingt-quatre ans seulement, avec un soulagement évident.

Un jeune garçon était assis un peu plus loin, le visage déformé par la douleur ou la détresse. Accroupie à son côté, une secouriste lui parlait, mais sans qu'il soit possible de dire si c'était pour le réconforter ou lui demander où il avait mal.

— Que s'est-il passé ? déclara Caleb.

— Ce gosse s'appelle Jeffrey Groendyke, répondit Carson avec un geste du menton en direction du jeune garçon. Il était devant les deux autres, si bien qu'il a eu le temps de se jeter dans le fossé avec son vélo pour éviter la voiture qui arrivait dans l'autre sens. Ses deux amis et lui roulaient bien à droite, en file indienne…

L'automobiliste avait donc largement la place de passer, mais d'après Jeffrey il n'a pas freiné, et la voiture s'est déportée sur la gauche sans raison apparente.

Caleb connaissait un Walter Groendyke, un dentiste. Jeffrey devait être son fils.

— Le gamin est blessé ? demanda Caleb.

— Non, il a juste quelques égratignures.

— Et les deux autres ?

— Ils ont été transportés à l'hôpital. Ils souffrent au minimum de fractures, et l'un des deux m'a eu l'air… franchement mal en point.

La voix de Carson tremblait un peu. Cet accident l'avait visiblement secoué.

— Reste là, dit Caleb. Je vais aller parler à Jeffrey.

Cet imprévu allait retarder de beaucoup le moment de rejoindre Abby, mais sa priorité, dans l'immédiat, c'était d'enquêter pour tenter de retrouver l'automobiliste qui avait fauché trois jeunes garçons et ne s'était même pas arrêté pour les secourir.

Assise dans la pénombre à mi-hauteur de l'escalier, Abby tendait l'oreille. Des grondements de tonnerre rompaient de temps en temps le silence, mais l'orage était loin : elle n'avait encore vu aucun éclair.

Peut-être était-ce à cause du temps lourd, mais sa nervosité n'avait cessé d'augmenter pendant tout l'après-midi. Et le texto de Caleb annonçant qu'il serait en retard n'avait rien arrangé.

John Wisniewski faisait des rondes régulières au rez-de-chaussée. Il semblait tendu, lui aussi… Deux policiers expérimentés, armés et sur leurs gardes auraient pourtant dû se sentir en position de force face à une éventuelle attaque !

Abby referma la main sur la crosse du revolver posé sur ses genoux. Elle espérait n'avoir jamais à se servir ni de cette arme ni du fusil entreposé dans sa chambre, mais ce soir le fait de les avoir à sa disposition la rassurait.

C'était John qui lui avait dit d'aller se poster dans l'escalier, un endroit d'où elle pourrait rapidement s'éloigner du danger si elle entendait des coups de feu.

« C'est vous qui êtes visée, lui avait-il expliqué. Si quelqu'un s'introduit dans la maison, vous devez être prête à faire front, vous aussi, mais le haut d'un escalier est une position plus facile à défendre qu'une pièce du rez-de-chaussée. »

Sans doute, mais pourrait-elle vraiment se résoudre à battre en retraite en sachant John blessé, ou pire ? De là où elle était, elle ne voyait que la porte d'entrée et un bout du séjour.

Après un nouveau grondement de tonnerre, plus fort que les précédents, Abby retint son souffle pour être sûre de percevoir tout autre bruit que celui des pas de John.

Des coups de feu pouvaient passer inaperçus pendant un orage, pensa-t-elle soudain.

— Abby ? murmura John depuis le bas de l'escalier.

— Oui ?

— Je n'ai toujours pas de nouvelles du shérif.

Même si Abby trouvait le temps long, une demi-heure seulement s'était écoulée depuis le texto de Caleb. Il n'était donc pas – encore – tellement en retard…

— Il ne va pas tarder à arriver, déclara-t-elle avec plus de conviction qu'elle n'en éprouvait vraiment.

— Sans doute, dit John avant de se fondre de nouveau dans la pénombre.

Caleb avait été rejoint par le sergent Raines, qu'il avait envoyé l'année précédente effectuer un stage d'accidentologie dans la police de la route du Missouri.

Munis de puissantes torches électriques, ils marchaient lentement le long de cette petite route de campagne à la recherche d'éventuelles traces de pneus.

— Rien ! finit par grommeler Caleb. Jeffrey a raison : le conducteur n'a freiné à aucun moment.

— Et il n'a pas donné non plus de brusque coup de volant à droite pour tenter au moins d'éviter les cyclistes, renchérit le sergent.

— Comment a-t-il pu ne pas les voir ? L'accident s'est produit en plein jour ! Jeffrey, lui, a été capable de me dire que la voiture était une berline noire, et qu'il n'y avait qu'une personne à l'intérieur !

— Oui, c'est presque comme si le conducteur avait volontairement fauché ces gamins.

Le sang de Caleb se figea dans ses veines. Et si c'était précisément ce qui s'était passé ? S'il ne s'agissait pas d'un malheureux accident mais d'une manœuvre de diversion destinée à l'empêcher lui, Caleb, d'aller prêter main-forte aux deux personnes en ce moment seules pour contrer l'attaque de l'assassin de Neal et de ses sbires ?

La voiture était une berline noire, comme le véhicule qui avait percuté la carriole des Kemp et failli tuer Abby et Joshua…

Caleb sortit de sa poche un portable qu'il avait mis sur silencieux pour ne pas être dérangé pendant son enquête.

Pas de SMS. Pas d'appel manqué. Était-ce bon signe ou mauvais signe ? Difficile à dire… Il appela John, qui ne décrocha pas, et le répondeur s'enclencha au bout de sept sonneries. Caleb coupa la communication sans laisser de message.

— Je dois m'en aller, déclara-t-il à son sergent. Je te confie la direction des opérations.

Puis il regagna son 4x4 en courant, sans se soucier des regards surpris que suscitait sa hâte à quitter les lieux de l'accident.

Un éclair éblouissant, qui aveugla momentanément Abby et la fit sursauter, fut suivi à peine trois secondes plus tard par un violent coup de tonnerre.

L'orage s'était rapproché jusqu'à être maintenant presque au-dessus de leur tête, mais sans apporter encore la pluie dont la nature assoiffée avait tellement besoin.

Un grand bruit en provenance de l'arrière de la maison succéda au grondement de tonnerre. Abby se leva d'un bond, le cœur battant. Il pouvait s'agir de la chute d'un arbre, mais elle en doutait.

Un coup de feu retentit ensuite. Il y eut un cri, puis d'autres détonations… Combien d'hommes s'étaient introduits dans la maison après avoir enfoncé la porte de derrière ? John ripostait à leurs tirs…

Mon Dieu, faites que ces crapules ne le tuent pas !

Son revolver à la main, Abby remonta l'escalier à reculons. Une voix d'homme s'éleva, une autre lui répondit, un ton plus bas… Abby s'immobilisa, tous les sens en alerte.

Le silence régnait maintenant au rez-de-chaussée, et cela devait malheureusement signifier que John avait été neutralisé… Sauf si Caleb était arrivé à temps pour lui prêter main-forte ; et si c'était eux qu'elle venait d'entendre se parler ?

Non, dans ce cas, songea Abby, ils l'auraient appelée

pour la rassurer. Elle ne pouvait donc plus compter que sur elle-même pour se défendre contre un nombre indéterminé d'assaillants.

Si seulement elle voyait clairement ce qui se passait en bas ! Un autre éclair le lui permettrait, mais ce n'était pas vraiment souhaitable, car une personne qui regarderait alors dans sa direction depuis le vestibule la verrait, elle, et pourrait la mettre en joue…

L'idée de courir chercher le fusil dans sa chambre lui traversa l'esprit. Elle la repoussa : il aurait fallu pour cela quitter l'escalier des yeux. Elle aurait dû garder cette arme en permanence à portée de main.

L'étrange impression d'être en train de se regarder jouer dans un film l'envahit brusquement. Elle cligna des paupières, mais l'illusion persista. Neal lui apparut, faiblement éclairé par le halo d'un lointain réverbère et la clarté de l'ampoule accrochée au-dessus de la porte de service du bar.

Des pas… Un homme qui s'approchait d'eux…

Non, ce n'était pas le moment d'avoir un flash !

Abby secoua énergiquement la tête pour chasser les images.

Par chance, elle avait maintenant atteint le palier. Le seul bruit qui parvenait à ses oreilles était désormais le battement de son propre cœur. Elle se plaqua contre le mur, guetta l'apparition d'un mouvement, dans l'escalier, mais, tout ce qu'elle vit, ce fut la ruelle et l'homme qui avançait vers Neal d'un pas tranquille.

La main d'Abby se crispa sur la crosse de son revolver.

— Où diable est l'interrupteur ? cria soudain une voix, au rez-de-chaussée.

La même voix que…

Abby fut de nouveau transportée dans la ruelle.

C'était comme si quelqu'un, à côté d'elle, ne cessait de zapper entre deux chaînes de télévision.

« Il faut qu'on parle. »

Donahue… Mais pourquoi Neal lui avait-il donné rendez-vous dans cette ruelle ? À moins que ce ne soit avec une autre personne qu'il avait rendez-vous ?

Le capitaine se dirigea vers elle.

— Tu n'aurais pas dû te trouver mêlée à ça…

— À quoi ?

— Ton équipier le sait. Désolé, mon petit…

Donahue la prit par les épaules et la poussa en arrière. Une violente douleur à la tête… Le contact du bitume contre sa joue…

Changement de chaîne. Elle était sur le palier de la maison de sa cousine, invisible depuis le bas de l'escalier.

— Abby ?

La voix de Donahue, de nouveau, mais cette fois dans le présent.

— Je suis venu te parler, et quelqu'un m'a tiré dessus !

Parce que vous avez enfoncé la porte au lieu de frapper, sans doute.

— Je suis trop occupé dans la journée pour faire le trajet… Maintenant que je suis là, on peut discuter ?

— Où est John ? demanda Abby, mais sans se montrer.

— Qui ? Ah ! le type qui a essayé de me tuer ? J'ai dû me défendre, mais il n'a rien de grave.

— Vous mentez ! C'était vous, dans la ruelle ! Vous m'avez fait tomber, puis vous avez pris mon pistolet, abattu Neal et tiré sur moi avec son arme de service. Mais j'ai survécu, et vous avez peur, depuis, que je retrouve la mémoire.

— Les choses auraient été tellement plus simples si tu étais morte !

— Vous n'aviez même pas remarqué que je portais un gilet pare-balles !

Le craquement d'une marche qu'Abby connaissait bien l'avertit que Donahue s'était engagé dans l'escalier.

— Deux pas de plus, cria-t-elle, et vous serez à la bonne distance pour que je vous fasse sauter la cervelle, alors je vous conseille de rebrousser chemin !

Pour toute réponse, le capitaine tira. Plusieurs fois.

Des morceaux de plâtre se détachèrent des murs… Abby n'avait plus le choix : pour la première fois de sa vie en dehors d'un stand de tir, elle appuya sur la détente d'une arme à feu – mais en visant le plafond. Donahue poussa une bordée de jurons, puis le silence retomba.

Si le capitaine avait battu en retraite, Abby aurait entendu la fameuse marche craquer de nouveau… Il devait donc s'être plaqué contre le mur, comme elle, ou alors il continuait de gravir l'escalier, sans bruit et en gardant la tête baissée jusqu'à être assez près du palier pour se redresser et tirer de nouveau.

Abby inspira à fond, raffermit sa prise sur la crosse du revolver et attendit.

Comme les autres soirs, Caleb abandonna son 4x4 au bord d'un champ contigu à la propriété des cousins d'Abby. Juste au moment où il s'apprêtait à le traverser, un éclair illumina le ciel et l'éblouit. Il se mit néanmoins à courir, mais ce fut ensuite une pluie soudaine et torrentielle qui troubla sa vision.

Il connaissait heureusement assez bien les lieux pour atteindre sans encombre la cour qui s'étendait devant la maison, mais ce fut seulement une fois arrivé là qu'il vit une lumière bouger derrière les rideaux du séjour.

C'était une torche électrique. John et Abby auraient-ils commis l'imprudence d'en promener une aussi près des fenêtres, sachant que cela se verrait depuis l'extérieur ?

Probablement pas, et l'ennemi devait donc être déjà sur place... Un spasme d'angoisse étreignit le cœur de Caleb, mais il s'obligea, avant tout, à appeler le standard de ses bureaux pour demander des renforts.

— Je veux que toutes les unités disponibles me rejoignent immédiatement, déclara-t-il. Sirènes et gyrophares allumés. Il faut aussi prévenir les hommes qu'ils auront affaire à des individus dangereux et armés.

En fait, ils arriveraient sans doute trop tard... Ou alors Caleb aurait émis un contrordre après s'être aperçu que John et Abby avaient promené le faisceau d'une torche électrique juste derrière les rideaux le temps de retrouver un objet tombé par terre.

Caleb remit son portable dans sa poche, dégaina son pistolet et alla s'accroupir sous l'une des fenêtres du séjour. Il entendit deux hommes se parler, mais pas assez fort pour lui permettre de comprendre ce qu'ils disaient.

Une chose était maintenant sûre, cependant : l'intrusion prévue avait eu lieu.

Le buste fléchi pour ne pas risquer d'être repéré, Caleb contourna la maison. La porte de derrière battait. C'était par là que les assaillants étaient entrés.

Combien étaient-ils ? Mystère !

Si j'avais été là..., songea Caleb.

Il chassa cette pensée stérile et se glissa dans l'ouverture de la porte. Elle donnait directement dans la cuisine et, à la lueur d'un éclair, il vit un homme étendu sur le sol.

Était-ce son adjoint ? Si c'était le cas, il n'avait pas le temps de s'occuper de lui.

Caleb traversa la pièce à pas de loup et se retrouva dans le vestibule. Les attaquants avaient sur lui l'avantage du nombre, mais il avait sur eux celui de bien connaître la maison… et de ne pas être censé y être : l'effet de surprise pouvait jouer en sa faveur.

Devant lui, il y avait l'escalier. La salle à manger était à sa gauche, le séjour, à sa droite. Il alla se tapir dans l'ombre, se mit en position de tir et tendit l'oreille.

Une voix d'homme monta du rez-de-chaussée jusqu'à Abby :

— Qu'est-ce qu'on attend ? À trois, on peut facilement la mettre hors d'état de nuire, et mon fusil de chasse tire des balles capables de traverser un mur !

— Oui, déclara une autre voix d'homme inconnue. Il faut en finir : on n'a pas intérêt à traîner ici !

— Les fusils de chasse font trop de bruit ! intervint Donahue. Et le lieutenant Baker n'a encore jamais tué personne. Quoi qu'elle en dise, ce n'est pas aujourd'hui qu'elle commencera… Inutile, donc, de sortir la grosse artillerie !

Le sang d'Abby ne fit qu'un tour. Attisée par la pensée que ces misérables avaient peut-être tué John Wisniewski, la colère qui couvait en elle depuis le meurtre de sa mère explosa d'un coup… Elle s'approcha de la rampe du palier et tira en direction du bas de l'escalier. Une fois. Deux fois. Trois fois.

Quelqu'un poussa un hurlement, puis une sirène se fit entendre, au loin.

— Il faut filer ! cria l'un des hommes.

— Cette garce m'a touché ! gémit l'autre. Je saigne !

— On ne peut pas partir avant de l'avoir supprimée ! s'exclama Donahue.

— C'est votre problème ! Occupez-vous-en !

Les rats quittaient le navire…

Le mugissement de la sirène se rapprochait rapidement, et des éclats de lumière multicolores percèrent soudain l'obscurité. Une portière claqua, puis une voix amplifiée par un mégaphone ordonna :

— Sortez tous, les mains en l'air !

Abby pressa une nouvelle fois la détente, mais en visant cette fois le plafond. Elle voulait juste dissuader Donahue de monter la rejoindre et de la prendre en otage. À son grand étonnement, car elle ne savait pas Caleb dans la maison, elle l'entendit crier :

— Lâchez vos armes ! Tout de suite !

Une détonation… Une autre…

Qui avait tiré ? Et sur qui ?

— Abby ? Ça va ?

C'était la voix de Caleb. Il était vivant !

Une onde de soulagement la parcourut.

— Oui, répondit-elle en baissant son revolver. Ça va.

Épilogue

Plusieurs heures plus tard, Caleb avait encore du mal à croire qu'Abby était indemne. Il était fier, aussi, de Caden Vogl, son plus jeune adjoint. C'était lui qui était arrivé le premier en renfort, et il avait fait exactement ce qu'il fallait.

L'un des deux hommes qui accompagnaient Donahue était maintenant dans une cellule de la petite prison municipale. L'autre était à l'hôpital, où un chirurgien devait lui extraire la balle qui était allée se loger dans son épaule. Donahue, lui, était mort : Caleb l'avait abattu au moment où il s'apprêtait à ouvrir le feu sur lui.

Cela lui donnerait-il des cauchemars ? Il en doutait. Il était surtout content d'avoir évité à Abby de commettre – même en état de légitime défense – un homicide qui lui aurait ensuite peut-être pesé sur la conscience.

John Wisniewski avait un énorme hématome sur le torse, et sans doute quelques côtes fêlées, mais son gilet pare-balles lui avait sauvé la vie. Il s'était cogné la tête en tombant, ce qui lui avait fait perdre connaissance – et sauvé la vie une deuxième fois, car ses agresseurs l'avaient cru mort.

Après l'avoir accompagné à l'hôpital, où il devait rester en observation pendant vingt-quatre heures, Caleb était rentré chez lui avec Abby.

La porte était à peine refermée qu'il avait pris la jeune femme dans ses bras, ouvert la bouche pour lui dire à quel point il avait eu peur pour elle… Mais, au lieu de ça, il l'avait embrassée.

Ensuite, une chose en amenant une autre, ils s'étaient retrouvés à faire l'amour contre la porte avec une sorte de frénésie, et maintenant, allongés sur le parquet, ils essayaient de reprendre leur souffle.

Quand Caleb fut de nouveau en état de parler, il tourna la tête vers Abby et déclara :

— Quelle soirée !

Elle ne réagit pas, d'abord, et puis elle se mit à rire et à pleurer en même temps. Caleb l'attira contre lui, posa les lèvres sur ses cheveux et murmura des mots qu'il espérait réconfortants.

Abby finit par se ressaisir sufisamment pour se rendre compte qu'elle était nue de la taille aux pieds. Elle attrapa ses vêtements, les plaqua contre elle et se dirigea vers l'escalier en oubliant que la face postérieure de son anatomie restait visible.

Caleb sourit, se rhabilla et alla dans la cuisine préparer du café. Il était si fatigué que rien ne pourrait l'empêcher de dormir.

Le café était prêt quand Abby reparut, et Caleb remplit deux tasses. Il avait entendu la douche couler, mais la jeune femme avait dû relever ses cheveux haut sur sa tête, car seules quelques mèches, autour de son visage, étaient mouillées. Il s'adossa au plan de travail et la contempla. Elle rougit, mais cela ne la rendait que plus belle.

— C'est fini…, murmura-t-elle. Je n'arrive pas à y croire…

Ça l'était pourtant bel et bien. Au cours des brefs interrogatoires menés après leur arrestation, les deux malfaiteurs avaient indiqué que Donahue avait protégé pendant des années un gang de *bikers* spécialisé dans le racket et la prostitution. Caleb ne regrettait pas de l'avoir tué, mais il allait passer beaucoup de temps à se demander comment il avait pu être assez aveugle pour lui vouer du respect, et même de l'amitié.

Dans l'immédiat, cependant, ce n'était pas du tout à Mike Donahue qu'il pensait, car l'un des moments les plus importants de son existence était arrivé.

Il tendit la main à Abby, et elle s'approcha de lui. Ses joues rouges et son regard timidement baissé l'auraient amusé s'il n'avait eu aussi peur. La policière qui avait tenu tête à trois adversaires armés et l'amante passionnée qui venait de faire l'amour avec lui n'étaient que deux des facettes de cette femme compliquée.

— Je t'ai servi un café, dit-il d'une voix mal assurée.

— J'ai vu, déclara-t-elle sans le quitter des yeux.

Vas-y ! Lance-toi !

— Je t'aime.

Pendant de longues secondes, Abby se contenta de regarder Caleb, puis elle se remit à rire et à pleurer en même temps.

— Je… Désolée…, bredouilla-t-elle en essuyant ses larmes avec le bas de son T-shirt. Je t'aime, moi aussi, et ça m'a effrayée, quand j'en ai pris conscience, parce que je ne savais pas, alors, si je pouvais te faire confiance… Et ensuite j'ai eu peur que tu ne partages pas mes sentiments.

— Tu vas donc rester ici avec moi ?

— Il faut que je réfléchisse… Tante Nancy et oncle Eli ne seraient pas contents que je vive dans le péché.

Le cœur de Caleb s'arrêta de battre, et puis un sourire illumina le visage d'Abby, et il comprit qu'elle plaisantait.

Sa remarque n'en était pas moins juste : sa famille maternelle ne verrait pas d'un bon œil sa cohabitation avec lui…

Les habitants les plus conservateurs du comté non plus, à bien y réfléchir, et Caleb avait besoin de leurs voix pour être réélu… Mais il y avait à cela un remède très simple…

— J'ai très envie de t'épouser, dit-il. Rien ne t'oblige à accepter, mais je veux que tu le saches.

Elle le considéra d'un air grave et observa :

— Je t'ai longtemps traité durement, et ça ne t'a pas empêché de voler à mon secours chaque fois que j'en ai eu besoin… Je t'ai vu en colère, mais jamais injuste… J'ai vu le respect mêlé d'affection que tes subordonnés te portent… Ta maison en dit également long sur toi.

— Et ?

— Il est évident que tu es l'homme de ma vie, et je compte bien passer le restant de mes jours avec toi, alors pourquoi refuserais-je de t'épouser ?

Caleb n'aurait jamais cru possible de trembler de bonheur, et pourtant ce fut l'effet que lui fit la déclaration d'Abby.

— Quelle que soit l'orientation que tu comptes maintenant donner à ta carrière, indiqua-t-il, je te soutiendrai.

— Merci, mais chaque chose en son temps : je veux pour l'instant profiter du simple fait d'être toujours vivante.

— Tu as raison !

Un puissant élan de désir chassa d'un coup la fatigue de Caleb.

Au diable le café !

Il souleva Abby dans ses bras et la porta jusqu'à ce qui allait devenir *leur* chambre.

Retrouvez en décembre 2019, dans votre collection

BLACK ROSE

a terreur dans ton regard, de Robin Perini - N°566

a fillette est la réplique miniature de sa mère… À une exception près : la mme magnifique qui se tient près d'elle ressemble à un animal traqué. Une xpression que Stefan connaît bien car lui-même est en fuite depuis qu'un coup 'État l'a chassé de la principauté européenne dont il est le prince. Mais, bien ue cette cavale lui impose la plus grande prudence, sa décision est prise : il a recueillir les confidences de cette inconnue, leur porter secours à elle et à sa le, et effacer la terreur dans son regard…

Quand le passé nous rattrape, de Debra Webb

e retour à Winchester, après des années d'absence, Audrey vient de rendre la direction du journal local lorsqu'un crime est commis dans la etite ville. N'écoutant que son instinct de journaliste, elle commence à enquêter et se retrouve face à celui que, pour rien au monde, elle ne souhaitait encontrer : Colton, son amour de jeunesse devenu shérif de la ville. Colton ui vit seul à présent, mais à qui elle ne pardonnera jamais de l'avoir quittée our une autre…

'risonnière de l'oubli, de Joanna Wayne - N°567

ÉRIE LES HÉRITIERS D'OAK GROVE 3/3

Qui est-elle ? En se réveillant à l'hôpital, Meghan, paniquée, se rend compte qu'elle perdu la mémoire. Avisant alors l'homme séduisant qui se tient à son chevet et rétend être détective privé, elle se rend compte qu'il lui inspire des sentiments troublants, contradictoires… Comme s'il l'avait blessée autrefois, comme si son cœur efusait de s'exposer à de nouvelles souffrances. Pourtant, elle n'a pas d'autre choix ue d'accepter son offre lorsqu'il lui propose de la protéger jusqu'à ce que son gresseur soit arrêté…

e chalet des secrets, de Justine Davis

Des traces de pas dans la neige, sous ses fenêtres… Qui est cet inconnu qui erre autour de son chalet, en plein hiver ? Méfiante, Kit fait tout pour l'éviter jusqu'au jour où il lui porte secours alors qu'elle vient de e blesser au cours d'une promenade. Face à face avec lui pour la remière fois, elle hésite entre le remercier ou fuir. Mais, quand il lui évèle d'une voix troublante qu'il est en cavale, elle n'écoute que son nstinct et accepte de l'héberger…

Retrouvez en décembre 2019,
dans votre collection

BLACK ROSE

Le venin du soupçon, de Jo Leigh - N°568

Enlevée par un inconnu lors d'une froide soirée d'hiver et séquestrée dans un cha perdu en pleine montagne, Jade Parker est terrifiée. Peu à peu, cependant, elle s prend à espérer. Car son ravisseur, qu'elle ne peut s'empêcher de trouver séduisan se montre attentionné et poli envers elle... Jusqu'au jour où il lui révèle qu'il sou çonne son père, un éminent sénateur, d'être corrompu. Troublée par les accents d vérité qu'elle décèle dans sa voix, elle hésite pourtant à le croire…

Danger sous la neige, d'Elle James

La neige à perte de vue. Et la présence chaleureuse de sa famille. Pour Ko revenir en Alaska, où elle a grandi, est comme une parenthèse enchanté dans son quotidien d'agent secret... Aussi, quand son frère lui demande d protéger Sam Russel, un de ses amis, victime de menaces, elle refuse to net. Jusqu'au jour où elle rencontre Sam. Troublée par le séduisant géologu décidée à découvrir qui cherche ainsi à le déstabiliser, elle se lance ses côtés dans l'Iditarod, la course de traîneaux la plus longue et la pl dangereuse au monde...

Composé et édité par HarperCollins France.

Achevé d'imprimer en octobre 2019.

CPI
BLACK PRINT

Barcelone

Dépôt légal : novembre 2019.

FSC
www.fsc.org
MIXTE
Papier issu de sources responsables
FSC® C108412

Pour limiter l'empreinte environnementale de ses livres, HarperCollins France s'engage à n'utiliser que du papier fabriqué à partir de bois provenant de forêts gérées durablement et de manière responsable.

Imprimé en Espagne.